지니아의 사랑

ZINNIA
by
Jayne Castle

Copyright ⓒ 1997 by Jayne Ann Krentz

All rights reserved.
Korean translation rights ⓒ 1998 by Big Tree Publisher.
This Korean edition is published by arrangement with Jayne Ann Krentz c/o
The Axelrod Agency, Lenox through Shin Won Agency, Seoul.

이 책의 한국어판 저작권은 Shin-Won Agency를 통해
The Axelrod Agency와의 독점 계약으로 도서출판 큰나무에 있습니다.
신저작권법에 의해 한국 내에서 보호를 받는 저작물이므로
무단 전재와 무단 복제를 금합니다.

FANTASY ROMANCE

지니아의 사랑

아만다 퀵 / 나채성 옮김

나 채 성

이화여대 사회사업학과 졸업
역서로『사로잡힌 신부』,『오랜 기다림 후에』,
『사랑의 텍사스』,『침대에서 아침을』,
『너무도 아름다운 사랑』,『크리스마스 이브의 천사』외 다수

지니아의 사랑

초판 인쇄 / 1998년 12월 25일
초판 발행 / 1998년 12월 30일

지은이 / 아만다 퀵
옮긴이 / 나채성
펴낸곳 / 도서출판 큰나무
펴낸이 / 한익수

등록 / 1993년 11월 30일(제5-396호)
주소 / 120-090 서울시 서대문구 홍제동 215
전화 / 736-9653 · 736-6960 팩스 / 732-8694
통신 / 유니텔 큰나무북

값 8,000원

ISBN 89-7891-067-X 03840

　　　　　　　　　　・
　　　　　　　　　　・
　　　　　　　　　　・
　　　　　　　　　　・
　　　　　　　　　　・
　　　　　　　　　　・

"친애하는 독자 여러분께,

지구가 아닌 미래사회에서 존재하는 사랑, 고도로
발달한 정신 능력을 가진 사람들의 이야기인
『지니아의 사랑』은 저에게 큰 기쁨을 가져다 주었습니다.
이 책과 더불어 『아마릴리스의 선택』을 보아주시길 진심으로 원합니다.
흥미진진한 모험과 창조된 개성, 새로운 표현과 상상력이 자극되는 공간에서
시작하는 사랑 이야기는 당신도 많은 공감을 보낼 것입니다.
사랑의 믿음과 저에게 제 자신과 꿈을
각 페이지마다 표현할 기회를 준 독자와 이 책에
많은 감사를 드립니다."

- 아만다 퀵 -

옮긴이의 말

　대단히 독특한 소설. 지구가 아닌 다른 행성에서의 사건이지만, 가장 인간적인 로맨스가 아름답다.
　사랑은 어디에서나 존재하는 모양이다. 사실, 사랑이 없는 세계란 얼마나 지루하고 답답하겠는가. 아름다운 로맨스처럼 사람을 행복하게 만드는 것도 드물 것이다.
　이 책 또한 아름다운 로맨스로 독자들을 행복하게 만들 것이라 믿어 의심치 않는다. 다른 사람과 어울릴 수 없는 특이한 능력자들은 그러한 능력 때문에 오히려 불행하고 힘이 든다. 그들이 행복해지기 위해서는 각고의 노력이 필요할 것이다. 하지만 이 책의 주인공들은 자신에게 꼭 맞는 상대를 찾아냈고 그들의 힘겨운 노력이 있었기에 더욱 사랑스럽고 애정이 간다. 지구와 다른 조건, 다른 환경이 다소 색다르고 낯설지 모르지만, 내용은 충분히 재미있고 이해할 만하다. 독자들도 이 새로운 분야의 소설을 즐기기 바란다.
　책을 읽으며 행복할 수 있다는 것이 참으로 대단하지 않은가. 주인공들이 힘든 상황에 처하면 속이 상하고 그러다가 즐거운 일이 생기면 함께 기분이 밝아진다. 슬프게 끝나는 로맨스도 물론 감동적이지만, 행복한 결말을 맺는 로맨스가 더 마음에 든다. 이 책을 읽는 순간은 다른 것을 잊고 행복에 젖어들 수 있기 때문일 것이다.

　세상에는 참 힘든 일들이 많이 있지만, 책이 있음으로 즐거울 수 있다는 걸 생각하면 책이란 것이 역시 소중한 것인 듯하다. 힘든 일 다 잊고, 낙천적으로 생각할 수 있는 여유도 주는 것 같다. 생각을 낙천적으로 바꾸면, 세상은 훨씬 더 살기 쉬워지리라. 앞으로는 기쁜 일이 생기리라 믿고, 나의 미래에 더 기운 나는 일이 많으리라 믿으며 현재의 어려움을 헤쳐나가면 언젠가는 좋은 일이 생기겠지.

　그리고 사실 나쁜 일과 좋은 일은 언제나 함께 오는 법. 언제나 힘든 일만 닥치는 건 아니다. 좋았다가 나빴다가, 좋다가 싫다가 그런 일들이 늘상 반복되는 것이니 굳이 현재의 어려움에 고개를 처박고 도저히 못 견디겠다고 생각할 필요는 없으리라.

　이 행복한 책을 읽는 독자들만이라도 행복하고 즐거우며 낙천적으로 살아갈 수 있기를 바란다. 행복한 사람이 주위에 있다는 건 정말 행복한 일이다.

　　　　　　　　　　　　　　　　　　　　　　나 채 성

아만다 퀵
Zinnia

1

"우리 거래에 복잡한 건 없소, 바트 씨. 난 곧 결혼할 계획이오. 그래서 아내를 구해 달라는 거요."

닉 채스턴은 육중한 흑요석 나무 책상의 매끈한 표면 위에서 두 손을 마주 잡았다.

"당신이 한 명 찾아 주시오."

말쑥한 이브닝 정장 차림의 호바트 바트는 작은 굴뚝새마냥 불안하게 의자 끄트머리에 앉아 있었다. 침을 꿀꺽 삼키며 빳빳하게 주름잡은 셔츠의 목깃을 매끈한 손가락으로 잡아당겼다. 닉의 반쯤 감은 눈동자를 쳐다보며 그가 빠르게 눈을 깜박거렸다.

"무슨 말씀이지 모르겠는데요, 채스턴 씨."

닉은 한숨이 터져나오려는 걸 간신히 참았다. 위협이란 것은 쓸모가 많지만 정확하고 세심하게 사용될 때 진가를 발휘한다. 강도가 너무 지나치면 상대방이 말을 더듬거리는 답답한 증상을 보이거나, 너무 조금 사용하면 상대에게서 만족스런 결과를 얻지 못한다.

수년 간의 경험으로 판단하건대, 지금 자신이 호바트를 한계 상황까지 밀어붙이고 있다. 그렇다고 해서 지금 협박의 압력을 풀어 주면, 바트는 용기를 내어 반항할 수도 있다.

'결정해, 결정을.'

채스턴은 바트를 바라보며 속으로 되뇌었다.

"더 간단하게 요점을 말하지요, 바트 씨. 당신은 오늘밤 내 카지노에서 만 달러를 잃었소."

"네, 그건 알고 있습니다."

호바트가 땀이 밴 손바닥을 무릎에 문질렀다.

"어떻게 이런 일이 생겼는지 모르겠습니다. 전 거의 도박을 하지 않거든요. 친구들과 여기 왔을 때 카드를 해보라고 하길래…… 한동안은 잘 되는 것 같다가 갑자기 이상하게 꼬였어요. 잃은 돈을 되찾으려고 노력했지만 점점 더 잃기만 했습니다."

"이해합니다."

닉은 깊은 관심과 동정을 미소에 담아 호바트를 응시했다.

호바트의 겁먹은 눈동자가 커지며 움찔 의자 뒤로 몸을 웅크렸다.

내 미소가 지나쳤던 게로군, 닉은 생각했다. 그리고 자비심을 보이려는 노력을 포기하기로 했다. 지금껏 타인에게 동정과 깊은 관심을 나타내는 데 한 번도 성공한 적이 없지 않은가.

호바트의 표정이 애원으로 바뀌었다.

"저에게는 그만한 돈이 없습니다, 채스턴 씨. 전…… 집을 팔아야겠지만, 벌써 은행에 담보로 잡혀 있어서……."

"그럴 필요는 없소. 지금 내 말을 이해하지 못하는 것 같은데 바트 씨, 난 지금 거래를 제안하는 중이오. 나에게 적당한 아내를 찾아 주면, 빚은 지불된 것으로 하겠단 말이오."

"아내라구요?"

호바트가 그를 뚫어져라 쳐다보았다.

"저더러 당신 아내를 찾아 달라는 겁니까?"

닉은 인내심을 유지하려 최대한 애를 써야 했다.
"그게 뭐 그리 이상한 요구이오? 당신은 뉴 시애틀 최고의 결혼 상담소인 시너지스틱 사의 상담직을 맡고 있잖소. 매일매일 당신이 당신 고객들에게 하는 바로 그 일을 내게 해달라고 요구하는 것이오."
"하지만…… 하지만, 바로 그 점입니다."
호바트는 주머니에서 눈처럼 흰 손수건을 꺼내 땀으로 젖은 눈썹을 닦았다.
"결혼 상담은 만 달러의 가치가 없지 않습니까?"
"나에게는 가치가 있다오."
호바트의 눈에 의심의 빛이 서렸다.
"왜 제 서비스로 빚을 처리하려는 겁니까?"
"당신이 그 방면에 뛰어나다고 들었소."
닉은 굳이 몇 달 전 호바트가 자신의 친구인 루카스 트렌트와 아마릴리스 라크를 연결시켜 주었다는 걸 언급할 생각은 없었다.
트렌트와 아마릴리스가 서로를 스스로 발견해 냈다는 사실은 닉에게 있어 그리 중요치 않았다. 호바트는 그 불가능할 것 같은 결합에 확신을 주었고, 그것은 그가 최고의 상담자 중 하나라는 걸 의미했다. 닉은 최고를 원했다. 이곳 세인트 헬렌에서 결혼은 평생의 가장 중요한 목표 중 하나였다. 그리고 현실적으로 이혼이란 불가능했다.
결혼 제도와 가족간의 강한 연대감은 법에 분명히 명시된 조항으로서, 지구에서 이주해 온 처음 세대가 사회 구조를 최대한으로 강화시키고 결속시키기 위해 만든 것이다.
200년 전 장막이라고 알려진 에너지 통로가 닫혀 버린 후, 이주민들은 세인트 헬렌의 무성한 초록 세계에 감금되고 말았다. 장막이 다시는 열리지 않을 것이며 구출될 희망도 없다는 게 확실해지자, 그들은 철학자와 종교 지도자, 사회학자, 인류학자를 모두 모아 자신들의 집단이 원시적인 세계에 고립된 상황 속에서 살아남을 수 있게 사회의 모든 규칙과 관습들을 만들어 내도록 했다. 그 중에서 그들이 가장 신중하게 다듬은 문명의 기초가 바로 결혼이었다.

언제가 되든 거의 모든 사람이 결혼을 했다. 결혼한다고 해서 모두 행복해지는 건 아니었지만, 개척자들은 잘 어울리는 부부가 사회의 안정성에 도움이 된다고 판단하였다. 결국 그들은 결혼 생활을 잘 유지할 수 있는 최선의 결합을 위하여 심리학자들로 이루어진 결혼 상담소를 만들어 냈다.

그것은 대단히 성공적인 제도였다. 오늘날 상담소를 통하지 않은 결혼은 극히 보기 드물었다. 몇몇 엘리트들 가운데는 돈과 권력 같은 구시대적인 이유로 정략 결혼을 하는 경우도 있지만, 대부분의 미혼 남녀들은 상담소를 선호하였고 가족들 또한 그것을 신뢰하였다.

호바트는 당혹스레 닉을 쳐다보았다.

"죄송합니다만 채스턴 씨, 아내를 원하신다면 회사로 오셔서 다른 사람들처럼 등록을 하시면 되잖습니까?"

닉은 의자등에 기대며 팔걸이에 한쪽 팔을 올려놓고는 손등에 턱을 댔다. 그가 생각하는 동안, 방안의 침묵은 더욱 깊어졌다.

호바트는 예상했던 것보다 더 까다롭게 굴고 있었다. 세 시간 전 카지노로 들어섰을 때의 그 잘 차려입은 모습이 지금은 엉망으로 구겨져 있지만 닉이 제안한 거래를 신중하게 검토할 정도의 이성은 아직 남아 있는 모양이었다. 그는 겁에 질려 있긴 하지만 멍청이는 아니었다.

자신의 능력을 써야 할 시간이 되었다. 닉은 숨을 들이켜 이제 곧 방아쉬를 당기거나 칼을 던지려는 사람처럼 약간만 토해내었다. 정신적 에너지를 집중시켜 줄 만한 프리즘이 없긴 하지만, 수년 간의 엄격한 수련 끝에 그는 자신의 초자연적인 능력을 조잡하게나마 몇 초 동안 사용할 수 있는 통제력을 얻어냈다.

그는 매트릭스의 재능을 갖고 있었다. 견해에 따라서 신의 선물이 될 수도 저주가 될 수도 있는, 직관적인 분석 능력이 있는 정신적 능력의 극히 드문 형태였다. 그것은 사물의 결합 관계를 볼 수 있으며, 가능성을 점치고 승산을 평가하며, 다른 사람들에게는 우연의 사건으로만 보이는 완벽한 혼돈 상태에서 공동 함수를 추론해 낼 수 있다는 의미였다.

　매트릭스의 능력은 매우 드물었고, 있다 해도 대부분이 그리 강하지 않았다. 닉처럼 매우 강력한 매트릭스의 재능은 사실상 알려져 있지 않았다. 정신적 흡혈귀의 전설 정도라고나 할까.

　매트릭스 능력에 관한 연구는 제한되어 있었다. 그 초자연적인 능력을 분명히 가진 사람들의 수가 적은 탓도 있었고, 또한 그들 대부분이 연구 대상이 되기를 거부했기 때문이기도 했다. 매트릭스 능력은 의문이 많은 분야였다. 어떤 사람들은 그들이 완전한 편집증 환자들이라고 주장하였다.

　다양한 능력들은 장막이 닫힌 후 약 50년 간 연구돼 왔고 세인트 헬렌의 다른 모든 것들과 마찬가지로, 그런 특이한 능력은 공동의 이익을 위한 원칙들에 의해 지배되었다.

　능력을 효과적으로 발휘하기 위해서는 프리즘이란 사람의 협조를 필요로 하였다. 프리즘이란 정신적 능력을 형상화시키는 능력을 가진 이들이다. 형이상학적인 평면 위에 창조되는 프리즘 결정체들은 능력을 집중하고 통제할 수 있도록 만들어 주었다.

　능력자와 프리즘이 힘을 발휘하려면 두 사람 모두의 마음에서부터 우러나오는 협력이 요구되었다. 그것은 능력자들이 자기 멋대로 능력을 발휘하지 못하도록 하기 위한 자연의 법칙과도 같았다. 능력을 최대한 펼치기 위해 프리즘이 필요하다는 것은 닉에게 귀찮은 일이었다. 하지만 그 법칙은 어차피 존재하였고, 자연의 법칙에 대항할 수는 없었다.

　대중소설 작가나 영화 제작자들은 순수한 프리즘을 압도하여 극한까지 능력을 발휘할 수 있는 소위 정신적인 흡혈귀에 대한 이야기로 독자와 관객들을 섬칫하게 만들곤 하였다.

　하지만 과학자들은 프리즘의 자발적인 협조 없이 잠시 동안이나마 정신 능력을 사용할 수 있는 강한 능력이 있다는 것에 코웃음을 쳤다. 프리즘이 능력자들에게 압도당하는 것이 가능하다고 가정한다 해도, 프리즘은 간단히 프리즘 생성만 중단시키면 된다고 말했다.

또한 능력은 등급별로 차이가 있어, 높은 능력자들을 돕는 낮은 등급의 프리즘들은 일시적인 소진 상태를 경험하곤 하였다.

수요와 공급의 법칙에 따라, 잘 훈련되고 완전한 능력을 발휘할 수 있게 돕는 프리즘들은 다양한 정신적 능력을 소유한 고객을 위한 프리즘 중개 회사에 소속돼 높은 급료를 벌어들이는 게 보통이었다.

닉은 전문적인 프리즘을 고용하는 게 마음에 들지 않았고, 대부분의 프리즘들 또한 매트릭스 능력자와는 일하고 싶어하지 않았다. 매트릭스 능력은 능력자와 프리즘 사이의 연결을 극도로 불편하게 만드는 독특한 에너지의 형태였기 때문이었다.

이 행성에 나타나는 초자연적인 능력은 대단히 다양했다. 새로운 형태의 능력이 나타나면 바로 보고가 되었다. 하지만 매트릭스 능력은 여전히 이해하지 못할 분야로 남아 있었다.

심리학자들은 매트릭스 능력자들이 자신의 본성과 타협하기에 대단히 큰 어려움을 겪는다는 학설을 제시하였다. 대부분의 능력들이 정상적이고 자연스러운 것으로 생각되는 사회임에도 불구하고, 매트릭스만은 아주 미미한 능력마저도 기이하게 받아들여졌다. 또한 닉이 가진 것과 같은 무한한 매트릭스 능력은 이론상으론 존재하지도 않는 불가능한 것으로 간주되었다.

불가사의한 것뿐만 아니라, 매트릭스 능력은 대단히 다루기 힘든 것으로 여겨졌다. 매트릭스 능력자는 가끔 학계나 비밀스런 싱크 탱크라는 갇힌 공간으로 들어가 버리곤 했고, 어떤 이는 정신병동의 병실 안에서 생을 마감하기도 했다. 모든 사물의 행동양식들을 꿰뚫어보는 매트릭스의 능력은 강박관념이나 편집증, 자포자기식의 자살로 연결될 가능성이 많았다.

닉은 오래 전에 자기 통제력을 갖는 것만이 강한 매트릭스 능력을 지닌 자가 정상적인 생활을 할 수 있게 된다고 결론 내렸다. 그는 다른 사람들이 먹고 숨쉬는 일상처럼 자신을 통제하는 법을 지속적으로 훈련했다.

닉은 이제 형이상학적인 평면에서 능력을 발산할 준비를 하였다. 프리즘의 도움 없이는 잠깐 동안만 능력을 사용할 수 있었지만 지금 호바트에게 어떤 종류의 압력을 사용해야 적절할지 알아내는 데는 그것만으로도 충분하리라.
 그는 투명한 감각을 만들기 위해 자신을 긴장시켰다. 그러면서 마음 한구석에서는 본능적으로 힘을 집중시킬 수 있는 프리즘을 찾았다. 물론 이 방안엔 프리즘이 없고 정신집중은 가까운 범위 안에서만 발휘되기 때문에 프리즘을 찾는 건 쓸모없는 짓이었다.
 닉은 앞에 앉은 결혼 상담자에게 미소를 보냈다. 호바트는 자신이 잠시 매트릭스 능력의 분석 대상이 된다는 걸 절대 모를 것이다. 능력은 전혀 흔적을 남기지 않는다. 인지 능력자만이 능력의 흐름을 파악할 수 있는데 근처에 그런 사람은 한 명도 없었다.
 닉은 프리즘을 찾을 때면 언제나 느껴지는 약간 혼란스러운 현기증을 느꼈다. 연결이 이루어지지 않으면 그런 감각은 저절로 사라진다. 그는 불안한 표정의 호바트에게 계속해서 미소를 보냈다.
 그때 가볍고 경쾌하면서도 강렬한 에너지가 형이상학적인 평면으로 흘러들어왔다.
 '내 능력이 아니다. 프리즘 하나가 반응을 보이는 것이다.'
 닉은 놀라움으로 얼어붙고 말았다.
 '불가능한 일이야.'
 예기치도 못했던 연결로 인해 그는 이 층 창문 밖으로 걸어나간 듯한 기분이었다. 싸늘한 감각이 그를 잡아끌었다. 그리고 그 다음에는 열기, 불타는 듯하면서도 난폭할 정도로 위협적이며 관능적인 열기가 그를 관통했다.
 닉은 잠시 숨을 멈추었다. 하지만 그의 마음은 우연히 만나게 된 그 프리즘과의 연결을 계속 추구하고 있었다. 형이상학적 평면 위에서, 반짝이는 크리스털 프리즘이 형성되기 시작하였다.
 '이런 일은 있을 수 없어.'
 닉은 방 끝 쪽의 문으로 시선을 홱 돌렸다. 아무도 들어오지 않았다.

프리즘이라 부를 만한 사람은 주위에 아무도 없었다. 더구나 이렇게 강한 힘이라니.

너무나 완벽하고 또렷하였다. 그는 이 프리즘을 통해 영원히라도 힘을 쏟아붓고 싶었다.

강한 브랜디 한 병을 몽땅 마셔 버린 기분이었다. 그는 도취되었고 황홀감을 느꼈다. 피가 끓어올랐다. 이 믿을 수 없는 프리즘을 창조한 자가 누구든 간에 그가 만나 본 어떤 프리즘보다도 강했다. 완전 분광 프리즘, 한계치를 넘어선 그의 능력까지 다룰 수 있는 자.

그를 붙잡아 둔 더할 수 없는 도취감이 뒤늦게 경고의 벨을 울려댔다. 그는 넘쳐흐르는 감각과 고통스러운 성적 흥분을 거둬들이려고 노력하였다. 분명하게 확실한 한 가지는, 이 프리즘이 여자라는 사실이었다. 그녀의 여성적인 매력이 뼛속 깊이까지 철저히 느껴졌다.

'이건 좋은 일이 아냐.'

그는 애써 깊은 숨을 들이쉬며 자신을 통제하려 했지만 완전하지는 못했다.

극히 이상한 일이다. 능력자와 프리즘 간의 연결은 중성적이고 성적 인식이 없다는 것이 일반적이었다. 그런데 이번 연결은 전혀 중성적이지 않았다. 프리즘과 사랑을 하고픈 감각이 그를 집어삼킬 듯이 위협해 왔다.

그의 마음 깊은 곳에 숨어 있던 악마가 요동을 일으켰다.

안 돼. 그는 힘껏 주먹을 모아 쥐었다. 난 미치지 않아. 광기가 나를 덮칠 순 없어.

닉은 또 한 번 깊게 떨리는 숨을 몰아쉬었다. 정신이상의 혼돈 상태는 그가 가장 두려워하는 것이었다. 보통 때는 마음속 가장 깊은 곳에 이런 은밀한 두려움을 묻고 살았지만, 오늘밤 그 덩굴 하나가 스멀스멀 기어 나와 자신에게 위협적인 손톱을 내미는 걸 느낄 수 있었다.

"채스턴 씨?"

호바트가 의아한 표정으로 자신을 쳐다보고 있다는 걸 어렴풋이 알았지만, 지금은 그에게 신경쓸 겨를이 없었다. 닉은 지금 아무도 이해하지 못할 정신적 미로에 서 있었다. 어쩌면 미친다는 게 이런 것일지 모른다. 그가 그 동안 자제해 왔던 한계선을 넘어선 것일지도 모른다.

고통과 두려움이 폭발했다. 자제력을 잃으면 안 돼. 미쳐 버리느니 차라리 죽는 게 낫다. 그는 오래 전에 이미 그렇게 결론 내리고 있었다.

빌어먹을. 그는 아직까지는 자신의 능력을 자제할 수 있을 정도로 또렷한 상태였다. 하지만 매트릭스들이 폭발해 버리기 직전에 이런 증상이 오는 건지 누가 알겠는가.

어쩌면 그의 아버지도 35년 전 그 빌어먹을 정글에서 이런 두려움으로 자살해 버렸을지 모를 일이다.

"채스턴 씨?"

호바트가 몇 번쯤 눈을 깜박거렸다.

"뭐가 잘못되었습니까?"

의지력을 총동원하여, 닉은 주먹을 풀었다. 타인에게 자신이 미쳐 가고 있다는 걸 보여 줄 생각은 추호도 없었다. 최소한 그 정도는 견뎌낼 수 있었다.

"아니오. 잘못된 건 없소."

그가 앙다문 잇사이로 내뱉듯 말했다.

이런 식으로 파멸되지는 않으리라. 한순간 정신을 잃어버렸다는 걸 다른 사람에게 보여 주지는 않을 것이다. 혼돈 속으로 곤두박질칠지는 몰라도, 그걸 남에게 보일 순 없었다.

하지만 어떻게 혼돈상태가 이리도 아름다울 수 있단 말인가? 이렇게 매혹적이고 완벽한 상태라니?

형이상학적 평면에서 그 황홀한 프리즘이 사라지러 하고 있었다. 프리즘이 누구이든 엄청나게 빠른 속도로 사라지고 있었다.

"안 돼, 안 돼."

닉은 중얼거렸다.

또다른 종류의 공포가 휘감아들었다. 정신병동을 두려워하는 것만큼이나, 이 믿을 수 없는 완벽한 능력의 프리즘을 잃는다는 것은 생각조차 하기 싫었다.

그는 그 번득이는 프리즘을 잡아 두려고 애썼다. 전문가들은 강한 능력자들이 프리즘을 잡아 두는 정신적 흡혈귀가 될 수 있다는 것은 소설에나 나올 법한 이야기라고 부정했다. 하지만 이 순간 닉은 그 놀라운 창조물을 잡아 두기 위해 그런 시도를 하고 있었다.

그는 모든 의지력과 정신적 능력을 최대한으로 동원시켰다. 에너지의 잔물결 속에 힘이 들어가며 프리즘을 감싸고 돌았다.

그는 해냈다.

프리즘이 더 이상 희미해지지 않았다. 닉은 그것을 붙잡아 두었다. 이제는 그의 것이었다. 자신이 해낸 일을 믿을 수가 없어 스스로에게 경외감이 느껴질 정도였다.

"채스턴 씨?"

호바트가 다시 눈을 깜박이며 자리를 박차고 일어섰다.

"채스턴 씨, 괜찮습니까?"

닉은 그런 방해를 무시해 버렸다. 사로잡은 포로를 잡아 두는 일에 전적으로 전념하였다. 갑자기 그 프리즘이 분노한 에너지를 쏟아내었다. 마치 위험을 알아낸 듯이. 하지만 사라지지는 않았다. 사라질 수 없었다. 그가 정신적 사슬로 빠르게 묶어 두었으니까.

그는 프리즘을 통하여 능력을 쏟아부으며, 그 거침없는 힘의 흐름을 만끽하였다. 이런 식으로 거침없이 능력을 사용해 본 적은 한 번도 없었다. 믿을 수 없을 만큼 기분좋고 만족스런 느낌이었다.

이렇게 즐겁다면 밤새도록이라도 능력을 쏟아부을 수 있을 것 같았다. 어떤 특별한 목적을 위해서가 아니라, 단지 이 과정을 즐기면서 말이다. 금방이라도 미쳐 버릴 거라는 두려움은 사라졌다. 이번 연결은 제대로 되었다.

아무 경고도 없이 집중이 아주 약간 변화하더니, 프리즘의 일면들이 뒤틀리며 닉이 주입하고 있던 능력의 흐름이 갑자기 꼬여 버렸다.

정신적 고통이 엄습해 들어왔다. 프리즘을 만들어 낸 여자도 비슷한 고통을 느낄 것이다.

대체 지금 무슨 짓을 하고 있단 말인가? 마침내 이성이 눈을 뜨기 시작했다. 자신은 흡혈귀가 아니다.

능력의 흐름을 중지시키려 하자, 프리즘의 존재가 깜박깜박 흐릿해졌다. 비로소 현실감이 그에게 돌아왔다.

"걱정 마십시오, 채스턴 씨. 제가 도움을 청하겠습니다."

호바트가 문을 향해 반쯤 달려가는 중이었다.

"앉으시오."

닉은 눈을 감고서 숨결을 가다듬었다.

"당신은 누군가에게 어떤 공격을 받고 있는 것처럼 보였어요. 정말 다른 사람의 도움이 필요해 보입니다."

닉이 눈을 가늘게 떴다.

"앉으라니까."

호바트의 손이 부들거리더니 그는 천천히 의자로 돌아와 앉았다.

"잘못된 건 전혀 없소."

닉은 자신을 수습하며 방을 둘러보았다.

모든 것이 정상적인 듯 보였다. 미쳤다는 느낌은 들지 않았다.

그는 미치지 않았다. 오히려 기분이 아주 좋았다. 아직까지 남아 있는 욕망의 고통만 아니라면, 이렇게 기분좋은 적은 한 번도 없었다고 단언할 수 있었다. 기억력은 완벽하게 또렷했고 두뇌도 날카롭게 돌아가고 있다. 논리와 이성과 통제력을 아무 힘들이지 않고 끌어올릴 수 있었다.

다행이다. 문제는 없다.

그는 재빨리 상황을 분석했다. 그의 능력이 우연히도 아주 강한 프리즘과 부딪힌 건 틀림없다. 그게 누구이든 간에, 그녀는 대단히 강한 힘의 소유자여서 바로 옆에 있지 않고 떨어져 있음에도 불구하고 그와 연결될 수 있었던 것이다.

게다가 그녀는 아주 드문 타입의 프리즘이었다. 매트릭스의 흐름을 완벽하게 조율시킬 수 있는 프리즘.

　근처 어딘가에 있을 것이다. 카지노 바로 안에. 건물 밖에서부터 그와 연결할 정도로 강한 프리즘은 존재할 수가 없다.

　닉은 머리를 쓸어 올리며 매트릭스의 논리로 분석해 보려 애썼다. 존재하지 않을 것처럼 보이지만, 한계를 넘어서는 능력자들이 몇몇 있다는 사실은 그도 익히 알고 있었다. 그가 그런 사람들 중 하나였다. 그는 또한 완전 분광 이상의 힘을 가진 프리즘이 있다는 것도 알고 있었고, 전문가들은 극구 부인하는 사실이지만. 몇 달 전 극도의 환상 능력을 가진 그의 친구 루카스 트렌트도 아마릴리스 라크라는 완전 프리즘을 찾아내지 않았던가.

　오늘밤 그가 또 한 명을 발견했다. 그녀를 찾아야만 한다.

　카지노의 안전 시스템은 일급이니 카메라 중 하나가 그 불가사의한 프리즘이 건물에 들어서는 순간을 포착해 놓았을 것이다. 테이프에 그녀의 얼굴이 담겼을 거라 생각하자 다소 안심이 되었다.

　어떤 방법으로든 그녀를 꼭 찾아내서 정체를 밝혀 낼 것이다.

　하지만 당장은 자신의 결혼 문제에 관한 일을 처리해야만 한다. 닉은 최대한 의지력을 다잡아 호바트를 쳐다보았다.

　"바트 씨, 당신은 내가 비밀로 남기고 싶어하는 세세한 부분까지 말하게 만드는군요."

　호바트는 지금까지보다 더 불안한 표정이었다.

　"세세한 부분이라뇨?"

　"당신은 내가 왜 다른 사람들처럼 등록하지 않느냐고 물었소. 사실 정상적인 방법으로 배필을 구하는 게 나한테 별로 이득될 게 없는 몇 가지 이유가 있다오."

　"그렇군요."

　호바트는 살짝 기침을 토해내며 전문가답게 차분히 물었다.

　"어떤 이유들인가요, 채스턴 씨?"

　닉은 건조하게 웃었다.

"우선 내가 카지노의 소유자 겸 관리자라는 점이오. 뉴 시애틀의 훌륭한 가문 중에서 몇이나 이런 직업의 남자와 딸을 결혼시키려 들겠소?"

호바트의 얼굴이 달아올랐다.

"당신의…… 음…… 직업이 어떤 가문에게는 받아들여질 수 없다는 점은 인정합니다. 하지만 음, 저명한 가문의 딸을 신부감으로 찾는 게 아니라면……."

"바로 그거요. 난 뉴 시애틀의 엘리트 가문 여자와 결혼할 생각이오."

"오, 이런."

"그리고 몇 가지 사소한 문제들도 있소, 바트 씨. 당신이 그 점을 사소한 것으로 생각해 주리라 믿소."

호바트는 심판을 기다리는 사람처럼 두 눈을 감았다.

"어떤 거죠, 채스턴 씨?"

"난 시험받지도, 등급을 매기지도 않은 능력자요."

닉이 부드럽게 말했다.

호바트는 충격을 받은 듯 눈도 뜨지 않았다.

"앞으로 시험을 볼 생각입니까?"

"아니오."

호바트가 신음하며 눈을 떴다.

"결혼 상담소는 등급이 매겨진 능력자와 프리즘만을 상대합니다. 두 사람 간의 능력 등급이 일치하는 건 성공적인 결혼에 있어서 아주 중요합니다."

"당신은 내 능력 등급과 관련 없이 배우자를 찾아야 할 거요."

호바트의 손이 부들부들 떨렸다.

"하지만 시험받지 않은 능력자와 결혼하려는 사람을 찾기란 대단히 어렵습니다."

그의 목소리가 약간 밝아졌다.

"물론 아주 미미한 능력을 소유하셨다면이야 별 문제 없지만……."

"약한 능력이 아닌 것 같아 유감이오."

"점점 더 어려워지는군요."

호바트가 의자 팔걸이를 움켜잡았다. 그의 눈에는 도망치고 싶어하는 표정이 역력히 드러났다.

"정확히 어떤 능력을 갖고 계십니까, 채스턴 씨?"

"매트릭스요."

호바트는 절망적으로 무너져 내렸다.

"강하고 시험받지도 않은 매트릭스 능력자가 엘리트 계층과 결혼하고 싶어하다니. 불가능합니다. 그런 일은 말도 안 됩니다. 화내지 마십시오, 하지만 웬만한 중류 계층사람들이라 해도 당신을 가족으로 받아들이고 싶어하지 않을 겁니다."

"가끔은 돈이란 게 상상 이상의 일을 해내죠. 계층과 관계 없이 효과를 나타낼 수 있소. 다행히 난 돈이 아주 많소, 바트 씨."

호바트는 마른 입술을 축였다.

"남은 문제가 또 있습니까?"

"문제가 아니라 도전이라 생각해 주시오, 바트 씨. 결혼 상담자는 항상 긍정적으로 생각해야만 하오. 당신이 극복해 주리라 기대하는 마지막 도전은 내가 사생아라는 점이오."

"그 점에 대해서는······."

호바트가 갑자기 말을 끊으며 얼굴을 벌겋게 물들였다.

"알겠습니다. 말 그대로의 뜻입니까?"

"그렇소. 나의 부모는 결혼하지 않았소. 아버지는 채스턴 가 사람이오. 내가 태어나기 전에 돌아가셨소. 난 이곳 뉴 시애틀의 채스턴 가와 피로 연결되어 있지만 그들은 내 존재를 인정하지 않소. 결론적으로 나는 존경받는 가문의 혈통이 아니오."

"애석한 일이로군요."

그 주제에 대해 더 이상 언급할 필요는 없으리라. 그들은 둘다 사생아라는 오명이 사회의 어떤 계층이든 점잖은 가문의 배우자를 찾는 사람에게 있어 심각한 장애임을 알고 있었다. 높은 계층과 결혼하길 희망하는 남자에게는 거의 치명적인 장애물이었다.

하지만 사생아라는 점은 반대급부로 대단한 성공의 열망을 갖게 한다고 닉은 우울하게 생각하였다. 존경은 그것을 못 누리고 산 사람에겐 엄청난 가치를 지닌 것이다. 닉은 자신의 아이들만큼은 존경받는 가문에서 태어나게 해 억울한 일을 당하지 않게 하리라 결심했다. 그의 자식들은 그가 줄 수 있는 모든 혜택을 받을 것이며, 그 시작은 바로 자신이 엘리트 가문의 아가씨와 결혼하는 것이다.

닉은 희미하게 미소지었다.

"내가 왜 당신에게 이런 요구를 하는지 이제 아셨소, 바트 씨."

"도저히 불가능합니다, 채스턴 씨. 제가 어떻게 좋은 가문의 여성을 찾아 드릴 수 있단 말입니까?"

"당신은 꼭 해낼 것으로 확신하오. 당신의 자질과 내 돈의 힘을 완벽하게 신뢰하고 있소."

"당신은 자신이 높은 계층이 될 수 있다고 생각하십니까?"

호바트가 더듬거렸다.

"그렇소, 내 생각이 바로 그것이오. 내가 부당한 차별을 받는 낮은 계층에 오랫동안 머물지 않을 거라는 걸 한눈에 알아채다니 찬사를 보내는 바요. 나에게는 계획이 있소. 자세한 부분까지 당신에게 말할 필요는 없겠지만, 날 믿으시오. 난 오 년 안에 당신이 저절로 고개를 숙일 정도로 대단히 존경받는 지위에 올라설 것이오."

"계획이라구요?"

호바트가 조심스레 되풀이했다.

"그렇소. 그리고 당신은 내 인생의 계획에서 대단히 중요한 역할을 맨 처음으로 담당하는 거요."

아만다 퀵
Zinnia

2

지니아 스프링은 숙녀용이라고 표시된 화장실 문에 무겁게 몸을 기대며 안으로 비틀비틀 들어섰다. 이곳 또한 카지노의 다른 곳들처럼 품위 없고 화려하기만 한 시설임이 한눈에 들어왔다. 돈은 꽤 들였지만 우아하지 않은, 남성들의 말초적 환상을 불러일으키도록 디자인되어 있었다.

금박을 입힌 문들이 그녀를 맞았다. 거울이 달린 한쪽 벽면에는 세로 홈이 파인 황금 화장대와 이국적인 새의 형태로 만들어진 수도꼭지들이 분홍빛이 살짝 감도는 하얀 대리석 세면대에 놓여 있었고, 황금을 덧입힌 분홍 벨벳 소파 밑에는 두터운 카펫이 깔려 있었다.

자존심 강한 인테리어 디자이너라면 이것을 보고 경악하리라. 하지만 그 순간 그녀는 너무나 충격을 받은 상태여서 장식을 평가하는 데 많은 신경을 낭비할 여력이 없었다.

화장실에 자기 혼자뿐인 걸 알자 안심이 되었다.

방금 경험한 초자연적인 공격으로 인해 여전히 머리가 쿵쾅거렸다. 맥박은 쉴새없이 줄달음쳤고, 등부분의 블라우스는 땀으로 젖어 피부에

착 달라붙어 있었다. 하지만 최소한 그 못된 자와의 연결은 끊겼다. 그가 누구이든지 간에.

그자가 그녀를 일부러 놓아 준 것인지 아니면 그녀가 집중을 뒤틀어 스스로의 힘으로 풀려 난 것인지 확신이 서지 않았다. 그 연결이 있던 잠깐의 순간은 모든 것이 너무나 당황스러워 아무것도 이치에 맞게 기억을 되살릴 수 없었다.

그녀는 화장대 양쪽을 잡고 거울 속을 들여다보았다. 눈에 남은 공포의 흔적을 제외하면, 놀라우리만치 정상적으로 보였다. 자신은 거대한 돌풍 속에 들어갔다 나온 느낌인데, 머리카락 한 올 헝클어지지 않았다. 그녀의 상징인 빨간색 정장은 여전히 흐트러짐 없이 전문가적인 모습이고, 목에 두른 스카프도 카지노에 도착하기 전과 마찬가지로 세련되게 묶여 있었다.

그녀는 두 눈을 감고 몇 번 숨을 들이마셨다. 그가 누구이든 대단히 강력한 자이다. 매트릭스가 분명했다.

하지만 그렇게 강한 매트릭스 능력자는 존재할 리가 없는데……. 그녀는 그 분야에 관해 전문가였다. 시너지 사에서 파트 타임으로 일하면서 만난 사람들은 모두가 그녀의 평가에 의하면 5등급 아래였다. 그런데 이 남자는 등급을 넘어서는 수준이었다.

그리고 틀림없이 남자였다. 그 연결에 동반되었던 강렬한 남성미를 기억해 내자 다시 몸서리가 쳐지며 성적인 감각에 몸이 달아올랐다. 그녀는 정신적 연결에서 이처럼 당혹스런 신체적 흥분을 경험한 적이 한 번도 없었다. 아니, 솔직히 말하자면 다른 어떤 상황에서도 전혀 느껴본 적이 없는 욕망임을 인정해야 했다.

최근 그녀는 자신에게 성적 욕망이 과연 있기는 하나 스스로 의심하기 시작하던 차였다. 최소한 그 부분에 관해서는 이제 걱정을 덜어도 되겠군. 자신에게 진정한 정열이 느껴지다니. 이것은 요사이 오키드 아담스의 정신적 흡혈귀 소설을 읽으면서 느꼈던 전율과는 사뭇 다른 떨림이었다.

이런 일은 불가능하다. 강력한 매트릭스 능력은 세인트 헬렌의 첫세대 유물만큼이나 보기 힘들다. 전문가들은 높은 매트릭스 능력자가 존재한다는 것조차 의심스럽다고 말하지 않는가.

지니아는 눈을 뜨고서 황금 선반에 쌓인 종이컵을 하나 빼내어 물을 받기 위해 수도꼭지를 돌렸다.

물을 길게 한 모금 들이키는 그녀의 손에서 종이컵이 떨렸다. 그나마 다행인 것은 빙글빙글 돌던 머리가 마침내 진정되었다는 점이었다. 심장박동도 거의 정상에 가까웠다. 혼란스럽기만 하던 성적인 흥분감도 흐릿해져 갔다.

그녀는 한순간 눈살을 찌푸렸다. 연결에서 벗어나려 몸부림칠 때 발생했던 고통이 생각났던 것이다. 그 과정에서 상대편 또한 똑같은 고통을 받았을 텐데. 그래도 싸지 뭐.

그녀에게 일어났던 사건에 대한 설명은 한 가지밖에 있을 수 없었다. 진짜 정신적인 흡혈귀와 맞부딪힌 것이다.

대부분의 사람들은 정신적인 흡혈귀가 소설이나 전설에나 등장하며 실제로는 존재하지 않는다고 여긴다.

하지만 시너지 사에서 일하는 모든 사람들은, 몇 달 전 아마릴리스 라크가 진짜 살아 있는 정신 흡혈귀와 맞부딪혀 섬칫한 경험을 한 것에 대해 알고 있었다. 사장인 클레멘타인 말론은 그 정보를 아무도 믿지 않을 거라는 단순한 이유로 어떤 언론 매체에도 발표하지 않았다.

흡혈귀의 존재를 증명할 수 있는 단 한 사람은 현재 정신 병원에 감금된 상태였다. 이렌 던리는 아마릴리스와 루카스 트렌트를 상대로 대결을 벌이다 힘이 소멸되면서 미쳐 버리고 말았던 것이다.

지니아는 또 한 모금의 물을 들이키며 자신의 모습을 살펴보았다. 아까보다 훨씬 기분이 나아졌다. 거의 정상에 가깝게.

어쩌면 너무 과민반응을 보이는 건지도 몰라. 오늘밤 모리스 펜위크 문제 때문에 긴장이 지나쳤던 모양이다. 순간적으로 감각을 상실한 사이 그녀의 상상력이 도를 지나친 것일지도 모른다.

카드 놀이에서 속임수를 쓰기 위해 남몰래 능력을 사용하는 5단계나 그 아래의 매트릭스 능력자와 우연히 맞부딪힌 거라고 생각을 정리하자 마음이 더욱 편안해졌다. 카지노는 보통 고객이 능력을 이용하여 사기 치지 못하도록 인지 능력자들을 고용하고 있지만 누군가 간혹 그 안전 장치를 벗어날 수도 있는 일이지.

그녀는 한숨을 쉬었다. 자신을 속이려 애쓸 필요는 없다. 그녀는 중간 등급의 매트릭스에게 걸린 것이 아니라, 무한계의 능력을 지닌 매트릭스 흡혈귀에 걸려 비틀거렸던 것이다. 그녀의 프리즘은 매트릭스 능력자와 만나야만 최대한의 효과를 발휘할 수 있는 극히 드문 능력을 가졌다. 그녀는 10등급까지 모든 능력 소유자들을 평가해 낼 수 있었고 그 사내가 누구이든지 간에 10등급을 훨씬 넘어섰다.

'틀림없이 돈을 잃은 포커 테이블의 사내들 중 하나였을 거야.'

그녀는 들뜬 도박꾼들에게 가까이 접근하였다. 채스턴의 도박장은 높은 판돈이 걸리기로 유명한데, 누군가 대단히 강력한 힘을 가진 매트릭스 능력자가 절망적인 나머지 자신의 힘을 남몰래 사용하려 했던 게 틀림없다. 그때 가까이에 있었던 게 그녀의 불행이었다.

그는 아마 그 연결에 그녀만큼이나 깜짝 놀라면서도 그녀가 만들어 낸 환상적인 프리즘을 잡기 위한 노력을 멈출 수가 없었을 것이다.

그녀는 화장실로 들어서기 전 진 포커 테이블 가까이에 있었다. 능력자와 프리즘 간의 거리가 몇 미터만 떨어져도 그 연결의 힘이 빠르게 사라지는 것이 일반적이었다.

지니아는 다시 정리해 보았다. 방금 일어났던 일에 대해 자신이 할 수 있는 일은 아무것도 없다. 정신적 흡혈귀에게 공격당했다는 증거도 없다. 그녀의 말을 들으면 카지노 안전 요원들은 웃어 버리겠지 그녀의 말을 믿어 줄 사람은 시너지 사의 친구들뿐이었다.

그녀는 물을 다 마신 다음 컵을 내려놓았다. 카지노의 안전요원들은 정신적 흡혈귀에 대한 이야기를 비웃어 버리겠지만, 이 카지노의 주인 닉 채스턴이라면 강력한 능력자가 포커 게임을 조종하려 했다는 데 관심을 가질 거라는 예감이 들었다.

구체적인 계획이 세워졌다. 그녀는 그의 사무실로 들어가기 위해 채스턴의 부하들을 혼란시킬 방법을 연구하였다.

그녀는 단호하게 화장실 문을 밀치고 나와 번쩍이는 카지노 안으로 걸어 들어갔다. 거의 새벽 한 시가 된 시간이지만 게임장은 우아하게 차려입은 남자와 여자들로 북적거렸다. 테이블 사이를 헤매다니는 그들의 몸뚱이에는 흥분과 절망이 물결쳤고, 반짝이는 금속 조각을 붙인 제복을 입은 웨이터들은 칵테일 쟁반을 들고 군중 사이를 돌아다녔다.

지니아는 몸을 돌려 카펫이 깔린 홀을 힘차게 걸어갔다. 까망과 황금빛이 섞인 거울로 된 엘리베이터를 지나니 비상구 계단으로 열린 문이 하나 발견되었다. 아무도 신경쓰지 않는다는 걸 슬쩍 확인하면서, 지니아는 계단으로 들어서 문을 닫았다. 그리곤 핸드백을 더 힘주어 움켜쥐고 서둘러 계단을 올라갔다.

이 층에 관계자 외 출입금지 표시가 적힌 문이 하나 있었다. 그녀는 숨을 깊이 들이쉬고는 잠기지 않았기를 기도하며 문고리를 잡았다.

잠겨 있지 않다. 문을 열자 어둡게 불이 켜진 홀이 나타났다. 진홍빛 카펫과 금박 입힌 기둥들이 군데군데 눈에 띄자, 이 불쾌하기 그지없는 장식에 그녀는 또다시 코를 찡그렸다. 아직 닉 채스턴을 만나 보지 않았지만, 이 형편 없는 디자인 취향만으로도 그를 결코 좋아할 수 없으리라. 이렇게 화려한 디자인과 전혀 상반되는 볼품없는 인물일 것이다.

"도와 드릴까요, 마담?"

뒤에서 낮은 목소리가 들려 왔다. 재빨리 돌아서니 땅달막하고 대단히 근육이 발달한 사내가 그녀를 마주 보고 있었다. 예복인 까만 이브닝 정장과는 전혀 어울리지 않는 모습이었다. 빡빡 깎은 머리가 복도의 어두운 램프 불빛 속에서 번들거리고 듬성듬성하게 휘어진 눈썹 아래로는 연한 색의 눈동자가 번득였다. 넓적한 얼굴에서 뾰족한 염소 수염이 우스꽝스러워 보였지만, 그에게 그 사실을 충고해 봤자 허사일 것이다.

그녀는 권위 있는 분위기가 나오기를 바라며 침착하게 물어 보았다.

"채스턴 씨를 찾고 있어요."
"약속하셨습니까?"
지니아는 미소를 지으며 여유롭게 보이려 애썼다.
"물론이죠. 기다리고 계실 거예요."
홀 끝의 닫혀진 문을 슬쩍 쳐다보는 사이 그 남자의 대머리가 번쩍거렸다.
"채스턴 씨는 지금 바쁘십니다. 방해하지 말라고 하셨습니다. 접대실에 앉아 계시면, 당신이 왔다는 걸 알려 드리겠습니다."
지니아는 빨간 하이힐 끝으로 바닥을 톡톡 두들기며 시계를 쳐다보았다.
"난 시간이 별로 없어요. 이보세요, 난 그를 위협할 목적으로 온 게 아니라고요."
그녀가 얇은 핸드백을 열어 그 안의 작은 지갑과 빗, 립스틱을 보여 주었다.
"난 채스턴 씨에게 절대 위협이 되지 않아요. 진짜로 당장 그분과 얘기해야 한다구요."
"이유는?"
"꼭 알아야겠다면 말씀드리죠. 난 시너지 사의 프리즘이에요. 채스턴 씨가 이곳의 안전장치를 점검해 달라고 우리 회사에 부탁하셨어요. 그 일이 끝나서 보고드리려는 거예요."
"그런 말씀은 사전에 듣지 못했는데요."
더 울퉁불퉁한 체격의 사내 두 명이 똑같이 어울리지도 않는 까만 정장을 입고서 작은 사내 뒤로 모습을 드러냈다. 그들은 지니아를 경계하는 게 분명했지만 신중하게 행동했다.
지니아는 대머리 사내에게 차가운 미소를 보냈다.
"내 말대로, 안전장치에 대한 일이에요."
"제가 이곳의 안전장치를 책임지고 있지요."
"설마, 난 당신이 채스턴 씨의 카지노 인테리어 디자이너일 거라고 생각했어요."

지니아는 갑자기 빙그르르 몸을 돌려 홀 끝의 닫혀진 문을 향해 돌진해 갔다. 경비원들이 아무 위협도 되지 않는 자기 같은 사람에게 폭력을 쓰지 않기만을 바랄 뿐이었다. 채스턴은 자신의 화려하게 장식된 홀에서 무고한 고객이 엉망이 되어 버린 모습을 보고 싶어하지 않을 것이다. 사람들에게 알려지면 사업상 별로 바람직하지 못하지.

"빌어먹을."

그 사내가 놀라울 정도의 속력으로 지니아의 뒤를 뒤쫓아 달려왔다.

"이리 돌아오시오."

지니아는 닫혀진 문에 도달해 문고리를 움켜잡고 힘껏 밀어젖혔다.

문이 쾅 열림과 동시에 경비원의 손이 그녀의 어깨를 움켜쥐었다. 숙녀용 화장실보다 훨씬 색채감이 형편 없는 진홍빛과 까망, 황금빛의 방이 눈에 들어왔다.

방안에 있던 두 남자가 동시에 그녀 쪽으로 고개를 돌렸다.

책상 앞의 잘 차려입은 작은 사내는 순진해 보였고, 까맣고 노란 의자에 앉아 빈둥거리는 자는 순진과는 거리가 멀어 보였다.

"방해해서 죄송합니다, 사장님. 제가 처리하겠습니다."

경비원이 말했다.

그가 데리고 나가려 하자 지니아는 두 손을 뻗어 양쪽 문틀을 움켜쥐었다. 그리고 책상 뒤에 앉은 사내를 노려보며 커다랗게 외쳤다.

"당신이 채스턴 씨인 모양이군요."

닉 채스턴의 차갑고 호기심어린 눈동자가 그녀에게로 향했다. 그 눈동자 속에 깃든 날카로운 지성과 굉장한 자기 통제력, 그리고 힘의 압력을 느끼자 이상한 떨림이 그녀를 관통했다.

"무슨 문제가 있나, 페더?"

닉이 낮고 부드러운 목소리로 물었다.

"아닙니다, 사장님."

페더의 손이 지니아의 어깨에 힘을 가하며 그녀를 문에서 떼어내려

했다.

"약간 오해가 있었던 것 같습니다."

"잠깐만요."

지니아는 문틀을 더욱 꼭 붙잡고 늘어졌다.

"채스턴 씨, 전 지금 당장 우리가 대화를 나누어야 한다고 제안합니다. 오늘밤 이 카지노에 뉴 시애틀의 모든 경찰이 동원되길 원치 않는다면요."

닉은 까만 눈썹을 들어올리고 오랫동안 그녀를 쳐다보았다. 주위의 모든 사람들이 숨을 삼키고 있었지만 그녀는 그 뻣뻣한 시선을 견뎌냈다. 형편 없는 취향의 카지노 주인 따위에게 위협당하지 않을 거야.

닉이 미소를 짓자 지니아는 순간적으로 그 매력에 거의 정신이 나갈 뻔했다.

"좋소."

닉이 의자에 웅크리고 앉은 긴장한 사내를 힐끗 보았다.

"이제 가도 좋소, 바트 씨. 내가 연락하겠소."

"알겠습니다, 채스턴 씨."

바트는 벌떡 일어나 불쾌한 운명에서 일시적이나마 집행유예를 선고받은 사람처럼 허둥지둥 문으로 달려나갔다.

지니아는 그를 동정어린 시선으로 쳐다보고 나서, 페더의 묵직한 손 아래로 고개를 숙여 빠져 나왔다. 바트가 그녀를 지나 날 듯이 홀로 달려갔다.

페더가 조용히 문을 닫았고, 지니아는 마침내 닉 채스턴과 단둘이 남게 되었다.

"무슨 일이신가요, 미스……. 이, 내가 당신 이름을 모르죠, 아마."

"스프링, 지니아 스프링입니다. 그리고 제가 원하는 걸 정확히 말해 드리지요, 채스턴 씨. 모리스 펜위크를 내놓으세요, 당장. 지금 당장 그를 풀어 주지 않으면, 경찰에 당신을 납치범으로 고발하겠어요."

아만다 퀵
Zinnia

3

"모리스 펜위크가 사라졌소?"

닉은 정중한 관심을 보이는 척했지만 내심으로는 분노와 좌절을 숨겨 놓았다. 하지만 쉽지가 않았다.

"순진한 척 마세요, 채스턴 씨. 펜위크 씨는 내 고객입니다. 그는 자신이 발견한 오래된 일지를 팔기 위해 당신과 협상중이라고 말했습니다. 당신이 그걸 대단히 갖고 싶어한다고 말했죠."

"맞소."

닉은 무척이나 부드럽게 대꾸했다.

지니아 스프링은 어깨의 핸드백 끈을 더욱 힘껏 움켜쥐었다.

정중한 관심의 표정? 그 일지를 손에 넣으려는 결심이 분명히 가면 밖으로 새어나오고 있었다. 그는 눈을 가늘게 뜨고 지니아의 대단히 멋지고 보기 드문 깨끗한 눈망울을 쳐다보았다. 그런 색의 눈동자는 본 적이 없었다. 어떤 이유에서인지 그 희귀한 은빛어린 파란 색조가 그를 매혹시켰다.

"모리스는 당신에게 그 일지를 갖고 싶어하는 고객이 당신 외에도 있다는 것을 말했죠?"

그녀가 신랄하게 말을 이었다.

"그랬소."

"그런데 지금 그 불쌍한 모리스는 사라졌어요."

"사라졌다는 의미를 정확히 말씀해 주시오, 스프링 양."

그녀의 눈동자가 번득였다.

"그를 찾을 수가 없어요. 우린 오늘 오후 그의 가게에서 만나기로 약속을 했었죠. 그런데 내가 거기 갔을 때 문은 잠겨 있었어요. 모리스는 절대 약속을 어기지 않아요. 그는 중간급의 매트릭스 능력자예요. 그들이 어떤지는 당신도 아시겠지요. 사소한 일에 대해서도 강박적으로 지키려 든다구요."

"강박적이라구? 당신은 매트릭스 능력자들과 함께 일해 본 경험이 많은가 보오?"

그녀가 어깨를 으쓱였다.

"대부분의 사람들보다는요. 하지만 당신도 잘 아시겠지만, 그들과 충분히 경험을 나눈 사람은 한 명도 없어요. 그들은 드물기도 하거니와 은밀하게 세상을 등지고 사는 약간 괴상한 사람들이잖아요. 그들은 연구 대상이 되는 걸 좋아하지 않아요."

"대학 연구실에서 실험용 쥐가 되는 걸 동의하지 않는다는 이유만으로 괴상하다고 말할 수는 없소."

웃기는 일이군. 닉은 자신이 이처럼 그녀에게 자극받고 있다는 것이 믿기지 않았다. 그는 깊이 숨을 들이쉬며 정신을 가다듬었다.

"자신들의 사생활을 기치 있게 생각할 뿐이오."

"채스턴 씨, 난 당신과 매트릭스들의 괴상함에 대해 논쟁하러 여기에 온 것이 아니에요. 모리스 펜위크를 되찾으러 왔어요. 그를 내놓으세요."

"스프링 양, 정확히 어떤 이유로 내가 그를 숨겨 두었다고 생각하는 거요?"

"당신은 불쌍한 모리스가 다른 고객과 당신 사이에 경쟁을 붙여서 가격을 올릴까 봐 겁이 났던 거예요. 그래서 당신 제안을 받아들이도록 위협하기 위해 그를 잡아 둔 거죠."

"흥미로운 가정이군."

그녀의 입이 긴장되자 우아한 턱도 같이 오므라들었다.

"불쌍한 모리스는 그 일지가 어떤 부류에게는 대단히 가치 있다는 걸 알고 있었어요. 협상이 끝나서 팔릴 때까지는 안전한 장소에 숨겨 두었다고 말했다구요."

"당신은 언제나 그를 불쌍한 모리스라고 부르오?"

그녀의 인상이 찡그려졌다.

"모리스는 섬세한 사람이에요. 대부분의 매트릭스들이 그렇지요. 그들은 스트레스를 받으면 제대로 능력을 발휘하지 못해요."

닉은 믿기지 않음과 동시에 짜증이 났다.

"그건 당신의 견해요?"

"아까도 말했듯이, 난 다른 누구보다도 매트릭스들과 일한 경험이 많아요. 모리스는 고서에 정열을 쏟아붓는 온화한 사람이에요. 당신이 불쌍한 바트 씨를 위협한 것처럼 그에게 압력을 가하면 아마 그는 난폭해질 거예요."

닉은 이를 악물지 않기 위해 안간힘을 써야 했다.

"내가 정리해 보겠소. 당신은 내가 또다른 구매자와의 경쟁에서 이길 수 없을까 봐 펜위크를 납치했다고 생각하오. 그래서 그 일지를 넘겨받을 때까지 그를 붙잡아 둘 거라는 생각을 했고."

"지금 그를 풀어 준다면 고발하지 않겠어요."

그녀가 부드럽게 말했다.

"대단히 친절하시군."

닉이 벌떡 일어나 거대한 책상을 돌아나오며 지니아의 얼굴을 똑바로 쳐다보았다. 하지만 그녀는 물러서지 않았다. 강렬한 도전을 담은 그녀의 눈동자가 또다시 그를 매혹시켰다.

물론 그는 그녀가 누구인지 알고 있었다. 보는 즉시 이름과 얼굴을 기억해 냈다. 일년 반쯤 전에 그녀는 3일 동안 도시 전체에 악명을 드높인 바 있었고, 쓰레기 같은 '신세이션' 잡지는 그녀를 '주홍 아가씨'로 이름 붙였다.

닉은 그런 잡지들을 혐오했지만 정보를 얻을 수 있었기 때문에 그냥 지나치지 않았다. 그의 일차적인 목적은 일 면을 장식하는 불운한 엘리트들의 스캔들과 사진들을 주시하는 것이었다. 상류 계층 가족들의 가십이 실린 뉴스거리는 나중에 유용한 목적으로 사용하게 될지도 모를 일이기 때문이다.

18개월 전, 지니아 스프링은 레드폭스 이튼이라는 부유하고 영향력 있는 인물의 침실에서 걸어 나오는 사진을 찍혔다. 이튼은 이 도시의 가장 저명한 가문의 우두머리이자 기혼자이기에, 그 스캔들은 신세이션 잡지에 3일 간의 가십거리를 제공했다.

오늘밤 입은 것과 그다지 다를 바 없는 진홍빛 정장 차림의 지니아의 사진은 잡지의 일 면을 명예롭게 장식했었다.

닉은 그 사진과 함께 기사도 잘 기억하고 있었다. 레드폭스 이튼이 관련되어 있다는 점과 어쩐지 그 불쾌한 연애 사건의 이면이 진실과 다르다는 느낌 때문이었다. 그의 매트릭스적인 능력은 기사 내용에 잘못된 점이 있다는 것을 감지해 내었다. 그러나 신세이션의 성향을 고려해 보면 잘못된 보도는 그리 놀랄 일도 아니었다.

'주홍 아가씨'가 3일 동안 끈질긴 기자들과 가십 담당자들을 다룬 방식도 인상 깊었다. 기사를 읽으면서 그녀가 오만한 경멸을 보이며 모든 인터뷰를 거절하였다는 것을 알고 감탄했던 것이다.

오늘밤 주홍 아가씨는 더욱 깊은 인상을 주었다. 그를 찾아 이 방안으로 들어오는 사람들에게는 기본적인 자세들이 있었다. 신중한 태도, 극도의 경계 혹은 절망적인 애원 등. 그러나 이렇게 노골적인 도전을 보이는 방문객은 많지 않았다. 대단한 용기로군.

그는 자신의 평판에 대해서도 잘 알고 있었다. 또 평판에 걸맞게 열심히 일해 왔다. 처음에는 웨스턴 섬의 거친 정글 속에서, 그 후에는 뉴 시애틀이라는 소위 문명화된 도시에서. 세간의 평판이란 그와 같은 불리한 사회적 입장에 있는 남자가 의지할 수 있는 몇 안 되는 방법 중 하나였다.

지니아가 입은 주홍빛 정장이 대담한 자기 표출을 위한 것인지 아니면 불안함을 감추기 위한 것인지는 알 수 없었다. 하지만 어떤 이유이든 그 번쩍이고 대담하며 뻔뻔스러운 빨간색은 그녀와 잘 어울렸다. 어둡고 위협적인 카펫과 커튼의 빨간색에 둘러싸여 있음에도 불구하고 말이다.

재단이 잘된 딱 맞는 그 옷은 미묘한 도전의 메시지를 담고 있음에도 전문적인 직업 여성의 모습에 어울리는 세련된 스타일이었다. 옷은 모양새 좋은 가슴을 감싸며 날씬한 허리를 강조하였다. 또한 풍만하고 둥근 엉덩이의 유혹적인 곡선을 암시하기도 했다.

색채나 스타일도 흥미롭지만 그녀의 옷 입은 방식이 더 닉의 흥미를 불러일으켰다. 지니아는 불굴의 용기와 의지력을 말해 주는 우아하고 오만한 분위기를 풍겨내고 있었다. 고집이 센 여자로군. 그가 결론지었다. 아주 어려운 타입이야. 대단히 매력적이기도 하고.

그는 상대의 진실을 본능적으로 파악했다. 또한 그 점이 그를 신중하게 만들었다. 강한 매트릭스 능력자의 문제 중 하나가 모든 사물의 작은 차이와 미묘한 부분에까지 극도로 민감하다는 점이었다. 좋든 싫든, 그는 대부분의 사람들이 전혀 느끼지도 못하는 아주 미세한 부분까지 알아챌 수 있었다.

능력을 사용하지 않을 때라도, 그는 항상 관찰하고 평가하며 분석하였다. 그는 직관적으로 패턴을 찾아다녔다. 잘못된 요소들은 없는지 부적절한 것은 없는지 아니면 경고의 신호들은 발생되지 않는지. 그리고 언제나 혼돈상태와 붕괴의 조짐을 매섭게 주시하였다.

그런 정확한 감각들이 웨스턴 섬의 정글 속에서 그를 살아남게 했고 카지노 사업가로서 큰 재산을 만들 수 있게 도와주었다. 하지만 요즘은 그 지속적인 패턴 추구 성향도 시들해졌다. 수년 간이나 잘못되고 위험한 것만 생각하다 보니, 무언가 올바른 진실에 대해 목말라 있는 자신을 발견하곤 했다.

그런데 지니아 스프링이 바로 그 진실의 느낌이었다.

이건 말도 안 된다. 그녀는 지금 자신에게 사람을 납치했다고 비난했지 않은가.

그는 이성적으로 그녀를 보려고 노력하였다.

이 여자는 눈에 확 띄긴 하지만 아름답지는 않다. 여자의 곧게 뻗은 코, 튀어나온 이마, 잘 정리된 광대뼈가 귀족적이라 불릴 수 있는 표정과 잘 어울리는 점이 마음에 들었다. 짙은 색 머리칼은 뺨으로 매끈하게 흘러내렸다.

미모로만 본다면, 아래층 포커 테이블에 있는 여자들이 훨씬 더 매력적이었다. 바로 이 순간 바에서 일하고 있는 몇몇은 길 가다가도 돌아볼 만한 미모들이었고, 이번에 새로 채용한 빨간 머리의 가수는 카지노의 모든 남자들과 여자들에게조차 대단한 미모로 인정받았다.

하지만 강한 매트릭스 능력을 지닌 남자는 여자를 다른 관점으로 보았다. 건강한 남성으로서 외면적인 여성의 아름다움도 중시하지만 신체적인 매력은 일시적이며, 나이가 들수록 그런 매력만 보고 반한 관계들은 만족스럽지가 못하다는 점이었다.

그는 좀더 다른 것을 원했다. 좀더 심오하고 의미 있는 관계. 이해하지도 못하고 무어라 규명할 수도 없는 어떤 것을 말이다.

그런 열망은 지난 수년 동안 점점 더 강해졌다. 그것이 그의 성생활을 엉망으로 만들고, 최근 몇 달 간은 사실상 존재도 않게 만들어 버렸다. 모든 매트릭스들이 이런 불유쾌한 경험을 하는 것인지 그만이 특별한 감정을 타고난 것인지는 알 수 없었다.

그는 이런 생각들을 한쪽으로 접어 두고 방금 전까지 바트가 앉았던 자리를 손가락으로 가리켰다.

"앉으시지요, 스프링 양. 우린 할 얘기가 많은 것 같소."

그녀는 의자를 보며 머뭇거리다가 도전적으로 걸어와 다리를 꼬고 앉았다. 빨간 하이힐 한 짝이 초조하게 흔들거렸다.
"내가 말하고 싶은 건 모리스 펜위크 씨 얘기뿐이에요."
"대단히 이상하겠지만, 나도 그 점에 많은 흥미를 갖고 있소."
그는 의자 뒤로 몸을 기대고 정교하게 조각된 책상 끄트머리에 두 손을 올려놓았다.
"사소한 오해부터 확실히 풀고 넘어갑시다. 난 펜위크가 어디 있는지 모르오."
그녀가 거짓말하지 말라는 표정으로 그를 쳐다보았다.
"당신을 믿지 못하겠어요."
"그래도 사실이오. 맹세하겠소, 스프링 양. 내가 당신의 존경받는 사업가 명단에는 올라 있지 않겠지만, 내 말은 은행에 먹혀들 만큼 충분히 신뢰성 있다는 점만은 인정해야 할 거요."
"모리스를 유괴할 이유를 가진 사람은 당신뿐이에요."
"펜위크 자신이 그 채스턴 일지에 흥미를 갖고 있는 사람이 나 외에 또 있다고 하지 않았소?"
지니아는 눈살을 찌푸렸다.
"그래요, 하지만 당신이 가장 원한다는 말도 했어요. 당신은 그 일지가 당신이 아는 사람이 쓴 거라고 주장했다더군요."
"내 아버지 바돌로뮤 채스턴이오. 그 일지는 지도에 나와 있지 않은 웨스턴 해의 섬들을 마지막으로 탐험할 때의 기록이오."
그녀가 그를 주의 깊게 살폈다.
"세 번째 탐험 말이군요. 그 일행들이 이상하게 사라졌다는 말은 들었어요."
"맞았소."
그녀는 대단히 신중해 보였다. 그녀가 마음속으로 그를 기인이나 괴짜, 아니면 그 외의 다른 미치광이로 단정하려는 것을 알 수 있었다.
"세 번째 탐험에 대한 정보는 많지 않아요."

그녀가 사교적으로 말을 이었다.
"공식적인 자료에 따르면, 존재하지도 않았다고 해요. 뉴 포틀랜드 대학의 기록에는 그 탐험이 취소된 것으로 쓰여 있다고 모리스가 그러더군요. 그리고 세 번째 탐험의 보고서가 한 장도 없다는 점은 모든 사람들이 알고 있어요."
"알고 있소. 이십 년 전 뉴턴 드포리스트라는 얼빠진 친구 하나가 그 팀이 우주인에게 유괴되었다는 주장을 잡지에 실어서 황당무계한 전설을 만들어 버렸지."
그녀는 조심스레 목을 가다듬었다.
"음, 당신은 그 이론을 믿지 않는 모양이죠?"
"그렇소, 스프링 양. 인정하지 않소."
"모리스가 발견한 일지가 당신 아버지 바돌로뮤 채스턴이 그 탐험에 대해 쓴 개인적인 기록이라고 믿는단 말인가요?"
"펜위크는 자기가 내 아버지의 일지를 확실히 발견했다고 장담했소. 물론 난 그걸 갖고 싶고 비용이 얼마가 들던 문제되지 않소."
"당신이 다른 사람들보다 더 후하게 사겠다고 했다더군요."
"그럴 생각이오. 펜위크와 난 그 점에 이미 합의하고 있소."
지니아의 몸이 의아심으로 긴장되었다. 흔들거리던 빨간 하이힐도 정지했다.
"모리스는 당신에게 그 일지를 팔 거라고 했어요. 그는 최고의 값을 받고 싶어했어요. 어느 정도 가치가 있는지 알기 위해 다른 고객과 만난 것뿐이었죠. 가격을 알아보기 위한 것뿐이었다구요. 당신이 인내심을 가졌더라면, 그는 결국 당신에게 팔았을 거예요. 이제 그를 풀어 주세요. 그럼 난 떠날 거고 당신이 모리스를 납치한 일은 집어 두겠어요."
"마지막으로 말하는데 스프링 양, 난 그를 납치하지 않았소. 믿든 못 믿든, 그것은 내 방식이 아니오."
"당신 방식?"
"당신이 어떻게 생각할지 모르지만, 나 같은 위치의 남자는 정당한 방식의 사업을 더 좋아하오."

닉이 미소를 지었다.

"게다가 중요한 점은 난 내가 원하는 걸 충분히 살 여유가 있다는 거요. 몇 십 년 동안 감옥에서 인생을 허비할 범죄를 저지를 이유가 전혀 없소."

그녀의 눈에 완고함이 드러났다.

"내가 아는 건 모리스가 사라졌다는 것뿐이에요. 그의 가게는 닫혀 있고, 전화도 받지 않아요. 하루 종일 그를 본 사람이 아무도 없어요."

"하루 정도는 그리 긴 시간이 아니오."

닉이 부드럽게 말했다.

"그저 책을 사기 위해 뉴 벤쿠버나 뉴 포틀랜드로 갔을 수도 있소."

"아뇨, 아까도 말했듯이 우리는 만날 약속을 했어요. 모리스가 이곳을 떠날 생각이었다면 나에게 취소 전화를 했을 거예요. 그 일지에 대한 거래만 아니었다면 내가 당신을 납치범으로 확신하지도 않았을 거예요."

"왜 그렇게 모리스 펜위크의 안전에 대해 관심을 갖는 거요?"

"그는 내 고객이에요."

그는 이튼 스캔들에 대한 신세이션의 기사들을 조목조목 떠올렸다.

"당신은 인테리어 디자이너로 알고 있는데?"

그녀가 침착하게 그를 마주 보았다.

"나에 대해 알고 있군요."

"기사를 읽었소."

"잡지 나부랭이들이었겠죠, 분명히."

"난 정보를 수집하고 있소."

"그런 가십거리에서 얻은 정보는 믿지 말라고 충고하죠. 하지만 그건 당신 문제고 그래요, 난 인테리어 디자이너예요. 하지만 완전 분광 프리즘이기도 하죠. 시너지 사에서 파트 타임으로 일하고 있어요."

그 사실이 그를 놀라게 했다.

"프리즘 전문 중개 회사?"

"맞아요. 우리 프리즘 한 명이 몇 달 전 유명한 대학 교수의 살해범을 잡는 데 도움을 줘서, 시너지 사가 신문에 크게 난 적이 있었지요."

"그 사건이라면 알고 있소. 내 친구도 관련되어 있소."

그녀의 눈이 충격으로 휘둥그래졌다.

"루카스 트렌트 씨 말인가요?"

"그렇소."

"당신이 트렌트 씨의 친구라구요?"

그녀의 숨김 없는 놀라움의 표현이 그에게는 오히려 재미있었다.

"그게 그렇게나 믿기 힘든 거요?"

"당신도 알겠지만, 난 그 사실을 당장 회사에 확인할 수 있어요."

그녀의 경고에 그가 전화기를 힐끗 쳐다보았다.

"알고 있소. 당신만 좋다면 지금 트렌트의 집에 전화해서 내가 친구인지 확인해 달라고 할 수도 있지. 당신의 수고도 덜어 줄 겸 말이오."

"지금은 새벽 한 시라구요."

"약간 투덜거리긴 할 거요."

지니아는 전화기를 노려보다가 이윽고 입술을 오므렸다.

"됐어요, 당신 얘기는 나중에 알아볼 거예요."

"내 이야기? 당신은 경찰처럼 말하는군요, 스프링 양. 신분증을 보일 시간이라고 말하지는 않소?"

그녀가 놀란 듯이 그를 쳐다보았다.

"경찰과 같이 오지는 않았으니 안심하세요. 난 내 직업이 있고 시너지 사에서 파트 타임으로 일하기도 하죠."

닉은 자신이 만들어 낸 역전이 즐거웠다. 상황이 변하기 시작하였다. 이제 방어를 해야 할 쪽은 그녀였다.

"당신이 모리스 펜위크를 위해 프리즘을 제공한다는 거요?"

"그래요. 매트릭스 능력자들은 보통 프리즘과 일하기 힘들죠. 난 그들에게 집중을 시켜 줄 수 있는 얼마 안 되는 사람 중 하나죠."

그녀가 우아하게 어깨를 으쓱여 보였다.

"사장은 매트릭스 능력자에 대한 일은 모두 나에게 맡겨요. 그렇게 해서 불쌍한 모리스를 만나게 된 거예요. 난 그가 산 희귀한 물건들이 제 값을 받도록 돕고 있죠."

닉의 감각 속으로 불편한 느낌이 스며들었다.

"당신이 그를 도와 채스턴 일지를 발견했던 거요?"

"아니에요. 그는 뉴 포틀랜드에서 죽은 수집가의 상속인에게 요청을 받아 그의 도서실을 평가하다가 우연히 얻게 된 거예요. 진위를 가리기 위해 내 도움은 필요치 않다고 말했어요. 그게 어떤 사람들에게는 대단히 귀중한 가치가 있다는 걸 확신한 거죠. 매트릭스로서는 당연한 일이겠지만, 그는 즉시 그것을 숨겨 버렸어요."

"당연히라……. 그래, 당신은 채스턴 일지를 한 번도 보지 못했던 거요?"

"그래요."

"그리고 지금 일지와 펜위크가 둘다 사라져 버렸고. 우리에게 문제가 생긴 거로군."

그녀의 눈동자가 커졌다.

"우리라구요?"

"펜위크가 진짜로 사라진 거라면 말이오, 스프링 양. 난 당신 말을 믿고 당신보다도 더 그를 찾고 싶소."

그녀는 잠시 그의 얼굴을 살피다가 천천히 숨을 내쉬며 의자 뒤로 몸을 기대 팔걸이에 손가락을 두들겨댔다.

"이럴 수가."

어쩔 수 없는 사실을 받아들이는 체념한 목소리였다.

"당신을 믿어야 할 것 같군요."

"그것이 나에게 어떤 의미가 있는지 말할 수 없을 정도요. 하여튼 이제 우리는 앞으로 진짜 대화를 나눌 수 있을 것 같소. 하지만 그 전에 당신에게 한가지 물어 봅시다."

"뭐죠?"

그의 시선이 세심해졌다.

"당신은 매트릭스 능력자들과 작업할 수 있다고 했소."

"그래요. 그들의 정신적 에너지는 달라요, 다른 능력들과는 아주 다르죠. 하지만 어차피 나도 좀 다르거든요."

"프리즘이라고 했잖소."

"그래요. 완전 분광 프리즘이죠. 하지만 난 매트릭스 능력자들에게만 집중을 맞출 수 있어요. 다른 능력에 프리즘을 만들어 내는 건 아주 스트레스를 받아요. 그리고 오래 집중을 유지할 수가 없어요."

"알겠소."

"이봐요, 난 내 일을 말하러 온 게 아니에요. 우린 불쌍한 모리스에게 더 신경을 써야 해요. 당신이 그를 잡아 가지 않았다면, 누가 그랬을까요?"

그는 처음으로 그 점을 생각해 보았다.

"당신 생각대로 누군가 그를 납치했다고 가정하면, 다음 용의자는 우리가 알지 못하는 그 다른 고객일 거요. 그 일지 가격을 올리는 데 이용되었던 사람. 모리스가 그 사람 이름을 당신에게 말한 적이 있소?"

"아뇨, 매트릭스 능력자들은 너무 심하다 싶을 정도로 비밀스러워요."

그녀가 눈을 가늘게 떴다.

"하지만 내가 그 사람을 알고 있다 해도, 당신에게는 말하지 않을 거예요. 당신을 완전히 믿을지 아직 확신이 서지 않거든요, 채스턴 씨. 그 점에 대해서는 잠시 더 생각해 볼 시간이 필요해요."

"그런가? 그럼 이 점 또한 생각해 주시오, 스프링 양. 난 모리스 펜위크를 납치하지 않았소. 그의 실종과 아무 관련이 없지만 그가 내 아버지의 일지를 갖고 있다는 이유 때문에, 그를 찾으려는 가장 강한 동기를 갖고 있다는 점 말이오."

"당신이 기득권을 갖고 있다는 뜻으로 들리는군요."

그는 그녀 때문에 이렇게도 신경이 거슬린다는 점이 믿기지 않았다. 닉은 책상에서 벌떡 일어나 돌아나갔다. 매트릭스를 통제할 시간이었다.

"안심하시오, 스프링 양. 당신을 위해 내가 펜위크를 찾아보겠소."
"거기 서세요, 채스턴 씨."
지니아도 재빨리 따라 일어섰다.
"이 일에 당신 도움은 필요하지 않아요."
"하지만 내 도움을 받아들일 수밖에 없으니 당신에게 불행한 일이오. 난 그 일지를 원하고 있고 펜위크가 그것이 있는 곳을 아는 유일한 인물이오. 난 그를 찾을 생각이오."
"난 당신이 그 불쌍한 모리스를 낚아챘다고 생각했기 때문에 여기 왔어요. 하지만 그러지 않았다니까……."
그가 그녀를 쳐다보았다.
"그건 내가 한 일이 아니라고 맹세라도 할 수 있소."
그녀가 눈을 깜박이며 한 걸음 물러섰다. 그리고 턱을 치켜올렸다.
"그럼 그걸로 됐어요. 이 이상 당신이 할 수 있는 일은 없어요."
지니아는 어깨 위로 핸드백 끈을 맨 다음 말을 이었다.
"가봐야겠어요. 귀찮게 해드려서 죄송합니다, 채스턴 씨."
"갑자기 서두르는군요, 스프링 양."
"전 가야 할 곳도 할 일도 남아 있답니다."
약간의 경멸을 담아 그녀가 말했다.
"새벽 한 시에? 흥미로운 사생활을 갖고 있는가 보군."
"내 사생활은 당신이 상관할 바 아니죠."
그녀가 문에 도달해 뒤를 돌아보았다.
"지금 중요한 것은 모리스가 안전하다는 걸 확인하는 일이에요. 난 경찰에 신고할 거예요."
닉은 그녀가 그 행동을 할 가능성과 확률을 조용히 심사숙고했다. 뉴시애틀의 경찰들과 좋은 관계를 유지하고 있긴 하지만, 일지를 찾는 일에 그들을 관련시키고 싶지 않았다.
"경찰에 연락하기 전에 잠시 기다리는 게 좋을 거요."
그녀의 눈에 또다시 의심이 번쩍거렸다.

"왜죠?"

"첫째로, 그들은 최소한 사십팔 시간이 지나야 성인 실종 사건을 접수할 거요. 특히나 매트릭스 능력자들은. 내일 모레까지 그들은 어떤 행동도 하지 않을 거요. 둘째로, 만약 펜위크가 위험에 처해 있다면 경찰에 가는 것이 납치범을 더 절망적인 행동으로 이끌 수 있소. 이미 일어난 일보다 상황을 더 악화시킬 수 있소."

"오, 이런."

지니아의 얼굴에 놀라움이 스쳤다.

"그런 생각은 못했어요. 그럼 우린 어쩌죠?"

드디어 우리라고 하는군. 아주 좋아. 최소한 오늘밤만은 경찰에 달려가지 않겠군.

"내게 몇 가지 조사할 시간을 주시오."

"조사요?"

"직업상 난 여러 부류의 사람들을 알고 있소."

그는 일부러 애매한 단어를 택했다.

"모든 종류의 사람들을. 거리에 나도는 소문도 노력을 기울인다면 알아낼 수 있소."

그녀가 머뭇거렸다.

"그러니까, 당신의 그…… '협조자'들이 불쌍한 모리스에 대해 무언가 알아낼 수 있다는 건가요?"

협조자라는 단어에 대한 강조에는 신경쓰지 않기로 했다. 그녀는 분명 사회적으로 배척당하는 사람들을 생각하고 있을 것이다. 그것이 그리 틀린 것도 아니다. 그는 자신의 모든 것을 변화시키려는 목표가 있지만, 지금은 자신이 존경받는 인물이 되려 하는 거대한 계획을 설명할 적절한 시기도 장소도 아니었다.

"납치는 단순한 범죄가 아니오."

그는 되도록 침착하고 이성적으로 설명했다.

"계획과 협조가 필요하지. 보통은 한 사람 이상이 관련되어 있고, 그런 점에서 조만간 소문이나 새어나오는 말들이 있을 거요."
"하지만 납치범들 중 하나가 정보를 흘리려면 며칠이 걸릴지도 몰라요. 그 동안 불쌍한 모리스가 무슨 짓을 당할지 어떻게 알겠어요? 그가 일지가 있는 곳을 말한다면, 그걸 손에 넣자마자 납치자는 그를 죽일 수도 있다구요."
"그가 납치되었다는 건 당신 가정에 불과하오."
"생각하면 할수록, 제 생각이 맞다는 확신이 들어요."
닉은 거의 미소를 지을 뻔했다.
"신중하시오, 스프링 양. 주로 매트릭스 능력자들이 음모 이론에 몰두한다는 게 상식인데, 당신도 그들 못지않게 편집증 증세를 보이는 것 같소."
그녀의 뺨에 홍조가 번졌다. 그녀는 손잡이를 잡고 그를 노려보았다.
"매트릭스에 관해서 말인데, 대단히 강한 매트릭스가, 그것도 내 전문적인 견해로는 아마 십 등급은 될 듯한 자가 당신의 포커 테이블에서 작업중이라는 걸 알면 흥미로우실 걸요."
순간적으로 닉은 모든 것이, 혈관 속의 피까지 얼어붙는 듯했다. 그가 지니아를 뚫어져라 쳐다보았다.
"당신이 어떻게 알지?"
너무나 낮은 목소리여서 그녀가 들었다는 것이 놀라울 정도였다.
"말해 보시오."
그녀는 거칠게 문을 열면서 대답했다.
"우연히 형이상학적인 공간에서 그와 부딪혔어요. 프리즘을 찾고 있더군요. 내가 그를 감지하고 반응을 보이기 시작했죠. 그건 본능적인 행동이었어요. 하지만 무슨 일이 일어나는지 깨닫자마자 멈추어 버렸어요."
"언제 일어난 일이오?"
"내가 여기 들어서기 바로 직전예요."
그녀가 잠시 재미있다는 표정을 지었다.

"침착하세요, 채스턴 씨. 틀림없이 당신의 안전 요원들이 그가 카지노의 판돈을 싹 쓸어가기 전에 잡아낼 테니까요."

그가 책상을 두 손으로 짚었다.

"확실하오?"

"아래층의 매트릭스 말인가요? 오, 그럼요. 그들이 극히 드물다는 건 알지만, 매트릭스를 착각하는 프리즘은 없답니다. 그나저나 당신의 안전 요원들에게 조심하라고 말하셔야겠어요. 그렇게 강한 매트릭스와 마주친 적은 한 번도 없지만 궁지에 몰리거나 자극을 받으면 난폭해질 수 있다는 예감이 들거든요."

그녀는 문 밖으로 나가 서둘러 문을 닫았다.

닉은 천천히 의자로 무너지듯이 앉았다.

'그녀였어.'

호바트 바트를 분석하려고 능력을 사용했을 때 잠깐 마주친 그 강력한 프리즘이 바로 지니아였다. 그녀는 그 당시 아래층에 있었음에도 불구하고 그를 감지했던 것이다.

훌륭하게 돌아가던 두뇌가 최소한 30초 간은 기능을 멈췄다. 자신의 매트릭스가 철저하게 헝클어져 버리는 것 같았다.

모든 의지력을 끌어모아 그는 정신을 수습했다. 그리고 전화기의 버튼을 눌렀다.

즉시 페더의 응답이 들렸다.

"네, 사장님."

"스프링 양을 뒤쫓게, 은밀하게. 그녀가 안전하게 집에 도착하는지 확인하고 주소도 알아놓도록."

"알겠습니다, 사장님."

닉은 아주 조용히 수화기를 내려놓고 의자 뒤로 몸을 기댔다. 새롭게 발산되는 매트릭스 속에 자신을 안정시키려 애쓰며 팔걸이에 두 손을 내려놓았다.

지니아가 빨간 옷에 빨간 하이힐을 신고 그의 문을 나선 지금 갑자기 모든 것이 변했다.

그는 한참 동안 자신의 매트릭스에 순응하며 조용히 앉아 있었다.

15분 후 전화벨이 울렸다. 개인용 전화선. 수화기를 들자 거리의 웅성거리는 소음이 들려 왔다.

"무슨 일인가, 페더?"

"귀찮게 해드려서 죄송합니다만, 그녀는 집으로 향하는 것 같지 않습니다. 붙잡아 두길 원하십니까?"

"어디지?"

"세컨드 젠 힐입니다. 여자는 아주 천천히 운전하고 있습니다."

"세컨드 젠 힐이라구?"

닉이 벌떡 일어섰다.

"거긴 펜위크의 서점이 있는 곳이야."

"거리 한쪽에 차를 주차하고 있습니다."

"빌어먹을, 잘 지켜보고 있게. 하지만 내가 갈 때까지는 어떤 행동도 하지 말아."

닉은 수화기를 콰당 내려놓았다.

그녀가 무슨 짓을 하려는지 정확히 알 수 있었다. 지니아는 모리스 펜위크의 실종에 대한 실마리를 찾기 위해 서점으로 몰래 숨어 들어가려고 마음먹은 거다.

닉은 문 쪽으로 빨간 방을 가로지르며 손목에 찬 까만색 황금 시계를 내려다보았다. 무단침입은 지니아 같은 연약한 여자가 할 수 있는 흔한 일이 아니다. 운이 따른다면 그녀가 용기를 내서 무단침입을 하기 전에 펜위크의 가게에 도착할 수 있을 것이다.

하지만 밤새도록 그의 운은 괴상한 일 투성이였다.

아만다 퀵
Zinnia

4

 이건 좋은 생각이 아닐지도 몰라. 하지만 불행히도 더 좋은 생각이 나질 않았다. 무언가 잘못되었다는 생각이 지니아를 완전히 사로잡았다. 모리스 펜위크는 별스럽게 신경질적인 중급 정도의 매트릭스 소유자이긴 해도, 그녀의 고객이었다. 그리고 그는 예민한 사람이었다. 그에 대한 걱정을 접어 둘 수가 없었다.
 지니아는 어두운 골목을 다시 한 번 쳐다보았다. 세인트 헬렌의 두 개의 달, 셰란과 야키마의 달빛만이 커다란 쓰레기통 뚜껑 위로 우중충하게 내리비쳤다. 좁다란 벽돌 골목의 나머지 부분은 모두 어둠 속에 잠겨 있었다.
 그녀는 잠기지 않은 창문을 그러쥐었다. 지금 행동하지 않으면, 용기가 사라지고 말 것이다. 서점을 둘러보지 않고는 집으로 돌아갈 수 없었다. 모리스가 죽거나 다친 상태로 안에 누워 있는 게 아니라는 걸 자기 눈으로 확인하고 싶었다.
 카지노를 떠난 후로 불길한 예감이 강하게 그녀를 사로잡았다. 놀랄 일도 아니지. 그녀는 이런 종류의 흥분에는 생소했다. 진짜 정신적 흡혈귀와 마주치고 나서 그 다음에는 도시에서 가장 악명 높은 카지노 사장과 지독한 면담을 하는 것이 인생에서 매일 있는 일은 아니지 않은가. 오늘은 그 어느 때보다도 훨씬 흥분되는 사건이 많았다.

창문을 힘껏 밀어젖히자 날카로운 삐그덕 소리와 함께 창문이 열리며 고서들의 곰팡내가 코끝을 찔러 왔다. 이건 무단침입이 아니라고 그녀는 마음을 다잡았다. 어차피 창문은 잠겨 있지 않았으니까.

그녀는 창턱 너머로 한쪽 다리를 먼저 넣고 나머지 다리를 밀어넣어 바닥으로 가볍게 떨어졌다. 그곳은 뒷방이었다. 모리스가 덜 중요한 책들을 쌓아놓는 장소였다.

아무것도 보이지 않는 어둠. 시험삼아 앞으로 발을 내딛자 무언가 딱딱한 것이 발끝에 걸렸다. 애써 공포를 누르며, 그녀는 차 안에서 가져온 작은 플래시를 켰다.

가느다란 빛줄기가 바닥에 미로처럼 쌓인 상자들을 드러냈다. 책들로 가득 찬 상자. 플래시를 들어 주위를 훑어보았다. 창고는 바닥부터 천장까지 온갖 형태와 크기의 책들로 빽빽하였다. 벽에 줄지어진 선반들 또한 오래되고 큰 책들의 무게로 축 늘어져 있었다.

그 고요함이 어둠보다도 훨씬 더 무서웠다. 불빛이 약간 흔들렸고 심장의 맥박이 미친 듯이 날뛰어댔다. 두려운 느낌이 더욱 강해졌다. 그녀는 열린 창문을 힐끗 쳐다보았다. 안전한 차로 돌아가 아주 잠깐이면 자신의 안락한 아파트 방문 앞에 도착할 수 있을 것이다. 그 생각은 대단히 유혹적이었다.

하지만 아직은 떠날 수 없었다.

윌리 숙모와 스탠리 삼촌이 지금의 그녀를 보지 못하는 것이 다행이었다. 이 사실을 안다면 아마 충격으로 기절해 버리시겠지.

그분들은 4년 전 그녀 부모님의 죽음에 이어진 스프링 가의 급격한 몰락의 충격에서 아직도 헤어나지 못하는 상태였다. 더군다나 18개월 전 그녀가 이튼 스캔들로 알려진 사건에 연루되어 견뎌내야만 했던 수

치심에서조차 아직 회복되지 못하고 있었다.

남동생인 레오만이 오늘밤의 모험을 이해해 줄 것 같았다. 그 애가 같이 있었다면 얼마나 좋을까. 그녀는 조심스럽게 앞으로 나아가 반대쪽 문을 열었다. 그 방의 악취는 더욱 고약했다. 오랫동안 닫혀 있었던 모양이다.

창문에는 블라인드가 무겁게 드리워져 있어 어둠이 더욱 짙었다.

그녀는 문턱에서 멈춰 서서 천장이 높은 가게 내부를 플래시로 비춰 보았다. 눈에 들어온 광경에 그녀의 입이 떡 벌어졌다.

"맙소사."

완전히 엉망진창이었다. 그녀는 그 난장판에 어이가 없었다. 선반의 책들은 죄다 끌어내려져 바닥에 나뒹굴었고, 유리로 된 계산대는 산산조각이 나 있었다. 모리스의 묵직한 구식 책상 위도 종이들로 온통 뒤덮여 있고 서랍의 내용물들은 사방으로 흩어져 있었으며, 낡은 회전의자는 옆으로 쓰러진 채였다.

그녀는 한 걸음 뒤로 물러났다. 그녀의 모든 본능이 이 자리에서 어서 떠나라고 소리를 쳐댔다. 전화를 찾아서 경찰을 불러야만 해.

그 순간 가장 가까운 전화가 모리스의 책상에 있었다는 것이 기억나자 미친 듯이 플래시 불빛을 비추어 찾아냈다.

그녀는 모든 의지력을 동원해 전화가 있는 곳을 향해 떨리는 발길을 내딛었다. 방을 반쯤 가로질렀을 때 불빛의 가장자리에 웅크린 물체가 시야에 들어왔다. 가장 높은 선반에 올라갈 때 사용하는 키 큰 사다리 밑에 너무나도 조용히 그 물체가 누워 있었다.

"오, 모리스!"

그녀가 앞으로 달려나갔다.

"안 돼. 오, 이런 하나님, 안 돼요."

"시체는 건드리지 않는 게 좋을 거요."

닉 채스턴의 낮은 목소리에 화들짝 놀라 그녀가 고개를 홱 돌렸다. 서둘러 문가로 플래시를 비췄다.

닉이 어둠에 휩싸인 채 서 있었다. 지옥 입구를 지키는 수호신처럼 편안한 자세, 그러나 차가운 얼굴에는 꿰뚫어볼 수 없는 표정이 석고 조각을 연상시켰다.

그 순간, 그가 강한 정신 능력자라는 걸 그녀는 깨달았다. 굳이 집중을 연결시키는 노력을 않더라도, 그에게서 육체적인 힘뿐 아니라 정신적인 능력까지 감지되었다. 수학적 능력 혹은 게임 이론 능력이겠지. 그래야 그의 직업과 어울리니까.

아까 자신이 사용했던 똑같은 창문을 통해 그가 들어왔을 거라는 점에 생각이 미쳤다. 잠시 그녀는 자신이 발견된 것에 너무 당황스러워서 그가 여기 있다는 그 중대한 의미를 이해하지 못했다.

이제서야 뇌리를 스치는 생각, 닉 채스턴은 카지노에서부터 그녀를 뒤쫓아왔던 것이다.

플래시 불빛이 또다시 흔들리더니 닉에게 고정되었다. 그녀는 손을 떨지 않기 위해 안간힘을 쓰며 다그쳤다.

"여기서 뭐하는 거죠?"

"그 점은 분명한 것 같은데. 우린 둘다 모리스 펜위크에게 대단히 관심이 많소. 그리고 우리 외에 다른 사람도 모리스에게 관심을 둔 게 확실하군."

닉은 바닥에 놓인 시체를 힐끗 쳐다보았다.

펜위크의 시체를 살피는 그의 눈동자에는 어떤 흔들림도 없었다. 어쩌면 죽은 시체를 보는 것이 그에겐 드문 일이 아닐지도 모른다고 지니는 생각했다. 하지만 자신은 너무 놀라 발작을 일으키기 직전이었다.

"내 생각에……."

그녀가 잠시 말을 멈추었다가 힘겹게 다시 입을 열었다.

"내 생각에 그는……."

닉이 불빛 범위 밖으로 이동하여 마룻바닥에 누워 있는 불쌍한 모리스에게 걸어갔다.

"그렇소, 그는 죽었소. 무거운 흉기로 두개골을 얻어맞았군. 거의 돌

같은 것으로."

 지니아가 불빛을 휙 돌렸다. 채스턴의 머리에서부터 곧게 내려와 목깃까지 닿아 있는 까만 머리칼이 순간적으로 드러났다.

 그녀는 얼른 불빛을 아래쪽으로 내렸다. 연한 대리석의 낯익은 조각 얼굴이 닉의 대단히 비싸 보이는 까만 구두 근처에 떨어져 있었다. 그 조각의 귀퉁이에 묻어 있는 검붉은 피얼룩이 눈에 들어오자 지니아는 침을 꿀꺽 삼켰다.

 "모리스가 언제나 계산대 위에 두었던 페트리샤 손크로프트 노스 흉상이에요."

 "노스?"

 닉의 눈썹이 약간 치켜 올라갔다.

 "상승 효과의 삼 법칙을 발견한 철학자?"

 "네. 모리스는 상승 효과 이론에 전문가였죠. 그는 노스의 책들을 소장하고 있어요, 아니 있었어요."

 횡설수설하고 있군. 얼른 정신을 차려야 해.

 "경찰, 난 경찰에 전화하려던 참이었어요."

 "내가 하겠소."

 닉이 시체에서 몸을 돌려 깨진 조각들을 넘어 책상으로 다가갔다.

 "스위치는 어디 있소?"

 그제서야 지니아는 자신이 여전히 플래시를 붙잡고 있다는 걸 깨달았다. 더 이상 자신의 존재를 숨길 필요가 없었다. 모리스는 죽었고 신고하면 경찰이 곧 달려올 것이다. 벽으로 걸어가 스위치를 켜자, 구식 젤리 아이스 램프에 불이 들어왔다.

 그 부드러운 불빛이 가게 안의 난장판을 한눈에 비춰 주었지만 굳이 사다리 옆의 시체에는 눈을 돌리지 않았다. 몸을 돌리자 닉이 전화기에 손을 뻗고 있는 모습이 보였다. 처음으로 그가 까만 운전용 장갑을 끼고 있는 걸 알아차렸다. 전화번호를 누르는 강인한 긴 손가락에 그녀의 시선이 고정되었다.

그녀를 쳐다보는 그의 초록빛 도는 황금색 눈동자에서 야릇한 흥미가 발산되었다.

"뭐가 잘못되었소?"

자신이 겁먹고 있다는 걸 그에게 알릴 생각은 없었다. 그녀는 스프링가 사람이었다. 비록 가문의 금고는 바닥났고 싸구려 잡지에 '주홍 아가씨'로 가십 기사가 실리긴 했어도, 그녀는 여전히 도박장 사장 정도는 깔볼 수 있는 가문의 자만심을 갖고 있었다.

"그저 당신이 왜 그런 장갑을 끼고 있을까 궁금해 하고 있었어요. 화내지 마세요, 하지만 당신이 오늘밤 무언가 불법적인 일을 했다는 인상이 드는군요."

"그렇소, 그래야 하지 않을까? 적어도 우리 중 한 명쯤은 충분히 불법을 저질렀소. 불행히도 당신이 창턱에 죄다 지문을 남겼고 지금까지 다른 모든 것도 맨손으로 만졌으니 말이오."

그 약올리는 비난에 그녀는 격분하고 말았다.

"내가 여기 왔다는 사실을 부인할 생각은 없어요. 내가 왜 경찰에게 거짓말을 하겠어요?"

"당신이 이성적으로 생각하지 않는다면, 그 문제에 관해 깊이 있는 토론을 할 필요는 없소."

닉이 수화기에 대고 입을 열었다.

"안셈 형사 좀 바꿔 주십시오."

지니아는 닉이 간략하게 설명하는 것을 들었다. 그의 목소리에 편안한 친밀감이 깃든 걸로 보아, 경찰과 연락하는 게 처음은 아닌 모양이었다. 그의 직업을 생각하면, 그리 놀랄 일도 아니지.

"알겠소, 당신이 올 때까지 기다리겠소."

닉은 말을 끝맺고 수화기를 내려놓으며 지니아를 바라보았다.

"안셈 형사가 금방 올 거요."

그녀는 다소 긴장이 풀렸다. 경찰이 오고 있으니 이 악몽이 금방 끝날 것이다.

"불쌍한 모리스."
그녀는 무언가 자신이 할 일을 찾아보려고 애썼다.
"그의 부인에게 연락해야겠어요."
닉의 시선이 날카로워졌다.
"펜위크가 결혼을 했소?"
"그래요, 부인 이름이 폴리라고 했어요. 두 사람은 몇 년 동안 같이 살지 않았어요. 그가 너무 괴짜라서 폴리가 못 견디고 별거했다는 얘기를 들은 적이 있어요."
"그렇군."
"대단히 슬픈 일이에요. 이혼할 수도 없으니, 최선의 방법은 떨어져 사는 것뿐이죠. 모리스는 자신의 탓이라고 했어요. 매트릭스 능력자가 결혼 생활에 잘 적응하기 힘들다는 건 잘 알려진 사실이잖아요."
"그렇다고 들었소."
닉이 중얼거렸다.
"둘은 데이트를 시작하면서 결혼 상담소에 찾아갔었는데, 상담자가 좋은 결합이 아니라고 결혼 생활이 아주 힘들 거라고 경고했대요. 하지만 그들은 결혼을 감행했죠."
말을 하다가 지니아가 눈을 감았다.
"맙소사, 내가 지금 무슨 말을 하고 있죠?"
"경찰에게 펜위크 부인이 있다는 사실을 알려주시오."
닉의 어조는 놀랄 만큼 부드러웠다.
"그게 그들의 일이잖소."
"그래요, 불쌍한 모리스."
"불쌍한 모리스라고 부르는 것 좀 그만 둘 수 없겠소?"
"모리스는 짜증스럽고 괴팍하며 또 매트릭스 능력자들이 그렇듯이 세상은 음모로 가득 차 있다는 얘기를 끊임없이 중얼거렸어요. 하지만 그를 알게 되고 나서 난 그를 좋아했어요. 그는 단지 책을 사랑하는 선량한 남자에 불과해요. 누가 그를 죽였는지 상상도 할 수가 없어요. 그 일만 아니었다면…….”
"무슨 일?"
그녀가 불안하게 주위를 둘러보았다.
"이 일이 채스턴 일지와 관련된 게 아닌지 의심스러워요."
"그렇지는 않을 거요."
닉이 간단히 방을 살폈다.
"내가 아는 한 이런 극단적인 짓을 할 정도로 채스턴 일지를 원하는 사람은 나뿐이었소."
그녀는 이상한 공간 속으로 걸어 들어가는 듯한 두려운 기분이 들었다.
"세상에, 그 일지를 손에 넣기 위해서라면 당신은 누구라도 죽였을 거란 말인가요?"
그의 입술이 비아냥거리는 듯 휘어졌다. 마치 그런 비난을 예상했다는 듯이.
"최후의 수단으로만."
"그게 농담이라면, 정말 대단히 지독한 취향이시군요."
"내 싸구려 취향은 이미 유명하오. 하지만 그건 다른 문제요. 난 내가 원하는 것에 적당한 대가를 지불할 거고 펜위크도 그 점을 알고 있었소. 그는 내 제안이 자신이 받은 것 중 최고 금액이라는 걸 나한테 말한 바 있고 나도 그의 말을 믿소. 이미 말했듯이, 우린 서로 합의가 되었소."
"신사적인 계약이었단 말이죠?"
"나를 신사로 불러 주다니 과찬이시군, 스프링 양. 날 무척 질 낮은 부류로 생각하는 줄 알았는데."
죄책감이 일어났다. 지금까지 그녀가 너무 그에게 무례했던 것이다.
"미안해요. 당신을 음, 질 낮은 부류로 생각했던 건 아니었어요."
"누군가를 납치했다고 생각한 남자를 어떤 모욕도 하지 않고 비난하는 건 힘들겠지."
"네, 그랬던 것 같아요."

그녀는 이제 지독히도 자신의 행동들이 수치스러워졌다.
"용서하세요. 내가 너무 쉽게 잘못된 결론을 내렸어요."
그가 우아한 태도로 고개를 숙였다.
"사과는 받아들이겠소. 솔직히 말하면, 펜위크에 대한 당신의 관심은 오히려 감동적이었소. 사업상의 고객에게 그렇게까지 신경쓰는 사람은 흔치 않지. 특히 짜증 많고 괴팍하며 은밀한 매트릭스에게 말이오."
만족스러운 듯한 그의 어투에 지니아는 당황했다. 어떤 상황에서건 닉 채스턴은 상대를 이기는 걸 좋아하나 보다. 죄책감을 느끼게 하고 그녀의 사과를 달래듯이 받아들이면서 자연스럽게 그들의 관계에서 미묘한 힘의 균형을 이동시켰다.
이 사람은 다른 사람을 조종하고 위협하는 방법을 알며, 목적에만 맞는다면 그런 행동을 서슴지 않을 남자였다.
그와의 관계가 짧게 끝나는 것이 다행이라고 생각했다. 제 정신이라면 그런 사실에 안도해야만 했다. 그리고 그녀 또한 대단히 안심이 되었다. 그 점에 대해서는 이견이 없었다. 그녀가 지금 가장 원하지 않는 일은 닉 채스턴과 연결되는 것이었다. 이 남자가 아니래도 그녀의 삶엔 문젯거리가 충분했다.
그런데 왜, 오늘밤 이후로 다시는 그를 만나지 못할 거라는 생각을 하니 작은 아쉬움이 남는 것일까? 너무 긴장이 지나쳤나 보다. 그 대답밖에는 없었다. 그녀의 감정들은 지금 무척 산만하고 위험스런 지경이었다. 어찌 되었든 난생 처음으로 살인 현장에 들어와 있는 것이니.
그녀는 부서질 것만 같은 신경조직들을 굳게 다잡았다.
"그 사람이 누구이든 무언가를 찾고 있었던 게 분명해요."
"어쩌면. 하지만 그것이 그 일지라고는 생각지 않소. 그렇게 가치 있는 물건을 이런 공개적인 방에 숨겼을 리가 없지. 그는 매트릭스요. 훨씬 더 영리한 방법으로 숨겨 놓았을 거요."
그녀는 그를 물끄러미 쳐다보며, 그가 어떻게 그토록 확신을 하는지 의아했다. 미친 듯이 찾아헤맨 흔적이 주위에 분명한데 말이다.

"평범한 곳에 숨기는 것이 가장 안전하다는 옛말이 있지요."
그의 입술이 다소 비웃듯이 뒤틀렸다.
"매트릭스라면 그런 우둔한 이론에 집착하지 않을 거요."
그녀도 그 점을 생각해 보았다.
"당신 말이 맞아요. 매트릭스 능력자들은 은밀한 걸 본질적으로 좋아하기 때문에 그런 이론을 따르지 않을 거예요."
그녀가 주위를 둘러보았다.
"모리스는 그 일지 말고도 귀중한 책들을 많이 갖고 있었어요. 예를 들어 두 개의 노스 연구 논문 원본 같은 거요. 어쩌면 살인자가 그걸 찾았을지도 모르겠군요."
닉이 엉망이 된 방을 살피고 나서 다시 한 번 고개를 저었다.
"그 점도 의심스럽소. 그자가 누구이든 귀중한 책을 찾고 있었던 건 아니오."
"어떻게 확신할 수 있죠?"
그가 어깨를 으쓱였다.
"바닥에 개척자들의 백과사전 두 권이 떨어져 있소. 그것들은 수집가에게 최소한 오백 달러의 가치가 있는 물건이지. 고서에 대해 조금이라도 아는 사람이라면 그것들을 놓고 갔을 리 없소."
"오."
지니아는 닉의 얼굴을 새삼스레 경탄어린 시선으로 쳐다보았다. 하지만 그의 눈동자와 만나는 순간 시선을 돌릴 생각도, 의지도 사라졌다.
그녀를 둘러싼 주위의 세상이 점점 더 고요해졌다. 목 뒤의 머리카락이 소름이 돋는 듯 꿈틀거리며 짜릿한 감각이 척추를 통과해 내려갔다. 그 느낌은 거의 고통과도 흡사하였다.
"왜 그러오?"
닉의 목소리는 가슴속 깊은 곳에서 울리는 듯이 부드러웠다.
"당신이 고서에 대해 그렇게 잘 알고 있는지는 몰랐어요."
그가 살짝 미소를 지었다.

"당신이 나에 대해 모르는 것은 그 외에도 많소, 스프링 양. 그리고 나 또한 당신에 대해 아는 바가 없지. 그게 우리를 공평하게 만들고 있소."

그녀는 몸서리를 쳤다. 그 작은 깨달음의 속삭임들이 계속해서 그녀를 불편하게 만들었다. 어떤 남자에게도 이런 반응을 보인 적은 없었다. 이런 상황에 있었던 적도 없다. 어느 면에서 그녀의 삶은 아주 평범했기에 오늘밤같이 죽은 고객의 살인 현장에 장갑을 낀 불가사의한 남자와 같이 있을 만한 기회란 한 번도 없었다.

멀리서 사이렌 소리가 들려 오자 안도감이 느껴졌다.

"왜 날 따라왔나요?"

"난 따라오지 않았소. 페더에게 시켰지. 당신이 무슨 짓을 하려는지 깨닫고 그가 나에게 전화했소."

그녀는 또다시 울컥 화가 치밀었다.

"내 행동이 당신과 무슨 상관이 있죠, 채스턴 씨?"

"지금까지의 상황으로 볼 때 내 관심은 합리적이오. 당신은 나에게 사람을 납치했다며 갑자기 도전해 왔소. 내게 그런 짓을 할 만한 사람은 거의 없지. 그것이 바로 당신의 성격에 무모함과 예측할 수 없는 부분이 있다는 걸 말해 주고 있소. 당신이 다음에는 무슨 짓을 할지 어떻게 알겠소?"

"내가 무슨 짓을 하든 당신이 상관할 바 아니잖아요?"

"당신은 내가 지극한 관심을 보이는 일지와 관련이 있소. 그것과 연결된 사람은 누구라도 나의 관심 대상이오."

"일지가 있는 곳을 알아내려고 날 뒤쫓은 건가요?"

"아니오."

그는 다소 놀란 표정이었다.

"당신이 그 일지가 있는 위치를 알고 있다고 생각하지는 않소. 그것을 아주 안전한 곳에 숨겨 두었으며 자신만이 그 장소를 알고 있다고 펜위크가 전에 확실히 말한 바 있소. 그는 매트릭스였으니, 아마도 또다른 매트릭스가 찾아내겠지."
"그럼 내가 무슨 짓을 할지 알아보려는 이유만으로 미행한 건가요?"
"그렇소."
"뻔뻔스러워."
이제 사이렌의 경보음이 더욱 커지고 있었고, 그것이 그녀를 한층 대담하게 만들었다.
"그게 사생활 침범이라는 건 아시나요?"
"그럼 경찰이 올 때까지 펜위크의 시체와 당신 혼자만 이곳에 있는 게 더 좋았을 것 같소?"
그의 말이 핵심을 찔렀다. 그것은 아마 무섭고도 외로운 불침번이 되었을 것이다.
"사실, 그렇지는 않아요."
그녀는 체념하는 투로 대답했다.
닉이 조용히 입을 열었다.
"아침 신문에 어떻게 날지는 생각해 보았소?"
그 말의 의미를 되새기며 그녀는 멍하니 그를 응시했다. 처음으로 경찰이 온다고 끝날 일이 아니라는 걸 깨달았다. 그리고 일년 반 전에 견뎌내야 했던 그 지저분한 잡지의 기사들이 섬광처럼 스치고 지나갔다.
"이런 빌어먹을."
그의 눈동자에 흥미롭다는 빛이 짧게 떠올랐다.
"내가 정곡을 찔렀군."
"글쎄, 이건 뉴 시애틀 타임스에 실릴 만한 얘깃거리는 아닐 거예요. 희귀한 사건이 아닌 한 살인사건이 신문 일 면에 장식되지는 않잖아요."
"이 특별한 살인은 바로 우리들 때문에 흥미로운 사건이 될 거요. 당신은 그 유명한 이튼 스캔들에 등장했던 주홍 아가씨이고 난 채스턴 카지노의 사장이니까."
"빌어먹을."
또다시 그 말밖에 할 수가 없었다.

"내 생각에, 뉴 시애틀 타임스는 펜위크의 죽음을 신문 일 면에 대문 짝만하게 실을 것이 거의 확실하오. 그리고 신문의 영향력은 잡지들에 비하면 엄청난 것이겠지."

목 뒤에 둔탁한 고통이 느껴졌다. 그녀는 눈을 감고 무의식적으로 손으로 목덜미를 문질렀다.

"특히나 신세이션은 신바람이 나겠지. 거짓 기사로 마약이 이곳에 개입되지 않았을까 추측 기사를 써댈 거요. 우리가 마약과 아무런 관련이 없다 하더라도."

"왜 그런 말을 하는 거죠?"

그녀가 눈살을 찌푸렸다.

"우리가 얘기하고 있는 건 불쌍한 모리스예요. 그 누구도, 설사 잡지 기자들이라 해도, 그의 죽음을 마약과 연결시킬 수는 없어요."

"당신은 낙천적인 사람이군. 하여튼 좋소. 한 번도 낙천적인 타입을 이해해 본 적은 없지만, 언제나 재미있는 사람이라 생각하오."

아만다 퀵
Zinnia

5

뉴 시애틀 타임스의 일 면 기사를 읽으며 지니아는 신음을 흘렸다.

카지노 사장과 디자이너가 시체를 발견하다.
마약이 개입되었을 가능성도.
고서상 모리스 펜위크의 시체가 어젯밤 늦게 카지노 사장 닉 채스턴과 그의 동료 지니아 스프링 양에 의해 발견되었다. 살인 동기는 밝혀지지 않았지만, 경찰은 살인범이 마약을 사기 위해 돈을 노린 것으로 의심하고 있다.
정통한 소식통에 의하면 범인은 펜위크의 값나갈 만한 책이나 현금을 찾다가 가게 주인에게 발각된 것으로 추측된다고 한다. 펜위크 씨는 머리에 일격을 당하여 죽은 것이 확실하다. 그리고 가게는 엉망으로 흩어져 있었다.
폴 안셈 형사는 이렇게 말했다.
"현장은 난장판이었습니다. 범인이 돈을 찾지 못하자 격분한 것 같습니다. 우리는 '미친 안개'라 불리는 새롭게 등장한 거리 마약으로 골치를 썩고 있는데, 최근의 많은 강도 행위들이 그 물건을 사기 위해 일어나고 있습니다."

지니아는 신세이션 잡지를 사기 위해 거리로 내려가기 전, 강한 커피 한 잔으로 자신을 추스려야 했다. 그리고 일단 밖으로 나서자 스무 걸음 밖에서도 보일 정도의 커다란 활자로 쓰인 머릿기사를 읽을 수 있었다.

카지노 사장 채스턴과 주홍 아가씨,
'미친 안개' 살인과 연루되다.

자신의 오래 전 사진과 채스턴 카지노 정문을 걸어나오는 닉의 사진이 나란히 놓여 있었다. 이어진 기사 내용은 억측이라고밖에 할 수 없는 소위 가십거리들로 가득 채워졌으며, 닉과 그녀의 성장 배경에 대한 정보를 서술함으로써 결론을 맺었다.

… 두 사람 모두 아직 아무 말도 하지 않고 있다. 닉 채스턴은 개척자 광장의 유명한 카지노인 채스턴 카지노의 사장으로서 대중 앞에 나서는 걸 극도로 싫어한다. 스프링 양은 고 에드워드와 지네비브 스프링의 딸이다. 독자들은 4년 전 스프링 부부의 요트가 갑작스런 풍랑에 휘말려 실종되었던 것을 기억할 것이다. 그 비극적인 사건이 일어난 지 얼마 후, 스프링 가의 회사는 재정적으로 어려움을 겪었고 바로 도산하고 말았다.
　18개월 전, 인테리어 디자이너인 스프링 양은 고객이었던 이튼 선박회사의 사장 레드폭스 이튼과 관련된 스캔들로 알려진 바 있다.

"낙천주의자의 최후로군."

그녀는 자신의 아파트로 들어서며 혼잣말로 중얼거렸다.

전화벨이 울렸다. 물론 이번이 처음은 아니었다. 아침 내내 전화벨이 울려대고 있었다. 지니아는 자동 응답기로 폭주하는 전화 문제를 감당하고 있었다.

이번에는 윌리 숙모였다. 그나마 기자들이 남겨 놓았던 끊임없는 메시지와는 다른 내용이었다.

"지니아? 대체 제 정신이냐? 방금 조간 신문을 봤다. 내가 얼마나 충격을 받은 줄 아니? 네가 그 끔찍한 카지노 사장과 함께 있었다니 믿을 수가 없구나. 넌 명망 있는 스프링 가의 사람이야. 그런 저속한 부류하고는 어울리지 않아야 한다구. 그리고 살인과 마약 문제가 연루된 그곳에 넌 어떤 마음으로 가 있던 거니?"

지니아는 초기 탐험 시대의 유물을 모방한 별난 옷걸이에서 빨간 코트를 골라 입고 문으로 향했다. 숙모와 그날 밤 일에 대해 이러쿵 저러쿵 토론할 기분이 아니었다. 하지만 시너지 사의 사장 클레멘타인 말론에게는 설명을 해야 했다.

그녀의 차가 차고에서 나오자마자, 거리 한구석에서 자주색으로 '최신 정보를 원한다면 신세이션을 읽어라'라는 문구를 적어 넣은 취재용 노란 밴이 기다렸다는 듯이 급하게 따라왔다. 지니아는 재빨리 속력을 올려 그 차를 지나쳤다. 그녀의 차 사진을 찍기 위해 카메라를 들어올리는 사진기자가 눈꼬리에 들어왔다.

그에게 경례라도 붙이며 야유하고 싶었지만, 애써 그 유혹을 억눌렀다. 윌리 숙모께서 좋아하지 않으실 거야.

15분 후 지니아가 시너지 사에 도착했을 때, 회사의 사장 비서이자 접수계원 겸 온갖 잔심부름을 도맡아하는 바이런 스미스 존스가 책상 앞에 앉아 있었다.

바이런은 요즘 유행하는 웨스턴 섬 스타일을 좀더 새롭고 과감하며 전위적인 스타일로 바꾸었다. 그것은 둘다 루카스 트렌트가 섬의 정글 깊숙이에서 찾아낸 고대의 불가사의한 우주인 유물에서 착상을 떠올린 것이다.

세인트 헬렌에는 어떤 지적인 생명체의 흔적도 전혀 없었기에 그 이상한 젤리 아이스 가공품을 만드는 방법은 아무도 아는 이가 없었다. 지구 개척자들의 후손은 가능한 한도 내에서, 자신들만의 행성을 유지하였다. 그 불가사의한 유물만이 아주 오래 전 누군가 다른 사람들이 세인트 헬렌을 발견하였다는 유일한 증거가 되었다.

웨스턴 섬 패션 스타일은 젤리 아이스라 불리는 연료를 답사하여 채굴하는 거친 일을 하는 부류들이 선호하는 스타일로, 질긴 부츠와 카키색 옷이 주류였다. 그런 복장은 바이런 같은 도시적인 타입이 입기에는 약간 우스워 보였지만, 최소한 그것은 진짜 인간들을 위해 디자인된 듯이 보였다. 반면에 우주 패션 스타일은 지니아의 견해로 볼 때 대담하다고밖에 말할 수 없었다.

오늘 바이런은 딱 달라붙는 초록색 바지와 그에 어울리는 셔츠를 입고 있었다. 우주인들이 연장으로 사용했던 괴상한 은빛 합금 비슷한 플라스틱으로 만들어진 묵직한 목걸이도 함께 착용하였다. 금발머리는 전체적으로 1센티미터 정도로 짧게 잘랐다. 신고 있는 까맣고 초록색이 뒤섞인 무릎 높이의 가죽 부츠는 앞부분이 너무나 뽀족해서 과연 제대로 걸어다닐 수 있는지 의심스러울 지경이었다.

"섹스, 살인, 그리고 미친 안개. 지니아, 당신의 인생은 얼마나 흥미로울까요?"

그가 신세이션 잡지를 내려놓으며 유쾌히게 낄낄거렸다.

"닉 채스턴은 어떻게 만난 거예요? 어떤 사소한 일이라도 죄다 듣고 싶다구요. 당신들 두 사람이 관계가 있을 거라는 짐작은 백만 년이 걸려도 하지 못했을 거예요. 이 좋은 친구 바이런에게 감쪽같이 숨겨 오다니, 슬픈 일이에요."

지니아는 그를 노려보았다.
"채스턴 씨와 난 아무 관계도 없어요. 단지 함께 찾는 사람이 있었을 뿐이에요."
"타임스는 당신을 채스턴의 동료라고 썼는 걸요. 서로 친밀한 관계, 뭐 그런 뜻을 강하게 담고 있다구요."
그가 책상 위의 잡지를 손가락으로 톡톡 쳤다.
"여기엔 당신들이 커플이라는데요?"
"그것도 아니에요. 사장님은 아직 출근 전인가요?"
"나 여기 있어요, 지니아."
클레멘타인이 사무실 문으로 머리를 내밀었다.
"신문 보고 거의 발작을 일으킬 뻔했어요. 당신은 괜찮은 거예요?"
"네, 괜찮아요."
지니아는 약간 마음이 놓였다. 자신을 걱정해 주는 사장의 모습에 기운이 났다.
클레멘타인이 무뚝뚝하고 신랄하며 성미가 급하긴 해도, 한편으로는 사리가 밝고 다정하며 자신의 직원들에게 충실하였다.
바이런과 달리, 클레멘타인은 때마다 스쳐가는 유행의 물결에 흔들리지 않았다. 언제나 장식용 단추가 달린 까만 가죽과 강철로 된 액세서리 차림이었다. 눈부시게 하얀 머리카락은 그녀의 까만 눈동자와 선명한 대조를 이루었다.
"집으로 전화했었는데 받지 않더군요."
클레멘타인이 말했다.
"응답기가 받길래 메시지를 남기지 않고 끊었어요."
지니아가 인상을 찡그렸다.
"내가 침대에서 나오기 전부터 전화가 울려대기 시작했어요. 아침 내내 아무 전화도 받지 않았어요."
클레멘타인의 시선이 세심해졌다.
"어젯밤 갑자기 닉 채스턴의 동료가 된 이유를 말해 주지 않겠어요?"

"말하자면 길어요. 어제 저녁까지 모리스 펜위크와 연락이 되지 않자, 난 덜컥 겁이 났어요. 당장 채스턴 씨가 음, 그를 납치했다는 결론을 성급하게 내렸죠."

"그를 납치했다고요?"

"사실, 모리스가 찾아낸 어떤 일지가 있는데 채스턴이 그걸 무척 원한다는 말을 들었어요. 일지를 손에 넣기 위해 모리스를 납치했다는 결론을 내린 거예요. 그래서 그를 만나러 갔었죠."

"누구? 펜위크?"

"아뇨, 닉 채스턴이요."

바이런이 낮게 휘파람을 불렀다.

"대단한 용기군요."

클레멘타인의 눈이 가늘어졌다.

"내가 정리해 볼게요. 당신이 채스턴의 카지노로 가서 펜위크를 납치했다고 채스턴을 비난했다는 거예요?"

"그런 것 같아요."

바이런이 몇 번쯤 목을 가다듬었다.

"이런 건 물어 보기 싫지만, 혹시 당신이 여기서 파트 타임으로 일한다는 걸 채스턴이 알고 있나요?"

"네. 왜요?"

바이런이 두렵다는 듯 몸서리를 쳤다.

"채스턴의 끔찍하게 무서운 부하들을 맞이할 준비라도 해야 하는지 궁금해서 물어 봤어요."

"오, 세상에, 바이런. 농담이라도 그런 말 하지 말아요."

지니아가 인상을 쓰며 그를 노려보았다.

"당신이 그를 납치범으로 몰았다고요?"

클레멘타인이 문에 등을 기댔다.

"제발 그게 아니라고 말해요. 이 불쌍하고 늙은 클레멘타인에게 당신이 조금 잔인한 농담을 한 것뿐이라고 말하라구요."

어떤 이유에서인지, 지니아는 닉을 변호해 주고 싶었다.
"사실 그는 아주 점잖았어요. 보복할 타입 같지는 않아요."
"점잖다고요?"
클레멘타인이 문에서 몸을 떼어냈다.
"보복하지 않는다고요? 닉 채스턴의 평판은 당신도 잘 알 거예요. 채스턴을 괴롭히고 보복당하지 않은 사람은 아무도 없어요. 그리고 그는 대중에 공개되는 걸 대단히 싫어해요, 특히나 아침 신문에 난 그런 식으로는 더더욱요."
"어떻게 그에 대해 그렇게 잘 알지요?"
클레멘타인의 얼굴이 일그러졌다.
"채스턴의 이름을 아는 사람이라면 누구나 알고 있는 사실이에요. 그리고 그보다 덜 알려진 사실, 공개되는 걸 혐오할 만큼 싫어한다는 것은 그라시에한테 들었어요."
프라우드 사의 사장인 그라시에 프라우드는 클레멘타인의 영원한 동반자였다. 세인트 헬렌은 동성 간의 결혼도 이성 간의 결혼만큼이나 사회적, 법적으로 진지하게 받아들여졌다. 그라시에와 클레멘타인은 몇 년 전 전문적인 결혼 상담소에서 맺어졌으며, 사업상 맹렬한 라이벌 관계임에도 불구하고 지금까지 대단히 행복하게 지내고 있었다. 그라시에는 언제나 내부 정보나 소문 등을 알려주었고, 그 대부분이 정확했다.
지니아가 말을 했다.
"어젯밤 카지노를 나선 후, 내 뒤를 쫓던 남자가 펜위크의 서점에 들어가려는 나를 보고 채스턴 씨에게 전화한 것이나, 그가 날 따라온 것이나 둘다 내가 요구하거나 내 잘못이 아니라는 건 확실해요."
바이런의 눈이 튀어나올 듯이 휘둥그래졌다.
"닉 채스턴이 당신을 미행했다고요?"
"그는 불쌍한 모리스와 거래가 있었어요. 모리스의 실종에 대해 알고 싶어했고 그런 이유로 내가 모리스의 가게에서 시체를 발견했을 때 그 자리에 우연히 같이 있게 된 거예요. 정말 우연이에요."

"그가 정말 당신을 미행했단 말이죠?"
바이런은 거의 기겁을 하는 듯했다.
"그런 얘기는 신문에서 못 봤는데."
"그는 내가 카지노에서 나와 안전하게 집에 도착하는지 확인하려 했을 뿐이에요."
"오, 그래요."
클레멘타인이 중얼거렸다.
"점점 더 심각해지는군요. 당신이 카지노를 떠난 후 채스턴 카지노의 사장이 당신 뒤를 미행했고, 당신은 그걸 흔히 있는 거래상의 일로 생각한단 말이죠."
"채스턴이 개입하면 쉬운 문제도 아주 어려워지죠."
바이런이 말하자 지니아는 이제 충분하다고 생각했다.
"당신들을 즐겁게 해주기 위해 내가 오전 내내 여기 있을 수는 없어요. 난 집에 있을 거예요. 응답기를 틀어 놓을 거니까, 통화하고 싶으면 메시지를 남기세요."
클레멘타인이 온화한 표정으로 쳐다보았다.
"닉 채스턴과 무슨 문제가 생기면, 나에게 전화해요. 내가 뭘 도와줄 수 있을지 모르지만, 하여튼 연구해 볼 테니까요."
지니아가 살짝 웃었다.
"고마워요, 클레멘타인. 하지만 채스턴 씨에 대해서는 걱정할 필요 없을 거예요. 이 순간 나의 가장 커다란 문제는 내 자신이 아니라 바로 가족들의 충격이라구요."
"이봐요, 모든 사람들의 가장 큰 문제가 항상 가족이라구요."
바이런이 경쾌하게 대꾸했다.

아만다 퀵
Zinnia

6

"진? 집에 있어? 나 레오야. 방금 신문을 봤어. 얘기 좀 하자구, 누나. 어떻게 된 거야? 진짜로 누나가 그 채스턴인가를 만난 거야? 윌리 숙모와 스탠리 삼촌은 발작을 일으켰고 사촌 메리베스는 정신과 의사와 상담 날짜를 정했어. 이런 자극적인 스트레스는 도저히 견딜 수 없다고."

지니아는 현관에 서서 막 뜯어 보려던 편지를 내려놓고 급하게 수화기를 들었다.

"레오? 나야, 끊지 마."

그녀는 레오가 수화기를 내리기 전에 받으려고 서두르다가 여러 버튼을 동시에 눌러 가까스로 연결됐다.

"미안해. 전화를 받지 않으려고 응답기를 켜놓았거든."

"이해해. 불행한 점은 아무도 누나와 통화를 할 수 없자, 그 벌떼 같은 별별 기자들이 나에게 전화를 해대기 시작한 거야. 난 처음에는 영문도 모르다가 누나한테 일어난 일을 알아보기 위해 밖에 나가서 신문을 사 왔어. 어젯밤 누나와 채스턴 카지노의 사장이 살해된 남자를 발견했다니 어떻게 된 거야? 기자들이 언제나처럼 자기 멋대로 꾸며댄 거겠지?"

"전부 다 그렇지는 않아."

지니아는 의자에 몸을 기대고 방금 살펴보려던 우편물들을 응시했다.

동생의 목소리를 들으니 기분이 나아졌다. 레오는 그녀가 스캔들로 가족들의 광란스런 협공을 받을 때 침착과 이성을 유지한 유일한 인물이었다. 뉴 시애틀 대학의 졸업반인 동생은, 오래된 물체의 지난 과거와 연대를 알아보는 데 직관적인 능력을 가진 9등급의 역사 분석 능력자이고 전공 또한 역사 분석학이었다.

지니아의 생각으로, 레오는 평생 연구할 운명을 타고난 아이였다. 자신의 연구에 정열을 갖고 있었고 그 분야에서 큰 일을 해내리라 확신하였다. 하지만 지니아를 제외한 나머지 가족들은 레오의 그런 가능성을 오히려 걱정했다.

스프링 가의 재산은 사업을 통해 4대에 걸쳐 확고하게 다져져 왔다. 에드워드 스프링의 죽음에 이어진 도산은 가족 모두를 경악에 빠지게 하였고, 지니아를 뺀 모든 가족들은 레오에게 스프링 가의 사업을 재건시킬 책임이 있다는 생각에 집착하였다. 지니아는 그런 압력으로부터 동생을 학문의 길에 전념하도록 보호할 결심을 하고 있었다.

"내 고객 중 한 명이 어제 살해당했어."

그녀가 설명했다.

"어젯밤에 내가 그 시체를 찾아냈고 그때 우연히 채스턴 씨가 같이 있었던 거야. 우리는 목격한 대로 경찰에 진술한 일밖에 없어."

"채스틴이 어떻게 우연히 거기 있었다는 거야, 응? 그 말은 친척들에게 전혀 먹혀들지 않을걸. 지금 누나는 나랑 얘기하고 있는 거야. 나한테라도 솔직하게 말해 보라구."

"그게 좀 복잡해. 채스턴 씨는 내 고객이었던 모리스 펜위크와 협상을 하던 중이었어."

그녀는 간략하게 사건을 요약하였다.

"그래서 우리는 둘 다 불쌍한 모리스에게 관심을 가졌던 거라구."

"음."

"그게 무슨 의미니?"

"나도 잘 모르겠어. 하지만 윌리 숙모와 다른 사람들이 왜 히스테릭 상태인지 이해할 것 같아. 그 개자식 이튼이 누나를 정부처럼 언론에 공개한 일이 터진 후라 더욱 그렇잖아."

"장담하지만, 닉 채스턴과 레드폭스 이튼 사이에는 아무 공통점도 없어."

그게 더도 덜도 아닌 사실이라고 그녀는 생각했다. 미술 애호가이며 개척당의 중요한 기부자이자 여러 방면에서 중요한 인물인 레드폭스 이튼은 이튼 저택의 새로운 인테리어를 위해 그녀를 고용했었다.

그때는 그 큰 계약에 대단히 감사했었지. 부모님이 돌아가시고, 스프링 가의 사업은 파산하고 레오와 그녀는 심각한 재정적 궁핍 상태에 처해 있었다. 스프링 가의 나머지 재산들도 사업의 도산과 같이 사라졌고 도움을 청할 만한 사람은 아무도 없었다.

그녀는 지니아 스프링 인테리어 회사를 성공시키기 위해 모든 힘을 쏟아부었다. 이튼의 일을 맡게 되었을 때는 기뻐 날뛸 지경이었다. 돈도 돈이려니와 그것이 폐쇄적인 상류 사회의 인테리어 시장으로 들어갈 계기를 만들어 줄 거라고 여겼으니. 이튼 가를 만족시킬 수만 있다면, 그들이 주위 상류층들에게 입소문을 내줄 테니까 말이다.

그런데 일을 시작하고 2주도 지나기 전에, 그녀는 몇몇 다른 잡지들뿐 아니라 신세이션의 가십면을 장식한 자신을 발견해야 했다. 이튼의 침실에서 나와 레드폭스 이튼과 함께 나란히 정원으로 들어서는 사진을 보았을 때, 자신이 보이지 않는 덫에 걸렸다는 걸 깨달았다. 그녀와 이튼이 침실 안에서 벽지 샘플을 논의하고 있었다는 걸 아무도 믿어 주지 않았다.

자신이 빠진 함정의 수수께끼를 조각조각 짜맞추는 데는 시간이 걸렸다.
 레드폭스와 우아한 그의 부인 베다니는 개척당의 힘있는 정치가인 다리아 가드너와의 묘한 삼각 관계를 언론에 감추기 위해 그녀를 희생양으로 이용했던 것이다.
 가드너의 정치적 라이벌 중 하나가 이튼 가와 가드너의 난잡한 육체적 결합 관계에 대한 소문을 퍼뜨리자, 기자들이 신랄한 질문을 이 세 명에게 해대기 시작했다. 이튼 부부와 다리아 가드너는 그 냄새를 지우고 신문사의 개들을 유인할 신선한 고깃덩이를 던지기로 계획했고, 그들이 은접시에 내준 음식이 바로 지니아였다.
 모든 일이 계획대로 착착 진행되었다. 잡지들이 지니아를 남편의 정부로 묘사하자, 베다니 이튼은 불행한 배우자로서의 눈물어린 광경을 솜씨 좋게 연기해 냈다.
 겉으로 볼 때 그것은 바람둥이 남편이 한때 저명했던 가문의 딸과 지나가는 불장난을 한 불행한 이야기 이상 아무것도 아니었다. 아무도 다리아 가드너와의 모종의 음험한 관계를 의심하는 사람은 없었다.
 유감스러운 사건이긴 했지만 어쨌든 지니아는 버티어 냈다. 그러나 사회의 가장 저명한 부부와 중요한 정치가가 연루된 삼각 관계가 발각되면 이튼 가와 가드너에게 심각한 피해를 입혔을 터인데, 그 세 사람은 스캔들 사건으로 그 일을 피해 나가 어떤 상처도 입지 않고 살아남았다.
 결국 피해를 본 사람은 지니아뿐이었다. 다리아 가드너는 한 번도 언급되지 않았고, 우아하게 견뎌낸 베다니 이튼에게만 사람들의 동정이 쏠렸다. 레드폭스에 대해서는 대부분의 사람들이 고개만 저었을 뿐이었다.
 주위에 실수히는 남편이 흔했고 상담소에 의해 결합하지 않는 엘리트 계층에서는 더욱 그러했다. 부유한 사람들이 때때로 행복하고 건전한 결합보다는 재산과 가문을 이유로 결혼한다는 것은 공공연한 비밀이었다. 이혼이 불가능한 상태에서, 이튼의 결혼 생활이 행복하지 못했다는 것 외의 의구심은 없었다.

지니아의 사랑 73

그 모든 일은 3일 만에 신문에서 잊혀져 갔다.

하지만 그 3일 간은 스프링 가의 몰락 후 자신의 인테리어 회사를 살리기 위해 열심히 일했던 지니아에게는 충분히 사업을 망칠 만한 기간이었다. 또한 그녀 자신의 평판마저 갈기갈기 찢겨질 정도로 긴 시간이었다. 마침내 주홍 아가씨라는 별명을 떼어낼 수 없다는 사실을 받아들이게 되자, 그녀는 그 색깔을 자신의 트레이드 마크로 정해 버렸다.

가족들의 경악과 분노에도 불구하고, 그녀의 옷장은 지금 빨간색으로 가득 차 있었다. 코트, 정장, 바지, 재킷, 치마, 드레스, 그 모든 옷들이 밝은 진홍빛부터 짙고 어두운 체리색까지 온통 빨간색의 물결이었다. 색의 선택에는 한계가 있지만, 긍정적으로 생각하면 액세서리 맞추는 게 한결 쉽기도 했다.

스캔들 이후로 상류층 시장에 들어갈 희망은 사라졌지만, 지난 18개월 동안 그녀는 천천히 유망한 기업주들의 관심을 끌고 있었다. 그 새로운 틈새 시장을 꼭 붙잡아 재기에 성공할 결심이었다.

"윌리 숙모와 메리베스는 입에 거품을 물고 있어."

레오가 말했다.

"그들의 제일 큰 걱정은 루트렐이 누나와의 데이트를 취소하지 않을까 하는 점인 것 같아."

"너니까 하는 말인데, 그건 나에게 아무 문제도 안 돼. 던컨 루트렐은 좋은 사람이고 그와 같이 있으면 즐겁긴 하지만, 단지 그뿐이야."

"누나는 지금 대단히 중요한 요소를 잊고 있어."

"중요한 요소?"

"가족 말이야. 던컨 루트렐은 최근 사세를 확장하면서 자기 회사의 가치를 두 배나 증가시켰다구. 그가 새로운 소프트웨어를 내놓는다면, 아마 이익이 세 배로 뛸 거야. 조만간 윌리 숙모와 스탠리 삼촌을 비롯해 다른 사람들도 가난한 여자가 부자 남자와 사랑에 빠지기 쉽다는 힌트를 주기 시작할 거야."

"그래서?"

지니아는 우편물 중에서 몇 장의 영수증과 카탈로그를 들추어댔다.
"강압적으로 나오면, 나도 가만 있지 않겠어."
"그래, 그래, 알아."
레오가 우스꽝스럽게 멜로 드라마에 나오는 식의 애처로운 목소리로 말했다.
"최고의 결혼 상담소에서 누나를 누구와도 연결시킬 수 없는 사람으로 판정했고, 누나는 절대 어울리지 않는 결혼은 꿈도 꾸지 않는다는 거."
"바로 맞췄어."
그녀가 쾌활하게 응수했다.
"생각도 못한 일이지만 그런 일이 일어나고 말았어. 얘, 너라면 어떻겠니?"
"그래도 누나의 그런 상태가 윌리 숙모나 그 일당들을 멈추게 하지는 못할 거야."
"설마 내 가족들이 나에게 어울리지도 않는 결혼을 요구하겠니?"
편지를 뜯는 나이프를 찾으며 지니아는 미소지었다.
"게다가 점잖고 생각 있는 남자라면 상담소에서 연결시킬 수 없다고 판정받은 여자와 결혼하고 싶겠어?"
"지금 무슨 생각이 드는 줄 알아? 누나는 짝을 찾을 수 없다는 상담소의 판정을 속으로 즐기는 것 같다구."
"어떻게 그런 말을 할 수 있니?"
봉투를 뜯어내자 그 안에 또다른 영수증이 들어 있었다.
"누구와도 결혼할 수 없다는 판정을 받은 건 죽음보다도 더 가혹한 운명이야. 모두가 알고 있는 사실이라구."
"누나만 제외하고 말이지."
지니아는 피식 웃었다. 4년 전 부모님이 바다에서 실종되기 얼마 전에, 그녀는 사랑에 빠질 것 같은 느낌이 들었다. 스터링 딘이라는 남자, 스프링 사의 잘생긴 부사장으로 지니아는 그와 자신이 대단히 많은 공통점을 갖고 있다고 생각했다. 그들은 함께 서로의 선택이 올바른 것인지 확인하기 위해 상담소에 등록을 하였다.

모든 이의 경악과 상담자의 실망 속에서, 지니아는 극히 소수의 사람들에게만 선언되는 연결시킬 수 없는 등급으로 판정되었다. 과학적으로는 알 수 없는 정신적 측면이 무언가 보통 사람과 미묘하게 다르기 때문에, 그녀를 스터링 딘이나 그때 당시 등록된 다른 누구와도 연결시키는 게 불가능하다는 것이었다.

부모님의 비보가 알려졌을 때, 지니아는 자신이 결혼할 수 없다는 충격에조차 적응하지 못한 상태였다. 그 후로는, 슬픔과 몰락한 스프링 가와 가족의 미래 등을 감당하느라 너무 바빠, 영원히 노처녀로 남을 거라는 결혼 상담소의 선언에 걱정할 틈이 없었다.

그 결과를 알게 된 가족과 친구들은 충격과 당혹 그리고 연민으로 그녀를 대했다. 하지만 요사이 지니아는 자신의 상태에도 유리한 점이 있다는 걸 인식하기 시작하였다. 이 사회에서 결혼은 누구에게나 커다란 압력인데, 자신은 무사통과였던 것이다.

일반적인 생각으로 그녀가 소유한 것은 평생 고독으로 가는 차표였지만, 요즈음은 그것에 대해 생각할 시간이 많지 않았고 살아가기에 너무 바쁘기만 했다.

"윌리 숙모에게 그 루트렐이라는 사람과 같이 있으면 즐겁다고 했다면서. 유머 감각도 괜찮다고."

레오가 지적했다.

"그 말은 맞아."

일주일 전 던컨이 상담소를 통하지 않은 결혼도 받아들일 수 있다는 의미를 자신에게 넌지시 비쳤다는 얘기는 덧붙이지 않았다.

던컨은 싱 아이스라는 컴퓨터 회사의 사장이었다. 6주 전 미술 전시회에서 알게 된 그들은 정신 없이 그들만의 대화에 몰두했다가 신세대 학교에서 출품한 그림 앞에 서 있다는 걸 깨닫고 당황했다. 그 의미 없는 색의 얼룩들을 오랫동안 바라보다가, 서로의 눈이 마주치자 그들은 웃어 버리고 말았다.

그리고 차 한 잔 하며 미술에 대해 더 많은 대화를 하기 위해 박물관의 카페로 향했다.

며칠 후 던컨이 극장에 가자고 전화를 해 왔을 때, 그녀는 순순히 받아들였다. 그 일로 윌리 숙모는 흥분했다. 결혼을 통해 파산한 가문을 다시 세울 수 있으리라는 환상이 그녀의 가장 가깝고 친근한 친척들의 머리 속에서 불붙고 있다는 걸 지니아는 잘 알았다.

"누나는 늘 남자에게 유머 감각이 얼마나 중요한지 말해 왔잖아."

"그건 아주 중요해. 항상 유쾌했던 아빠와 함께 자란 내가 어떻게 웃을 줄도 모르는 사람과 살 수 있겠니?"

"알아. 사업가로서는 재능이 없으셨지만, 좋은 아버지셨어. 아빠와 엄마가 그리워, 누나."

"나도 그래."

삶에 대한 아버지의 건강한 애정을 기억하며 지니아도 부모님 생각에 잠겼다.

에드워드 스프링은 정열적이며 마음 따뜻한 남자였다. 아내인 지네비브도 남편의 한없는 낙천주의와 온화한 성품을 그대로 닮았다. 지니아와 레오는 애정과 웃음이 가득한 가정에서 자라났다. 하지만 불행히도 두 분 모두 사업에는 소질이 없으셨고, 에드워드와 지네비브의 경영 하에서 스프링 사는 바닥으로 곤두박질치고 말았다.

"누나가 루트렐을 아직 사랑하지 않는 건 알아. 하지만 잡지들은 누나를 닉 채스턴의 애인이라도 되는 듯 묘사했다구."

"내일이면 잊혀질 거야."

지니아는 펜 히니를 만지작거리며 동생을 안심시켰다

"스프링이라는 이름은 벌써 일년 반 전에 흥밋거리가 없어졌잖니."

"그럴지도 모르지. 하지만 채스턴이라는 이름만 나오면 신문은 날개 돋힌 듯이 잘 팔릴걸."

펜을 테이블에 던져 버리고 그녀는 자세를 고쳐 앉았다.

"이 상황에서 날 가장 미치게 하는 게 뭔 줄 알아?"

"응, 신문이 누나의 평판을 또다시 갈기갈기 찢어 버리고 있다는 거."

"아니, 불쌍한 모리스 펜위크가 살해당했다는 걸 기억하고 있는 사람이 아무도 없다는 사실이야."

"채스턴이 모리스 펜위크보다 더 흥미롭다는 사실이 불행한 거지, 누나도 그렇고."

"이건 옳지 않아. 언론은 펜위크의 살인범을 찾는 데 기사의 초점을 맞춰야 한다구."

"경찰이 하겠지. 조만간 마약단에서 해결할 거야."

"어쩌면."

그녀가 잠시 머뭇거렸다.

"웨스턴 해의 탐험, 특히 삼십오 년 전의 탐험에 대한 전문가와 얘기하고 싶으면, 누굴 만나야 할까?"

"특별한 탐험을 뜻하는 거야?"

"그래. 비웃지 마. 하지만 난 채스턴의 세 번째 탐험에 대해 좀더 자세히 알고 싶어."

"세 번째?"

레오가 웃음을 터뜨렸다.

"농담하는 거야? 그건 옛날 이야기에 불과해. 세 번째 탐험 같은 건 있지도 않았어. 후원했던 대학이 마지막 순간에 취소해 버렸다구. 탐험 대장은 정글 속으로 들어가 팀이 출발하기 며칠 전에 자살했다던데."

"그 사람 시체는 발견되었니?"

"아니. 우린 정글을 얘기하는 거야, 누나. 정글 안에서 시체를 찾아낼 수는 없어. 이건 널리 알려진 사실이야."

"드포리스트의 이론도 있잖아."

지니아가 시험적으로 떠 보았다.

"그래, 몇 년 전에 읽은 적이 있어."

레오가 코웃음을 쳤다.

"그 애길 실은 곳은 싸구려 잡지들뿐이었지. 진짜 학자들은 관심도 갖지 않았어. 우주인이 탐험대를 납치해 갔다는 괴상한 이야기는 뉴 시애틀 대학을 당황시켰다구. 미친 드포리스트는 그 이론으로 자신의 직장과 종신 교수 직함을 내놓아야 했어."

"미친 드포리스트?"

"학계에서는 그를 그렇게 불러. 우주인과 사라진 탐험대에 대한 얘기를 쓸 때까지는 역사 분석학과의 교수였어."

"제대로 된 전문가가 없다는 말이니?"

"없어. 내 말대로, 세 번째 탐험 같은 건 없었으니까."

"하지만 바돌로뮤 채스턴은? 그 사람은 존재했었잖아. 일지를 썼을지도 몰라. 모리스는 자기가 그걸 발견했다고 하던걸."

"오, 물론 채스턴이란 사람은 진짜였고, 두 번째 탐험까지는 대단히 성공적이었어. 그 두 번의 여행에 대한 일지는 남겼을지도 몰라. 전문 탐험가들은 항상 그런 일지를 쓰거든. 하지만 세 번째 탐험에 대한 기록은 있을 리가 없어. 출발하지도 않았으니까. 만약에 무언가 있다면……."

"뭐?"

"계획을 세웠을 때의 기록일 수는 있지. 자살하기 전에 준비 과정과 계획들을 기록했을 수도 있어."

"모리스가 발견한 게 그거일지도 모르겠구나. 드포리스트 교수는 나중에 어떻게 되었는데?"

"아까 말했듯이 은퇴를 강요당했어. 가문에 돈은 좀 있다는 얘길 들은 것 같아. 그는 오래된 저택을 상속받았대. 내가 아는 한, 그는 아직까지 거기서 살고 있어."

"그가 세 번째 탐험에 대한 유일한 권위자로구나?"

"그 사람은 전설을 만들어 냈을 뿐이야. 나라면 권위자라는 위엄 있는 호칭으로 부르지 않아."

"알았어."

지니아는 테이블 위에 펜 끝을 톡톡 두들겨댔다.

"누나?"

"응?"

레오의 목소리가 좀더 신중해졌다.

"닉 채스턴이 누나를 괴롭힐 것 같아?"

"그게 무슨 뜻이니, 괴롭히다니?"

"내가 들은 바로는, 그는 아주 알 수 없는 인물이래. 대단히 은둔적이고. 그에 대해 잘 아는 사람은 한 명도 없어."

"그런 걸 좋아하는 모양이지. 어쨌든 그는 가능한 한 은둔 상태로 남으려 할 거야. 그건 나에게 접근할 이유가 없다는 뜻이지. 그가 가장 바라지 않는 일이 있다면 악명 높은 주홍 아가씨와 연결되어 세인의 관심을 끌어들이는 일일 거야."

"음."

"그 점을 생각하면 안심해도 될 거야."

그녀도 자신의 대답이 만족스러웠다.

"네 말처럼 그가 나를 괴롭히려 한다면, 대중적으로 더욱 노출될 뿐이야. 그는 신중히 생각할걸. 그의 사진이 또다시 신문에 등장할 수 있으니까. 그건 그가 가장 원치 않는 일이야."

"응, 그럴 것 같긴 해."

"내 말을 믿어. 그는 화로에 젤리 아이스를 붓지 않는다면, 불이 금방 사그라든다는 걸 알고 있거든."

"누나는 앞으로 어떻게 할 거야?"

레오는 여전히 걱정스런 목소리였다.

"기자들이 포기하고 사라져 줄 때까지 피해야지. 사실 날 더 힘들게 하는 사람은 닉 채스턴이 아니라, 가족들이라구."

"누나가 그렇게 말한다면야."

"걱정하지 마. 그 사람 소식 듣는 건 어제가 처음이자 마지막이 될 거니까."

지니아는 작별 인사를 하고 전화를 끊었다. 그리고 바로 전화벨이 울리자, 그녀는 신경질적으로 거의 의자에서 튕겨 일어날 뻔하였다. 전화기를 노려보며 응답기가 작동되기를 기다렸다.

"닉 채스턴이오, 지니아. 집에 있다는 거 알고 있소. 당신과 얘기하고 싶소."

그녀는 몸이 얼어붙었다. 기계를 통해서도, 그의 목소리는 지난밤처럼 그녀의 신경을 극한까지 몰고 가는 힘이 있었다. 어젯밤 그녀의 이상한 반응이 어둠과 불안한 상황 탓만은 아니었던 게 분명했다.
닉은 말을 중단했지만 끊지도 않았다. 지니아가 전화를 받길 기다리고 있는 것이다.
그녀는 잠시 머뭇거렸지만 결국 피할 수 없었다.
"빌어먹을."
자신을 진정시키며 마치 살아 있는 거미라도 만지듯이 조심스레 수화기에 손을 뻗었다.
"채스턴 씨?"
"닉이라 불러 주시오. 어젯밤 함께 그런 일을 겪었는데 이름을 부를 사이 정도는 되지 않았소?"
그 말 속에 담긴 웃음기는 던컨 루트렐의 편안한 웃음과는 달랐다. 유머가 극도로 제한된 곳, 햇빛이 결핍된 어둡고 먼 어딘가에서 시작되는 듯했다.
"정말 놀랍군요."
그녀는 지긋지긋하다는 어조를 내려고 애썼다.
"동생한테 당신이 절대 연락하지 않을 거라고 막 말한 뒤거든요. 가능한 한 나를 멀리 할 거라구요. 당신은 질 낮은 저와 관계를 유지하고 싶어하는 모양이네요, 채스턴 씨."
그는 그녀의 말에 별로 신경쓰지 않았다.
"기자들에게 당하고 있지는 않소?"

"아침에 무시해 버린 전화가 몇 통 있었고 아파트 밖에 신세이션의 차가 대기하고 있긴 하지만, 내가 할 수 있는 일은 없지요. 당신은 어떻게 하루를 보냈어요?"

"나에게는 그런 부류를 따돌리라고 고용된 사람들이 있지."

"네, 당연하시겠죠."

지니아는 벌떡 일어나 전화선을 질질 끌며 창문 밖의 신세이션 차량을 내다보았다.

"당신은 얼마나 편리하시겠어요?"

"당신 아파트에도 원한다면 누군가 보내 줄 수 있소."

불연듯 아래층 로비에 대기하고 있을 근육질 페더의 모습이 떠올랐다. 관리인과 이웃들이 결코 그녀를 용서하지 않을 것이다.

"제발 그런 일은 말아 주세요."

공포 서린 자신의 목소리에 짜증을 내며 그녀는 목청을 가다듬었다.

"내 말은, 대단히 고맙지만 그럴 필요는 없다는 뜻이에요. 기자들은 지겨워지면 떠날 테지요."

"그렇겠지. 하지만 시간이 걸릴 거요."

"이거 아세요? 저런 집요한 기자들이 모리스의 살인자에게 좀더 관심을 기울인다면, 경찰은 철저한 수사를 할 거라는 사실 말이에요."

"경찰은 지금 최선을 다하고 있을 거요."

"글쎄요, 별로 확신이 들지 않는 걸요."

지니아는 몸을 돌려 자신의 산뜻한 초기 탐험 시대의 유물을 본뜬 테이블로 되돌아갔다.

"안셈 형사는 용의자가 자기 사무실로 걸어 들어와 자수할 때까지 기다리려는 것같이 느긋해 보이던 걸요."

"안셈은 훌륭한 수사관이오. 알아낼 수 있는 모든 실마리를 쫓고 있을 거요."

"당신 말이 맞길 바래요. 하지만 마약이 관련된 강도 사건 정도로 취급해 뒷방에 처박아 놓았을까 걱정이에요."

상대쪽에 잠시 침묵이 흘렀다.
"아직도 무언가 더 미심쩍은 게 있다고 생각하오?"
마침내 아무 억양 없는 어조로 닉이 물었다.
"몇 시간이나 그 생각을 하느라 잠을 못 잤어요."
그녀는 천천히 의자로 내려앉았다.
"불쌍한 모리스가 채스턴 일지에 대해 마지막 협상을 하던 중에 죽었다는 게 너무 이상하지 않아요?"
"또 그 음모 이론이로군. 당신 가족 중에 매트릭스 능력자가 없다는 건 확실하오?"
"농담할 일이 아니에요, 채스턴 씨. 그가 일지를 어디에 숨겼는지 모르겠다구요."
"그걸 알고 싶어하는 사람은 당신만이 아니오."
그 엄격한 단호함은 그녀의 불안하기만 한 신경을 진정시키는 데 아무 도움도 되지 않았다.
"오랫동안 알 수 없을지도 몰라요. 잊지는 않았겠죠, 모리스가 매트릭스라는 거. 퍼즐과 비밀에 아주 능숙하다구요. 매트릭스만큼 물건을 잘 숨기는 사람은 없어요."
"또 매트릭스처럼 숨긴 물건을 잘 찾아내는 사람도 없지."
닉이 말했다.
"그래요. 매트릭스 도둑은 매트릭스 경찰에게 잡힌다는 말도 있잖아요. 당신이라면 일지를 찾기 위해 사람을 고용할 수도 있겠군요. 도둑이 아니라, 매트릭스 탐정 말이에요."
"가능성을 검토해 보겠소."
닉이 잠시 말을 멈췄다.
"날 도울 만한 매트릭스를 찾는다면, 집중을 해줄 프리즘도 고용해야 할 거요. 당신이 해줄 수 있소?"
닉 채스턴과 또다시 연결된다는 생각을 하자 미지의 공간에 들어서는 자신의 모습이 떠오르며 뱃속이 퍼드득 떨려 왔다.

"모르겠어요."

그 말은 자신에게조차 힘없이 들렸다.

"스케줄을 봐야 해요. 요즘엔 인테리어 사업 때문에 아주 바쁘거든요. 집중하는 일은 많이 맡지 않아요. 모리스는 예외적인 경우였어요."

점점 증상이 심각해지는군. 그녀는 헛소리를 지껄이는 바보가 되어 가고 있었다.

그녀의 감각을 벼랑 끝까지 몰고 가며 목덜미의 머리카락을 곤두서게 하는 것은 대체 닉 채스턴의 어떤 점일까. 그가 위험하고 은둔적인 인물이라는 점과, 함께 시체를 발견했다는 것 말고 그에 대해 아는 것이 전혀 없는 데도 말이다.

"당신 예감이 옳다면, 일지를 찾는 게 살인자를 찾는 데도 도움이 되지 않겠소?"

닉이 말했다.

갑자기 그녀는 그의 눈을 볼 수 있다면 얼마나 좋을까 하는 생각이 들었다. 하지만 그 깊은 초록빛 황금색 눈에서 많은 것을 읽어낼 자신이 없었다. 닉은 쉽게 꿰뚫을 수 없는 가면을 쓰고 있었다.

"누군가를 죽일 만큼 심각하게 일지를 원하는 사람은 당신뿐이라고 말했지 않나요?"

그녀는 신중한 어조로 대꾸했다.

"그건 당신의 음모 이론이지, 내가 만든 게 아니오. 내가 원하는 건 일지뿐이오. 만약에 당신 생각이 옳다면, 일지를 찾아내는 데 둘다 관심이 있을 거라는 점을 말한 거요. 경찰이 당신 생각과 같은 방향으로 수사를 해나가지 않을 거라는 점은 맞소. 안셈은 마약을 사기 위한 단순 강도 행위로 확신하는 것 같았소."

지니아는 테이블 위에 팔꿈치를 세워 한 손으로 이마를 매만졌다.

"솔직히 말하면, 나도 잘 모르겠어요."

"결정하는 데 너무 오래 걸리지는 마시오. 난 즉시 조사를 시작할 생각이오. 낭비할 시간이 없소. 흔적이란 대단히 빨리 사라져 버리거든."

"네, 그렇겠지요."
"이 일에 당신도 참여하겠소, 아니면 나 혼자 처리하는 게 좋겠소?"
그녀는 손가락에 전화선을 빙빙 감았다. 그는 지금 무언의 압력을 가하고 있다. 미묘하긴 하지만 틀림없었다.
"우리가 힘을 합쳐야 한다는 건가요?"
"그렇겠지? 우리는 둘다 일지를 찾아야 하는 이유가 있소. 따로 하는 것보다 함께 하는 것이 더 쉬울 거요."
지니아는 이제 손가락으로 테이블을 두들겨대고 있었다.
"우리 둘이 눈에 띄지 않고 같이 행동한다는 건 불가능해요."
"그건 사실이오. 잡지들이 온통 우리에게 관심을 쏟겠지."
그의 목소리는 그다지 걱정하는 투가 아니라는 점이 거슬렸다.
"그래서요? 당신이 가장 싫어하는 게 남에게 노출되는 일이잖아요?"
"그만한 이유가 있다면 감수할 수 있소. 당신은 어떻소?"
"난 언론의 표적이 되는 게 정말 싫어요."
그녀는 의자 뒤로 기대며 길게 한숨을 내쉬었다.
"하지만 너무 자주 내 이름에 먹칠을 하다 보니 이젠 아무렇지도 않게 생각되는군요. 그래요, 감당할 수 있어요."
상대편에 다시 한 번 불안한 침묵이 감돌았다.
"나와 같이 일하는 것이 당신 이름에 먹칠을 한다고 생각하오?"
이런, 이 남자를 또 모욕하고 말았군.
"그런 뜻이 아니었어요. 잡지에 등장하는 게 멋진 일은 아니라는 의미죠. 나와 관계된 사람이 누구든 상관없어요."
"괜찮소."
그가 말을 잘랐다.
"어차피 피할 수 없는 일이면, 우리가 같이 모습을 보이는 데 필요한 이유를 만들어야겠소."
지니아의 본능이 최대한의 경고를 울렸다.
"어떤 이유?"

"우연히도 난 인테리어 디자이너를 구하고 있는 중이오."

그녀가 전화기를 힘껏 움켜쥐었다.

"뭐라구요?"

"들었잖소. 난 가까운 시일 내에 결혼할 계획이고, 내가 가진 집을 재단장하고 싶소."

웬일인지 그 말이 지니아의 움켜쥔 손에 더욱 힘이 들어가게 만들었다. 그가 결혼할 계획이다. 그래서 어떻단 말인가? 대부분의 사람들이 언젠가는 결혼을 한다. 불가사의한 카지노 사장조차도. 몇몇 흉악범과 정신병동 수감자가 아닌 이상 이 도시에서 결혼하지 않는 사람은 아무도 없다. 결혼 문제만큼은 그녀만이 유일한 예외인 것 같았다.

"그렇군요."

"내 미래의 아내가 카지노의 모양새를 좋아하지 않을 것 같소."

"카지노에서 사시는군요."

지니아가 우울하게 말했다.

"얼마나 오랫동안 그 사실을 숨길 수 있을지 의심스럽군요. 슬롯머신의 쨍그렁 소리가 단번에 알려줄 텐데요."

"난 내 신부가 카지노 위에서 살길 원하지 않소. 집을 한 채 사두었지. 도시와 해안이 내려다보이는 언덕 위의 커다란 집이오."

"오."

그녀는 무슨 말을 해야 할지 말문이 막혔다.

"결혼식은 언제인가요?"

"아직은 모르오. 최근에 상담소에 등록을 시작했을 뿐이니까."

"상담소를 통한다는 말인가요?"

"놀란 것 같군. 상식 있는 사람이라면 누구나 그곳을 통하지 않소?"

"물론, 당연히 그렇죠. 대부분의 경우에는요."

맙소사, 또 횡설수설하고 있어.

"하지만 예외도 있지요."

"난 예외가 될 생각이 없소. 상담소를 통하지 않은 결혼은 대단히 위험하오. 난 도박꾼이 아니오."

그녀가 눈을 깜박거렸다.

"뭐가 아니라구요?"

"내 생활이 이렇긴 하지만, 어리석은 위험을 무릅쓰지는 않소. 결혼처럼 영구적인 것에는 특히나."

"대단히 현명하시군요."

그녀가 서둘러 동의를 표했다. 그리고 잠시 대화가 끊겼다.

"당신도 등록했소?"

그의 부드러운 질문에 그녀는 침을 삼켰다. 그녀 나이의 여자에게는 일반적이고 정상적인 질문이다. 나이가 거의 삼십이 되어 가고 있지 않은가.

"사 년 전에 등록했어요. 매우 드물지만 연결시킬 수 없는 경우라고 판정받았어요."

고요한 침묵이 흘렀다.

"그렇군. 매우 드문 경우인 것 같소."

닉이 마침내 대꾸했다.

그것은 판정 이후 내내 들어 온 말이었다. 지니아는 거의 웃음이 나올 뻔했다.

"대단히요. 하지만 그렇게 된 걸요."

"그다지 상심하는 것 같지 않군."

"그래도 삶은 계속되니까요."

"완전 분광 프리즘은 상대를 만나기가 힘들다고 들었소."

"우리 잘못은 아니지요. 우린 높은 기준을 갖고 있고 그게 어울려요. 하지만 내 경우에는 더 복잡한 문제가 있어요. 정상적인 완전 분광 프리즘이 아니거든요."

"아, 매트릭스와만 편안하게 집중을 맞출 수 있다고 했었지."

"분명히 MPPI에 그렇게 쓰여 있어요."

"MPPI?"

"다중 정신 초과학 개성 목록의 약어지요. 모든 결혼 상담소에서 쓰는 테스트 기준이에요. 상담소에 등록했으면 당신도 조만간 하게 될 거예요. 상담자가 말해 주지 않던가요?"

"난 이제 등록 과정을 시작했을 뿐이오. 아직 상담자와 세세한 점까지 얘기할 기회는 없었소."

"그렇군요. 서류를 작성한 다음에 테스트를 받게 될 거예요."

지니아는 호기심이 발동했다.

"어떤 곳에 등록하셨어요?"

"시너지스틱 결혼 상담소요."

"훌륭한 곳이죠. 나도 거기 등록했었어요."

닉이 강한 능력자라는 것이 더욱 확실해졌다. 시너지스틱 사는 이 도시에 몇 개 안 되는 결혼 상담소 중 하나로서 완전 분광 프리즘과 높은 등급의 능력자들을 다루고 있었다.

"대단히 비싼 곳이죠."

"그 정도 지불 능력은 되오."

그녀가 움찔했다.

"그래요, 물론 그렇겠죠."

"아까도 말했지만, 난 미래의 내 신부를 위해 집을 재단장하고 싶소. 사람들에게 당신을 인테리어 디자이너로 고용했다고 말할 수 있소. 그게 당신과 내가 공개적으로 모습을 드러내는 이유가 될 거요."

그녀의 두뇌가 일순 활동을 멈추고 진공 상태로 빠져드는 듯한 기분이 들었다.

"아……."

"우리는 모리스에 대한 모든 자료와 정보를 공유할 수 있소. 물론 당신이 받을 적정한 대가도 지불할 생각이오."

그 말이 다른 어떤 것보다도 진공 상태를 깨뜨리는 효과를 나타냈다. 지니아는 울화가 치밀었다.

"어떻게 이 일에 돈을 끌어들일 수 있죠? 돈 많은 카지노 사장이니 당연히 기대했어야 했나요? 당신에게 한 가지 알려드리죠, 채스턴 씨. 내가 이 일에 관심을 갖는 유일한 이유는 불쌍한 모리스에 대한 신의 때문이에요."

"물론 그럴 거요."

그가 재빨리 대답했다. 너무 빠르다 싶을 만큼.

"당신이 원하는 건 일지죠. 당신은 무슨 이유인지 모르지만, 내가 그 일지를 찾을 만한 정보를 갖고 있다고 생각하나 보죠?"

"지니아, 난 합리적인 제안을 했을 뿐이오. 두 사람 모두에게 이득이 될 만한 제안 말이오."

"관두세요. 당신은 날 조종하려 하고 있어요, 채스턴 씨. 난 누구한테 휘둘리는 걸 끔찍이 싫어해요."

"하여튼 생각이나 해보시오, 내가 요구하는 건 그것뿐이오."

그는 정말이지 너무나도 이성적이었다.

"내 계획을 검토해 보고 나서 전화 주시오."

"시간 낭비 하지 말라고 말씀드리죠."

그의 또다른 전략이 나오기 전에 그녀는 수화기를 꽝 하고 내려놓았다.

아만다 퀵
Zinnia

7

 미끼는 걸어 놓았어. 수화기를 내려놓으며 닉은 흡족하게 생각했다. 이제 할 일은 미끼를 물면 재빠르게 그리고 조심스레 그녀를 감아올리는 일뿐이다. 그녀는 오늘이 지나기 전에 전화할 것이다. 내 제안을 거절할 수 없을걸.
 그녀는 다소 완고하고 대화가 끝날 무렵에는 짜증을 냈지만, 침착하게 생각해 보고 나서 다시 전화할 것이다.
 닉은 지니아 스프링에 관한 자신의 분석에 만족스러웠다. 그녀는 성실하고 신의가 있는 타입이었다. 지나치다 싶을 만큼. 그녀는 펜위크의 살인자를 찾는 일에 책임감을 느끼고 있었고, 그는 그녀가 하고자 하는 일을 도울 기회를 제공했다.
 그녀는 전화할 거야, 곧. 그 동안에 그는 처리할 문제가 있었다.
 그는 일어서서 사치스럽게 장식된 방의 한쪽 벽에 위치한 거울 쪽으로 걸어갔다. 발끝으로 숨겨진 스위치를 누르자, 벽면이 열리며 카지노와 커다란 투자를 관리하는 진짜 사무실이 드러났다.

거울벽이 등뒤로 닫히자, 그는 책상으로 다가가 작은 서랍을 열었다. 지니아가 이 숨겨진 사무실과 비밀 서랍을 본다면 무어라 말할지 궁금했다. 전형적인 매트릭스, 강박적이고 은밀한 성향, 편집증이라고 몰아붙일지도 모르지.

하지만 그의 사업에 신중과 조심성이 필요하다는 건 사실이었다. 게다가 모든 일에 완벽을 기하는 편집증적인 매트릭스조차도 적은 있기 마련이라는 옛말이 있지 않은가.

그는 펜위크의 주소록에서 빼내 온 두 장의 하얀 카드를 꺼냈다. 어젯밤 지니아가 등을 보일 때까지 기다렸다가 갖고 나온 물건이었다. 범죄 현장에서 무언가 빼내는 것을 그녀가 결코 찬성하지 않을 테니.

깔끔하게 타이프 쳐진 카드를 살폈다. 자신의 이름과 개인 전화번호가 적힌 것 하나, 그것이 펜위크의 주소록에 있다는 건 놀라운 일이 아니었다. 그가 직접 적어 주었으니까. 하지만 펜위크가 죽은 이상 그 기록은 없애는 것이 나을 것 같았다. 그의 개인 전화번호를 아는 사람은 적을수록 좋다.

그가 예상치 않았던 것은 자신의 전화번호 바로 뒤에 있던 이름이었다. 오린 채스턴, 채스턴 사의 사장이자 바돌로뮤 채스턴의 동생. 닉의 삼촌이었다.

오린은 평소 고서에 그다지 관심이 많지 않았다. 펜위크의 주소록에 그의 이름이 있는 이유는 단 한 가지, 그도 채스턴 일지를 찾고 있었다는 결론이 나온다.

접수 계원의 앞에 새겨진 명패에는 헬렌 톰슨 부인이라 적혀 있었다. 그녀는 닉을 쳐다보며 정중함과 동시에 못마땅한 표정을 나타냈다.

"채스턴 씨와 약속이 있으신가요?"

그녀가 점잖게 잔기침을 했다.

"아니오."

닉이 오린의 닫힌 사무실 문을 힐끗 쳐다보았다.

"하지만 날 만나 줄 거요, 헬렌. 그 점은 걱정 마시오."
"오늘 아침에 회의가 있으신데요."
헬렌의 표정은 비난으로 팽팽해졌다.
"방해받는 걸 싫어하세요."
닉이 미소를 지었다.
"하지만 난 가족이오, 헬렌. 그는 물론 날 만나 줄 거요."
그는 대답을 기다리지도 않고 그녀의 책상을 지나쳤다.
"기다리세요."
헬렌이 벌떡 일어섰을 때 이미 닉은 문으로 반쯤 다가서고 있었다.
"돌아오세요, 채스턴 씨. 어디 가시는 거예요?"
"전화 연결하지 마시오, 헬렌. 오래 걸리지는 않소."
닉은 문을 열고 삼촌의 사무실로 들어섰다. 채스턴 카지노와 달리, 이곳 채스턴 사는 세련되게 장식되어 있었다. 모든 것이 옅은 베이지와 회색빛으로 정돈되어 우아함의 표본이었다. 사실 그 사무실은 건축 잡지의 최근 호에 실리기도 했다. 닉은 그 잡지 기사를 모두 읽었다. 자신도 요즘 세련된 취향에 대해 연구중이었다. 그것도 존경받는 위치로 올라서려는 5개년 계획의 일부가 될 테니까.
"오린 삼촌, 이곳에 빨간색을 가미하는 건 어떨까요?"
의자의 등을 돌리고 전화를 받고 있던 오린이 닉의 목소리에 빙글 돌아앉았다. 그리고 인상을 험상궂게 일그러뜨렸다.
"리커에게 소식 듣는 대로 즉시 전화해, 알겠어? 좋아, 시작하라구."
오린은 집어던지듯 전화기를 내려놓고 나서 닉을 노려보았다.
"채스턴의 이름을 신문에 끌어들이고 싶어 안달이 난 모양이지? 그 법석이 가라앉을 때까지 채스턴 사를 멀리 하는 게 네가 할 수 있는 최소한의 예의라는 걸 모르니? 우린 그런 식으로 언론에 알려지는 걸 싫어해."
"그 일지를 찾기 시작한 지 얼마나 됐지요, 오린 삼촌?"
닉은 회색 가죽 의자 하나에 자리를 잡았다. 오린은 그들 간의 관계를 인정하기 싫어했고, 그런 이유로 닉은 방문 시마다 가능한 자주 대화 속에 '삼촌'이란 단어를 강조했다.

사실, 가족으로서 그들은 닮은 점이 전혀 없었다. 닉은 아버지인 바돌로뮤를 많이 닮았는데, 반면에 오린은 전형적인 채스턴 가의 유전자를 특징짓는 밝은 갈색 머리와 담갈색 눈동자, 그리고 탄탄한 체격의 소유자였다.

오린이 안경을 벗어 책상 위로 내던졌다.

"대체 무슨 얘기를 하는 거냐?"

"어젯밤 죽은 고서상 모리스 펜위크와 거래하고 있었잖아요. 고서에 별 관심이 없는 분이니, 당연히 채스턴 일지를 구하려 했던 거겠죠."

"말도 안 되는 소리."

"어젯밤 펜위크의 주소록에서 삼촌의 이름과 개인 전화번호를 찾아냈답니다."

오린의 턱이 앙다물어졌다.

"네가 죽은 남자의 주소록을 뒤졌단 말이냐?"

"경찰을 기다리는 동안 그럴 만한 시간 여유가 좀 있었죠. 걱정 마세요, 그 전화번호는 내가 갖고 있으니까."

오린의 얼굴이 분노로 붉어졌다.

"가문의 명예를 모르는 녀석."

"삼촌에게 그런 말을 이미 한두 번쯤 들은 것 같군요."

닉의 어머니 샐리는 결혼하지 않았다 해도 자신의 아들이 아버지의 이름을 물려받도록 확실히 해놓았으며, 그 사실이 합법적인 채스턴 가 사람들에게 있어서는 짜내고 싶은 고름과도 같았다. 그들은 샐리가 아들에게 아버지의 성을 이어받게 한 행동이 채스턴 가의 재산을 한몫 잡으려는 의도로 간주하였다.

샐리의 차가 정글의 산길에서 굴러떨어진 후, 닉은 거칠고 무뚝뚝하지만 마음씨 좋은 앤디 아오키에 의해 길러졌다. 실종된 남편 바돌로뮤의 행방을 찾기 위해 세렌디피티로 출발하던 날, 샐리는 어린 아들을 자신이 일했던 웨스턴 섬의 술집 주인에게 맡겨놓고 떠났다. 그리고 그녀는 영영 돌아오지 못했다.

닉은 선술집에서 성장하며 앤디에게 많은 것들을 배웠다. 술집의 싸움을 멈추게 하는 법, 정글에서 살아남는 법, 그리고 명예의 중요성과 자신을 통제하는 방법까지.

닉이 알고 있는 유일한 부모는 앤디뿐이었고 그래서 열세 살이 되던 해에 앤디의 아들이 되어 성을 이어받고 싶다고 말했다.

앤디는 오랫동안 생각에 잠겨 그를 쳐다보고 나서 천천히 고개를 저었다.
"네 엄마는 네가 채스턴 가의 아들이 되길 원했다. 네 아빠도 그렇고. 그분들의 뜻을 존중해야만 한다."
"난 아저씨를 더 존중하고 싶어요."
그것은 닉의 진심이었다.
앤디의 눈이 애정으로 반짝거렸다.
"넌 벌써 그 이상을 나에게 주었단다, 애야. 그걸로 충분해. 너의 이름을 간직하고 있거라."

앤디는 3년 전 웨스턴 섬 전투에서 희생되었다. 자신의 선술집을 지키다가 침입한 해적 중 한 명의 총에 맞았던 것이다. 닉이 루카스 트렌트와 레이프 스톤브레이커와 같이 정글 깊숙이 들어가 있던 때였다.

앤디는 현금 등록기 뒤에 죽어 있었다. 그 슬픔을 가슴 깊이 묻어 두긴 했지만, 영원히 잊혀질 것 같지가 않았다.

앤디의 살인자를 추적하고 나서야, 닉은 술집 뒷방의 엉망이 된 창고를 살폈다. 그 낡은 헛간은 81년 간 이어진 앤디의 인생 기억들로 가득 차 있었다. 오래 전 죽은 앤디의 부인 사진, 초기 젤리 아이스를 채굴하던 때의 기록, 영수증들, 닉의 학교 성적표와 어릴 때 만들었던 물건들.

또한 어머니의 것이었던 작은 금속 상자도 찾아내었다. 그것을 찾아낸 것은 정말 놀랄 만한 일이었다. 어머니의 유품은 전부 돌아가실 때쯤 화재가 나버린 그 집 속에서 사라졌다고 들었던 것이다. 하지만 어머니는 세렌디피티로 운명의 여행을 출발하기 직전에 앤디의 뒷방에 아무 말도 없이 그 상자를 살짝 숨겨 놓고 길을 떠난 것이 분명했다.

상자 속에는 딱 한 가지가 들어 있었다. 바돌로뮤 채스턴이 세 번째 탐험을 떠나기 전 어머니에게 썼던 마지막 편지였다.

닉은 아직도 결론을 내릴 수 없었다. 채스턴 가 친척들이 화를 내는 이유가 어머니가 억지로 자신을 그들 가문의 일원으로 만든 것 때문인지, 아니면 그가 자신의 힘으로 재산을 모으고 그들의 부에 아무 관심도 보이지 않는 것 때문인지 말이다.

채스턴 가 사람들은 돈으로 사람을 요리하는 일에 익숙하였다. 닉이 그들에게 아무것도 요구하지 않은 것이 그들의 눈에는 더 다루기 힘들고 위협적인 존재로 비쳤을지 모른다. 닉은 이해했다. 어차피 자신도 채스턴 가의 한 사람이었으니까. 주어진 상황이 나머지 가족들보다 그의 출세 욕구를 훨씬 더 강하게 만들어 왔다.

"과거를 회상하기 위해 온 게 아닙니다. 그보다 오늘은 채스턴 일지에 대한 삼촌의 관심이 어느 정도인지 알고 싶어서 온 겁니다."

"그게 어떻다는 거지? 형의 개인적인 일지가 있다면, 그건 엄연히 우리 가족의 것이다."

오린의 입이 팽팽해졌다.

"'합법적인' 가족들."

"어젯밤에 많은 생각을 했지요. 기분 나빠하지 마십시오. 하지만 삼촌이 가족에 대해 갑작스레 강한 애정을 보이는 걸 믿기가 어렵군요. 특히 나 아버지에 관해서 말이죠."

"무슨 말을 하려는 거냐?"

닉이 미소지었다.

"아버지가 돌아가심으로써 삼촌이 가문의 사업 지배권을 넘겨받았다는 건 우리 둘다 알고 있지요, 그렇지 않습니까?"

"못된 자식."

오린이 거칠게 내뱉었다.

"네, 하지만 그건 오래 전 얘기죠. 아버지가 살아 있었다면, 삼촌은 오늘의 자리를 차지하지 못했을 겁니다. 아버지는 어머니와 결혼했을 것이고 내가 채스턴 사의 합법적인 상속인이 되었겠지요. 이렇게 생각하면 세상사가 참 재미있지 않나요?"

"형은 절대 네 엄마와 결혼하지 않았을 거다."

오린의 얼굴에서 분노가 뿜어져 나왔다.

"그는 가문의 사업을 맡아야 할 자신의 책임을 알고 있었어. 귀한 채스턴의 이름을 웨스턴 섬 술집에서 만난 싸구려 창녀에게 주지는 않았을 거야."

닉의 귓가에 갑자기 피가 용솟음쳤다. 생각이고 뭐고 없이 닉은 벌떡 자리에서 일어나 책상을 돌아 오린의 값비싼 셔츠를 한손에 움켜잡았다.

"내 어머니는 창녀가 아니야!"

그가 대단히 부드럽지만 강하게 말했다.

"다시는 그런 식으로 부르지 마시오. 알겠습니까, 삼촌? 다시는 내 어머니를 창녀 따위로 부르지 말라구요. 그렇지 않으면 당신네 합법적인 가족 모두 톡톡히 대가를 지불하게 될 거요."

오린의 입이 열렸다가 닫혔다. 그의 눈은 충격으로 금방이라도 튀어나올 듯했다.

"경호원을 부르겠다."

"아버지가 탐험에서 돌아오신 후에 두 분은 결혼할 계획이었죠. 하지만 아버지는 살아서 돌아오지 못한 겁니다."

닉이 더욱 몸을 가까이 했다.

"무슨 일이 있었는지 아무도 몰라요. 하지만 누가 이익을 얻었는지는 모두가 알고 있잖습니까?"

오린의 입이 다시 한 번 벌어졌다가 간신히 말을 내뱉었다.

"내가 형의 죽음에 관계가 있다는 거냐? 형이 돌아오지 못한 걸 내가 기뻐했다는 뜻이냐, 감히? 말도 안 되는 소리."

"과연 그럴까요?"

"사실을 직시하라구, 닉. 세 번째 탐험 같은 건 없었다. 그건 전설일 뿐이야. 형의 실종에 대해 가장 그럴 듯한 설명은 어느 날 오후 정글에 들어갔다가 자살했다는 거다. 형은 매트릭스였어. 그들이 현실에 잘 적응하지 못한다는 건 누구나 아는 사실이야."

"세 번째 탐험이 없었다고 믿는다면, 어째서 아버지의 일지를 찾는 겁니까?"

"형이 그런 기록을 남겼다고 말한 적은 없다. 그가 모든 것을 기록해 놓는 데 집착했다는 건 알지만 세 번째 탐험에 대한 기록은 있을 리가 없어. 출발하지도 않았으니까."

닉의 귀에서 윙윙대던 소리가 가라앉았다. 그리고 삼촌의 멋진 셔츠를 너무 힘껏 움켜쥐고 있다는 것도 깨달았다. 이렇게 통제력을 잃은 자신이 정말 싫었다. 그는 손을 풀고 한 걸음 뒤로 물러섰다.

그때 황금의 번득임이 눈에 들어왔다. 그는 삼촌의 값비싼 커프스 단추를 힐끗 쳐다보았다. 커다란 C자와 오린의 첫자 O가 우아하게 새겨진 단추. 채스턴 가의 모든 남자들은 성인이 되면 그런 황금 단추를 받았다. 아버지의 단추는 어떻게 생겼는지 궁금했지만 삼촌에게 물어 볼 수는 없지. 그는 삼촌의 눈동자로 시선을 돌렸다.

"원래 질문으로 돌아가죠. 그런데 왜 아버지의 일지를 찾는 데 많은 돈을 지불하려는 겁니까?"

"가문의 물건이기 때문이지."

오린은 넥타이와 목깃을 바로 고쳤다.

"니에게도 지켜야 할 가문에 대한 책임감이란 게 있다면 이해할 기다. 이제 널 밖으로 내던져 버리기 전에 어서 나가라."

"나갈 겁니다."

문으로 걸어가다가 그가 잠시 걸음을 멈췄다.

"아참, 잊어버릴 뻔했군요. 글렌다우어와의 협상은 어떻게 돼 갑니까?

채스턴 사에 돈을 쏟아붓겠다는 행운의 약속이라도 해줬나요?"

오린의 표정이 충격으로 가득 찼다. 그리곤 서서히 흥분한 빨간 기운이 올라왔다.

"글렌다우어에 대해서는 어떻게 알지?"

닉이 어깨를 으쓱했다.

"채스턴 사가 멜틴 로를 인수한 후로 심각한 상태라는 건 알죠. 그 회사에 너무 많은 돈을 들이지 않았나요? 심각한 손실이 분명하죠. 삼촌은 이제 궁지에 몰려 있구요. 현금이 필요하니까 투자자들에게 손을 내밀었겠지요. 지난 육 주 동안 삼촌이 손을 내민 세 번째 인물이 글렌다우어였다고 알고 있지요."

"네가 상관할 바 아니다, 빌어먹을."

"진정하라구요. 나도 채스턴의 이름을 쓰는 가족 아닙니까?"

닉이 미소를 지었다.

"하지만 경고 한 마디 해두죠. 보물에 대한 소문을 믿고 아버지의 일지를 찾는 거라면, 시간과 정력을 아껴 두시라구요. 아버지가 파이어 크리스털을 발견했다는 전설은 그저 전설에 불과해요. 미친 드포리스트가 우주인에 대해 만들어 낸 얘기처럼 전설의 일부일 뿐이죠."

오린의 반응을 기다리지도 않고 닉은 사무실을 나섰다. 그리고 조용히 문을 닫았다.

헬렌이 책상에서 씩씩거리고 있었다.

"좋은 하루 되기를."

그녀를 지나치며 차갑게 미소짓자 그녀가 움찔했다.

그는 엘리베이터가 있는 곳까지 호화로운 복도를 내려가 문이 스르르 열리자 안으로 들어서서 시계를 힐끗 보았다. 지금쯤 지니아가 전화했을지 모른다. 성급하고 낯선 열정 같은 바람이 그를 관통했다.

잠시 후, 채스턴 건물의 당당한 입구를 나서자 약하게 빗줄기가 뿌리고 있었다. 그는 자신의 초록색 싱크론이 주차된 곳으로 걸음을 재촉했다.

운전석에 앉자마자 수화기를 집어들었다.

"카지노로 돌아가는 중이네, 페더."

매끈한 싱크론을 차들의 흐름 속으로 이끌었다.

"연락 온 것은?"

"말씀하신 대로 채스턴 일지에 대한 정보에 오천 달러를 지불하겠다고 말해 놓았습니다. 아직까지 아무 연락도 없습니다."

"액수를 두 배로 올리게."

닉은 무심히 다른 차들과의 거리를 계산해 보았다. 빗줄기와 젖은 도로, 그리고 앞에서 달리는 파란 자동차의 속도를 점검했다. 매트릭스에 무언가 좋지 않다는 느낌이 전해졌다. 지체 없이 그는 차선을 바꾸었다.

파란 차의 운전자가 갑자기 브레이크를 밟아 간신히 다른 차와의 충돌을 피했다. 타이어의 끼익 소리가 들리고 경적이 요란하게 울려퍼졌다. 닉은 사고날 뻔한 차들을 지나 유유히 액셀러레이터를 밟았다.

그는 모든 다른 행동처럼 운전을 했다. 매트릭스 안의 요소들을 본능적으로 활용하면서. 그는 자신을 둘러싼 물체와 자신의 관계를 언제나 정확히 인식하였고, 타이밍 또한 거의 완벽했다. 그의 정신적 능력이 주는 부수적인 효과인 셈이었다.

"다른 연락은?"

"중요한 건 없습니다."

닉이 수화기를 힘껏 그러쥐었다.

"스프링 양에게 전화 오지 않았나?"

"아뇨, 사장님."

"금방 도착할걸세."

그는 전화의 종결 버튼을 눌렀다.

그녀는 전화할 것이다. 그는 사람을 다루는 일에 능숙했고, 그녀가 전화하리라는 걸 알고 있었다.

하지만 또다시 매트릭스가 허공을 떠도는 느낌이 전해졌다. 지니아는 자신도 예측할 수 없는 인물이었다.

아만다 퀵
Zinnia

8

지니아는 고상한 초기 탐험 시대의 컵에 커피-티 두 잔을 따랐다.
"걱정 마세요, 윌리 숙모. 집 앞에 대기중인 차는 신세이션 것뿐이에요. 그것도 며칠 지나면 없어질 거구요. 이런 종류의 뉴스는 상대를 안 해주면 금세 사라지거든요."
"하지만 당해야 하는 사람에겐 잔인하기 그지없지."
윌리 숙모가 뼛속까지 배어든 오만과 우아한 자세로 잔을 받쳐들었다.
"사람들은 경찰이 기자라고 불리는 그 끔찍한 벌레들에 대해 무슨 조치를 취할 거라 생각하겠지. 예전에는 경찰이 사생활을 어느 정도 존중해 주었는데, 요즘은 한 사람의 개인 생활조차도 보호해 주지 못한단 말이야."
지니아는 그녀를 다소 짜증과 감탄이 섞인 눈빛으로 쳐다보았다. 윌리 숙모는 어느 환경, 어느 위치에서건 지휘하는 데 익숙했다. 산뜻하지만 괴상할 수도 있는 초기 탐험 시대의 가구들 사이에 앉은 그녀는 권위의 산 증인이었다. 윌리 숙모가 스프링 가의 가장으로 군림하고 있다는 사실을 인정해야만 했다.

위엄 있는 체격의 이 여자는 아름다움에 대한 일반 상식을 뛰어넘는 부분이 있었다. 초기 개척자들에게나 있을 법한 강인하고 굴하지 않는 면모가 있었다.

최근 스프링 가의 몰락과 파산은 오히려 그녀의 굽히지 않는 단호함을 더욱 돋보이게 해주었다. 사명감을 지닌 여자, 스프링 가의 재산과 사회적 지위가 이전처럼 회복될 때까지 절대 쉬지 않을 것이다.

"지니아, 어젯밤 일에 대해 말해 주렴. 어쩌다가 그런 하찮은 도박꾼과 같이 살인 현장을 목격하게 되었니?"

"솔직히 직접 본 채스턴 씨는 하찮지도 않고 도박꾼도 아닌 듯한 인상이었어요."

지니아가 입술을 오므렸다.

"그 사람은 도박꾼이야. 카지노를 소유하고 있단다."

"네, 하지만 게임에 직접 참여하지는 않아요. 채스턴 씨는 남을 지휘하는 걸 더 좋아하는 것처럼 보이던 걸요."

"그 남자는 강도와 다를 바 없어. 존경할 만한 인물이라곤 절대 말할 수 없지. 넌 그런 저급한 자와 만날 신분이 아니야."

숙모가 눈을 부릅떴다.

"그리고 살해범 수사에는 어떻게 개입된 거냐?"

"제가 개입된 게 아니에요, 숙모. 난 그저 시체를 발견한 목격자 두 사람 중 한 명일 뿐이라구요. 펜위크 씨는 내 고객이었어요."

"그것도 문제야. 내가 그 시너지 사에서 네가 일하는 걸 좋아하지 않는다는 거 알지?"

지니아가 무뚝뚝하게 대꾸했다.

"난 돈이 필요해요. 그 점은 설명드렸잖아요. 인테리어 사업이 이튼 스캔들 이후로 너무 힘들어졌다구요. 이제 겨우 회복 기미가 보이는 중이에요."

숙모의 얼굴에 고통이 스며들었다.

"우린 에드워드와 지네비브를 잃고 나서 가문의 파산이라는 또다른 재난을 견뎌내야만 했다. 그리고 그 가문의 재건은 이제 네 손에 달려 있단다, 얘야."

지니아는 아무 말도 하지 않고, 눈썹만 들어올렸다.

윌리 숙모가 차분히 잔을 내려놓았다.

"그 문제를 말하려고 여기 온 거다. 우린 곤두박질치는 이 사건들을 중지시켜야 해. 우리 가족을 구할 수 있는 사람은 너뿐이란다."

"가족은 살아남을 거예요, 숙모. 굶는 사람은 없잖아요. 숙모와 스탠리 삼촌은 리치먼드 삼촌이 남겨 주신 연금으로 생활할 거고 메리베스는 부티크에서 이익을 내잖아요. 레오는 이제 졸업하면 대학의 연구원이 될 거예요. 우리 모두 잘 해 나갈 거예요."

"살아남는 것과 적당한 위치를 회복하는 건 다른 거야. 그리고 레오에 대해서 말인데, 네가 그애한테 나쁜 영향을 주고 있어. 네가 사업에 관심을 갖도록 레오를 설득해야 한다."

"레오는 학문을 위해 태어난 아이예요, 사업이 아니라."

그것은 언제나 반복되는 논쟁이었다. 지니아는 지겹기만 한데, 숙모는 질리지도 않고 절대 패배를 인정하지도 않았다.

그녀를 쳐다보는 숙모의 시선은 전혀 이해할 수 없다는 표정이었다.

"때로는 가족을 위해 희생할 줄도 알아야 해. 내 말이 무슨 뜻인지 잘 알고 있을 거라 믿는다."

"사실은 그래요."

지니아가 화사한 미소를 지어 보였다.

"숙모는 던컨 루트렐이 저한테 전화를 했다는 소식을 들으면 기뻐하시겠지요. 오늘밤 저녁 식사를 같이 하자고 약속했어요."

"루트렐 씨가 전화했다고?"

자신의 귀를 의심하는 듯한 얼굴이었다.

"잡지에 채스턴과 연결된 그런 끔찍한 기사가 났는데도?"

"네. 그는 제게 아주 동정적이었어요."

"감사한 일이야."

"희망을 갖지는 마세요, 숙모. 내가 결혼할 수 없는 등급이라는 거 아직 기억하시죠?"

"내 생각은 이렇다, 지니아. 어떤 사람들은 상담소를 통하지 않고 결혼하는 경우도 있어. 특히나 우월한 가문에서는 말이다."

"하지만 제가 그런 위험한 짓을 하는 건 원치 않으실 거예요, 숙모. 그런 식으로 어떤 남자를 설득할 수 있다 해도 말이에요. 우리가 얘기하는 건 제 미래라구요. 내가 사랑하지도 않고 날 사랑하지도 않는 남자에게 인생을 거는 건 상상할 수도 없어요. 그건 지옥과 똑같아요."

"연애소설 쓰지 마라, 얘야. 개척자들이 결혼 상담소라는 제도를 만들기 전에, 지구의 조상들은 어떤 상담자도 없이 스스로 알아서 결혼했다는 걸 알면 도움이 되겠구나."

지니아는 웃음이 터져나와 거의 커피-티를 쏟을 뻔했다.

"그건 옛날 신화일 뿐이라구요, 숙모. 다른 행성을 개척할 정도의 문명인들은 그런 원시적인 형태로 자기 인생을 살지 않아요."

지니아는 숙모가 떠날 때까지 기다렸다가 다시 뉴턴 드포리스트에게 전화를 걸어 보았다. 오늘 그에게 전화하는 게 벌써 세 번째였다. 지금까지는 한 번도 받지 않았다.

전화벨 소리를 세고 있다가 다섯 번째 울리자, 마지못해 수화기를 내려놓으려던 참이었다.

"여보세요?"

경쾌하면서도 숨이 가쁜 듯한 남자의 목소리가 들려 왔다.

"드포리스트 교수님?"

"네, 접니다. 벨이 울릴 때 정원에 있었거든요. 누구신가요?"

"제 이름은 지니아 스프링이에요. 귀찮게 해드려서 죄송하지만, 제가 웨스턴 해의 섬들에 대해 연구중인데 교수님이 채스턴의 세 번째 탐험에 권위자라고 해서요. 그것에 대해 얘기를 나눌 수 있을까요?"

잠시 침묵이 흘렀다.

"이름이 뭐라구요?"

"지니아 스프링입니다."

"그럼 학자인가요, 스프링 양?"

드포리스트의 목소리에 갑작스레 희망이 깃들었다.

"그렇지는 않아요. 인테리어 디자이너예요."

"아."

그 사실을 받아들이느라 잠시 말이 끊겼다.

"인테리어 디자이너가 무슨 이유로 채스턴의 탐험에 관심을 갖는 거죠?"

"개인적인 관심이에요, 교수님. 취미라고 할 수도 있겠죠. 그 전설에 대한 궁금증이 생겨서 많은 걸 알고 싶은 거랍니다."

지니아가 일부러 뜸을 들였다.

"교수님이 그 세 번째 탐험의 권위자라고 들었어요."

"당신이 가능하다면 내일 시간을 낼 수 있을 것 같군요."

그녀는 서둘러 펜을 들었다.

"좋아요. 주소를 알려주시겠어요? 제가 찾아가 뵙죠."

저녁 8시 30분, 지니아는 눈처럼 하얀 테이블보 너머로 루트렐에게 미소를 지어 보였다.

"제가 얼마나 당신에게 감사하는지 모르실 거예요. 하루 종일 방안에만 갇혀 있었거든요. 오늘 아침 한 번 나서긴 했는데, 잡지 기자들에게 강제로 취재를 당할 뻔했어요."

"여기 개척자 클럽은 안전해요. 이곳 직원들은 기자들을 따돌리는 방법을 알거든요."

던컨이 씨익 웃었다.

"육 개월 전 채스턴 카지노에서 주방장을 빼내 가는 바람에 여기 요리가 뉴 시애틀 최고라는 명성은 사라졌지만, 적어도 사생활은 보장되지요."

"다행이네요."

지니아는 식당의 주위를 둘러보았다.

오늘밤 그녀는 주위의 우아함과 잘 어울리는 긴 소매에 점잖은 목선의 세련된 빨간 드레스를 선택했다. 후기 탐험 시대에 인기 있었던 웅장한 고딕 스타일, 아치형으로 굽어진 문, 조각 작품들이 이 개척자 클럽을 장식하고 있었다.

그런 분위기가 개척자 클럽 멤버인 뉴 시애틀의 유력자들에게 어울릴 만한 배경을 제공하였다.

문득 예전 생각이 났다.

"제 아버지도 이곳의 회원이셨지요."

"압니다. 제 아버지도 역시 그랬지요."

와인 담당자가 테이블로 다가오자 던컨이 고개를 들었다.

"구십팔 년산 샤또 스킴 블루 부탁해요."

"알겠습니다, 루트렐 씨."

직원이 조용히 물러갔다.

지니아는 오늘 처음으로 긴장이 풀리는 것 같았다. 던컨이 그런 효과를 만들어 주었다. 그와 식사하는 건 남동생과 함께 있는 것처럼 아무 불편함도 없었다. 유쾌한 친구 같은 느낌이었다.

던컨은 매우 잘생긴 얼굴에 최첨단 컴퓨터를 다루는 직업을 가진 사람치고는 이상할 만치 강한 근육질이었다. 회사의 사장이라는 직위에 어울리게 밝은 갈색 머리는 보수적인 스타일로 다듬어져 있었다. 그의 갈색 눈동자는 편안한 웃음으로 반짝거렸다.

웨이터가 주문한 음식을 놓고 갔을 때, 던컨은 지니아를 동정적인 표정으로 바라보았다.

"그런 잡지가 얼마나 짜증스러운지 알고 있죠. 작년에 아버지가 돌아가셨을 때, 그런 신문이 날 며칠이고 괴롭혔어요. 내가 아무 말도 해주지 않으니까 결국에는 사라지더군요."

"그게 바로 제가 언론을 다루는 방법이에요."

웨이터가 와인을 갖고 돌아왔다. 지니아는 던컨이 맛을 보고 승낙할 때까지 기다렸다.

그들 둘만 남게 되자, 지니아도 그 맛좋은 푸른 포도주를 한 모금 마셨다. 요즘에는 이런 고급 포도주를 마실 기회가 드물다. 집의 냉장고 속에 있는 것도 싸구려 초록 와인이었다.

"최악의 상황은 끝난 것 같아요. 당신이 태우러 왔을 때, 신세이션의 취재용 차가 안 보였거든요."

"좋은 징조로군요. 당신과 채스턴이 또다시 기름칠만 하지 않는다면, 모든 게 잊혀질 겁니다."

"걱정 마세요. 그런 가십 기자들에게 더 이상 미끼가 되고 싶지 않아요. 닉 채스턴도 저와 똑같은 생각일걸요."

"당신이 모리스 펜위크의 시체를 발견하게 된 것은 이해가 돼요. 당신이라면 당연히 실종된 고객을 걱정하는 타입이지요. 내가 알 수 없는 건 채스턴과 어떻게 같이 있게 되었냐는 겁니다. 기사 내용에는 확실히 나와 있지 않더군요."

지니아는 던컨에게 어느 정도까지 말해야 할지 생각하며 잠시 머뭇거렸다. 닉의 사생활을 보호해야 한다는 책임감과 함께 그가 채스턴 일지에 대해 말하는 걸 원치 않으리라는 걸 직감적으로 알고 있었다. 그녀는 진실의 일부만 말하기로 했다.

"믿지 못하시겠지만, 닉 채스턴은 고서를 수집하는 모양이에요."

던컨이 킥킥거렸다.

"정말 못 믿겠군요. 고서를 좋아하는 카지노 사장이라니, 이건 굉장한 유머네요."

"그래요. 하지만 그는 모리스의 고객 중 한 명이었고 그들은 협상중이었어요. 모리스가 나와의 약속을 지키지 않자, 난 그의 행방을 아는지 물어 보려고 채스턴에게 갔던 거예요."

던컨의 인상이 찡그려졌다.
"당신이 직접 채스턴을 만나러 갔단 말입니까?"
"그것 말고는 어떻게 해볼 방법이 없었어요. 그도 나만큼 걱정을 했어요. 우리는 같이 서점에 알아보러 갔다가 불쌍하게도 살해된 모리스를 발견하게 된 거예요. 채스턴 씨가 경찰에 연락했지요."
던컨은 진지한 표정으로 말했다.
"제가 충고 하나 해도 될까요?"
지니아가 한 손을 들어올렸다.
"그만하세요. 다른 사람들에게 들었던 것과 똑같은 말을 하려는 거죠? 닉 채스턴과 가까이 지내지 말라는 거겠죠, 그렇죠?"
던컨이 미소를 지었지만, 그녀를 주시하는 눈동자는 여전히 진지했다.
"맞아요. 그런 일에 전문가는 아니지만, 채스턴은 당신이 관심을 가질 만한 사내가 아니라는 점은 익히 들어서 알고 있지요."
"걱정 마세요, 그 점에는 완벽히 동의하니까요."
짧은 침묵이 흐르고, 던컨이 와인잔을 들어 내용물을 살짝 흔들었다.
"채스턴을 만나러 갔을 때 그의 사무실에 들어갔나요?"
지니아가 파이 한쪽을 집어들었다.
"당연하죠."
던컨이 앞으로 몸을 내밀며 목소리를 낮췄다.
"그의 취향이 지독하다는 소문이 사실인가요?"
파이를 깨물며 지니아가 씨익 웃어 보였다.
"모두가 사실이에요."

그를 볼 수는 없었지만 그의 존재는 느낄 수 있었다. 어둠 속에서 그가 그녀를 기다리고 있었다. 몸을 돌려 달아나야 한다는 건 알았지만, 어떤 보이지 않는 힘이 그녀를 잡아 한없는 어둠 속으로 끌어당겼다. 그가 있는 저 어둠 속으로 들어간다면, 되돌아올 수 없을 것이다. 영원히 펼쳐진 것 같은 저 끔찍한 허공 속에 그와 같이 갇혀 버릴 것이다.

자신의 심장이 퍼득이는 소리를 들었다. 그 소리가 점점 커지며 귓속까지 요란스레 울려댔다. 피가 솟구치는 듯한 천둥 소리.

지니아는 숨을 헐떡이며 잠에서 깨어났다. 잠옷이 땀에 젖은 축축한 몸뚱이에 착 달라붙어 있었다.
꿈이었어. 악몽이었어.
하지만 천둥 소리는 멈추지 않았다.
시간이 흐르고 나서야, 그것이 자신의 심장 소리가 아니라 전화벨 소리라는 걸 알았다.
침대 옆의 시계를 보니 밤 12시, 무언가 대단히 급한 게 아니라면 이 시간에 전화할 사람은 없다.
그녀가 떨리는 손으로 수화기를 들었다.
"여보세요?"
"스프링 양? 전 폴리 펜위크예요. 모리스 펜위크의 부인이죠."
"네. 안녕하세요, 펜위크 부인."
"제가 잠을 깨운 건가요?"
"괜찮아요."
지니아는 다시 베개로 머리를 묻었다.
"모리스 일은 정말 유감이에요."
"그래서 제가 전화한 거예요."
걱정스런 목소리가 들려 오자 지니아는 얼굴을 찡그렸다.
"괜찮으신 거예요, 펜위크 부인?"
"그의 물건들을 살펴보고 있었어요. 메모가 있더군요. 지시 사항이요."
"지시 사항?"
"확실해요. 모리스는 그런 사람이었죠. 대단히 확실해요. 그 지시 사항을 따르니까 편지가 나왔고 그 사람이 숨겨놓은 책을 찾았어요. 일종의 일기나 일지 같아 보였어요."

"일지?"

"모리스의 메모에 따르면, 아주 귀중한 거래요. 하지만 가능한 한 빨리 처분하래요. 그걸 갖고 있으면 위험할 수도 있다고 생각했나 봐요. 그걸 채스턴 씨에게 팔겠어요. 아시죠, 개척자 광장에 있는 카지노의 사장 말예요."

"네, 네, 알지요."

지니아는 부인이 다급하게 쏟아내는 설명을 따라잡기가 힘들었다. 마음 한구석에 여전히 악몽 속의 이미지가 소용돌이치고 있었다.

"실례지만 펜위크 부인, 당신이 지금 그 일지를 갖고 있다는 말씀인가요?"

"네. 분명히 말씀드렸잖아요. 하지만 모리스의 메모를 보면 빨리 처분해야 한다고 쓰여 있어요. 자기에게 무슨 일이 생기면 누군가가 이 일지를 찾을 거라 생각했던 것 같아요."

"메모에 정확히 뭐라고 쓰여 있지요?"

"말씀드렸다시피, 난 그걸 발견한 즉시 팔기로 했어요."

"지금 팔겠다는 거예요? 오늘밤에?"

"네. 모리스의 메모는 절 아주 불안하게 만들었어요. 이렇게 귀찮게 해드려서 죄송하지만, 당신에게 전화하라고 쓰여 있는 걸요. 당신이 채스턴 씨와 연결해 줄 거라고요. 그렇게 해주시겠어요?"

"제가요?"

"부탁드려요, 스프링 양. 불안해서 미칠 지경이에요. 제가 직접 그 무서운 남자에게 전화할 수는 없었어요. 그 남자와 거래한다는 생각만으로도 무서워 죽겠어요. 강도보다 나을 게 없는 사람이잖아요."

월리 숙모와 같은 견해로군. 지니아는 눈을 감았다.

"좋아요. 제가 전화해 드릴게요."

"고마워요, 스프링 양."

감사와 안도감으로 떨리는 목소리였다.

"우리가 같이 있는 모습이 눈에 띄면 안 좋으니까, 한 시간 후에 장막

공원에서 만나요."

"정말 오늘밤 처리하고 싶으세요?"

"그럼요. 이 일이 마무리될 때까지는 잠들지 못할 거예요. 당신이 채스턴 씨와 같이 와 주시겠죠? 당신이 없으면 두려워서 채스턴 씨와 거래를 못할 거예요. 모리스는 당신을 믿어도 된다고 써놓았어요."

"좋아요. 하지만 오늘밤 그와 연락이 닿을지는 장담 못하겠어요. 그는 카지노를 운영하고 있어요, 펜위크 부인. 이 시간에 무슨 일을 하고 있을지 설명할 필요는 없겠죠."

"제발 전화라도 해주세요. 전 정말 너무나 불안해요. 모리스에게는 약간 편집증적인 면이 있긴 하지만, 그런 사람이 아니라 해도 이 메모는 보기만 해도 너무 무섭고 불길해요."

"제가 카지노로 일단 전화해서 알아볼게요."

지니아는 전화를 끊고 침대 옆의 램프를 켜고는 침대에서 나와 지갑을 찾아보았다. 그 안에 닉이 주었던 빨강과 은색의 명함이 들어 있었다.

전화번호를 누르며 그녀는 닉 채스턴이 전화기 옆에서 전화를 기다리며 앉아 있을 타입은 아니라고 생각하였다. 그와 연락이 되지 않으면 다음에 어떻게 해야 할지 전혀 생각이 없었다.

첫번째 벨소리가 울리자마자 닉이 응답을 했다.

마치, 진짜로 전화 옆에 앉아 기다리고 있었던 것처럼.

아만다 퀵
Zinnia

9

드디어 그녀가 전화를 걸었다.

하지만 그의 도움을 원해서가 아니라 폴리 펜위크가 일지를 파는 데 중개 역할을 부탁했다는 이유에서였지만.

이제 지니아 스프링과 단둘이 있게 되는데 어쩐다지? 낯선 사람을 기다리며 새벽 1시 30분이 넘은 시간에 어두운 차 안에 앉아 있는데. 닉은 그다지 좋은 기분이 아니었다. 일이 자기가 세운 계획대로 진행되지 않을 때는 항상 기분이 좋지 않았다.

그는 차의 헤드라이트를 끄고 육중한 나무들로 둘러싸인 공원을 조용히 지켜보았다.

"이런 우리의 만남이 다소 비정상적이라는 점을 알고 있소?"

지니아가 그를 슬쩍 노려보았다. 닉은 자신의 옆에 앉아 있는 그녀의 존재를 강하게 의식하고 있었다. 지니아는 잘 익은 체리색의 스웨터에 딱 달라붙은 청바지를 입고는 서둘러 대강 하나로 질끈 머리를 묶고 화장도 하지 않은 얼굴이었다.

그녀에게 자꾸 화가 났다. 30분 전 그녀의 아파트 앞에서 자신의 차에 태웠을 때 이미 그녀가 이 일의 중개자 역할을 맡기로 한 결정을 후회하고 있다는 걸 느꼈다. 그것은 아마도 자신이 못마땅했기 때문이리라.

밀폐된 차안은 둘의 긴장으로 끓어오르고 있었다, 거의 대부분은 자신의 긴장으로. 그러나 그가 할 수 있는 일은 별로 없었다. 마음속에서 동요하는 두 가지 갈등을 처리하느라 거의 모든 자제력을 소모해서 자기를 수습하는 것조차 힘이 들었다.

한편으로는 매트릭스로써 위험 요소를 평가해 보려는 욕구를 억눌러야 했다. 자신의 힘을 자제하지 않으면, 지니아는 형이상학적인 에너지의 흐름을 알아차릴 것이다. 카지노로 들어섰을 때 충돌했던 그 매트릭스가 자기라는 걸 눈치챌 수도 있었다. 아직 설명할 방법이 생각나지 않았기 때문에 그 얘기를 화제로 꺼내지 않는 것이 최선이라고 생각했다.

두 번째 갈등은 부글거리는 자신의 욕구불만에 대항하는 것이었다. 그가 아는 한 지니아가 마침내 전화한 이유는 자기의 요구 사항에 대한 답변이 아닌 다른 이유 때문이었다. 조심스레 걸어놓은 미끼 때문이 아니라 죽은 고객에 대한 책임감 때문이었다. 그녀가 오늘밤 임무를 충실히 수행하고 나면 다시 자기와의 그 빈약한 연결 고리를 끊을 것만 같다는 강한 의심이 시간이 갈수록 커졌다.

"우리의 만남이 비정상적이라니 무슨 뜻으로 하는 말이죠?"

지니아가 물었다.

"당신은 어떤지 모르지만, 한적한 곳에서 전혀 모르는 사람을 은밀히 만난다는 게 내 방식은 아니거든."

"그래요. 저한테도 이건 정말 말도 안 되는 일이에요."

갑자기 그녀가 그를 향해 돌아앉았다.

"그런데 왜 갑자기 귀찮아하는 거죠? 당신은 일지를 갖고 싶어했잖아요."

"그렇소."

"조금만 있으면 그건 당신 것이 돼요. 그런데도 내가 마치 한밤중에 쓸데없는 일로 당신을 끌어내 귀찮게 구는 것처럼 말하는군요."

"당신이 이런 시간에 모르는 사람과 만나기로 했다는 점을 믿을 수가 없소."

"정확히 말하면 모르는 사람이 아니에요. 모리스의 미망인이죠. 제가 설명드렸잖아요."

"왜 하필 공원을 선택한 거요?"

"내가 선택하지 않았어요. 펜위크 부인이 제시한 거죠."

불안하게 창 밖을 내다보는 모습이 그녀 또한 불안해 한다는 걸 말해 주었다. 너무 늦은 시간 때문이군. 닉은 불유쾌한 만족감을 느꼈다.

장막 공원은 이런 한밤중에 방문할 만한 장소는 못 되었다. 무겁게 드리워진 초록빛 나무들이 음침해 보였다. 낮 시간이라면 조깅하는 사람, 소풍 온 사람, 뉴 벤쿠버와 뉴 포틀랜드에서 온 관광객들로 붐볐을 터이지만, 밤에는 텅 비어 적막했다.

가장 눈을 끌 만한 물체라고는 반유동성의 크리스털 물체를 발견한 첫세대에 대한 커다란 기념비 정도였다. 흔히 젤리 아이스라 불리는 그것은 개척자의 후손들이 지구로 가는 에너지 통로의 장막이 닫히고 나서 몇 개월만에 무너져 버린 지구의 기술을 대치하는 새로운 기술로 가능성을 부여한 것이다.

닉은 핸들을 감아쥐었다.

"폴리 펜위크가 어떻게 일지를 발견하게 됐는지 다시 한 번 말해 보시오."

"모리스의 메모를 보고 찾아냈다고 했어요. 가능한 한 빨리 당신에게 팔아 버리라고 했대요. 모리스가 나에게 연락하라고 충고했다는군요. 펜위크 부인은 당신을 대단히 무서워하는 것 같았어요. 이유는 모르겠지만요."

닉이 그녀를 힐끗 쳐다보았다. 어둠 속에서조차 그녀의 표정이 더할 수 없이 진지하다는 걸 알 수 있었다.

"그렇군. 그녀가 그렇게 날 지독히도 두려워하는데 이런 시간에 불도 안 들어오는 도시의 가장 음침한 공원에서 만나자고 했단 말이오?"

지니아가 두 손을 펼쳐 들었다.

"모리스가 가능한 한 빨리 일지를 넘기라고 했대요, 아주 은밀하게 말이죠. 그녀가 찾아낸 사실을 아무도 몰라야 한다고요. 당신은 이 방법이 마음에 들지 않는다, 이 말이죠? 아무튼 미안해요. 펜위크 부인 때문에 난 깊은 잠을 자다가 도중에 깨어났어요. 만날 장소를 정했을 때 잠도 덜 깨고 약간 당황스럽기도 해서 깊이 생각할 여유가 없었다구요."

"그 점은 인정하오."

"그녀가 당신에게 연락해 달라고 막무가내로 부탁해서 난 이 자리에 와 있는 거라구요."

그녀가 의자 바닥을 손바닥으로 두들겨댔다.

"당신에게 전화하지 말걸 괜히 했나요?"

"이렇게 만날 결정을 내리기 전에 우선 나와 상의했어야 했소."

"아무도 당신을 억지로 끌고 나오지 않았어요. 이 거래가 마음에 들지 않았다면, 취소할 수도 있었어요. 폴리와 난 다른 고객에게 연락할 수도 있었겠죠. 그 사람은 이렇게 당신처럼 짜증을 내지 않을지도 모르죠."

닉은 펜위크의 주소록에서 찾아낸 삼촌의 이름을 기억해 냈다.

"지금 날 협박하는 거요?"

"당신의 선택을 상기시켜 준 것뿐이에요."

그녀가 빠른 목소리로 경쾌하게 대꾸했다.

"사려가 깊으시군."

"당신이 왜 이렇게 화를 내는지 모르겠어요. 일지가 이렇게 빨리 당신 손에 들어오게 돼 기뻐할 줄 알았는데."

"이건 상상도 못할 만큼 빨리 왔군."

그녀는 인상을 찡그렸다.

"무슨 뜻이죠?"

"신경쓰지 마시오."

닉은 좁은 공원길로 천천히 접어드는 흐린 차 불빛 하나를 발견했다.
"이 일은 나중에 다시 얘기합시다. 우리에게 물건을 건네 줄 친구가 도착한 것 같소."
지니아도 고개를 돌려 다가오는 차를 쳐다보았다.
"폴리일 거예요. 다른 사람이 이 시간에 여기 올 리가 없죠."
"마약 거래상이나 연쇄 살인범만 아니라면."
"당신은 일이 뜻대로 되지 않으면 언제나 그렇게 불평 투성인가요?"
"언제나 그렇소."
멀지않은 곳에서 그 차가 조심스레 멈춰 섰다.
"여기 있어요. 내가 처리하겠소."
"생각대로 안 될 거예요. 폴리 펜위크는 당신과 거래하는 걸 아주 불안해 한다고 말했잖아요. 그래서 내가 여기 온 거예요, 기억하죠?"
불쾌한 기분에도 불구하고 닉은 입가에서 웃음이 나오려 했다.
"내가 만약에 그 일지를 돈도 주지 않고 뺏으려고 마음먹는다면 당신이 과연 나를 막을 수 있을 거라고 펜위크 부인은 생각했을까?"
지니아는 도전적인 어투로 말했다.
"모리스가 나는 믿을 수 있는 사람이라고 메모에 남겼대요."
"당신을 믿기 때문에 나와 거래한다, 지금 그런 뜻이오?"
지니아는 어깨만 으쓱였을 뿐 아무 말도 하지 않았다. 하지만 눈동자에는 흔들림이 없었다. 왠지 닉은 기분이 다소 나아졌다.
"일이 골치 아프게 꼬인다면 앞으로 날 어떻게 처리할 셈이오?"
그녀는 그의 말을 무시한 채 앞의 차만 계속 쳐다보았다.
"펜위크 부인인지 어떻게 확신할 수 있죠?"
"드디어 이성적이고 빈틈 없는 질문을 하시는군. 내가 알아보겠소."
차 문을 열자 문은 지붕으로 미끄러지듯 올라갔다. 아까 내부등까지 꺼버렸기 때문에, 차안을 밝힐 만한 빛은 전혀 없었다.
"닉, 잠깐만요."
자신과 눈을 맞추는 그녀의 눈동자가 어둠 속에서 커다랗게 빛났다.

"조심하세요."

"뭘?"

그녀가 머뭇거렸다.

"어리석은 짓 말라구요."

그가 미소를 지었다.

"충고는 고맙지만, 괜한 걱정은 접어 둬요. 당신은 안전하게 차안에 있어요. 만의 하나라도 일이 잘못될 경우, 끼어들 생각은 하지 말고 그냥 여기서 빠져 나가시오."

"이젠 날 불안하게 만드는군요."

"불안감을 느끼기에 충분히 늦은 시간이지."

급히 돌아올 경우를 대비하여 차 문을 열어놓은 채, 그가 천천히 차 밖으로 나섰다.

그리고 기다렸다. 기다리는 것은 가장 자신 있는 특기 중 하나인걸. 그의 뒤로 지니아가 운전석으로 몸을 옮기는 소리가 들렸다.

"무슨 반응 있어요?"

그녀가 다급하게 물었다.

"아무 일 없소."

그 순간 다른 차의 문이 서서히 열리고, 그 내부등 불빛으로 중년의 남자와 여자의 모습이 보였다. 여기서조차 그들의 걱정스런 얼굴 표정을 알 수 있었다.

이런 일에 능숙해 보이지는 않는군. 그것이 안심스러웠다.

"펜위크 부인이 확실해요. 언젠가 모리스의 가게에서 사진을 본 적이 있어요."

지니아는 대단히 안심하는 목소리로 말했다.

"채스턴 씨?"

폴리 펜위크의 목소리가 고조된 긴장으로 인해 째질 듯이 높이 들려왔다. 닉은 움직이지 않았다.

"내가 채스턴이오."

"스프링 양이 당신과 같이 오기로 약속했어요. 그녀가 없으면 이 일이 잘 성사될지 모르겠군요. 모리스의 메모에 그녀의 도움을 받으라고 확실히 적혀 있다구요."

"스프링 양은 차 안에 있소."

지니아가 열린 문 밖으로 고개를 내밀었다.

"괜찮아요, 펜위크 부인. 제가 지니아 스프링이에요. 걱정 마세요."

"오, 하나님, 감사합니다."

폴리가 경직된 자세로 차 밖으로 나왔다. 가슴 가득 서류 꾸러미를 움켜쥐고 있었다.

"모리스가 당신은 믿어도 좋은 사람이라고 했어요, 스프링 양."

폴리와 동행한 남자가 다른 쪽 차문으로 나와 차 건너편 너머로 닉을 노려보았다.

"이제 본격적인 거래를 합시다. 돈은 갖고 왔소?"

"물론이오. 트렁크 안에 있소. 그걸 열 수 있는 사람은 나뿐이오. 당신은 누구지?"

"제 친구 오마예요."

폴리가 재빨리 말했다.

"오마 부커예요. 혼자 오기가 겁나서 동행을 부탁했어요."

"돈은 현금으로 갖고 왔소?"

오마의 다그침은 대담했지만 목소리엔 공포와 떨림이 배어 있었다.

"거래는 현금으로 하기로 약속했소."

닉은 자신의 매트릭스 능력을 사용하지 않더라도, 오늘밤 별 위험은 없어 보였다. 지니아의 전화를 받고 난 후 처음으로 긴장이 풀렸다. 폴리와 오마는 지금 이 상황을 두려워하고 있다. 무척이나 돈은 탐나지만 겁을 내고 있었다. 닉은 그들의 불안하고 초조한 태도가 마음에 들었다. 그는 그런 사람들을 조종하는 방법을 꿰뚫고 있었다.

"현금이오."

"가격은 오만 달러였소."

오마의 목소리가 날카롭게 떨렸다.

"알고 있소."

십만, 2십만 달러라도 지불할 용의가 있었다. 그 일지를 갖기 위해서는 어떤 가격이라도 지불할 생각이었지만, 그 사실을 오마와 폴리에게 굳이 알려줄 필요는 없었다.

달빛이 오마의 의심스러운 찡그림을 보여 주었다.

"이 짧은 시간에 어떻게 그 많은 현금을 구한 거요?"

"난 카지노를 소유하고 있소. 현금을 구하는 건 문제가 없소. 다른 많은 일들도 내겐 쉽지."

"닉, 그만하세요."

지니아가 불만스러운 듯 날카롭게 끼어들었다.

"당신은 지금 그들을 겁주고 있어요."

"난 아무 짓도 하지 않았는걸."

"그들을 위협하고 있잖아요."

그녀가 차 밖으로 나왔다.

"이리로 오세요, 펜위크 부인. 채스턴 씨는 기꺼이 돈을 지불할 겁니다. 일지를 넘기고, 우리 모두 거래를 끝내고 어서 집에 가서 잠을 자자구요."

폴리가 머뭇거리며 불안스레 오마를 돌아보았다. 오마는 단호하게 어깨를 펴고는 차 앞으로 돌아와 그녀와 나란히 섰다. 플래시를 켜고 두 사람은 닉의 차까지 잔디를 가로질러 다가왔다.

"트렁크에서 돈을 꺼내요, 닉."

지니아가 재촉을 했다.

"어서요. 밤새도록 여기 있고 싶지 않다구요."

닉은 그녀를 쳐다보며 차에 기대고 있던 몸을 일으켜세웠다.

"당신에게 강압적인 성향이 있다고 말해 준 사람이 있었소?"

"들은 적 있어요."

"당연히 그럴 거요."

닉은 트렁크로 가서 특별히 제작된 젤리 아이스 자물쇠를 풀었다. 매트릭스는 평범한 자물쇠는 절대 믿지 않는다. 그는 그곳에서 현금이 들어 있는 서류가방을 꺼냈다.

지니아가 폴리에게 몸을 돌렸다.

"걱정할 필요 없어요, 펜위크 부인. 채스턴 씨는 그 일지를 얻는 데 기꺼이 돈을 지불할 생각이세요."

"비밀스럽게 굴어서 죄송해요. 모리스의 메모가 절 너무 불안하게 만들어서요. 매트릭스들이 얼마나 치밀한지 잘 아시잖아요."

폴리의 말에 지니아가 안심을 시켰다.

"알죠. 그들은 섬세하고 걱정이 많아요."

닉이 필요 이상으로 힘껏 트렁크를 닫았다. 오마는 서류가방을 들고 앞으로 다가서는 닉을 지켜보았다.

"매트릭스가 편집증적이라는 점은 누구나 아는 사실이죠. 불쌍한 폴리는 모리스의 괴상한 발작 증세에 수년 간 시달려 왔어요. 결국에는 그 집에서 같이 못 살고 나와야만 했답니다."

"비참한 생활이었어요. 별거는 진짜 자유로운 삶이 아니거든요. 오마가 없었다면 어땠을지 모르겠어요. 이 사람은 저에게 아주 친절하고 충실하답니다."

"이해해요."

지니아가 닉을 쳐다보았다.

"이제 폴리에게 돈을 주세요."

오마가 눈살을 찌푸렸다.

"잠깐, 먼저 확인하고 싶소. 모든 게 제대로인지 확인해야죠."

"그렇게 말한다면야."

닉이 가방을 땅에 내려놓고 열어젖혔다.

오마가 비친 플래시 불빛 속으로 빳빳한 돈다발들이 드러났다. 그의 턱이 떡 벌어졌다.

"맙소사, 이거 보여, 폴리?"

폴리도 뚫어져라 응시하고 있었다.
"엄청난 돈이군요, 채스턴 씨. 난 생각도……. 모리스가 이 정도를 남겨 줄 거라고 절대 상상도 못했……."
그녀가 말을 멈췄다.
닉이 가방을 찰칵 닫았다.
"당신들은 오만 달러를 요구했소. 이게 오만 달러요. 이제 일지를 보여 줄 차례요."
"네?"
폴리가 당황스레 그의 얼굴로 시선을 들자, 지니아가 부드럽게 일러 주었다.
"채스턴 일지 말이에요. 이제 채스턴 씨에게 그걸 건네 주세요."
"아, 네, 물론이지요."
폴리는 가슴에 안고 있던 서류 꾸러미를 닉의 손에 넘겼다.
"가지세요. 당신 거예요. 나한테 이건 아무 쓸모도 없어요."
닉은 단단히 꾸러미를 붙잡았다. 아버지의 일지, 가죽 장정의 책을 자기 손에 들고는 있지만, 정말로 아버지의 물건을 손에 넣은 것인지 아직 실감이 나지 않았다.
천천히 조심스레 꾸러미를 푸는 그의 손길을 지니아가 쳐다보고 있었다. 그들이 일지를 확인할 수 있도록 오마는 불빛을 비추었다.
책을 묶는 데 쓰는 거칠고 값비싼 녹색 박쥐-뱀가죽이 수년 만에 세상에 모습을 드러냈다. 오랜 세월의 때로 인해 반질반질했지만, 심하게 낡거나 퇴색해 보이지는 않았다. 이 책은 35년밖에 안 되었다는 걸 닉은 자신에게 상기시켰다. 녹색 박쥐-뱀가죽은 100년 이상 보존 가능하다.
"서둘러요. 우린 필요 이상으로 여기에 오래 머물고 싶지 않소."
오마의 말을 무시하며 닉은 일지를 펼쳤다. 마음의 준비를 하고 있었음에도, 첫 장에 새겨진 아버지의 이름이 강한 충격을 전해 왔다.

웨스턴 해의 섬들에 대한 세 번째 탐험 기록.

탐험 대장 : 바돌로뮤 니콜라스 채스턴

다음 페이지로 넘기는 그의 손이 약간 떨리고 있었다. 서두에 쓰인 까만 잉크가 다소 흐릿해지긴 했지만 읽을 만은 했다. 필체는 강하고 깨끗하며 확고했다.

"어때요?"

지니아가 물어 왔다.

"당신이 원하던 거 맞나요, 닉?"

닉은 약간의 현기증을 느끼며 아주 조심스레 일지를 덮었다.

"그렇소. 내가 원하던 거요."

"물건을 건넸으니 그럼 나와 폴리는 출발하겠소."

오마가 두 손으로 서류가방을 집어들었다. 폴리는 지니아에게 안도의 미소를 보냈다.

"고맙습니다, 스프링 양. 이렇게 도와주시다니 당신은 친절하시군요. 일이 끝나니까 훨씬 기분이 좋아졌어요."

"푹 주무세요. 그리고 행운을 빌어요."

지니아가 말했다.

닉은 아무 말도 하지 않았다. 일지를 그러쥐고서, 서둘러 자신들의 차로 돌아가는 두 사람을 쳐다볼 뿐이었다.

그들이 차에 올라타 공원길을 빠져 나갈 때까지 지니아도 그의 옆에 조용히 서 있었다.

"우리도 각자의 집에 가야지요."

마침내 지니아가 말했을 때, 닉은 밀려오는 현기증을 떨쳐내려고 안 간힘을 쓰고 있났다.

"그래야지."

"괜찮으세요?"

"괜찮소."

그가 조수석의 문을 열어 주었다.

"좀 이상하신 것 같아요."

날카로운 공포감이 그의 감각 속에서 번득였다. 내가 매트릭스인 걸 알아차렸을까? 하지만 다음 순간 그녀는 불안해 하는 것이 아니라 걱정하고 있다는 것을 알아차렸다.

"마침내 일지를 손에 넣었다는 게 믿기 힘들군. 진짜로 이것이 존재하는지 확신도 없었는데."

달빛 속에서 지니아의 눈동자가 반짝거렸다.

"이해해요."

그가 차 문을 닫고 운전석 쪽으로 돌아와 얌전히 뒷좌석에 일지를 내려놓고는 자리를 잡았다. 그리고는 마음을 정리하느라 아주 오랫동안 말없이 앉아 있었다.

"고맙소."

그가 마침내 입을 열자 지니아는 미소로 대답했다.

"마지막으로 고맙다는 말을 한 적이 언제죠, 채스턴 씨?"

"난 일지를 구하는 일에 적지 않은 보상금을 내걸었소. 당신도 그 돈을 받을 자격이 충분히 있지. 그걸 받도록 하시오."

"정말 분위기 깨는 데는 솜씨가 일품이군요. 난 당신 돈을 받지 않겠어요, 채스턴 씨."

그는 자신이 그녀를 화나게 했음을 깨달았으나 모른 척하면서 계속 창 밖만을 내다보았다.

"난 일지를 가졌고, 오마와 폴리는 오만 달러를 가졌소. 이 일에서 당신만이 아무것도 얻지 못했소. 어째서 이 일을 도와준 거요?"

"끝나지 않은 약속을 진행중이었지요. 아직도 완전히 끝난 건 아니구요."

지니아가 의자로 등을 기댔다. 그 목소리의 무언가가 그를 긴장시켰다.

"무슨 뜻이오?"

"모리스의 살인범은 아직 잡히지 않았어요."

"빌어먹을. 그건 당신이 할 일이 아니오. 경찰에게 맡겨 두라고."
그녀는 의자 뒤에 머리를 기대고 어두운 공원을 응시했다.
"경찰이 잘못된 수사 방향에서 헤매고 있다면 어쩌죠?"
"그냥 물러나 있으시오, 지니아."
"모리스는 나와 함께 일한 매트릭스였어요."
"알고 있소. 하지만 그것은 살인범을 찾는 일과 아무 상관도 없소."
"아뇨, 있어요. 경찰을 포함한 모든 사람들이 매트릭스 능력자들을 이상하게 보고 소홀히 하는 경향이 있지요. 아무도 그들을 이해하려 들지 않아요."
"하지만 매트릭스 본인들이 자신들을 그런 식으로 여기게 만든다는 생각은 들지 않소?"
"사람들 모두가 그들은 편집증적이고 비밀스럽다고 말해요."
그의 말을 듣지 못한 것처럼 지니아는 말을 이었다.
"어떤 매트릭스는 자신이 미치기 직전이라고 생각하죠. 하지만 난 그들과 작업해 본 결과 그들이 지극히 정상이라는 걸 알았어요."
닉이 그녀의 옆모습을 뚫어져라 쳐다보았다.
"진짜 그런 생각을 하오?"
"네. 그들은 아주 독특하고 끊임없이 스트레스를 받는 삶을 살아요. 매트릭스가 아닌 사람이나 그들을 위해 집중을 해준 사람이 아니라면 그들이 자신의 정신 에너지를 통제하기 위해 얼마나 내부와 많은 투쟁을 하는지 알지 못할 거예요."
"당신이 그걸 알다니 농담이겠지."
그녀의 목소리에 담긴 연민의 흔적이 그는 싫었다.
"그들이 가진 건 대단히 남다르고, 강력한 힘이라구요. 매트릭스는 패턴에 집착해요. 몇 시간이고 그 안에 빠질 수도 있죠. 문제는 모든 것의 밑에 깔린 패턴을 보려는 그들의 본능, 사물과 사물 간의 연결 고리를 알아내려는 욕구예요. 때때로 대부분의 사람들이 존재하는지도 모르는 패턴을 보는 경우도 종종 있지요."

"한 마디로, 편집증이라는 거군."

"그들은 남들보다 좀더 깊이, 좀더 명료하게 볼 수 있는 것뿐이에요. 단지 그들에 대한 연구가 충분히 행해지지 않았기에 사람들이 이상하게 보는 거죠."

닉은 머뭇거렸다. 마침내 호기심이 고개를 들고 일어섰다.

"당신이 매트릭스를 위해 집중을 해줄 수 있다는 건 어떻게 알았소?"

"대학 시절에 매트릭스 친구 하나가 있었어요. 그 애와 난 몇 시간이고 함께 연습해 봤어요. 함께 작업하는 시간이 길어질수록 그 애는 점점 더 자신의 능력에 편안해 하더군요."

"친구가 편집증적이진 않았소?"

"아뇨."

지니아가 살짝 미소지었다.

"그래요, 다소 다른 사람보다 의심이 많긴 했죠. 모든 걸 지나치게 분석하려는 성향도 있었구요. 하지만 매트릭스가 아닌 사람들도 그런 걸요. 그 친구는 남보다 예민할 뿐이었어요. 지금은 자신을 위해 멋지게 집중을 해주는 프리즘이 있는 연구소에서 일하고 있어요. 행복한 결혼도 해서 곧 아기가 태어나길 기다리고 있고요."

닉은 점점 긴장이 되는 걸 느꼈다.

"그 친구는 몇 등급이었소?"

"린다는 사나 오 등급이었어요."

"중급이군."

그의 흥분이 다시 엷어졌다.

"그보다 높은 등급은 거의 없어요. 카지노에서 우연히 부딪혔던 매트릭스가 내가 만나 본 중에 유일하게 강한 사람이었어요. 그나저나, 당신의 안전 요원들이 그를 찾아냈나요?"

"아니. 하지만 어젯밤 돈을 싹 쓸어간 사람은 없었소. 그가 누구이든 우리 카지노 금고를 바닥나게 하지는 않았소."

"당신을 위해 다행이군요. 하지만 당신 부하들이 그를 찾아냈으면 좋겠어요."

"왜?"

그녀는 황급히 시계를 보며 아무 관심도 없는 척 대꾸했다.

"보통들 그렇게 하잖아요. 너무 늦었군요. 집에 데려다 주세요."

"펜위크의 살인범은 경찰에게 맡겨 놓겠다고 약속하시오."

"내가 무슨 힘이 있다고 개입하겠어요? 나로서는 그렇게 할 수도 없잖아요."

"그런 식의 대답은 안 되오. 당신이 무슨 계획을 구상중이라는 느낌이 들거든. 대체 무슨 생각을 하고 있소?"

"아무것도."

"빌어먹을."

닉의 손이 그녀의 턱을 붙잡아 억지로 자신을 쳐다보게 만들었다.

"말해 보시오."

"이제 모리스가 죽었으니, 오마와 폴리가 자유롭게 결혼할 수 있겠다는 생각을 했을 뿐이에요."

닉이 놀란 듯 그녀를 응시했다.

"그들이 펜위크의 살인범과 관계가 있다고 믿는 건 아니겠지, 설마?"

그녀는 자신의 생각을 나무라는 그가 불만스러웠다.

"왜 아니겠어요? 그들은 불쌍한 모리스가 살아 있는 한 결혼할 수 없었는 걸요."

"폴리와 오마는 오랫동안 사귀어 왔던 게 분명하오. 그런데 왜 새삼스럽게 모리스를 죽일 필요가 있겠소?"

지니아의 턱이 완고하게 굳어졌다.

"나도 몰라요. 하지만 가능성이 있다는 건 인정해야죠."

"대단히 희박한 가능성이지. 우리 시대에 지구로 통하는 장막이 다시 열리는 것과 마찬가지의 가능성이오. 젠장할, 지니아. 난 당신이 살인범 조사로 헤매고 다니는 걸 원치 않소, 알아듣겠소?"

그녀는 고개를 갸우뚱하며 그를 쳐다보았다.

"대체 왜 그러는 거죠? 내가 무슨 짓을 하든, 당신과는 아무 상관도 없잖아요."
"당신 전화를 받고 내가 왜 그렇게 화를 냈는지 알고 싶소?"
"이유는 아까 들었잖아요. 어둡고 한적한 공원에서 펜위크 부인과 만날 약속을 나 혼자 정해 버렸기 때문이라구요."
"그건 하찮은 이유에 불과하오."
닉은 이를 악물었다.
"난 당신이 전화하기 훨씬 전부터 화가 나 있었소."
그녀가 의아하다는 듯 흔들림 없는 시선으로 빤히 그를 쳐다보았다.
"왜요?"
"왜냐하면, 당신이, 전화하지, 않았기 때문이오."
"난 전화했어요."
"폴리가 나에게 연락해 달라고 부탁했기 때문이었지."
"정리 좀 해보자구요. 당신은 내가 더 빨리 전화할 줄 아셨나요? 폴리에게 연락이 오기 전에?"
"우린 일지와 살인범을 같이 찾는 일에 대해 논의하고 있었소, 기억나오?"
"웃기지 마세요."
그녀가 되받아쳤다.
"당신은 힘을 합치자 어쩌구 하면서 날 조종하려 했을 뿐이에요. 내가 가진 정보로 당신이 원하는 일지를 찾아내길 원했던 거지, 진심으로 모리스의 살인자를 찾을 생각은 없었다구요."
"그건 틀린 생각이오. 의심 많은 편집증 환자의 전형을 지금 당신이 완벽하게 보여 주고 있소."
그는 그녀를 영영 놓쳐 버릴 위험에 처해 있었고, 그녀를 자신의 곁에 붙잡아 두기 위해 쓸 수 있는 방법은 전혀 없었다. 그 절망감이 그를 미치게 만들었다.
"기가 막히는군요, 채스턴 씨. 나와 얘기하고 싶었다면, 당신이 전화할 수도 있었잖아요?"
"난 이미 했소. 이번에는 당신 차례였소."
지니아가 두 손을 들어올렸다.
"우리가 이런 식으로 싸운다는 게 믿기지 않는군요. 기분 나쁜 데이트 후에 싸우는 연인 같다구요."
"당신이 마침내 알아차렸다니 기쁘오."
그가 그녀 쪽으로 손을 뻗었다.
"바로 그런 느낌이오. 기분 나쁜 데이트."
"멈춰요."
그녀가 두 손으로 그의 어깨를 붙들었다.
"무얼 하려는 거예요?"
"당신에게 키스하려는 거요."
"왜요?"
"내가 어떻게 알겠소."
"좋아요."
그녀의 눈이 대담하게 빛났다.
"모든 대답을 알고 있는 척할 때보다 솔직한 당신이 훨씬 낫군요."
"만약 내가 모든 대답을 알고 있다면, 지금 여기서 당신과 싸우며 앉아 있지는 않을 거요. 당장 사무실로 돌아가 보다 건설적인 일을 하고 있을 거요."
"어떤 건설적인 일?"
"돈 버는 일 같은 것."
그가 그녀를 억세게 잡아끌며 품에 안았다.

아만다 퀵
Zinnia

10

휘몰아치는 열정의 감각에 그녀는 놀라고 말았다. 근원을 모르는 큰 파도가 밀려들어 엄청난 회오리 속으로 그녀를 휩쓸어 버렸다. 마치 끝없는 바다 속 깊이깊이 빠져드는 것만 같았다.

닉의 입술은 대단히 강하고 감미로우며 또한 무척이나 만족스러웠다. 그의 욕구를 맛보고 그의 굶주림을 음미하며 자신을 바라는 그의 욕구에 황홀해 했다. 그에게선 아주 좋은 향기가 났다. 매혹적인 남성의 내음, 진한 화장수 냄새가 아닌 산뜻한 비누의 은은한 향기였다. 그 점이 마음에 들었다. 아주 마음에 들었다. 향수내가 나는 남자를 좋아해 본 적은 한 번도 없었다.

"오, 세상에."

낮게 목메인 비명을 지르며 그녀가 그의 목에 더욱 단단히 팔을 감았다.

"생각도 못했어요…… 이런 건……."

"그랬을 거요."

닉은 몸을 움직여 그녀를 의자에 밀어붙였다.
"하지만 난 당신이 내 사무실로 들어선 순간부터 이러고 싶었소."
"난 그날도 내 스캔들의 대명사라 불릴 만한 빨간 옷을 어김없이 입었을 텐데요."
"난 언제나 빨간색을 좋아해 왔소."
그의 눈이 어둠 속에서 반짝거리며 그녀의 목에 키스하기 위해 고개를 숙였다.

몸의 아랫부분에서 뜨거운 열기가 뭉치는 느낌이었다. 그녀의 손가락이 더욱 깊이 그의 어깨로 파고 들었다. 셔츠 아래의 매끈한 근육과 뼈대의 감촉이 또다른 기대감을 불러일으켰다.

그녀는 지금까지 그와 만나면서 무언가가 부족하다는 느낌이 어렴풋이 있었다. 하지만 그 이해하기 어려운 요소를 이제 정확히 찾아냈다. 오늘밤 이 엄청난 기쁨 속에서.

의식이 그녀의 신경 끝을 따라 움직였다. 다른 사람과 키스할 때는 한 번도 일어나지 않았던 일이다. 닉의 열기가 그녀의 모든 육체와 정신의 감각에 불을 붙이고, 형이상학적인 평면 위에서조차 그 감각을 전달한다는 사실을 간신히 깨달았다.

그녀의 초자연적인 부분도 닉과의 포옹으로 당혹감에 떨며 불안해 하는 게 분명했다.

닉의 몸이 그녀를 의자에 짓뭉개듯이 내리눌렀다. 낯설고도 이해할 수 없는 욕구, 프리즘을 만들고 싶은 욕구가 그녀의 내부에서 서서히 커져 갔다. 그녀는 놀라며 그 정신적인 도전에 저항해야 했다.

닉에게도 분명 어떤 능력이 있었다. 이렇게 바싹 밀착되어 있으니, 그녀의 에너지 흐름을 포착한다면 그는 대단히 당혹스러울 것이다. 섹스는 육체적인 면에 한정되어 있다. 정신적인 감각에까지 영향을 미친다는 소리는 들어 본 적이 없다.

내 몸이 정상이 아니야. 절대 정상적이지 않아.
하지만 전문가들은 그녀의 정신적 에너지를 정상적인 타입으로 판정하지 않았던가.

닉의 입술이 그녀의 입술로 이동해 왔다. 그의 이가 입술에 느껴지는 순간 자신의 에너지를 분석하는 일은 접어두기로 하였다. 그녀의 내부에서 물결치는 이 독특한 감각에 정신을 집중하는 것도 버거웠다. 그런 깊이 있는 생각을 하기에는 너무나 짜릿하고 알고 싶은 게 많았으며 또한 너무나 어지러웠다.

"괜찮을 거요."

닉의 낮은 목소리가 들렸다. 그의 손이 그녀의 가슴을 덮었다.

"아주 좋아."

"닉."

흐릿한 눈 사이로, 차창이 열기로 인해 뿌옇게 변한 것을 알아차렸다. 그녀의 두뇌 한구석에선 자신의 성적 반응에 놀라고 있었다. 닉이 손을 뺄 때까지 자신의 휩쓸아치는 감정을 알아채지 못한 것이 유감이었다.

하지만 닉은 분명히 알고 있었다.

그녀는 닉의 품속에 깊이 몸을 묻으며 그의 다리 사이에서 느껴지는 딱딱하고 굴하지 않는 형태를 강하게 의식했다.

크다, 아주 커. 비정상적일 정도로. 하지만 그것 또한 흥미로웠다. 조심스레 그의 허벅지로 손을 내려 까만 바지천을 통해 느껴지는 그 형태를 만져 보았다. 그의 신음 소리가 더욱 용기를 불러일으켰다.

그녀의 다른 손이 목덜미를 덮은 그의 머리로 흘러 들어갔다. 그의 신음이 더욱 낮아졌다.

그가 그녀의 등으로 손을 내려 엉덩이를 감싸쥐었다. 육체적이고 형이상학적인 떨림이 또다시 그녀를 관통하며 지나갔다. 이런 일은 일어날 리가 없어.

"이럴 수는 없어."

그녀가 그의 목덜미에 대고 중얼거렸다.

"아니, 충분히 가능하오. 열여덟 살 이후로 차 안에서 이래 본 적이 없지만 방법은 기억할 수 있소."

"그런 뜻이 아니에요."

또다른 정신적 자각의 흐름이 육체적 욕구로 파장을 일으키자 그녀는 움찔했다.

"무언가 이상한 게 있어요."

"자리가 불편해서일 거요. 뒷자리로 옮깁시다. 그럼 더 편안해질 거요."

그는 섹스에 대해 말하고 있어. 하지만 그녀는 닉이 좀더 편안해지자고 제안하는 동안, 자신의 정신적 능력이 고장난 것인지 형이상학적인 착각을 일으키고 있는 것인지 의아해하고 있었다.

순간, 공포감이 확 불꽃을 튀겼다. 그것은 엄청난 열정에 찬물을 끼얹을 정도로 강력했다. 그녀는 눈을 뜨고 그의 강인한 가슴에 두 손을 얹으며 숨가쁘게 말했다.

"잠깐만요, 이제 그만해요. 그만 둬야 해요, 지금 당장."

닉의 몸이 얼어붙더니 천천히 고개가 들렸다.

"왜?"

간담이 서늘할 정도로 냉기를 실은 간단한 질문에 그녀는 잠시 할 말을 잃었다. 자신이 겪은 이 독특한 정신적 느낌을 어떻게 설명할지 알 수가 없었다.

"음, 그러니까……."

"다른 사람들처럼 임신 예방주사는 맞았겠지?"

"네, 그럼요, 물론이죠."

그 현실적인 질문에 당황스러워 그녀가 더듬거렸다.

그의 입술이 살짝 곡선을 그렸다.

"나도 그렇소. 우린 완벽하게 안전하오."

그의 얼굴이 다시 그녀의 몸으로 내려왔다.

"그게 문제가 아니라구요. 이제 충분하다고 말하는 거예요. 전 키스만 허락했어요. 맙소사, 우린 서로를 잘 알지도 못해요. 하룻밤의 정사는 내 스타일이 아니에요."
 그가 머리를 들고 한참 동안 그녀를 살펴보았다. 그의 강렬한 시선에 숨이 멎을 지경이었다. 이제 새로운 형태의 에너지가 차안에 가득했다. 이건 성적인 매력에 이끌린 불꽃튀기는 홍분된 분위기가 아니다. 그보다 훨씬 더 위험스러웠다. 도대체 이건 뭘까?
 "그럼 당신 스타일이 정확히 어떤 것이오?"
 닉이 내뱉었다.
 지니아는 위기감을 느꼈다. 그녀는 고립된 공원에 도시에서 가장 악명 높은 남자와 있다. 윌리 숙모의 말이 떠올랐다. 강도보다 나을 게 없는 남자.
 "감히 날 위협하려 들지 마세요, 채스턴 씨. 난 오늘밤 당신이 원하는 그 망할 일지를 찾아주려고 여기 온 거예요. 한 마디로 당신에게 대단히 큰 호의를 베풀었어요. 누군가에게 빚졌다는 게 당신은 짜증스러운지 모르겠지만, 결론은 그렇게 되었다구요. 당신은 나에게 빚을 졌어요."
 그의 엄격한 얼굴에 낯익은 무표정의 가면이 자리잡았다.
 "원하는 게 뭐지?"
 "당신이 문명인답게 행동하길 바래요."
 그의 무표정한 가면은 쉽게 나타나고 쉽게 사라졌다. 그리고 그의 눈동자만이 재미있다는 듯 빛났다.
 "당신은 그런 식으로 말할 때가 매력적이야."
 그녀가 눈을 깜박거렸다.
 "뭐라구요?"
 그는 살짝 미소를 지었다.
 "마음 쓰지 마시오. 당신 말이 맞소, 난 당신에게 빚을 졌지. 물론 그 빚을 갚을 거요."
 그녀가 신중하게 쳐다보았다.
 "어떻게요?"
 그녀의 머리카락 한 올을 그가 손가락에 감았다.

"나와 같이 저녁 식사 하겠소?"
"저녁 식사?"
논리적인 이유가 떠오르지 않았다.
"언제요?"
"내일 밤?"
그가 시계를 힐끗 쳐다보았다.
"오늘밤이 되겠군."
"오늘밤은 시너지 사를 위해 일해야 해요."
"그 다음 날은?"
"식사를 함께 하고 싶다는 그 말 진심이세요?"
그의 시선은 확고하기만 했다.
"당연히."
"하지만 이제 내 도움은 필요 없다구요. 일지를 얻었잖아요."
"일지 문제는 이제 그만 접어 둡시다. 나와 같이 저녁 식사 하겠소?"
"나한테 부담 느낄 필요는 없어요. 빚에 대한 말은 취소하겠어요."
"좋소. 난 당신에게 빚진 게 없소. 그래도 당신과 같이 식사하고 싶은 걸."
그녀가 머뭇거렸다.
"좋은 생각인지 모르겠군요. 기자들의 관심이 이제서야 잠잠해졌는데, 만약 다시 우리가 같이 있는 모습을 보인다면 좋은 먹잇감이 될 거예요."
"가십 기자들에게는 전혀 신경쓰지 않소."
그의 엄지손가락이 그녀의 아랫입술을 스쳤다.
단지 그 정도의 접촉만으로도 지니아는 거의 경악할 지경이었다. 그녀는 침을 삼키고 깊이 숨을 들이켰다.
"듣기로는, 당신은 사생활을 철저하게 지킨다고 들었어요."
"내가 은둔적이고 비밀스럽다는 말을 들었소?"
"네, 사실이잖아요?"

"난 당신과 저녁 식사를 같이 하고 싶다고 말하는 중이오. 그걸 위해서 가십 정도는 견뎌낼 거요. 당신은 좋다 싫다 대답만 하면 되오."

정중하고 우아한 초대는 아니었지만, 최소한 이번에는 사람을 조종하려 들지 않고 있다. 그는 진심으로 데이트를 신청하고 있다.

부탁을 하고, 원하는 답을 기다리는 것은 닉 채스턴에게 전혀 낯선 경험이 분명할 텐데 안됐다는 생각마저 들려고 했다. 그러나 그와 데이트하는 것은 현명하지 않다. 우선 가족들을 놀라게 할 것이고, 시너지 사의 친구들을 걱정시키고, 또한 기자들의 원치 않는 관심을 불러들일 수도 있다.

하지만 방금 전 그들 사이를 불태웠던 현혹적인 에너지의 불꽃이 아직까지 주위에 맴도는 것 같았다. 그런 감미로운 에너지를 느끼기 위해 일평생을 기다려 오지 않았던가.

그리고 닉은 자신에게 협박이나 조종이 아니라, 요청을 했다.

"좋아요."

마침내 그녀가 승낙했다.

"나도 당신과 함께 식사하고 싶어요."

"난 그걸 잃어버린 탐험이라 불렀지요."

뉴턴 드포리스트가 두터운 장갑을 낀 손으로 초록 덩굴 하나를 잡아 정원용 가위로 잘라냈다.

"바돌로뮤 채스턴은 두 번의 탐험으로 웨스턴 해의 섬들을 지도에 그려 넣었어요. 두 번 다 대단히 성공적이었고. 그 팀은 일찍이 알려지지 않은 광석과 광물의 저장지를 찾아냈소. 새로운 식물과 동물 표본도 갖고 돌아왔소. 하지만 마지막 탐험은 지도에 나오지 않은 섬의 정글 속에서 사라져 버렸던 거요."

"그런데 왜 그 탐험에 대한 기록이 없을까요?"

지니아는 잘려진 덩굴에서 마치 피 같은 진홍빛 액체가 떨어지는 걸 불안하게 지켜보았다. 레오의 말이 어느 정도는 맞는 것 같았다. 뉴턴 드포리스트는 정말 이상했다. 정원에서 얘길 하자고 하길래 쉽게 동의를 했었다. 그녀는 식물을 좋아했고, 정원이 딸린 집에서 사는 것이 소원이었다.

하지만 드포리스트의 정원에는 정상적으로 보이는 식물이 하나도 없었다. 잎사귀들이 기괴하기만 했다. 괴상한 모양, 이따금씩 피어난 꽃봉오리의 색깔도 화사해 보이지 않았고, 덩굴들도 자연스럽지 않고 뒤틀려 있었다.

그의 정원은 넓은 이파리와 뒤틀린 덩굴로 뒤덮인 어둠 속에 자리하였다. 바둑판 무늬를 한 입구를 지나자마자 어느새 희미한 빛 속에 갇혀 버렸다는 걸 깨달았다.

그리고 몇 걸음 채 내딛기도 전에 방향을 잃고 말았다. 이 이상한 형태와 색채의 이파리들보다 더욱 그녀를 긴장시킨 건 방향을 잃었다는 생각이었다. 그녀의 방향 감각은 언제나 틀림없었고 저택에서 멀리 떨어지지 않았다는 것도 아는데 낡고 무너져 내린 돌 건축물은 더 이상 보이지 않고 어떻게 돌아가야 할지 알 수가 없었다. 이미 바둑판 무늬의 정원 입구마저 사라져 버렸으니.

그녀는 짙은 초록의 벽들로 둘러싸여 있었다. 그것들이 머리 위로 몇 미터나 솟아올라 있었다. 꿰뚫을 수 없을 것만 같은 잎들로 형성된 복도가 안쪽으로 안쪽으로 돌아들었다. 그녀는 스멀스멀 기는 듯한 덩굴로 형성된 좁은 통로 안에 드포리스트와 같이 서 있었다. 발 밑은 번들거리는 초록 이끼 투성이였다. 거기에서 소름 끼치는 광채가 뿜어져 나왔다.

이 정원에 정상적인 건 하나도 없어, 그녀가 결론을 내렸다. 주인을 포함해서.

괴상하기 그지없는 드포리스트는 분명 기분이 대단히 좋아 보였다. 그가 커피-티를 한 잔 대접한다면 얼마나 좋을까. 어젯밤 공원에서의 일이 있고 나서, 그녀는 한 시간 전 잠에서 깰 때까지 드포리스트 교수와의 약속을 까맣게 잊고 있었다. 약속 시간을 지키기 위해 아침식사와 커피-티 한 잔, 조간신문을 읽는 것까지 걸렀던 것이다. 하루를 시작하는 모든 일상들을.

드포리스트는 깔끔하게 정돈된 턱수염에 넉넉히 배가 나온 통통한 빨간 볼의 소유자였다. 셔츠와 데님 바지 위로 연장 주머니가 줄줄이 달린 정원사용 앞치마를 두르고 있었다. 작고 둥근 테의 안경이 코끝에 걸려 있고 대머리에는 모자 하나를 뒤집어썼다.

그는 채스턴의 세 번째 탐험이라는 주제에 푹 빠져 있었다. 앞으로 걸어가면서, 그가 학교에서의 학생들을 그리워하지는 않을까라는 생각이 들었다. 그녀는 적어도 그의 수다를 마다하지 않고 들을 준비가 되어 있었다.

일지가 닉의 손에 안전하게 전해졌다 해도, 모리스의 살인범은 아직 잡히지 않았다. 모리스가 돈 때문에 살해당한 게 아니라는 의심이 맞다면, 그 일지는 하나의 실마리일 뿐이다. 세 번째 탐험에 대해 더 자세히 알 필요가 있었다.

"아, 왜 잃어버린 탐험에 대한 기록이 없냐구요?"

드포리스트는 또 하나의 덩굴을 잘라내며 그녀를 슬쩍 쳐다보았다.

"아주 훌륭한 질문이오. 난 내 이론을 증명할 만한 서류들을 몇 년 간이나 찾아헤맸지요."

덩굴에서 더 많은 핏빛 액체가 흘러내리는 모습을 지니아는 멍하니 지켜보았다.

"무슨 증거라도 찾으셨나요?"

"날 비웃는 사람들의 코를 납작하게 만들 만한 건 없었소."

그가 흉측한 자줏빛 꽃을 살피며 한숨을 쉬었다.

"세 번째 탐험이 계획중이라는 자료는 몇 개 있었지만 공식적으로는 출발하지 않았다고 쓰여 있더군요. 채스턴이 출발하기 며칠 전에 정글 속으로 들어가 자살해 버렸기 때문이라고요."

"그런데도 교수님은 그 탐험이 있었다고 믿으시나요?"

"오, 그럼요. 확신하지요. 이십 년 전에 그 팀이 모였을 때 우연히도 세렌디피티에 있었던 젤리 아이스 채굴자 두 명을 찾아냈었소. 그들은 채스턴 탐험대의 다섯 남자들을 기억하고 있더군요."

"세렌디피티?"

"거기가 출발점이었소. 문명 세계의 마지막 전진 기지였다고 말할 수 있죠. 섬에 위치한 작은 광산 캠프에 불과하지만 말이오. 회사에서 그곳을 폐쇄해 버린 후에는 식물들이 온통 뒤덮여서 지금은 아무것도 남은 게 없다오. 내가 직접 살펴보려고 몇 년 전 웨스턴 섬들을 여행한 적이 있거든."

"그 두 사람의 증인은 어떻게 됐나요? 왜 그 동안 나서지 않았죠?"

"그것도 좋은 질문이오."

드포리스트가 가위 끝으로 약해 보이는 노란 꽃잎을 톡톡 건드리자, 꽃망울이 가운데의 날카로운 가시를 드러내며 활짝 입을 열었다.

"내가 글을 발표할 준비가 되었을 무렵 그들은 둘다 죽었다오."

"살해당했다는 뜻이에요?"

드포리스트의 얼굴에 언뜻 장난기가 서렸다.

"전문가들은 아무 이상한 점이 없다고 말했지요. 한 명은 알코올 중독자였는데, 개척자 광장의 하수구에 머리를 처박고 죽었소. 다른 한 명은 마약 사용자로, 강도짓을 하려는 다른 마약 중독자에게 살해되었소. 이게 말이 되오?"

"그들에게 무슨 일이 있었다고 생각하세요?"

"우주인에게 당한 거요."

드포리스트가 의미심장하게 쳐다보았다.

"물론 직접적으로는 아니지. 그 생명체들이 어떤 얼간이의 마음속에 들어가 증인들을 없애라고 명령한 거요."

지니아는 움찔했다. 이 극악한 계획을 알고 있는 사람인데 왜 교수님은 죽이지 않았을까, 하고 질문하고 싶었지만 참기로 했다. 그녀가 너무 따지고 든다면 그가 더 이상 얘기하지 않을지도 모른다.

"그렇군요. 그 탐험을 기억하는 사람이 또 있지 않을까요?"

"그런 계획이 있었다는 걸 기억하는 사람은 몇 명 찾아냈는데, 그들이 아는 건 채스턴의 자살로 마지막 순간에 취소되었다는 사실뿐이오. 대학 관계자부터 그 섬의 주민들까지 내가 만나 본 사람은 모두 탐험이 출발하지도 않았다고 믿었소."

"그 팀에 속했던 다섯 남자의 가족들은 어때요? 자기 가족이 돌아오지 않으면 약간이라도 의심을 했을 텐데요."

"채스턴 가족들은 채스턴이 자살한 걸로 생각했고 나머지 네 명은 전부 고아였소. 그들이 사라졌다는 걸 눈치챈 사람은 아무도 없었지요."

지니아가 인상을 찡그렸다.

"좀 이상하군요?"

"그렇지도 않소. 채스턴은 같이 갈 대원을 직접 골라냈지요. 첫번째 요구 사항은 정글에서 살아남을 만한 경험자였소. 후보자들은 고아나 사생아 부랑아들로 국한했었소, 섬으로 들어와 기꺼이 탐험에 참가할 자들. 그런 위험한 일을 하려는 사람은 많지 않소."

"왜 그럴까요? 오히려 스릴 있을 것 같은데요."

드포리스트이 낄낄거렸다.

"스릴? 젤리 아이스를 채굴하는 것만큼 스릴 있는 건 아니지요. 아이스 광산은 발견하기만 하면 부자가 될 수 있지만 탐험대는 봉급을 받는 일이오. 어떤 귀중한 것을 발견하더라도 투자자들에게 돌아가게 마련이라오."

"그 탐험은 뉴 포틀랜드 대학이 후원했었죠?"

"맞아요. 그리고 내가 말한 대로, 그들의 기록에는 채스턴이 사라진 후 탐험이 취소되었다고 쓰여 있지요."

"음."

지니아는 뚝뚝 떨어지는 빨간 액체를 살펴보려고 잘려 나간 덩굴로 고개를 숙였다.

"안 돼, 안 돼요, 스프링 양. 설마 피 홀리는 덩굴을 만지려는 건 아니겠지요."

드포리스트는 장난스레 그녀의 손을 밀쳐냈다.

"줄기의 상처가 아물 때까지는 안 돼요."
지니아가 그를 쳐다보았다.
"상처요?"
"말하자면 그렇다는 거요."
드포리스트의 명랑한 눈동자가 둥근 안경테 뒤에서 반짝였다.
"덩굴을 자르면 피 흘리는 것같이 보이잖소. 그 액체가 더 독하다오. 잎사귀들의 성질이 고약하거든요."
"아."
지니아는 얼른 바지 주머니에 손을 밀어넣고 드포리스트를 따라 초록빛 통로를 걸어갔다.
"당신은 탐험대가 우주인에게 납치된 걸로 확신하시나요?"
"그것 말고는 다섯 명의 남자가 동시에 실종될 이유가 없소. 계획대로 출발했다는 걸 입증할 모든 자료도 같이 사라졌소. 잡지에 실린 내 글이 몇몇 기인들의 관심을 끌긴 했지요. 자기들 이론을 고집하는 얼간이들도 있긴 하지만, 모두 되지도 않는 헛소리들이오."
"어떤 이론들인데요?"
"오래 전, 잡지에 마지막 탐험대가 보물을 발견했다는 글이 실렸지요. 거대한 파이어 크리스털 광산이라던가. 탐험대는 그 위치를 숨기기로 하고 실종을 가장한 거라고 하더군요."
"대학에 발견한 것들을 주지 않으려고요?"
"그래요. 물론 웃기는 이론이요. 그 다섯 명의 남자들이 은밀하게 거대한 파이어 크리스털을 캐냈다면, 누군가 알아차렸을 거요. 파이어 크리스털은 아주 드물기 때문에 갑자기 많은 양이 시장에 나온다면 난리가 났을 데니까."
"맞아요."
지니아도 동의하는 바였다.
"하지만 그들이 숨겨진 보물을 찾았다는 이론에는 흥미가 생기네요."
"흥, 다섯 명의 사람이 오랫동안 비밀을 유지할 수는 없는 법이오."

드포리스트가 그녀에게 가위를 흔들어댔다.

"그 남자들은 틀림없이 우주인에게 납치된 거요, 스프링 양. 그리고 그 우주인들이 아무도 눈치채지 못하도록 탐험대의 흔적을 모조리 지워 버린 거고."

"우주인은 존재하지 않잖아요."

지니아가 가능한 한 온화하게 대꾸했다.

"절대 그렇지가 않소. 과거에 우주인들이 이 행성을 찾아왔던 증거도 있다는 걸 명심하시오."

"루카스 트렌트 씨가 찾아낸 유물 말이군요."

"그럼, 그럼."

"하지만 전문가들 말로는 아주 오래 전 것이라던데요. 누가 남긴 것이든 천년 이상 되었다구요."

"그들이 삼십오 년 전에 돌아와 채스턴과 그 일행을 납치하지 않았다고 장담할 수는 없지요."

"그럼 그들이 왜 그 다섯 명을 선택했을까요?"

"그 대답은 아무도 모른다오, 아가씨. 그들은 우주인이잖소. 그 마음속에 뭐가 들어 있는지 누가 알겠소?"

드포리스트가 인상을 찌푸렸다.

"당신은 그 '깨무는 혀'에서 물러나는 게 좋을 거요."

"깨무는 혀요?"

지니아가 커다란 목같이 생긴 잎사귀를 내려다보았다.

"영리한 식물이오. 조심하지 않으면, 손가락 한두 개쯤은 아무렇지 않게 먹어 버릴 수도 있다오. 이걸 봐요."

드포리스트가 주머니에 있던 작은 플라스틱 봉지 속에서 날고기 한 덩이를 꺼냈다. 그리고 그걸 깨무는 혀 쪽으로 던졌다.

길고 혀같이 생긴 것이 또아리를 풀더니 그 고깃덩이를 낚아채 끈적 끈적한 속으로 재빨리 집어삼켰다.

고깃덩이가 초록색 목구멍으로 사라지는 모습에 지니아는 인상을 찡그렸다.
"무슨 뜻인지 알겠어요."
"아무 사고도 없이 이 미로를 통과하는 열쇠란, 어떤 것도 건드리지 않고 지나가는 방법뿐이라오."
드포리스트의 말에 지니아는 갑자기 발을 멈췄다.
"우리는 지금 미로 안에 있나요?"
"그렇소. 아직도 깨닫지 못했소?"
드포리스트가 재미있다는 듯 낄낄거렸다.
"내 매트릭스 친구 하나가 디자인해 주었다오. 여기 들어오는 사람은 곧장 중앙으로 연결되도록 만들어졌소. 일단 거기에 들어가면, 열쇠를 모르는 한 나오는 길을 찾을 수 없소."
지니아가 신중하게 주위를 둘러보았다.
"교수님은 알고 계시겠지요, 물론?"
"그럼, 그럼. 여긴 내 미로란 말이오."
드포리스트가 뚫을 수 없을 것같이 빽빽한 잎사귀들의 벽을 톡톡 두들겼다.
"이리 와 봐요. 신기한 것을 보여 주리다."
"뭐라구요?"
"여기 버릇 없는 잎사귀를 말하는 거요. 보통 이 시간쯤이면 활동이 많아지는데 오늘 아침은 서리 때문에 활동이 느려진 것 같소."
"도대체 뭐죠?"
지니아가 한 걸음 물러섰다.
"내가 보여 주지."
드포리스트는 정원용 가위 끝으로 죽어 있는 듯한 초록벽을 한 번 더 건드렸다.
"깨울 수만 있으면. 아, 됐다. 일어날 시간이다, 잠꾸러기야."
부드럽고 쉭쉭거리는 바스락 소리가 들리더니 다음 순간, 길고 날카로운 가시 덩어리가 초록 이파리를 뚫고 앞으로 튀어나왔다. 불행히도 그 벽을 건드렸던 생명체는 어느 것이나 그 가시에 찔리고 말았을 것이다.

"재미있군요."

그녀가 힘겹게 침을 삼켰다.

"난 이놈에게 수년 간 공을 들였다오."

드포리스트는 대단히 만족스런 표정이었다.

"자연 서식지에 사는 건 이보다 더 작소. 곤충이나 작은 새 정도만 찌를 수 있어요. 하지만 이 녀석은 중간 크기의 토끼 정도는 쉽게 잡을 수 있다오."

지니아가 가시 덩어리를 쳐다보았다.

"더 큰 짐승도 심각한 상처를 입겠군요."

"맞아요, 맞아."

드포리스트가 활짝 웃어 보였다.

"아까 말한 것처럼, 내 정원을 즐기는 요령은 아무것도 건드리지 않는 거라오. 정확히 알지 못하는 사람이라면."

"명심할게요."

어느새 그들은 초록 통로의 한가운데 들어서 있었다.

"채스턴의 세 번째 탐험 일지에 대한 소문은 들어 보셨나요?"

"일지?"

드포리스트는 한동안 생각에 잠겼다.

"물론, 있긴 있을 거요. 채스턴은 두 번의 탐험에 대해서도 일지를 썼으니까. 그는 그런 기록에 대단히 신경썼소. 하지만 그 일지도 우주인이 잡아 갔을 때 사라졌을 게 틀림없소."

미친 드포리스트에게 최근에 그 일지를 찾아냈다는 사실을 말하면 닉이 좋아하지 않을 것이다. 인정하기는 싫었지만, 자신이 이 교수에게 시간을 낭비한 것이 분명했다.

"아주 많은 도움이 됐어요, 교수님. 제 질문에 답해 주셔서 감사합니다. 이젠 가봐야겠어요."

"오, 내 미로의 심장을 보기 전에는 떠날 수 없지요, 아가씨. 여긴 아주 특별한 장소랍니다."

"중앙에 뭐가 있나요?"

그녀는 불안하기 그지없었다.

"수초 동굴이라오."

짙은 초록 통로를 걸어 내려가며 드포리스트는 의기양양하게 웃어댔다.

"이리 와 봐요, 보여 줄게. 난 이 수상 식물이 아주 자랑스럽다오."

긴장해서 손바닥이 땀으로 축축해지자, 그녀는 얼른 손을 바지에 문질렀다.

"시간이 별로 없어요, 교수님."

"오, 볼 건 봐야지요, 아가씨."

드포리스트의 모습이 구석을 돌아 사라졌다.

"내 동굴을 당신에게 보여 주고 싶소. 게다가 나 없이는 집으로 돌아갈 수도 없지요."

"드포리스트 교수님, 잠깐만요……."

"이쪽이에요, 스프링 양."

드포리스트의 목소리가 점점 희미해졌다.

지나온 길을 돌아다보며 지니아는 완전히 방향 감각을 잃었다는 걸 깨달았다. 어떤 길을 통해 여기까지 오게 됐는지도 알 수 없었다. 드포리스트를 따라가는 것 외에 선택의 여지가 없었다.

"드포리스트 교수님, 정말 오래 있을 수는 없어요."

단호하게 들리길 기대하며 그녀가 말했다.

"알았다구요."

그의 목소리가 더 희미해졌다.

지니아는 마지막으로 뒤를 돌아보았다. 혼자 힘으로 나갈 방법은 없었다. 드포리스트가 없으면 길을 찾을 수 없다.

"기다리세요, 교수님. 지금 갈게요. 그 동굴을 정말 보고 싶군요."

서둘러 구석을 돌아서자 동시에 거의 드포리스트와 부딪힐 뻔했다.
"아, 여기 있었군요."
그의 눈은 즐거운 만족감으로 주름이 잡혔다. 그가 몸을 돌려 또다른 통로로 걸어갔다.
"이쪽이오. 어떤 것도 건드리면 안 됩니다."
"절대 그러지 않을 거예요."
지니아도 도리 없이 교수를 따라나섰다.
"교수님은 어떻게 길을 찾으시나요?"
"아주 간단하지요."
그의 반짝이는 푸른 눈동자가 그녀를 돌아보았다.
"난 내 정원을 알아요. 그 식물 조심해요. 너무 가까이 다가가면 위험하니까요."
지니아는 작은 폭포처럼 무겁게 드리워진 잎사귀들을 돌아나갔다. 어디쯤에서 물 떨어지는 소리가 들리는 것 같았고 야채 썩는 듯한 불쾌한 냄새가 코끝을 스쳐 갔다.
"다 왔어요, 아가씨."
드포리스트가 마지막 모퉁이를 돌아서며 말했다.
"사랑스럽지 않아요? 난 저쪽 돌의자에 앉아서 몇 시간이고 이것들을 감상한다오."
모퉁이를 돌아서니 끈적끈적한 초록 이끼로 뒤덮인 바위 동굴이 하나 보였다. 짙은 물 웅덩이가 입구에서 소용돌이치며 까만 안쪽으로 사라져 갔다.
웅덩이 둘레로 번져 있는 사악하게 생긴 커다란 식물들이 마치 먹이를 기다리는 굶주린 약탈자처럼 보였다. 일반적인 정원이라면, 이렇게 기괴하고 공포스런 상상력이 발휘되지는 않았을 텐데.
미끌거릴 것 같은 덩굴들이 동굴 입구에 길게 늘어졌고, 더 많은 풀들이 물 위에 떠 있었다. 언뜻 동굴 속에 무언가 커다랗고 기괴한 모양의 물체가 보인 것 같았다.

"아주 특이하군요."

드포리스트의 얼굴에 번진 자부심은 아들을 바라보는 아버지와도 같았다.

"고마워요, 스프링 양. 난 이놈들에게 수년 간 정성을 들였지요. 모두 특별한 것들이라오. 가끔이나마 녀석들을 남들에게 자랑할 수 있어서 아주 행복하오."

지니아는 다시 한 번 이 자리를 떠나야 한다고 말하려던 참이었다. 그 순간 어떤 생각이 뇌리를 스쳤다.

"교수님, 연구하시면서 메모를 남기셨겠죠?"

"그럼요, 그럼. 아주 많지요. 몇 년 간 본 적은 없지만 내 직업에 대한 모든 기념품을 넣어 둔 특별한 장소에 들어 있다오."

"그곳이 어딘데요?"

"아래층 지하실이오. 그런 일에 딱 맞는 장소거든. 내 학술적인 직업도 친척들 관계처럼 결국엔 죽어 버렸소. 그리고 솔직히 말하면, 난 가족보다 내 일을 훨씬 좋아했다오. 아주 많이."

윌리 숙모의 모습이 불연듯 떠올랐다.

"그런 느낌을 알 것 같아요, 교수님. 한 가지만 더 여쭈어 볼게요."

"뭡니까, 스프링 양?"

"뉴 포틀랜드 대학의 관계자들은 바돌로뮤 채스턴이 자살한 걸로 믿는다고 하셨죠?"

"그들은 아무 의심 없이 그 얘기를 받아들였소."

"왜일까요? 채스턴이 정신적인 문제라도 있었나요?"

"아니지. 하지만 그는 매트릭스였다고 하오. 그들이 얼마나 괴상한지 알잖소."

엘리베이터에서 내려 아파트 복도를 걸어갈 무렵은 이미 밤 10시가 지난 시간이었다. 완전히 지쳐 버렸다. 집중하는 일이 너무 오래 걸렸다, 매트릭스와 일하면 가끔 그렇듯이. 그들은 자신들이 형이상학적 평면 위에 떠올린 패턴에 너무 몰입하는 경향이 있었다. 상대가 그렇게 흠뻑 빠져 있을 때는 중단시키기가 어려웠다. 그리고 그들에게는 안되었지만, 시너지 사는 시간 당으로 돈을 받았다.

오늘밤 고객은 응용생물학 분야에서 일하는 매트릭스였는데, 정교한 통계치에 대해 강박적으로 집착하였다. 지니아가 시간이 지났음을 일깨워 주었는데도 그는 듣는 둥 마는 둥했다. 연구실이 초과 비용까지 내주리라.

클레멘타인은 그 매트릭스가 지불한 높은 액수에 즐거워하겠지. 하지만 지금 당장은 자신의 급료에 얹어질 보너스보다 침대가 훨씬 더 유혹적이었다. 너무나 긴 하루였다.

집으로 들어와 스위치로 손을 뻗는 순간 난로 옆의 어둠 속에서 그림자 하나가 움직였다. 그녀는 나오려던 하품을 삼키며 비명을 지르려 했다.

"말해 보시오."

후기 탐험 시대의 독서용 의자에서 닉이 말했다.

"날 속이고 무사히 넘어갈 수 있을 거라고 생각했소?"

"뭐라구요?"

너무나 놀라 간신히 말을 할 수 있었다. 그녀의 손이 스위치에서 떨어져 방안은 어둠으로 남아 있었다.

"무슨 뜻이에요?"

"그건 대단히 정교한 위조였소. 하지만 처음부터 끝까지 철저하게 꾸며낸 거였소."

닉의 눈동자가 어둠 속에서 분노의 빛을 뿜어냈다.

"무슨 얘길 하는 거예요?"

"물론 그 일지 말이오."

대단히 부드러우면서도 위험스런 목소리.

"어젯밤 당신이 자비롭게도 폴리와 오마에게 살 수 있게 해준 그것. 완전한 가짜요."

지니아는 한 걸음 앞으로 나서다가 멈춰 섰다. 아무 생각도 떠오르지 않았다.

"당신이 어떻게 알아요?"

"내가 어떻게 아냐고? 바로 이거요."

형이상학적인 평면으로 강력한 힘이 왈칵 흘러나왔다. 정련되지 않은 야성적인 흐름이.

매트릭스가 프리즘을 찾고 있다. 프리즘을 요구하고, 프리즘을 사냥하며, 프리즘을 부르고 있었다. 그 정신적 능력을 느끼는 순간 지니아는 숨을 멈췄다. 어딘가 이 힘이 낯설지 않다. 그녀는 본능적으로 크리스털 같은 프리즘으로 반응을 보였다.

어찔어찔한 힘의 급류가 통제된 정신적 에너지의 흐름 속에서 부딪히며 모습을 드러냈다.

이 능력을 알고 있었다. 그녀는 이 남자를 알고 있었다.

"당신이었군요."

지니아가 중얼거렸다.

"당신이 카지노의 흡혈귀였어."

아만다 퀵
Zinnia

11

그녀는 집중을 정지시키고 불을 켰다.
 그 단순한 현실적 행동이 닉의 능력을 무너뜨렸다. 그도 본능적으로 발산했던 난폭한 힘의 급류를 억제하자, 지니아가 만든 프리즘의 존재도 깜박깜박 멀어졌다.
 "훌륭해요, 아주 훌륭해요."
 지니아가 두 손을 들어올렸다.
 "완벽한 하루의 마무리로군요. 바보 같은 교수와 피맛을 아는 식물들과 오전 시간을 보내려고 아침도 걸렀지요. 저녁에는 수치에 민감한 통계학자를 위해 집중을 맞춰 주느라 지겨운 시간을 보내야 했구요. 저녁으로 와인 한 잔과 샌드위치 이상도 바라지 않고 현관문을 들어선 내가 이젠 무얼 찾아낸 줄 아세요? 내 거실에 있는 정신적 흡혈귀라니. 너무 심해요. 이젠 다 관둬요."
 부엌으로 걸음을 옮기며 그녀가 지긋지긋하다는 시선으로 닉을 쏘아보았다. 그리고는 냉장고를 벌컥 열어 초록색 와인 한 병을 꺼냈다.

닉은 거칠게 서랍을 열어 마개뽑이를 찾는 그녀를 지켜보며 재빨리 문제들을 정리했다. 일은 그의 생각대로 진행되지 않고 있다. 이렇게 자기 계획과 어긋나는 일은 정말 싫었다.

일지가 가짜라는 걸 알고 나서부터, 그는 지니아와의 대결을 생각했다. 멍청이가 되었다는 분노만으로도 충분히 화가 났다. 찾던 물건을 얻지 못했다는 좌절감은 더욱 심각했다. 하지만 그를 가장 괴롭히는 것은 지니아가 자신을 배반했다는 사실이었다.

그녀가 자신을 속이다니. 그것 외에 논리적인 설명이 없었다. 그 사실을 받아들여야 했을 때 자기 마음속에 응어리지던 고통의 이유를 알 수 없었다. 아주 오랫동안 이렇게 강력하게 자신에게 고통을 준 것은 아무것도 없었는데. 처음부터 예견했어야 할 가능성을 전혀 보지 못한 자신에게 미칠 정도로 화가 났다. 지니아를 믿으면 안 되는 거였다.

그럼에도 불구하고, 이 순간 그는 그녀를 안고 싶었다.

아까 오후, 자신의 사무실에서 그는 이 만남에 대해 여러 가지 각본을 구상해 보았다. 그 모든 각본의 결론은 지니아가 자신도 폴리와 오마에게 속은 거라고 설득하려는 필사적인 용서를 구하는 것이었다. 사기당한 것이 확실하다는 논리에도 불구하고 그녀가 애원하며 자신의 결백을 주장하길 바랬다.

"진짜 일지는 어디 있지?"

그가 아주 조용히 물었다.

"다른 사람에게 팔았나? 아니면 당신이 갖고 있나? 아버지 일행이 파이어 크리스털을 찾아냈다는 그 오래된 전설을 믿은 건가? 그 일지로 거기를 찾을 수 있을 거라 생각했나? 그렇다면 당신은 내가 생각한 것만큼 영리하지는 않은 여자로군."

"이런, 정말이지 아주 저질적인 수준으로 당신을 평가하고 싶지는 않으니 그만해요."

"날 배신하고 무사히 넘어가는 사람은 없소, 지니아."

"오늘밤은 날 위협하는 데 쓸데없이 힘과 시간을 낭비하지 마세요,

채스턴 씨."

그녀는 목이 긴 와인잔을 들고 창문 옆 고풍스런 소파로 걸어가 앉으며, 깊은 한숨을 내쉬었다. 그녀는 한쪽 구석에 몸을 기대고 쿠션에 두 다리를 쭉 뻗었다.

"난 지금 너무 피곤해서 당신이 두렵지도 않아요."

"기력을 되찾는 게 좋을 거요. 난 장난하는 게 아니오."

와인을 천천히 한 모금 들이키며 그녀가 잔 너머로 닉을 물끄러미 쳐다보았다.

"어제 폴리와 오마에게서 산 일지가 가짜라면, 나도 당신만큼이나 어리둥절해요."

"당신이 중간에서 모든 일을 처리했잖소."

그녀의 침착한 시선이 더욱 그를 자극시켰다.

"당신은 알고 있었을 거야. 내가 이해할 수 없는 건 어떻게 감히 날 속이고 무사할 수 있다고 생각했는지라고."

그녀가 머리 뒤로 한 손을 밀어넣었다.

"일지가 가짜라니, 그런 말도 안 되는 소리를 진짜 믿는 건가요, 아니면 그저 매트릭스의 의심으로 말하는 건가요?"

"난 편집증 환자가 아니오."

닉이 잇사이로 말을 내뱉었다.

"하지만 패턴을 추적하는 데는 자신이 있지, 프리즘이 없다 해도 말이오. 이런 상황에서라면 굳이 매트릭스를 이용할 필요도 없소. 어린아이라도 해답을 알 수 있으니까."

"그럼 어린아이를 찾아보라고 충고하고 싶군요. 당신이 해답을 틀리게 아는 것 같으니까요."

그녀가 한 모금 더 와인을 마신 다음, 머리를 뒤로 기대고 눈을 감았다.

"휴, 피곤해. 통계치만 생각해도 치가 떨려."

분노가 용솟음쳤다. 닉은 벌떡 일어나 소파까지 한 걸음에 다가섰다.

"날 쳐다보시오."

그녀가 눈을 떴다.

"지금 그럴 기분이 아니에요, 채스턴 씨."

그가 그녀의 손에서 와인잔을 빼앗아냈다.

"몇 번의 키스와 섹스 약속쯤으로 내가 당신에게 눈이 멀 줄 알았나?"

"무슨 약속? 내가 동의한 것은 저녁 식사뿐이었어요."

그녀는 눈썹을 조롱하듯 세우면서 질문했다.

"그래서 말인데, 당신의 이런 무례한 행동을 내일 약속의 취소로 받아들여도 될까요?"

날카롭게 쨍그랑 소리가 들리는 것 같더니, 그의 손 위로 와인이 넘쳐 흘렀다. 자신이 와인잔의 목줄기를 꺾어 버린 걸 보고 닉은 어이가 없었다. 이렇게 자제력을 잃어버리고 말았다는 사실이 충격이었다. 그의 손가락에서 바닥으로 피와 초록색 와인이 뚝뚝 떨어지고 있었다.

"오, 맙소사, 이런 짓을 하다니."

지니아는 벌떡 일어나 부엌으로 달려가려 했다.

"싱크대로 오세요. 깨끗이 씻은 다음에 당신 사무실로 돌아가세요."

그에게 분노와 절망이 밀려들었다.

"지니아."

그는 물 속에서 지푸라기라도 잡는 사람처럼 그녀에게 손을 뻗었다. 정신적인 능력을 쏘아보내며 그녀의 반응을 감지하자 안도감이 밀려들었다. 앉아 있었다면 좋았을걸. 그 당혹스러울 만큼 강렬한 성적 충격이 그의 무릎을 꺾어 버릴 것 같았다.

수도꼭지로 몸을 돌리며 아무 말도 하지 않았지만, 그녀는 그에게 프리즘을 제공하였다. 크리스털처럼 투명하고 대단히 강력하였다. 이번이 두 번째, 그는 자신의 능력을 무한히 쏟아넣을 수 있었다. 평생에 단 한 번도 자신의 정신적 능력을 극한까지 사용했던 기억이 없었다.

그는 저항할 수 없었다. 프리즘을 통하여 있는 힘껏 능력을 쏟아부었다. 형이상학적인 구조물에는 어떤 흔들림도 나타나지 않았다. 정신적 물결이 멋진 에너지의 흐름으로 변했다. 자신의 손이나 귀, 눈처럼 사용할 수 있는 에너지. 자신의 감각처럼 자연스럽게 통제 가능한 에너지였다.

부엌 벽 모자이크 타일의 불규칙성부터 수도꼭지에서 흘러나오는 물의 수많은 광채까지, 그 복잡한 디자인들이 형이상학적 평면 위에서 완전히 새롭게 보였다. 그는 그들의 결합 관계를 분석하며 가능성을 추정하고 평가하며 몇 시간이고 살필 수 있었다.

그는 정신적 힘의 위대하고 반짝이는 폭포를 지켜보며 기적을 경험했다. 그 아름다움과 온전히 집중하는 흥분감에 취해 있었다.

"온통 피를 바닥에 흘리고 있어요."

지니아가 말했다.

정상적으로 잘 결합된 관계라면 프리즘과 능력자 모두 정신적인 에너지를 결합한 상태로 일상적인 대화나 일을 수행할 수 있었다. 껌을 씹으면서 걸을 수 있는 것과 마찬가지로.

하지만 오늘밤 닉은 지니아처럼 말을 하기가 힘들었다. 자신의 정신적 감각이 철저히 만족된다는 경이감에다가, 고통스러울 정도로 강한 성적 욕망에 사로잡혀 있었던 것이다. 이 순간 걷는 것은 물론이고, 껌을 씹을 수 있을지조차 의심스러웠다.

하지만 간신히 그 날뛰는 감각을 억누르며 싱크대까지 다가갔다.

"당신은 느껴지지 않소?"

그가 물었다.

"뭐요? 집중 연결? 물론 느끼지요."

그녀가 그의 손을 잡아 흐르는 물 밑으로 집어넣었다.

"당신은 대단히 강렬하군요, 그렇죠?"

"맞소."

그는 집중 연결이 아니라, 강렬한 성적 느낌을 말한 것이었다. 아마 그녀는 그와 같은 느낌이 아닌 모양이다. 그 부서질 듯한 감각이 자신만의 것이라는 점이 그를 우울하게 했다.
"몇 등급인지 모르겠소. 공식적인 기준은 매트릭스에 관한 한 정확하지가 않지."
"매트릭스와 많은 경험을 쌓은 프리즘으로서 말하자면, 당신은 십 등급을 넘어서요."
그녀가 그의 눈을 응시했다.
"당신도 잘 알고 있겠지만요."
이제 와서 아닌 척할 필요는 없었다.
"그런 것 같소."
그는 지니아가 손을 씻어 주는 동안 싱크대에 몸을 기대고 형이상학적 평면에서 흐르는 자신의 힘을 만끽하였다. 자신의 손을 잡은 그녀를 지켜보며 황홀하기만 했다. 그녀의 손은 아름다웠다.
"테스트받은 적은 없겠죠?"
지니아가 상쾌하게 말을 걸었다.
"없소."
이번에는 싱크대 바닥에 고인 물의 패턴에 매혹되었다.
"아마 결과가 알려지면 사업상 바람직하지 않겠지."
그녀가 피식 웃었다.
"그 점은 의심의 여지가 없군요. 매트릭스는 대부분 사람의 눈에 호기심 투성이니까요. 십 등급 이상의 매트릭스는 현실이 아니라 소설에나 나오는 거예요."
"그렇군."
닉은 시험삼아 프리즘을 통해 더 많은 힘을 쏟아넣어 싱크대 타일 위로 튕기는 물방울의 복잡한 디자인을 살펴보았다. 그 아래에서 수학적인 우주를 볼 수 있었다.
지니아가 말을 이었다.
"오키드 아담스가 쓴 흡혈귀 로맨스는 죄다 읽어 보았지만, 내가 직접 상대하기는 당신이 처음이에요. 클레멘타인이 안다면, 별도 수당을 받으라고 할 걸요."

그의 시선이 그녀에게 올라갔다. 농담하는 걸까.

"소설에 나오는 괴물 매트릭스와 카지노에서 주사위를 굴리는 매트릭스는 전혀 다르오."

"맞아요. 하지만 기회와 확률의 법칙을 주무르는 사장이 소유한 카지노에서 도박하는 것에 대부분 사람들이 대단히 신중해지겠죠."

"그런 법칙 따위는 필요 없소. 그들은 자연스럽게 카지노를 좋아하지."

그는 깊은 숨을 들이쉬며 자제력을 찾을 수 있었다. 다행히도 취한 듯한 감각이 흐릿해졌다. 여전히 프리즘을 통해 힘을 쏟아내고 있었지만, 더 이상 정신을 잃지는 않았다. 하지만 혼란스러운 성적 충동은 지속되었다. 몸의 아랫부분이 난폭하게 솟아올랐다.

"당신을 믿어요."

그녀가 수도꼭지를 잠그고 그에게 수건 한 장을 건넸다.

"일지가 가짜였다니 유감이에요, 닉. 하지만 난 정말 몰랐어요. 그저 도와주려던 것뿐이었어요. 오늘밤 당신 태도는 마음에 들지 않아요. 자기를 위협하려는 사람을 누가 좋아하겠어요."

프리즘이 약해지기 시작하였다. 그녀가 힘의 흐름을 끊으려 한다는 걸 알았다.

"아니, 잠깐만."

그는 본능적으로 자신의 능력으로 프리즘을 감싸려 했다.

"카지노에서처럼 날 강제로 잡으려 하지 마세요."

지니아가 노려보았다.

"두 사람 중 누가 더 강한지 모르지만 오늘밤은 그걸 알고 싶은 기분이 아니라구요."

"내가 당신을 위협한다고?"

그가 손을 닦으며 마지못해 쏟아내던 능력을 중지시켰다. 그리고 형이상학적 평면 위에서 아름다운 프리즘이 깜박깜박 사라져 가는 모습을 지켜보았다.

"그날 일은 미안하오. 당신 때문에 놀랐던 탓이오."

"나 때문에 놀랐다구요? 내가 어떤 느낌이었는지 아세요?"

"다시는 그런 일 없을 거요."

그가 약속했다

"그러는 게 좋을 거예요."

그가 그녀를 쳐다보았다.

"풀려나려 했을 때 프리즘을 어떻게 한 거요?"

그녀는 머뭇거렸다.

"솔직히 말하면, 나도 잘 모르겠어요. 본능적인 행동이었으니 생각해 보지 못했어요."

"당신은 집중을 꼬아 버렸소."

그녀가 어깨를 으쓱했다.

"매트릭스에 집중을 맞추는 다른 일면일 수도 있지요. 일종의 자기 방어 기술 같은 거."

"당신은 왜 날 두려워하지 않소?"

와인을 따르려고 몸을 돌리며 그녀가 미소지었다.

"당신이 미치지 않았다는 걸 알기 때문이죠."

"어떻게 확신할 수 있지?"

"나 자신의 에너지도 괴상하니까요. 나도 정상적인 프리즘이 아닌 걸요. 매트릭스하고만 편안하게 작업할 수 있어요. 그래서 어쩔 수 없이 그 방면의 전문가가 된 거죠. 진짜 유일한 전문가일지도 모르죠. 시너지사 덕분에, 난 대부분의 연구자들이 평생에 만나는 것보다 더 많은 매트릭스와 작업을 했어요."

"내 질문에 대답하지 않았소. 내가 미치지 않았다는 걸 어떻게 알지?"

그녀가 와인잔을 건넸다.

"설명하기 힘들어요. 매트릭스와 작업할 때면 어떤 느낌이 전해져요. 대부분의 프리즘이 할 수 없는 일이죠. 언젠가 확실한 정신이상자인 매트릭스와 작업을 했던 적이 있었어요. 그와 당신의 차이를 느낄 수 있어요. 그는 삼 등급일 뿐이었지만 날 아주 겁나게 했어요."

"어떻게? 프리즘을 통제하려고 하던가?"

"네, 하지만 그러기엔 그 사람의 능력이 너무 약했죠. 그게 무서운 게 아니었어요. 그 능력 자체가 공포스러웠어요. 그건…… 정상이 아니었어요. 그 외에는 설명할 방법이 없군요."

"난 정상이라고 생각하오?"

"확신까지는 모르겠어요. 당신에게 정상적인 거라곤 전혀 없지만, 미치지 않았다는 건 확실해요."

그가 밍밍한 초록색 와인을 한 모금 들이켰다.

"안단 말이지?"

"그래요, 알아요."

그녀가 그를 유심히 쳐다보았다.

"당신 아버지도 매트릭스였다죠?"

"그렇소."

"그런 능력이 자살까지 몰고 간 것인지 알고 싶어서 일지를 찾는 거예요? 당신 아버지와 똑같은 운명이 될까 봐 두려운가요?"

이 여자는 눈치가 너무나 빠르다. 그녀와 어떤 종류라도 관계를 유지하는 건 위험하다, 정신적, 성적 관계는 물론이고. 하지만 그녀는 이제 자신이 갖고 있는 매트릭스의 한 부분처럼 여겨졌다. 도망갈 방법이 없었다. 도망가고 싶지도 않았다.

그녀가 그의 운명인지도 몰랐다.

하지만 이런 질문에 대답할 준비는 되어 있지 않다.

"아버지가 매트릭스인 건 어떻게 알았소?"

그가 대답 대신 물었다.

"그가 매트릭스였고 매트릭스에 대해서 사람들이 많은 오해를 하고 있기 때문에 바돌로뮤 채스턴의 자살에 의문을 가진 사람이 하나도 없다고 어느 멍청한 교수가 그러더군요."

"멍청한 교수?"

지니아가 인상을 찡그렸다.

"뉴턴 드포리스트. 은퇴한 역사 교수죠. 이상한 정원 가꾸기 중독자이고요."

"미친 드포리스트를 만나러 갔단 말이오? 왜 그런 짓을 했소? 늙은 얼간이일 뿐인데."

"당신의 평가에 대해서 이러쿵 저러쿵 할 생각은 없어요. 하지만 드포리스트는 젤리 아이스 저장고만큼이나 튼튼해 보이던 걸요. 당신이 그 사람 정원을 봤어야 해요."

그녀가 몸서리를 쳤다.

"육식성 식물을 연구하는 재능이 있나 봐요. 매트릭스 친구가 그런 식물로 가득 찬 미로를 만들어 주었다는데. 솔직히 소름이 끼쳤어요."

"드포리스트의 정원에서 무얼 한 거요?"

"난 여전히 모리스의 살인범과 그 일지가 연관이 있다고 생각해요. 내 동생 레오는 역사 분석학을 공부하고 있죠. 그 애 말로는 드포리스트가 세 번째 탐험을 연구한 유일한 사람이래요. 그래서 오늘 드포리스트를 만나고 왔어요."

"빌어먹을."

닉은 쨍그랑 소리가 날 정도로 힘껏 싱크대 위에 와인잔을 내려놓았다.

"나에게 왜 진작 말하지 않았소?"

"당신은 모리스의 살인범은 안중에도 없고 일지에만 관심이 있잖아요."

그녀가 차갑게 미소지었다.

"물론, 그건 내가 당신을 속이려는 극악무도한 계획을 준비한 사기꾼이라는 걸 알기 전까지만이지만요."

"그만해요, 지니아."

"일지가 아직도 행방불명이라는 걸 알고 나니까 새삼스레 불쌍한 모리스의 죽음에 호기심이 생기나요?"

그가 그녀 쪽으로 한 걸음 다가섰다.

"그렇소. 이 문제에 관한 내 관심이 새로워졌다고 말해도 좋소. 게다가 세 번째 탐험에 관한 권위자는 뉴턴 드포리스트가 아니라 바로 나요."

"정말인가요? 내 동생을 포함해서 아무도 그 흥미로운 사실을 아는 사람이 없는 이유가 뭐죠?"

"내가 굳이 밝히지 않았기 때문이지. 내가 아는 사실을 세상 사람들과 반드시 공유할 이유가 없소."

"내가 만난 매트릭스는 하나같이 비밀을 맹목적으로 숭배하죠."

그는 그런 말을 무시하기로 했다. 그리고 그녀의 말이 맞기도 했다.

"난 지난 삼 년 간 탐험에 대해 모을 수 있는 모든 자료를 수집해 놓았소. 이론이나 전설, 소문까지 죄다 수집했지. 삼십오 년 전 웨스턴 섬에 있었던 사람들과도 모두 얘기를 나누었소. 그 문제에 관해 알고 싶다면, 나에게 물으시오."

그녀는 생각에 잠긴 시선으로 말했다.

"드포리스트 말로는 당신 아버지의 탐험 대원 중 어느 누구도 가족이 없었다고 하더군요."

"맞소."

닉이 와인잔을 집어들어 한 모금 마셨다.

"고아나 사회 부적응자들이었지. 하지만 모두 정글에 도통한 사내들이었소. 그게 이해되지 않는 한 가지 문제 중 하나요. 탐험 도중 사고가 있었더라도, 한두 명은 살아남았어야 마땅하오."

"탐험대가 출발했다고 확신하는군요."

"출발했소."

"어떻게 확신하나요?"

"확실하오."

그녀가 한숨을 쉬었다.

"좋아요, 다른 문제로 넘어가죠. 팀의 멤버가 고아나 사회 부적응자라고 했죠. 하지만 당신 아버지는 혼자가 아니었어요. 채스턴 제국의 상속자였어요."

"아버지는 예외요. 앤디 아오키가 이런 말을 한 적이 있지, 채스턴 가족들이 아버지를 그리로 몰아낸 것 같다고. 그들은 채스턴 가의 지배권을 이어받으라고 많은 압력을 아버지에게 가했을 거요. 그건 아버지로서 가장 원치 않는 일이었고 그래서 그 일당들로부터 가능한 한 멀리 떨어져 갔던 거요."

"앤디 아오키?"

"부모님이 돌아가신 후 날 길러 주신 분이오."

"어머니도 돌아가셨나요?"

"내가 태어나서 여섯 달도 되기 전이었소. 아버지의 실종을 알아보기 위해 세렌디피티로 떠나던 날 어머니는 앤디에게 나를 맡겼던 거요. 그리고 다시는 돌아오지 못했지. 운전하던 차가 폭풍우를 만나 절벽에서 떨어졌소."

"얼마나 슬펐을까요, 두 분 다 잃다니."

"솔직히 어머니에 대한 기억은 없소. 아버지도 내가 태어나기 전에 돌아가셨고. 날 길러 준 앤디는 좋은 사람이었소. 모든 면에서 그가 나의 부모였소."

"그렇군요."

지니아가 잠시 말을 잃었다.

"바돌로뮤 채스턴의 능력이 그를 탐험 일로 이끌었는지 몰라요. 알려지지 않은 곳을 밝혀낸다는 것은 분석력이 강한 매트릭스에게 분명 매력적이었겠죠."

"그런 것 같소, 매트릭스 나름이지만."

"당신도 탐험 일을 고려하고 있나요?"

"아니. 큰 돈을 모으기 위해 젤리 아이스를 채굴한 적은 있지만, 카지노를 열 만한 돈이 생겼을 때 정글 탐험을 그만 두었소. 난…… 다른 흥미를 갖고 있지."
그녀가 그를 쳐다보았다.
"가능성 이론이겠죠. 그게 당신 직업과 어울리잖아요."
그가 곁눈으로 힐끗 쳐다보았다.
"난 게임 이론 때문에 카지노를 경영하는 게 아니오."
"그럼 왜죠?"
"다른 것들 중에서, 카지노 경영이 가장 많은 돈을 벌어들일 수 있기 때문이지."
"간단하군요. 그 많은 돈으로 이후에는 무얼 살 계획이세요?"
"존경."
그리고 그에 따르는 모든 것, 그가 마음속으로 덧붙였다.
그녀의 눈동자가 커졌다.
"뭐라구요?"
"말했잖소. 나에게는 계획이 있소."
그녀가 경이롭다는 눈빛으로 그를 바라보았다.
"놀랍군요. 어떤 계획인가요?"
"저녁 식사를 같이 하면 말해 주리다."
"잠깐만요, 채스턴 씨."
그녀가 한 손을 올렸다.
"금방 금방 변하는군요. 방금 전에는 날 사기꾼으로 몰아붙이더니 다음 순간 저녁 식사를 하길 기대하다니요. 나도 자존심이 있어요, 게다가 아직 화도 안 풀렸다구요."
닉이 어떻게 나올지 기다리기도 전에 전화벨이 울렸다.
지니아가 수화기를 집어들었다.
"여보세요? 아, 안녕하세요, 던컨. 아뇨, 괜찮아요. 오늘밤 늦게까지 일했거든요."
닉은 그녀가 부드럽고 따뜻한 목소리로 말하는 게 마음에 들지 않았다. 던컨이 누구이든, 편안한 친구 이상인 모양이다. 아마 친척일 거라고 그는 다소 낙천적으로 생각했다.

"오늘 저녁에 전화할 생각이었어요."

상대편 남자와 친한 관계인 듯, 그녀가 테이블에 편한 자세로 기댔다.

"저녁 식사 제안 감사해요."

친척은 아니군. 닉은 언짢은 기분으로 와인을 마셨다. 독점욕을 느꼈지만 확실하지는 않았다. 독점욕은 질투를 동반한다. 질투란 통제되지 않는 감정의 부산물이다. 그는 아직 지니아 스프링과 침대에 들지도 않았다. 어떻게 질투라는 강한 감정을 느낄 수 있겠는가?

집중을 한 후유증일 거라고, 그는 결론지었다. 조심해야만 한다. 대단히 조심해야만 해.

"정신 없는 하루였어요."

지니아가 전화기에 대고 말했다.

"다음에 만나면 얘기해 줄게요. 고마워요. 네, 약속해요. 아침에 스케줄을 살펴보구요. 잘 자요, 던컨."

닉은 그녀가 전화를 끊는 모습을 지켜보았다.

"친구?"

"친구예요. 이름은 던컨 루트렐."

닉이 재빨리 기억해 냈다.

"싱 아이스?"

"그 사람을 아세요?"

"개인적으로는 아니오."

닉은 체격이 크고 잘생긴 자신만만한 남자의 모습을 떠올렸다.

"하지만 누구인지는 알지. 경제 신문에 많이 나오니까. 그리고 몇 번쯤 내 카지노에서 본 적이 있소. 오락을 언격하게 즐기는 타입이지. 깊이 빠지지는 않소."

하지만 루트렐은 게임에 참여할 때마다 항상 이겼다. 아무리 작은 액수가 걸렸을지라도.

"던컨은 기질상 심각하게 도박에 빠지지 않을 거예요."

지니아의 미소가 너무 달콤해 보였다.
"그도 당신처럼 돈을 좋아하지만, 구식으로 버는 걸 더 좋아하지요."
"그는 돈을 정당하게 일해서 벌고 난 그렇지 않다는 뜻인가?"
"카지노 운영이 많은 능력을 필요로 한다는 건 알아요. 하지만 당신 회사 스타일은 던컨 회사와 다른 것 같거든요."
닉은 치밀어오르는 울화를 간신히 참아냈다.
"루트렐과 심각한 사이인가?"
"사귀냐는 뜻이에요? 아뇨, 내 친척들은 우리가 더 가까워지길 무척이나 바라죠. 어떤 사람들은 때때로 가족을 위해 결혼하는 경우도 종종 있다는 말을 오늘 아침 윌리 숙모한테도 들었어요."
"그분은 당신이 돈과 지위를 위해 결혼하길 바라시는군."
"스프링 가가 예전의 위치를 회복하길 바라신다고 해두죠."
"하지만 당신은 그럴 생각이 별로 없고."
다시 기분이 좋아지는 느낌이었다. 이 새로운 전쟁에서 그가 믿을 수 있는 건 바로 지니아의 완고함이었다.
"내 동생을 제외하고, 나머지 가족들은 나와 던컨이 행복하게 살지에 대한 관심이 거의 없어요. 단지 결혼으로 가문의 이름을 세워 주기만 바란다구요."
"루트렐 생각은 어떻소?"
"모르겠어요. 물어 보지 않았구요. 하지만 그는 똑똑한 사람이에요. 지적인 사람이라면 누구와도 연결시킬 수 없는 등급의 여자와는 결혼을 고려조차 하지 않을 거예요."
"연애 정도에서 끝내는 거라면 당신을 아주 좋아할걸."
닉의 중얼거림에 그녀가 얼굴을 붉혔다.
"어쩌면요. 하지만 당신과는 상관없잖아요? 당신은 내 개인적 일에 관심이 없을 텐데요. 당신이 신경쓰는 건 채스턴 일지뿐이니까요."
"당신이 신경쓰는 건 모리스 펜위크의 살인범을 찾는 일뿐이고. 다시 그 A 계획으로 돌아간 것 같군."

"A 계획이라뇨?"

"당신과 내가 함께 공동 작업하기로 한 것."

"함께?"

그녀의 입 끝이 한 쪽으로 올라갔다.

"농담이시겠죠, 채스턴 씨. 당신은 날 교활한 사기꾼으로 생각하잖아요. 도대체 왜 나와 같이 일하고 싶죠?"

닉은 얼굴이 달아오르는 느낌이었다. 빨갛게 변하지나 않았는지 걱정스러웠다.

"마음이 바뀌었소. 당신은 날 속이지 않았다고 생각하오."

"진심이세요? 어떻게 그런 생각을 하시게 됐나요? 당신의 매트릭스를 이용해서 내 결백을 알아낸 건가요? 아니면 나의 순진한 매력과 푸른 눈동자 때문일까요?"

"은빛."

그가 무심코 정정했다.

"뭐라구요?"

눈을 깜박거리며 묻는 그녀의 말에 그는 기분이 멍해졌다.

"당신 눈동자는 진짜 푸른색이 아니오. 은빛의 일종이오."

그녀가 천장을 올려다보았다.

"역시 사소한 것까지 신경쓰는 매트릭스라니까."

"속았다는 걸 깨달았을 때는 정말이지 당신에게 화가 났소. 당신이 나에게 사기를 쳤다고 생각하는 게 나로서는 논리적이었소."

"논리적, 월리 숙모도 그렇게 말씀하시죠. 드디어 상식적인 생각을 할 정도로 침착해지셨군요. 내가 악명 높은 닉 채스턴에게 오만 달러를 사기친 다음에 아직껏 내 아파트에서 날 잡아 갑쇼 하고 기다릴 만큼 멍청하지 않다는 걸 이제서야 깨달았나 보죠."

"폴리와 오마가 우리 둘을 감쪽같이 속인 것 같소."

"멋진 추리로군요."

그녀가 가늘게 뜬 눈으로 그를 쳐다보았다.

"그런데 왜 나와 같이 일하고 싶어하죠?"

"간단하오. 우린 서로에게 도움을 줄 수 있소."

"하, 그런 소리 말아요. 당신은 모리스의 살인범을 찾는 데는 전혀 관심이 없어요. 당신이 원하는 건 일지뿐이에요. 갑자기 나와 같이 일하고 싶어진 이유가 뭔지 난 잘 안다구요."

그가 팔짱을 꼈다.

"그래? 왜지?"

"간단해요. 당신은 내가 모리스의 살인 사건을 계속 조사하면서 시끄러운 문제를 일으킬까 봐 걱정되는 거예요. 내 실수가 당신 계획에 걸림돌이 될 수 있으니까요. 매트릭스라는 걸 안 이상, 당신이 어떤 전략을 세우고 있을 거라는 건 확실하죠."

"난 당신이 여기저기 쑤시고 다니는 걸 원치 않소. 그건 위험한 일이오."

닉이 설득하는 어조로 말했다.

"과연 내 걱정으로 그럴까요? 진짜 문제는 내가 허술하다는 점일 거예요. 완벽한 매트릭스들이 제일로 못 참아하는 요소이지요. 당신은 나한테 눈을 떼지 않기로 하고 파트너인 척하는 게 내 행동을 막는 가장 쉬운 방법이라고 결정했겠지요."

"난 파트너지, 파트너인 척하는 사람이 아니오."

"오? 나에게 무슨 이득이 있을까요, 파트너 씨?"

"나한테는 많은 정보를 접할 수 있는 거리의 연락망이 있다고 말했을 거요."

"기분 나빠하지 마세요, 닉. 전 당신이 쉽게 정보를 내게 알려줄 거라 여겨지지 않는 걸요. 당신 스타일이 아니죠."

"내가 매트릭스이고 모든 매트릭스가 비밀스럽기 때문에?"

그녀가 와인잔을 경의를 표하듯 들어올렸다.

"훌륭한 이유예요."

그는 지니아의 도전을 생각하며 이마를 손가락으로 두들겼다. 그런 다음 전화를 들어 번호를 눌렀다.
 첫번째 벨소리에 응답이 왔다.
 "사장님이십니까?"
 페더는 굳이 번거로운 예의를 갖추지 않았다.
 "그래, 폴리 펜위크와 오마 부커에 대한 소식 있나?"
 "그들은 어젯밤 대단히 급하게 움직인 것 같습니다. 일지를 전하러 공원에 갔을 때 이미 짐을 싸서 차 안에 놓아 두었던 게 틀림없습니다. 집은 단단히 닫혀 있고, 이웃들에게 여행 갈 거라고 말했답니다."
 "계속 알아보게. 아마 도시를 떠났을 거야. 뉴 벤쿠버와 뉴 포틀랜드의 친구들에게 그들을 주시하라고 말해 놓게."
 "알겠습니다, 사장님."
 닉은 또다른 번호를 누르며 지니아를 쳐다보았다.
 "폴리와 오마는 우리를 만나기 전부터 짐을 싸서 떠날 준비를 해놓았소. 그들에게도 계획이 있었던 모양이오."
 그녀가 인상을 찡그렸다.
 "그들도 일지가 가짜라는 걸 알았거나 아니면 모리스의 메모 때문에 정말 겁이 났던 모양이군요."
 "그렇소."
 수화기에 응답이 들려 오자 닉이 말을 중단했다.
 "스톤브레이커? 나 채스턴이오. 부탁이 있소."
 "당신도 알겠지만, 난 부탁을 들어 주지 않소."
 레이프 스톤브레이커의 목소리는 어둠 속에서 사는 남자의 것이었다. 황량하고 침울한 권태로움이 담겨 있었다.
 "다른 사람들에게처럼 당신에게도 영수증을 보내겠소. 그러면 당신도 다른 사람들처럼 내 서비스에 충분한 비용을 지불할 테지. 무얼 찾고 있는 거요?"
 "대단히 탁월한 위조범의 이름."
 "얼마나 탁월한?"

"세 번째 탐험에 대한 바돌로뮤 채스턴 일지를 위조할 만큼."

"탁월하다는 게 당신을 속일 만큼인 거요?"

"잠시 동안은 그랬소. 가짜에 오만 달러를 지불한 걸 알아채는 데 거의 한 시간이 걸렸지. 그리고…… 내가 아닌 다른 사람이었다면 그걸 평생 동안 알아챘을지조차 의심스럽소."

"매트릭스?"

닉은 지니아의 시선을 의식하였다.

"그렇소."

"당신 말이 맞소."

이제 레이프는 훨씬 더 흥미가 생기는 듯했다.

"그 정도 능력이 있는 녀석은 많지 않소. 그런 종류의 일을 맡는 인물은 더 적구. 하루 이틀 안에 알려주겠소."

"고맙소."

닉이 수화기를 내려놓으며 지니아의 눈을 바라보았다.

"이 사람은 내 친구요. 우리를 위해 위조범을 찾아줄 거요. 그 이름을 알게 되면, 당신에게 알려주겠소. 만족하오?"

"어쩌면요."

그녀가 생각에 잠긴 표정으로 그를 마주 보았다.

"당신은 나에게 무얼 원하나요?"

당신의 모든 것. 그 깨달음이 그의 숨을 앗아갈 뻔하였다. 그는 공기를 들이마시며 침착하고 권위 있는 목소리를 내려 안간힘을 썼다.

"협조. 더 이상 혼자 돌아다니지 말 것. 우리 둘다 행동하기 전에 얘기하기로 합시다."

잠시 그 조건을 생각하고 나서 그녀가 고개를 한 번 끄덕였다.

"좋아요, 찬성이에요."

그는 걱정의 매듭이 풀리며 다소 긴장이 풀어졌다.

"우린 A 계획으로 돌아가는 거요. 다른 사람들 눈에는 당신은 내 새로운 인테리어 디자이너가 되는 거요. 아까 질문에 답하자면, 그렇소. 내

일 저녁 식사 초대는 여전히 유효한 거요."
 "당신 집에서 아니면 내 집에서?"
 그는 밝고 산뜻한 아파트를 둘러보았다.
 "당신 집이 낫겠소."
 "싫어요, 당신 집에서 해요."
 "카지노 위에서 먹고 싶소?"
 그는 그녀와 함께 거기서 저녁을 먹고 싶지 않았다. 카지노는 조만간 잊혀질 과거의 장소였다.
 "카지노가 아니라, 당신 새 집. 내가 미래의 당신 신부를 위해 새로 단장할 집 말이에요."

아만다 퀵
Zinnia

12

"농담이겠지."

레오는 작은 테이블에 몰려 있는 학생이나 직원들 중 누가 들었을까 봐 걱정하듯, 근심스런 시선으로 카페 안을 둘러보았다. 그런 다음 지니아에게 시선을 되돌렸다.

"그의 뭐가 될 거라고?"

"인테리어 디자이너."

지니아가 씨익 웃었다.

"흥분하지 마. 정부가 되는 게 아니니까."

"농담이 아니야, 진."

"사실은 그런 척하는 거야."

"누나는 지금 이 도시에서 가장 돈 잘 버는 카지노 경영자와 게임을 하겠다고 이야기하는 거야. 정신 나간 거야? 채스턴은 속을 모를 위험한 사람이라구."

"그가 모리스의 살인범에 대한 정보를 알려줄 수도 있어. 경찰의 관심을 끌 만한 정보."

자신의 계획에 동조해 주지 않으리라 예상했지만, 레오는 생각보다 훨씬 더 흥분했다.

호리호리하기만 했던 동생이 언제 저렇게 강인한 남자로 변했을까. 어머니의 맑고 신중한 푸른 눈동자와 아버지의 유연한 체격을 닮은 레오. 그의 짙은 갈색 머리가 얼굴 뒤로 늘어져 까만 끈으로 묶여 있었다. 그건 웨스턴 해에서 유래한 스타일이었다.

그가 캠퍼스의 다른 학생들처럼 새로운 우주인 스타일의 번쩍이는 색채와 이국풍의 패션을 따르지 않는 게 감사했다. 단추 달린 카키색 바지와 다림질하지 않은 셔츠, 그리고 축 늘어진 재킷을 입은 모습이 이미 역사 분석학과의 젊은 교수 모습을 드러내고 있었다.

부모님의 장례식에서 그녀 옆에 서 있던 모습이 바로 어제 같은데. 딱딱한 얼굴의 친척들을 뒤에 세우고서, 그들은 서로의 손을 잡고 눈물을 삼켰었다. 레오가 성인이 되기 시작한 게 그때일 거라고, 지니아는 생각했다.

그녀도 더 이상 그 비참한 날의 그녀가 아니었다. 개인적인 슬픔과 재앙과도 같았던 스프링 가의 공식적인 도산을 감당하는 일이 두 사람 모두를 변화시켰다.

"그의 평판에 대해서는 나도 잘 알고 있어. 하지만 좀 과장된 것 같아. 솔직히 사업상 유리하다고 믿기 때문에 그런 이미지를 그가 일부러 조장하는 것 같다구."

"그에 대한 소문들은 꾸며진 게 아니야."

레오의 손가락이 커피티 잔을 감아쥐었다.

"나와 체스턴이 신문에 실리고 나서, 난 체스턴에 대한 얘기를 유심히 듣기 시작했다구."

"어떤 얘기?"

"존 가렛 기억나?"

"물론이지. 가렛 전자회사, 존은 옛날에 네 친구였잖아."

지니아의 사랑 169

그 옛날이라는 것이 부모님이 돌아가시기 전이라는 걸 둘다 말을 않고도 알고 있었다.

"이번 학기 역사 이론 시간에 우연히 만나게 됐어. 존이 어제 날 한쪽으로 불러내더라구. 누나와 채스턴에 대한 기사를 봤다면서, 경고하고 싶어했어."

"뭘?"

"채스턴이 어떤 부류의 인간인지 말이야."

레오가 작은 테이블 너머로 더 몸을 기울였다.

"존의 사촌인 것 같던데, 랜디라는 애가 몇 달 전 채스턴 카지노에서 많은 돈을 잃었대. 그 빚을 갚기 위해 아버지에게 가야만 했지."

"그 아버지는 존의 삼촌이 되겠구나?"

"그래. 하여튼, 늙은 랜돌프 가렛은 미친 듯이 화를 냈대. 돈이 없다는 이유가 가장 컸지. 그는 자신이 경제적으로 어렵다는 걸 아무에게도 알리고 싶지 않았어. 모종의 합병이 진행중이었대. 랜디의 빚을 갚기 위해 돈을 빌리게 되면 뉴스의 관심거리가 되고 거래에 치명적일 수도 있었던 거야."

"그래서 어떻게 됐는데?"

"랜디의 아버지는 직접 채스턴을 만나러 갔어."

레오가 다시 한 번 주위를 살피며 목소리를 낮췄다.

"채스턴이 그에게 언덕 위의 집을 팔면 도박빚을 장부에서 지우겠다고 말했대."

"그래? 나한테는 완벽하게 이성적인 해결책 같은데. 관대하기까지 하고."

레오가 성난 표정으로 노려보았다.

"그 집은 원래부터 가렛의 저택이었어. 존 제레미 가렛이 삼 세대 전에 지은 거라구. 그건 가렛 가문의 일부야. 절대 기꺼이 내놓았을 리가 없어. 채스턴도 틀림없이 그걸 알고 노렸을 거야."

"랜디의 아버지는 그 집을 팔았니?"

"선택의 여지가 없잖아. 그 저택이 팔린 걸 알고 가렛 집안의 다른 사람들은 무척이나 화를 냈대. 랜디의 집안을 통해 대대로 물려 줄 집이었대."

"랜디의 아버지가 경제적으로 어려웠다면서. 그게 사실이라면, 어차피 팔아야 할 집이잖아. 우리도 사 년 전에 우리 집을 팔아야 했어. 원래 세상이란 그런 거라구."

자신이 닉 채스턴을 변호하고 있다니 스스로 생각해도 걱정스러웠다. 좋은 징조가 아니야, 절대 좋은 징조가 아니야.

"존 말로는 가렛 저택은 그렇게 될 리 없었다고 했어. 만에 하나 그걸 판다고 해도, 채스턴 같은 사람에게는 절대 팔지 않았을 거야."

지니아는 웃음이 터져나오는 걸 참을 수 없었다.

"끔찍하겠지. 가렛 저택의 다음 주인이 카지노 사장이라니. 다음에는 과연 누가 될까?"

레오의 입술이 팽팽해졌다.

"모르겠어? 그게 채스턴이 일하는 방법이라구. 그는 분명히 그 저택을 원했어. 절대 합법적으로 사지 못할 걸 아니까, 랜디가 큰 빚을 지도록 유도한 거라구."

"닉이 고객에게 일부러 사기라도 쳤단 말이니?"

"사기칠 필요도 없었을걸."

레오가 의자 뒤로 등을 기댔다.

"랜디는 좀 거친 성격이래. 술 몇 잔 주고, 원하는 만큼 칩만 건네 주면, 결과는 뻔했을 거야. 닉도 그 성격을 알고 있었던 게 틀림없어."

그래, 닉은 알고 있었을 거야.

"그 사람 내트릭스야."

"채스턴이? 빌어먹을."

레오의 입이 역겹다는 듯 뒤틀렸다.

"짐작했어야 했어. 그게 몇 가지 일을 설명해 주는군."

"어떤 일?"

"아무도 자기 편이 돼 주지 않자 누나를 자기 편으로 끌어들이려는 거였어. 누나가 매트릭스에게 어떤지 알잖아. 누나는 언제나 그들을 불쌍하게 생각했어. 이유는 신만이 아시겠지만."

"닉 채스턴에게 그런 감정을 갖게 될까 걱정하지는 마. 그는 자신을 스스로 잘 관리할 수 있어. 나도 조심할 거야, 약속할게."

"난 누나가 그 살인 사건에서 손을 뗐으면 좋겠어."

"무어라도 알아내면 곧장 경찰에게 달려갈 거야. 이제 그만하자. 넌 어떠니?"

그 정도에서 끝내는 게 마음에 들지 않는지 그가 한쪽 어깨를 으쓱 올려 보였다.

"좋아."

"좋은 것처럼 들리지 않는걸."

레오가 신음을 흘렸다.

"사실 어제 스탠리 삼촌이 다녀갔었어. 점심 먹으러 가서, 남자 대 남자로서 얘기하고 싶다고 하셨어."

"오, 이런. 또 같은 얘기였겠지?"

"그래. 언제쯤 학문을 포기하고 가문을 일으킬 사업 세계로 뛰어들 거냐고 묻더라구. 삼촌 입장에서의 평범한 생활로 말이야."

"가르치는 일은 돈이 되지 않는다고 말리시든?"

"그래. 스프링 가의 뿌리는 사업에 있다고 하셨어. 누나는 그 책임을 수행하기 어려울 것 같다고. 누나가 가문을 되살릴 결혼을 하지 않으면, 가문의 재산을 회복하는 일은 나 말고 할 사람이 없대. 기타 등등, 기타 등등."

"그런 말 신경쓰지 마, 레오."

지니아가 손을 뻗어 동생의 소매를 잡았다.

"넌 훌륭한 역사가가 될 거야. 그걸 위해 태어났는걸. 연구를 위한 재능과 소질을 갖고 있잖니. 자신의 꿈을 저버리는 건 죄악이야."

"게다가 우리는 둘다 사업 세계에서 내가 크게 되지 못할 거라는 사실을 알고 있지. 차액과 이익 분기점, 오 년 간의 경제 전망 따위는 상상만 해도 미치도록 지겹다구. 하지만 친척들은 우리를 계속 밀어붙일 모양이야."

"단호하게 견뎌내야지."

"말이야 쉽지."

"알아."

지니아가 한숨을 쏟아냈다.

"나도 알아. 하지만 이제까지 잘 참아 왔잖니. 앞으로도 가능할 거야."

"너무 과신하지 말라구."

지니아와 레오는 힘겨운 시선을 교환했다. 하지만 언제나 친척들의 압력이 가해질 경우라도, 거의 그 둘이 승리해 왔다.

"무슨 일이지, 페더?"

닉은 컴퓨터 화면에서 눈도 떼지 않았다.

페더의 목소리가 인터콤을 통해 들려 왔다.

"호바트 바트 씨가 찾아왔습니다, 사장님."

닉은 화면에 쓰여진 재정 관련 정보를 노려보았다. 바트가 중매일을 빨리 시작해 준 것에 고마워해야 했지만, 어쩐지 반갑지 않았다.

"젠장, 그를 잊고 있었군. 잠시 기다렸다가, 빨간 방으로 들여보내게, 페더."

"알겠습니다, 사장님."

"아참, 페더?"

"네?"

"이따가 라스본에게 좀 들르라고 해주게."

"요리사와 얘기하시려구요? 식당에 문제가 있습니까?"

"아니, 개인적인 일일세."

"개인적인 일이요?"

페더는 당황한 모양이었다.

"올 때 두 사람이 소풍에 가져갈 만한 음식 메뉴를 들고 오라고 하게."

"소풍이라구요?"

페더가 더욱 당황해 하며 불안해 하기 시작했다.

"소풍을 가시려구요, 사장님?"

"고전적인 소풍이지, 영화에 나오는 것 같은. 와인 한 병과 파이, 작은 샌드위치, 그런 거 있잖나."

"그런 소풍은 가본 적이 없어서요."

"나도 그래. 하지만 라스본이 해결할 수 있겠지. 사 년 간 줄곧 최우수 요리사상을 타고 십 년 간 개척자 클럽 회원들을 만족시킨 요리사라면 충분히 해낼 수 있을 거야."

"사장님이 불렀다고 전하겠습니다."

인터콤이 잠잠해졌다.

닉은 마지못해 컴퓨터 모니터를 끄고 자리에서 일어나 벽으로 가서 비밀 통로를 여는 단추를 눌렀다. 숨겨진 장치의 기계음과 함께 문이 스르르 미끄러지며 빨간 방이 모습을 드러냈다.

바트가 벌써 결혼 상대를 찾아냈을 리는 없다. 작성할 서류들이 있겠지. 테스트를 받는 문제하고. 결혼 등록 과정이 철저하고 오래 걸린다는 건 누구나 알고 있었다. 명망 있는 결혼 상담자가 단 한 번의 인터뷰로 중매를 할 리는 없다.

그래도 너무 빨랐다.

대체 무슨 생각을 하는 거야, 윤기나는 나무 책상으로 걸어가며 그는 의아스러웠다. 바트가 재빨리 행동하길 원하지 않았던가. 그런데 소름이 돋는 이유는?

그 해답을 알기 위해 매트릭스를 쓰지는 않았다. 그는 책상 뒤의 의자에 앉았다. 자신의 모든 계획과 흔들림 없는 의지에도 불구하고, 약하게나마 지니아와 연결된 지금 미래의 아내에 대해 미리 고민하고 싶지 않았던 것이다.

문이 열리고, 젤리 램프의 부드러운 불빛에 페더의 반짝이는 대머리가 반사되었다. 페더가 세련된 회색 양복과 분홍 넥타이로 산뜻하게 차려입은 호바트 바트를 방으로 안내하였다.
"어서 오시오, 호바트."
닉은 일어나지 않았다.
"앉으시지요. 일 때문에 오신 걸 테죠?"
호바트가 목청을 가다듬으며 책상 앞의 의자로 걸어왔다.
"설문지를 가져왔습니다. 일을 진행하기 전에 이걸 작성하셔야 합니다."
"물론이오. 어디 봅시다."
호바트가 의자 끝에 똑바로 앉아 서류 가방을 열었다.
"당신에 대해 세세한 점까지 쓰셔야 합니다, 취미와 음······."
당혹감을 숨기지 못한 채 방을 둘러보더니 그가 힘겹게 침을 삼켰다.
"취향 같은 거."
"그렇게 걱정스러워 마시오, 호바트."
닉이 설문지를 받아들며 미소지었다.
"당신은 내 취향에 가장 적합한 숙녀를 찾아낼 거요. 그리고 취미는 없소."
"취미가 없다구요?"
"나에게는 하찮은 취미 생활을 할 만한 시간적 여유가 없소. 카지노 운영에 온 정신을 집중하고 있기 때문이오."
닉이 두꺼운 설문지를 들춰 보았다.
"그렇군요."
호바트가 용기를 냈다.
"정말이지 당신의 직업과 극히 드문 정신적 능력에 대해 상세히 얘기해야만 합니다, 채스턴 씨."
"무슨 얘기?"
"두 가지 다 당신이 원하는 중매에 있어 심각한 장애라는 점을 이해해 주십시오. 게다가 결혼 상대자를 일류 계층으로 한정하신다고 하니……."

"그 점은 걱정 마시오, 호바트."

닉이 설문지를 다시 접었다.

"당신이 날 위해 어울리는 사람을 찾아내리라 믿소."

"또 한 가지 문제가 있습니다."

"음, 뭐요?"

호바트는 깊이 숨을 들이마셨다.

"테스트받지 않은 능력자라고 하셨죠?"

닉이 눈썹을 들어올렸다.

"그게 어때서 그렇소?"

"전 매우 명망 있는 상담소에서 일하고 있습니다. 시너지스틱 결혼 상담소는 윤리강령을 지킵니다. 양쪽 다 확실한 등급이 매겨지지 않으면 중매를 시도할 수 없습니다."

"이번에는 그 등급 없이 진행해야 할 것 같소, 호바트. 그건 우리만의 작은 비밀이 될 거요."

"제가 어떻게 좋은 가문의 숙녀에게 테스트도 받지 않은 매트릭스와 결혼하라고 설득할 수 있겠습니까? 어떤 가문도 그런 결혼을 허락하지 않을 겁니다. 제 정신을 가진 여자라면 그런 위험은 생각조차 하지 않을 겁니다."

"나에겐 모든 것을 이겨 낼 한 가지 커다란 이점이 있다는 걸 잊고 있군요, 호바트."

호바트가 신중하게 쳐다보았다.

"그게 뭡니까, 선생님?"

"난 부자요."

아만다 퀵
Zinnia

13

지니아는 마당에 서서 앞에 놓인 당당한 건물을 살펴보았다.
"이런 집을 보면 우리 인테리어 디자이너들은 이렇게 말하지요. 아름다운 골격을 가졌다구요."
여기가 닉 채스턴이 자신의 신부를 위해 선택한 곳이었다. 그와 미래의 부인이 가정을 꾸려 갈 장소. 그녀는 이 저택에 감탄하고 싶지 않았다. 왠지 금방이라도 날아오를 듯한 기둥, 우아한 계단과 넓은 정원에서 결점을 찾아내고 싶었다.
하지만 그녀는 디자이너로서 너무나 정직했다. 이 오래된 가렛 저택이 아름답다는 걸 인정할 수밖에 없었다.
집과 잘 정리된 정원이 도시를 온통 내려다볼 수 있는 높은 곳에 자리하고 있었다. 신초기 탐험 시대 스타일로 된 커다란 이 층짜리 저택에는 절제된 우아함과 미래에 대한 감각이 스며 있었다.
저택 전체를 우아하게 장식된 현관이 둘러쌌다. 창문은 내부의 높은 천장과 어울리도록 큼직하니 잘 배열되어 초기 탐험 시대나 후기 부활기의 건물에서는 좀처럼 찾을 수 없는 절묘한 조화를 이루어냈다.
"아름다운 골격?"
닉은 트렁크에서 커다란 소풍 광주리를 꺼냈다.
"약간 퇴색했다는 뜻의 정중한 표현이라면, 굳이 말할 필요 없소. 손볼 곳이 많다는 건 이미 알고 있다오. 이 집을 꾸밀 정도의 돈이 있다는 게 다행한 일이지."
"가렛 가문과는 다르군요."
광주리를 들고 그녀 쪽으로 걸어오며 그가 눈썹을 치켜들었다.
"이 집을 알고 있군."
"건축가나 디자이너라면 누구나 알죠. 당신이 가렛 가문에게 어떤 방법으로 사들였는지도 알구요."
"난 팔라고 강요한 적 없소."
닉이 차갑게 말했다.
"그리고 충분한 가격을 지불했지. 가렛 가는 그 충분한 돈으로 그 당시 매우 다급했던 합병을 성사시켰던 거요."
"아하."
닉이 정문 계단으로 올라섰다.
"시중에 떠도는 소문을 다 믿지는 마시오. 랜돌프 가렛은 내 손아귀에서 아들을 구하기 위해 어쩔 수 없이 팔았다는 말을 퍼뜨렸지. 하지만 이곳을 팔아치울 구실이 생긴 것을 속으로 꽤나 기뻐했을 거요. 자기 가문 쪽에서 물려받아야 하는 집이라, 어쩔 수 없이 유지해야만 했지. 여유가 없을 때 이 집은 그의 경제력을 더욱 고갈시켰소."
"그렇군요. 이 도시에서 기꺼이 이 집을 살 수 있는 사람은 별로 없었을 거예요. 대부분이 개축은 고사하고 유지비조차 감당할 수 없을 걸요."
"난 둘다 감당할 자신이 있소."
닉은 광주리를 내려놓고 저택의 젤리 아이스 자물쇠를 작동시켰다.
"그리고 제대로 개축하고 싶소."

"역사 보존 협회에서 손을 내밀지 않았다는 게 놀라워요. 그들은 존 제레미 가렛의 저택을 사들일 수 있다면 충분히 큰 돈을 지불하는 것도 아까워하지 않았을 텐데."

"내가 한 수 빨랐지."

문을 열자 연한 초록빛 대리석으로 바닥을 깐 넓은 홀이 모습을 드러냈다.

"그리고 지금부터 이 집은 공식적으로 새로운 채스턴 저택이오."

그의 목소리에 분명한 소유욕이 드러나 있었다. 그녀는 그를 따라 텅 빈 저택으로 들어서며 우아한 방들을 살펴보았다.

"당신 스타일은 아닌 걸요, 닉."

"걱정 마시오. 황금 페인트로 기둥을 칠하고, 빨강과 까만색 양탄자를 깔고, 창문에는 빨간 벨벳 커튼을 달고, 주홍빛과 금색 벽지를 발라 놓으면, 내 집처럼 보일 거요."

"절대 그렇게는 못해요."

아무 말도 하지 않았지만, 뒤돌아보는 닉의 시선이 반짝거렸다.

지니아가 두 손을 들어 보였다.

"좋아요, 좋아, 농담이었어요. 그러니 앞으로는 인테리어 디자이너를 놀리면 안 된다구요."

"당신은 빨간색을 좋아하는 줄 알았는데."

그의 눈동자가 얇은 천으로 발목까지 내려오는 그녀의 태양빛 빨간 드레스를 훑으며 천천히 시선이 밑으로 내려갔다.

"아주 잘 어울려."

그 노골적인 시선에 몸이 점점 뜨거워지는 것 같았다.

"뻘긴색은 내 트레이드 마크인 걸요. 옷에는 그런 대로 괜찮아요. 하지만 집 전체를 빨간색으로 발라 버리면 매춘굴처럼 보일 거예요, 아니면 음......"

"카지노?"

"음, 그래요. 그리고 당신도 미래의 신부가 카지노에서 사는 걸 원치 않는다고 했잖아요."

"그럼, 그렇고말고."

그가 바닥에 광주리를 내려놓았다.

"당신이 보는 대로, 나에겐 인테리어 디자이너가 절실히 필요하오. 초기 탐험 시대 스타일을 아는 사람. 이곳을 적절히 복구하고 싶소. 건축 잡지에 나오는 우아하고 고풍스런 집들처럼 말이오. 어떻소?"

그녀는 자신이 서 있는 넓고 텅 빈 방을 둘러보았다.

"진심으로 그런 스타일을 제안하시는 거예요?"

"왜 아니겠소?"

닉이 도시가 내려다보이는 창문가로 걸어가, 해안으로 잠겨드는 저녁 노을을 응시하였다.

"일지 일이 마무리된 후에라도 우리의 파트너 관계가 지속되지 못할 이유는 없소."

"생각해 보죠."

"그래야지."

그는 지금 무척이나 진지했다.

"이 집은 당신에게 아주 중요한 의미가 있는 모양이죠?"

"이곳은 내 미래가 될 거요."

그가 간단히 답했다.

"과거는요?"

"내 과거는 카지노지. 나중에 팔아 버릴 생각이오."

그 말이 그녀를 놀라게 했다.

"왜요?"

"내 계획의 일부요."

"존경을 사겠다는 계획 말인가요?"

"많은 돈을 벌 수 있기 때문에 카지노 사업에 뛰어든 것뿐이라고 전에 말했잖소."

닉이 천천히 몸을 돌려 그녀를 마주 보았다.

"난 지난 삼 년 동안 다양한 분야에서 이익을 보았소. 주식과 채권들, 웨스턴 섬 선박 회사 등등. 내가 과감하게 투자했던 새 사업들도 이익을 내었지. 예상했던 일이었소."

"존경스럽군요."

그의 미소에 차가운 만족감이 흘렀다.

"그렇소. 내 아이들은 존경에 따른 모든 이익을 누리게 될 거요. 가십과 음흉한 눈초리를 받으며 살지 않게 할 거요. 내 딸들은 허술한 가문이라는 수치를 겪지 않을 거고, 아들들은 사회적으로 받아들일 수 없는 가문이라는 이유만으로 기회가 주어지지 않는다는 사실을 꿈에라도 모르게 할 거요."

"그 애들이 당신처럼 세도가와 맞서지 않아도 된다는 뜻인가요?"

그의 시선이 확고한 의지로 번들거렸다.

"성공을 위해 내가 해야만 했던 모든 일들을 경험하지 않아도 된다는 건 확실하지. 내 가족은 내가 줄 수 있는 모든 이득을 갖게 될 거요."

"알겠어요."

갑자기 방안이 추워진 듯하여, 그녀는 가슴 위로 두 팔을 감쌌다.

"그 웅대한 계획의 나머지는 어떤 것들이죠? 어떻게 존경을 살 생각인가요?"

"간단하오. 세도가와 어울릴 수 있는 개척자 클럽의 회원권을 사고 매년 열리는 자선 무도회에 참석하는 거요."

말을 멈춘 그의 눈이 생각에 잠겼다.

"그건 이제 곧 이루어질 거요."

"네, 알겠어요. 계속해 보세요. 그 밖에는 어떤 것들이 있나요?"

그가 어깨를 으쓱했다.

"뉴 시애틀 미술 박물관과 극장에 큰 돈을 내지. 정치 운동에 기부를 하고, 이런 집을 사고 인테리어해 줄 사람에게 돈을 지불하는 거요."

"적당한 가문과 결혼하는 계획도 있구요."

그녀가 결론적으로 말했다.

"그것도 맞소. 내 말대로, 필요한 건 돈과 계획이면 족하지. 난 두 가지 다 가졌소."

그녀가 한참 동안 그의 눈을 들여다보았고, 그는 시선을 피하지 않았다.

"행운이 있길 바래요."

그녀는 진심이었다.

"행운은 이 일과 아무 상관도 없소."

그녀는 전문가적인 미소를 애써 지어 보였다.

"물론 그렇겠죠. 음, 오늘은 사업과 관련된 저녁 식사니까, 사업 얘기를 하도록 하죠, 파트너 씨. 폴리와 오마에게 산 그 일지가 가짜라는 걸 어떻게 알았는지 알고 싶어요."

한참 동안 그의 시선이 그녀를 진지하게 쳐다보았다.

"식사한 후에 보여 주겠소."

그가 광주리를 열어 바닥에 담요를 펴고 다양한 꾸러미를 꺼내는 모습을 그녀는 호기심 있게 지켜보았다. 파이, 신선한 파스타 샐러드, 작은 샌드위치, 과일, 그리고 과일 파이가 줄줄이 선을 보였다.

"너무 보기 좋아요."

그녀는 담요로 걸어와 사뿐히 앉았다.

"당신이 다 만들었나요?"

"어땠을 것 같소?"

닉이 광주리에서 꺼낸 두 개의 젤리 아이스 초에 불을 밝혔다.

지니아는 작은 샌드위치 하나를 맛보며 부드럽게 웃었다.

"최고 요리사의 실력을 빌린 것 같군요."

"라스본은 최고의 요리사지. 개척자 클럽에서 일했던 사람이오. 요새 그는 우리 카지노의 식당을 맡고 있지."

"운이 좋으시군요."

와인을 따르다가 그가 시선을 들었다.

"계속 말하지만, 운은 내 인생에 포함된 요소가 아니오."

"진짜 매트릭스처럼 말하는군요."

시간이 얼마나 빨리 지났는지 놀랄 정도였다. 그녀가 닉과 함께 엄청나게 비싼 블루 포도주를 비워 내고 얇은 파이빵의 마지막 조각까지 먹어치웠을 무렵엔, 이미 밤이 주위에 내려앉았다. 야키마와 셰란 두 개의 달이 수평선 위로 떠올라 해안 위로 황금빛을 뿌려 주었다. 두 개의 젤리 아이스 촛불이 따뜻하게 흔들렸다.

"이제 일지가 가짜라는 걸 어떻게 알게 됐는지 보여 주겠소."

닉은 광주리에서 또다른 꾸러미를 꺼냈다. 지니아도 전에 본 적이 있는 바로 그 일지였다.

"폴리와 오마가 판 그 가짜로군요."

"그렇소."

그는 갈색 종이를 풀어 담요 위에 책을 내려놓았다. 그런 다음 광주리 안에서 낡은 봉투 하나를 꺼냈다.

"그건 뭐예요?"

"세 번째 탐험을 출발하기 전날 밤 아버지가 어머니에게 썼던 편지요."

그녀가 불신과 흥분이 뒤섞인 표정으로 그를 쳐다보았다.

"당신이 편지를 갖고 있었어요?"

"그렇소. 내 양부 앤디가 죽고 난 후 낡은 창고를 정리하다 찾아냈지. 어머니가 아버지를 찾아 출발하기 전에 창고에 숨겨 놓았던 게 분명하오. 이게 귀중하다는 걸 아신 거지. 여기에 탐험은 예정대로 출발할 거라는 사실이 적혀 있소. 아버지는 그 탐험을 고대하고 있었소. 미래에 대해서만 얘기했고, 자살같이 음울한 말은 한 미디도 언급하지 않았소."

"맙소사, 닉. 당신이 세 번째 탐험이 있었다고 확신하는 게 당연하군요. 왜 아무한테도 그 편지를 말하지 않았어요?"

고개를 들자 차가운 그의 눈빛이 드러났다.

"누군가 탐험대가 출발하지 않은 걸로 보이려고 무던히도 애썼기 때문이오. 이유를 알 때까지 이 편지의 존재는 세상에 알리지 않을 생각이오. 내가 가진 유일한 증거니까."

닉이 조심스럽고 경건하게 편지를 펼쳤다. 손으로 쓴 그 메모가 그에게 있어 아버지와 어머니를 생각나게 하는 유일한 끈이라는 생각이 들자, 또다른 연민의 감정이 밀려들었다.

"필체 분석을 했군요?"

그녀는 감정을 자제하고 보통 어투로 말하기 위해 안간힘을 써야 했다. 이 자리에서 울어 버린다면 닉이 좋아하지 않을 것 같았다.

"맞소. 내 매트릭스 능력의 도움을 받아. 잠깐 사용할 때는 통제가 가능하거든."

그가 일지를 펼쳐 편지 옆에 놓았다.

"한 번 보시오."

그녀는 일지의 첫 페이지에 쓰인 대담하고 확고한 필체를 보고 나서 편지를 보았다.

"나에게는 똑같아 보이는 걸요."

"대단히 탁월한 솜씨요. 하지만 나에게 프리즘을 제공하고 다시 한 번 보시오."

그와 집중을 할 때마다 경험했던 그 강한 성적 욕구를 기억하며 지니아는 머뭇거렸다. 하지만 강한 능력에 집중을 해주는 파급 효과로서 프리즘도 능력자가 느끼는 아주 작은 부분까지 관찰할 수 있다는 말을 들은 적이 있었다. 위험을 감수할 정도로 충분히 호기심이 생겼다.

"좋아요."

그녀가 자신을 다잡았다.

오래 기다릴 필요도 없었다. 그녀가 형이상학적 평면에 제공한 프리즘을 향해 힘의 흐름이 쏟아져 들어왔다. 그것이 반짝이는 크리스털에 부딪혀 조절된 에너지로 모습을 나타냈다.

강렬한 성적 충동이 또다시 밀려들었다. 하지만 이번에는 충격이 강하지 않았다. 좀더 친밀해졌다. 편안하고, 올바른 느낌이었다.

나쁘지 않군.

"준비됐소?"

닉이 그녀의 얼굴을 쳐다보았다.

"그럼요. 시작하세요. 나에게 당신의 능력으로 차이점을 보여 주세요."

그는 그들이 연결될 때 일어나는 성적 충동에 전혀 신경쓰지 않는 것 같았다. 그는 아무 느낌도 없는 모양이다.

"편지의 필체를 보시오."

닉의 말에 따라, 그녀가 편지로 시선을 내렸다. 촛불이 한 장의 종이를 밝히고 글자 안에서 절묘한 패턴들을 창조해냈다.

사랑하는 샐리에게

난 출발 기점인 이곳 세렌디피티에서 이 편지를 쓰고 있소. 우리 여섯 명은 새벽에 출발할 거요. 3개월 후 돌아올 때까지는 이 편지가 마지막 소식이 될 거요. 늦은 시간이지만 잠이 오지 않는구려. 이런저런 계획을 세워야 하지만 당신 생각밖에 나지 않소. 당신의 웃음 소리, 당신의 따뜻함과 우리가 함께 했던 모든 것들이 그립소. 당신이 나에게 얼마나 중요한 사람인지 당신은 모를 거요. 당신과 함께 있으면, 난 더 이상 혼자가 아니라오. 그리고 당신이 아이를 가졌다는 걸 안 지금, 마침내 내 미래를 찾아낸 기분이라오.

내가 출발하던 아침에 임신 사실을 알리다니. 더 일찍 알았더라면 이 탐험 전에 결혼할 수 있었을 텐데. 하지만 문제될 건 없소. 3개월 후에 돌아가서 우린 공식적으로 결혼하는 거요.

당신이 나와 결혼하겠다고 한 약속은 내게 어떤 것보다도 더 소중하오. 3개월 동안 결혼 계획을 착실히 세워두시오. 이번이 내 마지막 탐험이 될 거요. 돌아가면 내 새로운 가족과 함께 섬에 정착하고 싶소. 당신만이 내 진정한 사랑이라는 걸 알아주시오. 영원히 당신을 가슴에 간직할 거요.

내 모든 사랑을 다해
추신 : 임신중인 애가 어째서 사내아이라는 느낌이 드는 걸까?

지니아는 눈물을 삼키려 눈을 깜박거렸다.
"단어의 패턴이 보이오?"
닉이 말했다.
"글자 형태는?"
그녀는 절절한 사랑의 언약이 아니라, 필체에 집중해 보려 애썼다. 정말 단어의 패턴이 있었다. 매트릭스의 도움을 받아 들여다보니 내부의 일정한 리듬이 확실해지는 것 같았다. 각각의 글자는 독특한 느낌과 특징을 가진 예술 작품이었다. 평상시라면 이 미묘한 차이를 전혀 알아보지 못했으리라.
"네, 당신 말을 알 것 같아요."
그녀가 속삭였다.
"이젠 일지를 보시오."
그녀가 일지에서 몇 문장을 읽었다.

… 샌더포드에게 젤리 아이스 연료 캡슐을 잘 지키라고 명령했지만 더 이상 그를 믿을 수가 없다. 그는 부주의하다. 마약 문제가 있는 건 아닌지 의심이 들기 시작한다….

"차이를 알겠소?"
닉이 물었다.
지니아는 더 세밀히 단어들을 살폈다.
"네. 리듬 같은 것에 약간 변화가 있군요."
"디자인이 틀리오. 동시적이지도 않고, 균형이 맞지 않소. 결합도 올바르지 않고."
모든 차이점을 볼 수는 없었지만, 그의 말이 맞았다.

"개인의 감정적인 편지가 아니라, 기록해야 하는 일지라는 점 때문이 아닐까요."

닉이 단호하게 고개를 저었다.

"하지만 필체는 변하지 않아야 하오."

그녀는 더 유심히 들여다보았다. 집중 연결에서 받아들인 매트릭스의 재능으로 일지와 편지의 필체 사이에 작은 차이점이 보였다.

"경사진 각도와 곡선 같은 것이 다르군요."

"잘 봤소."

한 마디 예고도 없이, 닉이 힘의 흐름을 끊었다.

"프리즘의 도움 없이, 이것이 가짜라는 걸 확신하기에는 시간이 걸렸소. 하지만 가짜라는 점에는 의심의 여지가 없었소."

"일지에 모두 몇 개의 글이 쓰여 있나요?"

"여덟 개. 모두가 세렌디피티로 출발하기 전 날짜로 되어 있소. 뒤로 갈수록 더 길어지지. 점점 편집 증세와 우울증이 심화되고 있소. 마지막 글에는 더 이상 견딜 수 없다고 쓰여 있소. 정글에 들어가 자신의 거대하고 신선한 매트릭스에 젖어들어 평생 살고 싶다고 했소."

"다시 말하면, 이 위조 서류는 당신 아버지가 탐험 전에 자살했다는 걸 믿게 하려는 거군요."

"그렇소."

정신적 힘을 꺼버렸음에도 성적 감각은 사그러들지 않았다. 그것이 지니아의 신경 끝에서 지속적이고 강력한 힘으로 고동쳤다. 그녀는 다리를 펴서 불안하게 앉은 자세를 바꾸었다.

"누군가 당신을 그 가짜 일지로 속이려고 무던히도 애를 썼군요."

"돈도 많이 들었을걸."

닉이 덧붙이며, 책을 닫고 다시 봉투로 감쌌다.

"이런 정교한 기술은 싸지 않소."

"이런 일에 전문적인 위조 금액은 얼마나 될까요?"

그의 미소가 섬칫했다.

"아마 내가 오마와 폴리에게 지불한 만큼일 거요, 오만 달러 정도."

그가 아버지의 편지를 소중하게 접는 걸 지켜보며, 지니아는 가슴이 찡해졌다. 다시 한 번 냉정을 잃게 하는 연민의 감정을 삭이려 노력해야 했다.

"내 결백의 증거가 더 드러났군요."

그녀가 경쾌하게 말했다.

"난 가짜 일지를 만들 오만 달러를 지불할 능력이 없어요."

"당신의 결백에 대해선 더 이상 증거가 필요 없소."

"와, 고마우셔라."

왜 강렬한 성적 감각이 이제까지 약해지지 않는 걸까? 그것이 온 신경 체계의 균형을 무너뜨리고 있었다.

"우린 언제부터 함께 파트너로 출발하나요?"

촛불 속에서 아른거리는 닉의 눈동자가 희귀하고 이국적인 보석 같이 광채를 발했다.

"여기서, 바로."

마음 한편으로는 어째서 이 믿을 수 없는 매력에 자신이 저항하는지 이상했다. 오랫동안 이런 정열이 일어나기를 기다려 오지 않았던가.

"다시 나한테 키스할 생각이 있나요?"

그녀는 정말로 호기심이 일었다.

"당신과 사랑을 나누고 싶소."

그녀가 미소지었다.

"그것도 좋아요."

아만다 퀵
Zinnia

14

그의 내부에 생긴 욕망이 폭발 직전이었다. 내부와의 전쟁에서 이기려고 모든 자제력을 동원하여 싸웠다. 집중 연결이 끊어진 후에도 다른 차원의 성적 감각만은 희미해지지 않고 또렷했다. 그 성적 욕구는 그를 산란스럽게 했다. 정신적 결합이 끝난 후에도 무엇이 이 느낌을 지속시키는 것인지 도대체 알 수 없었다.

조심해야 한다. 그녀와 섹스를 원하지만 항상 자신을 지배하는 자제력을 버릴 수는 없었다.

그가 가장 자신 있어하는 것이 바로 자제력이었다. 욕구를 이길 수 있을 것이다.

그녀의 머리를 만지며 그가 천천히 미소지었다.

"우린 아주 멋진 파트너가 될 거요."

"그러길 바래요."

그녀가 무릎을 두 팔로 감싸안았다.

"난 당신에게 기대감이 있거든요."

"기대감?"

그녀의 눈동자가 따뜻하고 수줍은 홍미로 반짝거렸다.

"오키드 아담스가 쓴 흡혈귀 로맨스를 다 읽었다고 했잖아요."

닉이 그녀를 노려보았다.

"빌어먹을."

"물론, 당신한테 흡혈귀가 되라는 부담을 주려는 건 아니에요."

닉은 내부에서 괴상한 감각이 솟구쳤다. 크고 강력하며 온통 정신을 잃을 듯한. 그리고 목이 메일 때까지도 그것을 알아차리지 못했다.

그제서야 폭소가 터져나왔다. 강한 오르가슴처럼 쏟아져 나왔다.

웃음을 멈출 수가 없었다. 터져나오는 웃음으로 허리까지 굽혀야 했다. 그는 숨쉴 수 없을 지경까지 웃었다.

자신의 모든 행동을 지니아가 깊은 호기심으로 살피는 걸 인식했다. 간신히 숨을 몰아쉬며 자신에게는 낯설은 웃음에 기력이 다했을 즈음 그는 담요 위에 큰 대자로 누워 버렸다.

"당신은 정말 예측하기가 힘들어."

그녀가 자신의 무릎을 껴안았다.

"그게 나쁜 건가요?"

"모르겠소. 그렇다고 생각했는데, 지금은 확신이 안 서오."

닉은 그녀를 자신의 가슴으로 끌어당겼다. 태양빛 빨간 치마가 그의 주위로 멋지게 퍼졌다.

웃음의 끝에 욕구의 불꽃이 스며들었다. 자신의 자제력이 강한 욕구로 인해 자취를 감추었다. 무언가 중요한 것을 잃었다는 느낌. 그것은 그가 모든 힘을 다해 유지해야만 한다고 되뇌었던 자제력이 아닌지 잠깐 의심스러웠다. 하지만 왠지 그것 또한 이 여자 앞에서는 더 이상 중요하지 않았다.

그는 두 손으로 그녀의 머리를 안아 입을 맞추었다. 잠시 전 정신적 능력에 파고들었던 것과 똑같은 난폭한 에너지로. 그녀의 달콤한 반응이 그의 숨을 앗아갔다. 홍분이 매트릭스를 관통하며 모든 감각에 시동을 걸었다.

"당신 안에 들어가고 싶어."

그녀의 부드러운 입술에 대고 그가 말했다.

"그거…… 흥미롭게 들리는군요."

그녀가 그의 셔츠 단추를 만지작거렸다.

맨살에 그녀의 손길을 느끼자 그의 입에서 신음이 흘러나왔다.

"지니아."

"느낌이 좋군요."

그녀가 머리를 묻으며 그의 맨살에 입술을 스쳤다.

그녀의 손이 미세하게 떨리는 걸 보며 그가 미소지었다. 그도 그녀의 머리에 얼굴을 묻었다.

"좋은 향기가 나."

그녀가 약간 자세를 바꾸자, 부드러운 허벅지가 그의 발기한 곳에 닿았다. 절대 고의적인 행동이 아니라는 걸 알고 있었다. 하지만 그녀는 그에게 미친 강력한 충격을 상상도 못할 것이다.

정신을 잃을 것 같았지만, 간신히 자신을 다잡고 그는 그녀의 옷 앞자락을 열어 가슴을 쓰다듬었다. 그의 손바닥에서 그녀의 젖꼭지가 단단하고 자랑스럽게 솟아올랐을 때, 숨 들이키는 소리와 부드러운 비명 소리가 들렸다. 그녀의 손가락이 갑작스레 그의 어깨로 깊이 파고 들었다. 육체만 접해 있음에도, 정신적인 평면에도 불꽃이 튀기는 걸 느낄 수 있었다.

그가 부드럽게 그녀 위로 움직여 그녀를 안고 누웠다.

"닉."

그녀의 치마를 허리까지 올리는 손길이 부들거렸다. 허벅지 사이로 손을 뻗어 이미 젖어 있는 그녀의 팬티를 찾아내었다. 긴 다리 밑으로 그 섬세한 천조각을 끌어내려 발목에서 벗겨냈다. 그녀는 미동도 하지 않았다.

그가 미소지으며 목에 키스하자, 그녀는 한숨을 쉬며 긴장을 푸는 것 같았다.

그는 그녀의 살결이 황금빛 촛불 속에서 보이는 것만큼이나 부드럽다는 걸 느끼기에 여념이 없었다. 그 짙은 색의 삼각지가 촉촉이 빛을 내었고, 그녀의 향기에 온통 마음이 들떴다. 그는 재빨리 바지를 벗어 한쪽으로 걷어찼다.

그의 흥분한 몸을 보며 지니아의 눈이 휘둥그래졌다.

"난……."

"날 만져 보시오."

그가 속삭이며 그녀의 손을 잡아 그의 딱딱하게 발기한 부분으로 이끌었다.

"굉장히 강하군요."

그녀가 머뭇거리며 손가락으로 그것을 감아쥐었다.

"딱딱하고 강해요."

그는 이를 악물고 눈을 감은 채, 실낱같은 의지력을 동원해 버텨냈다. 그녀의 손이 장난스럽게 움직이며 더 단단히 그러쥐었을 때는 거의 몸서리가 쳐졌다.

"그러지 말아."

그가 헐떡이는 목소리로 간신히 내뱉었다.

"또 한 번 그러면 더 이상 견딜 수 없을 거요."

그녀가 재빨리 손을 놓았다.

"당신 괜찮은 거예요?"

살짝 눈을 떠보니 진심으로 걱정하는 그녀의 얼굴이 들어왔다.

"농담하는 거요? 난 지금 수백만 조각으로 분해되기 직전이오. 이 빌어먹을 담요 위에서보다 당신 안에서 쏟아내고 싶단 말이오."

"아."

"그게 당신이 말할 줄 아는 전부요? 아?"

그녀가 이해하지 못할 눈동자로 그를 쳐다보더니 이윽고 수줍은 미소를 보였다.

"그럼 어떻게 말하는 게 좋을까요?"
"이건 어떻소, 날 사랑해 주세요?"
그녀의 팔이 그의 목을 감았다.
"날 사랑해 주세요, 닉."
"더 낫군, 훨씬 좋아."
그가 그녀의 다리를 활짝 열어 그 사이로 자신의 몸을 내렸다.
시선을 내리자 분홍빛 젖은 부분이 그를 기다리고 있었다. 그 젖은 계곡 속에 자신의 부풀어오른 부분을 갖다 대자 그녀의 몸에서도 떨림이 전해졌다. 그녀도 그만큼이나 준비가 되어 있었다.
더 이상 기다릴 수 없다. 그는 위치를 잡고 그녀의 편안한 열기 속으로 재빨리 자신을 밀어붙였다.
"닉."
그녀의 충격어린 날카로운 비명이 없었더라도 놀라운 진실을 깨닫기에는 충분하였다. 하지만 이미 때는 늦었다. 그녀의 몸 속에 들어가 버린 것이다.
"왜 진작 말하지 않았소?"
거친 신음 같은 목소리였다.
"그런 주제에 대해 말한 적 없잖아요."
그녀가 앙다문 잇사이로 말했다. 깊은 숨을 내뱉자 몸 속으로 떨림이 관통해 지나갔다.
"괜찮을 거예요. 잠시 시간을 주세요."
그는 감히 움직이지 못했다. 등에 땀이 배는 걸 느꼈다. 땀으로 어깨까지 미끈거렸다.
"제기랄, 당신은 자신이 처녀인 걸 나에게 말했어야 했다구"
"정말이요? 당신은 첫번째 경험을 하면서 사방에 큰 소리로 떠들었나요?"
그가 신음했다.
"날 웃게 만들다니 어쩌면 당신은 후회할지 몰라."

"이젠 괜찮은 것 같아요."

"확실하오?"

"그래요, 어느 정도는. 당신은 어때요?"

"나? 난 기절할 것 같소. 이 일이 끝나기 전에 난 졸도할지도 모르오."

"오키드 아담스의 소설에 나오는 흡혈귀 영웅들은 절대절명의 순간에 기절하지 않아요."

"그래, 계속하시오. 나를 더 자극해 보시지."

그가 조심스레 그녀 안에서 움직임을 시작하였다.

여전히 빡빡했지만 그녀의 몸은 빠르게 적응했다. 그제서야 닉은 다시 숨을 내쉴 수 있었다. 한 손을 내려 그녀의 그 부분을 살짝 잡아당겼다.

"어머나, 세상에."

지니아가 그에게 매달렸다. 그녀의 다리가 다급하게 팽팽해졌다.

"오, 그래요, 닉. 그래, 제발요. 닉."

그는 그녀가 첫번째 클라이맥스의 소용돌이를 느낄 때까지 간신히 견뎌내었다. 절묘한 떨림이 육체적으로 전해지고, 그는 무의식적으로 형이상학적인 영역까지 그 메아리를 찾아헤맸다. 그녀를 찾으며 그녀를 갈구하며 자신의 힘을 쏘아보냈다.

그녀는 정신적인 영역에서도 그를 기다리고 있었다. 마루 위에서 그에게 매달려 있는 중에도 그녀의 에너지가 그를 어루만졌다. 또렷하고 현란한 프리즘이 모습을 드러냈다.

그는 그녀의 몸 속으로 깊이 들어가면서 그녀가 창조해 낸 화려한 프리즘을 통해 에너지를 쏟아부었다. 자신의 밑에서 그녀의 몸부림을 느끼며 끝내는 자제력을 잃고 말았다.

클라이맥스로 정신없이 돌진해 가며 왜 자신을 새롭게 발견한 듯한 느낌이 드는지 이상한 기분이었다.

한참 후에야 지니아가 눈을 떴다. 완연히 어둠이 내린 천장을 올려다보았다. 닉의 믿음직한 팔이 자신을 안고 있었다. 커튼이 열린 창문 사이로 달빛이 스며들었다. 야키마와 셰란, 두 개의 달빛이 깊은 어둠 속에서 날쌘하고 단단한 닉의 몸을 강조하며 가까이 하기 어려운 그의 얼굴을 비추었다.

기분은 괜찮았다. 마음도 편하고 만족감이 가득 차며, 또한 행복했다. 섹스의 여파일 뿐이라고 그녀는 자신에게 경고했다. 그들의 관계는 오래 지속되지 않을 것이다. 옆에 누운 남자와의 성적 결합으로 인한 이 낯선 감각도 조만간 사라지겠지. 집중과 섹스의 연결이 끝나버린 지금 그것이 사라지리라는 건 분명했다.

점점 방안의 깊은 침묵이 크게 의식되었다. 닉은 해방을 겪으며 내뱉은 알지 못할 중얼거림과 떨림 이후로 아무 말도 없었다. 그녀 자신도 별 말이 없다는 점은 같았다. 그녀는 섹스라는 일생 처음의 당혹스런 경험으로 온 기력을 소모해 버렸다.

이 순간 적당한 주제의 대화가 뭘까?

"바닥이 너무 딱딱하지 않아요?"

그녀가 물었다.

"왜지?"

"대리석으로 만들어져서 그런가 봐요. 게다가 담요도 쿠션처럼 푹신하지 않잖아요."

닉이 고개를 돌렸다. 어둠 속에서 그의 눈동자가 빛을 발했다.

"난 바닥에 대해 말하는 게 아니오."

"당신이 무슨 말을 하는지 잘 모르겠어요."

"왜 이제서야 첫 경험인 거요?"

그녀의 뺨이 점점 달아올랐다.

"이런 경우에 불필요한 질문을 해대는 건 여자뿐인 줄 알았는데요."

"이건 불필요한 질문이 아니오."

그가 매우 침착하게 말했다.

"특별한 이유는 없어요. 모두 사소한 것들뿐이죠. 당신은 정말로 내

애기가 듣고 싶은 거예요?"

"그렇소. 사소한 이유라도 모두 다."

"알았어요."

진지한 닉의 경고가 그녀를 신중하게 만들었다.

"음, 타이밍이 그 이유 중 하나가 될 거예요. 사 년 전에 한 남자를 사귄 적이 있었어요. 이름은 스터링 딘이었죠. 우리 가족 회사의 부사장이었고, 대단한 키스 전문가였어요."

"키스 전문가?"

그녀가 목을 가다듬었다.

"그래요, 음, 우린 공통점이 많았어요. 결혼에 대해서도 많은 얘기를 했지요."

그녀가 잠시 말을 멈췄다.

"하지만 생각처럼 되지 않았어요."

"당신이 연결시킬 수 없는 등급으로 판정되었기 때문에?"

"그런 종류의 판정은 남자를 한 번 더 생각하게 만들지요. 나에게도 많은 생각을 하게 했어요. 어차피 연결시킬 수 없는 등급은 남녀 둘다에게 영향을 미치잖아요. 내가 다른 사람에게 좋은 짝이 못 된다면, 나 또한 좋은 짝을 찾을 수 없다는 걸 의미해요."

그가 잠시 침묵을 지켰다.

"당신 뜻을 알겠소."

"어하튼 그 후 얼마 지나지 않아 부모님이 바다에서 실종되었어요. 스프링 사는 도산했구요. 그 후로는 사업을 시작하고 운영하면서 레오가 학문의 길을 계속 가도록 확신을 주기에 아주 바빴지요. 이튼 스캔들이 났을 때는 사업이 막 궤도에 올라서려던 참이었구요."

"그들이 당신 사업을 말아먹었군."

"무섭게 무너지더군요. 그리고 지금까지 그걸 일으켜 세우는 데 온 정성을 쏟고 있어요. 이런저런 이유로 내 사생활을 돌볼 틈이 없었던 거죠."

사실 그보다 더 많은 이유가 있었다, 훨씬 더 많은 이유가. 하지만 그걸 어떻게 표현해야 할지 알 수 없었다. 확실하지는 않지만, 그 동안 자신에게 적당한 남자를 기다리고 있지 않았나라는 의심도 들었다. 적어도 형이상학적인 평면에서 적당한 남자를.

그가 그 동안 찾던 남자였기에 이런 속마음을 사실대로 얘기하기가 겁이 났다.

"너무 바빴다?"

그다지 찬성하는 듯한 목소리는 아니었다.

"내 일에 당신이 너무 관심을 갖는 것 같군요."

그녀는 한쪽 팔꿈치로 몸을 일으켜 세웠다.

"당신은 언제나 관계 후에 이런 식으로 데이트 상대를 심문하나요?"

"아니."

그의 눈동자가 긴 까만 속눈썹 밑에서 반짝였다.

"당신이 왜 지금까지 기다렸는지 알고 싶소, 그뿐이오."

그녀가 모든 걸 포용하는 듯이 두 손을 펼쳤다.

"내가 뭐라 말할 수 있겠어요? 인생은 살아왔고, 섹스는 없었어요."

"이튼 스캔들."

그가 조용히 말했다.

"그래서요?"

"난 항상 잡지에 난 기사가 다 맞다고는 생각 안 했소."

"유감이지만요, 닉. 잡지에 난 기사가 틀렸다는 걸 알아채는 데는 매트릭스가 필요 없다구요."

"왜 나였지?"

그가 말하는 의미를 알고 있었다. 그녀는 창문 밖을 내다보았다.

"오늘밤이 좋을 것 같았어요."

그것은 진실이었다.

여전히 그녀의 대답이 만족스럽지 못했지만, 그는 그녀의 손을 들어 손목 안쪽에 입을 맞추었다. 그의 입술이 따뜻했다.

"기쁘군."

속눈썹 밑으로 그의 시선이 불타고 있었다. 그녀는 아무 말도 생각나지 않았다. 닉이 손을 풀어 주며 시계를 힐끗 보았다.

"이런, 자정이 다 되었소."

"카지노 사장에게는 본격적인 활동 시간이지요."

"하지만 아침에 일해야 하는 숙녀에게는 늦은 시간이오. 당신을 집에 데려다 주겠소."

그는 지금 눈에 보이는 이 위기의 상황에서 물러나려고 한다. 성적 욕망을 만족시키고 나니, 그의 대단히 조심스런 매트릭스의 본능이 다시 앞으로 나서나 보다. 강한 감정의 혼란을 멀리하고 한적하고 초연한 자신만의 세계로 물러나려는 것이다.

두 사람 다 게임이라 생각하면 되겠지.

그녀는 애써 산뜻한 미소를 지어 보였다.

"당신 말이 맞아요. 너무 늦었네요."

그녀가 단추를 잠그기 시작했다.

"사업 얘기 말인데요, 폴리와 오마에 대한 새로운 소식이 있나요?"

"없소."

자신의 셔츠를 잠그며 그가 그녀에게 시선을 보냈다.

"결국엔 찾아낼 거요. 하지만 그렇다고 해서 그 두 사람에게 무언가 중요한 단서가 있을지는 의심스럽소."

"왜 그런 말을 하는 거죠?"

"일지 위조는 값비싼 비용이 드는 행동이오. 그들에게 그럴 돈이 있었거나 사기를 계획했다는 흔적은 어디에도 없소."

닉이 이마 위로 머리를 쓸어올렸다.

"난 오히려 위조범을 찾는 데 더 흥미가 생기오."

"그 사람한테는 아직 연락 없었나요?"

"스톤브레이커? 없었소."

그가 벌떡 일어나 바지를 입었다.

"하지만 그는 주로 밤에 작업하지. 아침쯤이면 이름을 알아낼 거요."

허리띠를 매는 모습을 쳐다보며, 지니아는 그의 강하고 우아한 손놀림에 매혹되었다. 간단한 행동에서조차 가장 남성적인 내음이 배어났다. 모든 동작이 절제되고 효율적이었다.

그녀의 시선을 눈치채고 그가 눈썹을 치켜 떴다.

"뭐가 잘못됐소?"

"아니에요."

그녀는 벌떡 일어서려다가 다리에 아직 힘이 돌아오지 않았음을 깨달았다. 지금껏 이런 경험을 하지 못한 근육들이 욱신거리는 걸 느낄 수 있었다.

"괜찮소?"

닉이 그녀의 팔을 붙들었다.

"네, 그럼요."

그의 시선을 피하기 위해 담요를 접으려고 몸을 굽혔다.

"약간 뻣뻣할 뿐이에요."

"빌어먹을 바닥 같으니. 다음에는 침대를 사용합시다."

그녀가 잠시 마음을 진정시켰다. 그런 다음 몸을 세우고 천천히 그를 향해 돌아섰다.

"다음에?"

그의 눈동자에 순간적으로 불안감이 스쳤다. 거의 동시에 사라지긴 했지만, 지니아는 그 상처받은 듯한 눈빛에 이상하게도 마음이 놓였다.

"당신은 하룻밤의 정사를 하는 스타일이 아니라고 했잖소."

그가 퉁명스레 상기시켰다.

"그 말은 맞아요."

이제는 기분이 좀더 밝아지며 쾌활해지기까지 했다.

"나도 그렇소."

그가 광주리를 집어들었다.

"그리고 우리가 펜위크의 살인범을 함께 찾는 한, 많은 시간을 같이 보내게 될 거요. 우린 둘다 독신이오. 우리 사이에 육체적인 이끌림이 있다는 건 명백하지. 그에 대항할 이유라도 있소?"

그녀의 눈이 동그래졌다.

"어머나, 모든 매트릭스는 여자에게 사귀자는 말을 할 때 이렇게 로맨틱한가요?"

그가 너무 빨리 몸을 돌리는 바람에 거의 그녀와 부딪힐 뻔하였다. 그의 시선이 강하게 내리꽂혔다.

"지금 날 비웃는 거요?"

그녀가 미소지었다.

"그래요. 조심하지 않으면, 신비로운 흡혈귀 애인의 이미지를 망쳐 버릴 거예요. 지금까지는 잘해 왔어요. 촛불을 켠 소풍에다가 도시의 풍경, 와인, 멋진 섹스. 그걸 망치지 마세요."

"그랬었나?"

"뭐가요?"

"멋진 섹스였소?"

"날 믿으세요, 당신은 내 기대감을 충분히 만족시켰어요. 그리고 아까도 말했듯이, 오키드 아담스의 소설 덕분에 난 기대감이 대단히 높은 수준이랍니다."

그녀가 명랑하게 말했다.

그가 그녀의 뺨을 매만졌다.

"확실하오?"

"음, 하지만 내가 당신을 다른 누구랑 비교할 만한 입장이 아니라는 점은 인정해야겠죠."

"그렇겠군."

그가 무릎을 굽혀 광주리에 물건들을 되담기 시작했다.

그에게 잠시 시간을 주었다가 더 이상 아무 말도 없자, 그녀가 잔기침을 하며 엉덩이에 두 손을 대고 발끝을 톡톡 두들겨댔다.

"음, 그런데 당신은 어땠어요, 채스턴 씨?"

"뭐가?"

그가 놀란 표정으로 올려다보았다.

"당신은 어땠냐구요?"

"내 기분을 모르겠소?"

그의 눈동자가 정글 깊은 곳의 초록빛으로 짙어졌다. 그가 벌떡 일어나 그녀의 입술에 입을 부볐다.

"난 아직도 충격받은 상태요."

"좋아요."

그녀가 잠시 그 말을 생각해 보았다.

"충격이란 표현도 괜찮은 것 같군요."

"지니아······."

"당신 말이 맞아요. 너무 늦어서 가봐야겠어요."

그녀가 빙그르르 몸을 돌려 어두운 홀을 통과해 걸어갔다. 닉이 광주리를 들고 뒤를 따랐다.

"지니아, 난 충격적인 일에 익숙하지 못하오."

"당신도 알겠지만, 정말 굉장한 집을 갖고 있는 거예요."

그녀는 말을 돌리며 과장된 몸짓으로 문을 활짝 열어 현관으로 나섰다.

"할 일이 많겠지만, 그 일만 끝나면······."

"문 닫아요."

닉이 날카롭게 지시했다. 그가 정원을 노려보고 있었다.

"어서."

지니아가 눈을 깜박거렸다.

"왜 그래요?"

"카메라를 봤소. 빌어먹을 기자가 우릴 따라왔던 게 분명해. 여기서 기다려요."

닉이 광주리를 내려놓았다. 너무나 빨리 현관을 지나가 달린다기보다 마치 흐르는 것 같았다.

"어쩌려구요?"

지니아가 그의 뒤에서 소리쳤다.

"필름을 뺏어야지. 금방 돌아오겠소. 안에 있으시오."

"하지만 닉, 기자에게 폭력을 쓰거나 필름을 뺏어서는 안 돼요. 그가 고소할 거라구요."

닉은 그 말을 무시한 채, 계단을 내려가 그와 동시에 어둠 속으로 사라졌다.

"정말 흡혈귀 같아."

지니아는 문틀에 서서 팔짱을 꼈다.

"멋진 섹스 후에 저렇게 재빨리 사라져 버리다니."

아니면 매트릭스 같은지도 모르지. 그녀가 조용히 정정했다.

불빛이 미치지 않는 정원 어디에선가 난폭한 소동이 일어났다. 그 사진 기자가 정문을 향해 나무 사이를 달리고 있는데도 닉의 흔적은 보이지 않았다.

잠시 후 나무 밖으로 한 물체가 튀어나왔다. 입구를 향해 달리는 사람의 상반신에 카메라 장비가 흔들리는 걸 보니 달빛으로도 기자임을 충분히 알아볼 수 있었다.

여전히 닉은 보이지 않았다.

그는 다른 길로 가버린 것일까. 침입자를 놓쳤다는 걸 알면 좋아하지 않을 텐데. 하지만 사진기자를 잡지 않는 편이 모든 면에서 더 나을 것이다.

달리는 남자가 골목을 돌아 사라졌다. 멀리서 들리는 차의 엔진 소리에 귀를 기울였지만, 아무 소리도 들리지 않았다.

또다시 시간이 똑딱똑딱 흘렀다. 2분. 3분.

점점 가중되는 고요함이 마음에 들지 않았다.

"닉?"

침묵의 바다.

"어디 있어요? 닉, 대답해요."

팔짱을 풀며 그녀가 계단을 내려갔다.
그림자 하나가 마당 끝머리에 있는 나무에서 빠져 나와 그녀를 향해 걸어왔다.
"필름을 찾았소."
그녀는 인상을 찌푸렸다.
"난폭한 짓은 하지 않았길 바래요. 그가 당신을 고소하면 어쩌려구요."
"문제될 것 같지는 않소."
달빛이 걸어오는 닉의 머리를 비추었다.
"그는 한 마디 항의도 없이 내어 주더군."
지니아가 한숨을 쉬었다.
"다른 사람을 위협하면 안 돼요, 닉. 존경받는 사람이 되려면 그래선 안 된다구요."
어둠 속에서 그의 하얀 이가 순간적으로 반짝였다.
"당신이 내게 존경받는 법을 가르쳐 주시오."

"무슨 뜻이에요, 오늘 자 신세이션에 내 사진이 나왔다니요?"
지니아는 시너지 사의 문을 쾅당 닫으며 책상으로 서둘러 갔다.
"그럴 리가 없어요."
"분명히 당신인데요, 지니아."
잡지의 일면 사진을 응시하며 바이런은 무척이나 놀란 표정이었다.
"지금까지 봤던 모습이랑 완전히 새로운 모습이지만 말예요. 무슨 일이 있었던 거죠? 채스턴과 레슬링이라도 한 건가요?"
클레멘타인이 사무실에서 날려나와 시니아를 마다보았디.
"무슨 일이 있었죠? 왜 내 충고를 듣지 않았어요. 내가 왜 이렇게 신경쓰는지 정말 모르나요?"
지니아는 초연한 표정을 지었다.
"말했잖아요, 채스턴 씨가 가렛 저택의 인테리어를 나에게 맡겼다고요."

 사진을 가리키는 클레멘타인의 손에서 철로 만든 반지들이 번쩍거렸다.

 "내 눈에는 채스턴과 방금 무슨 일을 끝낸 것처럼 보이는데요."
 "그런 소리 마세요."
 지니아는 초연함을 버리고 잡지를 낚아채 일 면에 난 사진을 들여다보았다.
 "오, 맙소사."
 그 사진은 고통스러울만치 또렷하였다.
 그녀가 저택의 문에 서 있고, 그녀의 바로 뒤에 닉이 있었다. 사진 속의 그는 언제나처럼 불가사의하고 꿰뚫을 수 없는 표정이었다. 짜증이 날만큼.
 하지만 불행히도 그녀 자신은 마룻바닥에서 방금 거친 사랑을 나눈 여자처럼 보였다. 태양빛 드레스의 단추가 비스듬히 잠겨 있어, 윌리 숙모를 히스테리로 몰아가기에 충분할 정도로 가슴 계곡이 드러났다. 머리는 헝클어진 채 관능적이라고 표현할 만한 표정을 짓고 있었다. 사진 아래의 설명이 그 모든 것을 말해 주었다.

 카지노 사장 닉 채스턴이 새로운 인테리어 디자이너인 주홍 아가씨에게 마음이 있는 걸까?

 사진기자의 이름은 세드릭 덱서라고 쓰여 있었다.
 "닉은 이 남자에게서 필름을 빼앗았다고 했는데."
 "신세이션 사진기자들이 얼마나 약삭빠른데요."
 바이런이 동정하는 듯 말했다.
 "이 작자는 두 대의 카메라를 갖고 있었을 거예요. 채스턴은 두 번째 것은 보지도 못했을 거구요."
 "닉이 좋아하지 않을 거예요. 존경받는 인물이 되려는 계획에 또다른 실패를 맛보았으니."

닉은 신세이션 잡지를 쓰레기통에 던져 버렸다. 그리고 페더를 쳐다보았다.
"이 쓰레기 같은 잡지 편집장에게 당장 전화 걸어."
"알겠습니다, 사장님."
페더가 문을 향해 한 걸음 내딛다가 채스턴에게 말을 했다.
"스톤브레이커라는 사람에게 전화가 왔었습니다. 사장님이 나오시기 바로 직전에 전화했습니다."
부글거리는 분노가 기대감으로 바뀌었다.
"무슨 내용이지?"
"이름 하나와 주소를 말하더군요."
페더가 주머니에서 메모장을 꺼냈다.
"알프레드 윌크스, 웨스트 올드 베션가 2-23입니다."
닉은 신세이션 편집자를 혼내 주고 싶은 충동과 자신까지 속인 그 대단한 위조범을 만나고 싶은 충동 사이에서 잠시 머뭇거렸다.
"편집장에게 전화 거는 건 연기하게."
그가 일어섰다.
"그 작자 건은 미룰 수 있지. 나중에 처리하겠어."
"알겠습니다, 사장님. 이 주소로 가시려는 겁니까?"
"그래."
닉이 책상을 돌아나와 잠시 전 던져놓았던 의자에서 재킷을 집어들었다.
"언제 돌아올지는 모르겠네. 시간이 좀 길릴 수도 있어."
페더가 신중하게 쳐다보았다.
"도움이 필요하십니까?"
"아니, 이번에는 내가 처리할 문제야."
닉이 어깨에 재킷을 걸치고 사무실 밖으로 나섰다. 비밀 통로가 스르르 닫혔다. 페더와 같이 빨간 방을 가로질러 문을 열었을 때 갑자기 홀에서 높은 목소리들이 들렸다.

"죄송합니다만, 채스턴 씨는 지금 바쁘십니다. 제가 나중에 약속을 잡아 드리겠습니다."

스웨터와 카키색 바지 차림의 젊은 남자가 접수 책상 앞에 몸을 기울이고 있었다. 긴 머리를 하나로 묶고, 어깨 근육은 공격적인 긴장감으로 똘똘 뭉쳐 있었다.

"닉 채스턴이 당장 나를 만나 주지 않으면 아래층 카지노로 가서 경찰을 불러야 할 정도로 난장판을 만들 거라고 말하시오. 알아듣겠소?"

"선생님, 아무래도 경비원에게 끌려나가셔야 할 것 같군요."

접수 계원이 경비원 한 명에게 고갯짓을 했다.

"즉시."

"난 채스턴을 만나기 전에는 절대 이 자리를 떠나지 않을 거요."

닉이 앞으로 나섰다.

"무슨 소란이지?"

"죄송합니다, 사장님. 저희가 다 조용히 처리하겠습니다."

접수 계원이 그를 향해 몸을 돌렸다.

접수 책상 앞에 있던 젊은 남자의 머리가 홱 들렸다.

"당신이 채스턴? 제기랄, 우리 누나가 자신의 무슨 애인이라도 된다고 생각하나 보지?"

"자네가 지니아의 동생 레오인 모양이군."

"그래, 내가 동생이야."

레오는 책상에서 몸을 일으켜 으르렁대며 한달음에 닉에게 온몸으로 돌진해 왔다.

아만다 퀵
Zinnia

15

페더가 레오의 돌진을 가로막기 위해 재빨리 움직이는 모습이 눈에 들어왔다. 경비원도 책상을 돌아오고, 접수 계원도 벌떡 일어나 도움 요청 버튼을 누르려 했다. 그 모든 것이 2초도 안 되는 눈 깜짝할 사이에 벌어진 일이었지만, 날카로운 매트릭스적 본능으로 상황이 분명하게 전달되었다. 그는 모든 것을 분석하고 나서 결정을 내렸다.

"다들 그만 둬."

그가 부드럽게 말했다. 그 말에 레오만 제외하고, 홀에 있던 모든 사람들이 젤리 아이스의 저장고에 갇혀 버린 것처럼 얼어붙었다.

레오는 사납게 주먹을 휘두르며 닉에게 달려들었다. 그 충격으로 두 사람 모두 두터운 양탄자 바닥에 나가떨어졌다.

"나쁜 자식."

레오가 비틀비틀 일어서서, 숨을 헐떡이며 닉을 내려다보았다. 그의 얼굴은 분노로 일그러져 있었다. 양쪽 주먹을 꽉 쥐고서 노기로 부들부들 몸을 떨었다.

"누나를 이용하도록 놔두지 않겠어. 누나는 너 같은 자식들에게 이미 당할 만큼 당했다구."

닉은 팔꿈치를 세워 일어나 앉으며 무심코 입 끝을 매만졌다. 손가락에 피가 묻어났다. 그가 레오를 올려다보았다.

"나와 조용히 개인적으로 얘기하고 싶은가? 아니면 자네 누나의 이야기를 이 모든 사람들과 함께 하고 싶은가?"

레오는 그제서야 험상궂은 얼굴로 주위를 둘러보았다. 페더, 경비원과 접수 계원의 경계하는 얼굴들이 보이자, 순간 얼굴이 달아올랐다.

"왜 이 폭력배들이 나한테 못 덤벼들게 하는 거지?"

"난 폭력배를 고용하지 않네."

닉은 레오와의 사이에 신중히 거리를 두며 천천히 일어섰다.

"이들은 이 방면에서 대단히 솜씨 좋은 전문가들이지."

"그래, 좋다."

레오는 이제 약간 불안한 모양이었다. 상식이란 게 살아나기 시작한 듯, 더 이상 어떻게 행동해야 할지 모르는 게 분명했다.

"내 누나와 무슨 관계지?"

좋은 질문이군, 닉은 생각하였다. 그도 대답을 알고 싶었다. 오늘 아침 분명히 확신할 수 있던 건 그녀 없이는 아무것도 하고 싶지 않다는 점뿐이었다. 적어도 아직은. 오랫동안은 아닐지 모르지만.

그 깨달음이 그를 훨씬 불안하게 만들었다. 오랫동안 다른 아무것도 자신을 이렇게 무력하게 만들지 못했는데, 그 깨달음이 그를 걱정시켰다. 어젯밤 흠뻑 빠져들었던 욕망의 웅덩이에서 헤어난 후, 그는 마침내 자신의 내부에서 위험 요소를 찾아냈다.

지니아에 관한 한 그는 조심해야만 했다. 자제력을 유지해야만 한다.

"내 사무실로 들어가세."

그가 몸을 돌려 뒤도 돌아보지 않고 빨간 방으로 들어갔다.

레오는 머뭇거리다가 따라 들어왔다. 페더가 약간 움직였지만 닉은 거부의 의미로 머리를 흔들었다.

"됐네. 다시 공격당할 것 같지는 않군. 안 그런가, 레오?"
"상황에 따라."
레오가 문을 통과해 닉의 사무실로 들어오며 빨갛고 까맣고 황금빛나는 방을 흥미로운 듯 둘러보았다.
"맙소사, 당신은 누나와 취향이 전혀 딴판이란 게 명백하군."
그는 닉을 노려보았다.
"자네 누나는 자네가 관여하지 않아도 스스로 자기를 돌볼 수 있는 성인일세."
닉은 숨겨진 스위치를 눌러 비밀 통로를 열었다.
"누나를 믿고 모든 것을 맡겨 놓지 그래?"
"대부분의 경우 지니아는 사람을 잘 파악하지."
레오는 닉의 숨겨진 사무실로 조심스레 발을 들여놓았다.
"하지만 당신은 매트릭스야."
"그녀가 말해 주던가?"
닉은 방을 가로질러 작은 개인용 욕실문을 열었다.
"그렇소."
닉이 세면대 위의 거울로 찢어진 입술을 살폈다. 작은 핏방울이 턱으로 흘러내리는 걸 확인하며 물을 틀었다.
"내가 매트릭스라는 것과 누나와의 일이 무슨 상관이지?"
"농담하는 거요? 매트릭스라는 점만으로도 충분히 나빠. 하지만 무엇보다도, 지니아는 매트릭스에게 너무 다정하단 말이오."
레오가 방을 불안한 걸음걸이로 걸어다니기 시작했다.
"누나는 그들을 불쌍하게 여겨. 그들은 너무 섬세해서 사람들한테 오해받는다고 생각해. 왜 그러지는 신만이 아시겠지만."
닉은 자신의 얼굴을 들여다보았다. 거울을 쏘아보는 눈동자가 유령 같았다. 지니아에게 원하는 것이 무엇이든, 동정은 절대 아니다.
그는 세면대로 몸을 기울여 입술의 핏자국을 씻어냈다.
"지니아가 나랑 파트너라는 말도 하던가?"

"파트너라구? 말도 안 되는 수작이라는 걸 자신도 알 거요."
레오가 손가락으로 그를 가리켰다.
"당신같이 음모가 많은 매트릭스 남자들은 진정한 파트너를 만들지 않아, 특히나 지니아 같은 여자와는. 당신은 사람을 이용할 뿐이야."
닉은 피를 다 닦고 나서 수건을 꺼냈다.
"나 같은 남자에 대해 자네가 무얼 알지?"
"당신은 매트릭스이고 카지노를 운영하고 있어. 그걸로 충분해. 난 누나를 내버려 두라고 말하러 온 거요."
"누나한테 직접 말하지 그래?"
"물론 시도해 봤다구."
레오가 인상을 찌푸렸다.
"하지만 누나는 모리스 펜위크의 살인범을 찾기로 마음을 굳혔고 당신이 도와줄 거라고 믿고 있어. 문제는 일단 결정을 내리면 지니아는 주위에서 설득하는 게 거의 불가능해. 고집이 세고 완고한 성격이거든."
닉이 유감스럽다는 듯 미소지었다.
"나도 진작 알아차렸지."
"당신이 어젯밤 누나를 유혹했지? 가렛 저택으로 우리 누나를 꼬여낸 거요?"
"난 가렛 저택이 아니라 새로운 채스턴 저택으로 데려갔었지."
"제기랄, 뭐라 부르든 상관없어. 그 저택을 어떻게 손에 넣었는지도 알고 있다구. 이 도시 사람들에게 그 집은 언제나 가렛 저택으로 남을 거야. 아니지, 이건 중요한 게 아니지. 난 당신이 누나에게 무슨 짓을 한 건지 얘기하고 있는 거라구."
"지니아가 자네한테 내가 유혹했다고 말했나?"
"누나는 아무 말도 안 해."
레오는 부산하게 이리저리 걸어다니면서 계속 중얼거렸다.
"누나는 내가 상관할 바 아니라고 했어. 자기가 당신을 다룰 수 있다고 지금 착각하고 있어. 하지만 오늘자 신세이션을 본 뉴 시애틀의 모든 사람들은 당신이 누나에게 무슨 짓을 했는지 아주 분명하게 알고 있어."
"그 사진에 대해서는 나도 유감이야."
닉은 광주리 안에 피를 닦은 수건을 집어던졌다.
"그 일을 막아 보려고 노력했는데."
"누나는 당신이 사진기자에게 필름을 빼앗았다고 말했어. 하지만 아니었던 거야. 당신은 고의적으로 거짓말을 한 거야."
"내가 무슨 이유로 거짓말을 하지?"
"내가 그것까지 어떻게 알겠소."
레오가 어깨를 으쓱했다.
"당신은 속을 알 수 없는 매트릭스인걸. 당신이 무슨 생각을 하는지 누가 알겠냐구? 누나 이름을 빌려서 당신의 목적을 이루려던 건 아닐까? 소위 그 말 같지도 않은 파트너라는 관계에 누나를 확실히 끌어들이는 방법일지도 몰라. 그 일지를 찾기 위해 누나의 도움이 꽤나 필요한 모양이지."
"괜찮은 음모 이론인데."
닉은 욕실에서 나와 불을 끄고 책상으로 걸어갔다.
"내가 자네를 잘 모르는 상태였다면, 아마도 자네를 매트릭스로 생각했을걸세."
"이봐, 누나를 내버려 두라구. 알겠소?"
"그 말은 충분히 알아듣겠네."
닉은 책상 앞에 몸을 숙여 양쪽으로 손을 짚고는 레오가 쳐다볼 때까지 기다렸다.
"하지만 자신의 입으로 직접 말하지 않았나. 지니아는 일단 마음먹으면 누구도 설득할 수 없다고."
"누나는 언제나 독립적이었어."
레오의 입이 우울하게 팽팽해졌다.
"부모님이 돌아가신 후, 강철 같은 의지로 버티어 내야만 했지. 도산과 그에 이은 신문 기사들을 혼자 처리해야 했으니까. 나머지 가족들은 무기력할 뿐이었어. 윌리 숙모와 다른 사람들은 당황하고 안달하며 이성을 잃었고, 부모님이 돌아가신 것보다 회사가 도산한 게 훨씬 더 끔찍한 것처럼 굴었지."

"알 만해."

"대부분의 친척들은 숨어 버렸소. 모두들 수치감을 견딜 수 없다고 난리였지. 채권자들과 기자들, 문 앞에서 기다리는 모든 개떼들을 지니아 혼자서 스스로 처리해야만 했던 거요."

"그런 경험은 한 사람을 새롭게 만들 수도, 무너뜨릴 수도 있지."

"그랬지, 하지만 그게 다가 아니었어. 일년 반 전에 또다른 난장판을 겪어야 했다구."

"이튼 스캔들 말이군."

레오가 벽 앞에 멈춰 서서 주먹으로 세게 내리쳤다.

"이튼 부부는 다리아 가드너라는 정치가와의 더러운 삼각 관계를 숨기려고 누나를 이용했어. 신문에는 누나가 레드폭스 이튼과 연애하는 것처럼 썼지만, 그건 모두 거짓말이었어."

"이튼 부부가 다리아 가드너와 삼각 관계라? 홍미롭군."

닉은 나중에 그 사실을 분석해 보리라 마음먹었다. 지난 선거에서 가드너는 유세 때 채스턴 카지노를 뉴 시애틀에서 쓸어 없애야 할 사업의 대표적인 예로 들먹거렸었다.

"그리고 지금은 뻔뻔스럽게도 친척들이 돈과 가문의 재건을 위한 결혼을 하라고 누나에게 압력을 가하는 중이라구. 지니아의 행복에 대해서는 아무도 관심도 없어. 그들이 신경쓰는 건 자신들의 사회적, 경제적 위치를 되찾는 것뿐이야."

닉은 그 오랜 분노에 귀를 기울였다. 레오의 분노가 방안을 가득 채웠다. 아까의 그 주먹다짐은 오늘 신세이션 사진을 본 것 때문만이 아니라 동생으로서 수년 간 누나를 보호해 주지 못했다는 좌절감의 표현이었다.

"레오, 자네 말은 이해해. 누나를 보호하고 싶어하는 마음도 알아. 나도 그래. 하지만 그녀는 펜위크의 살인범을 찾는 데 집착하고 있다구."

그 일은 퍽 위험할 수도 있어."

레오가 고개를 홱 돌렸다.

"맙소사, 내가 그걸 모를 것 같아?"

"지니아가 그 일을 포기하도록 설득할 수 없다고 자네도 인정했잖아. 이제 우리가 할 수 있는 최선은 누군가 그녀에게 시선을 떼지 않는 사람을 만드는 일이야. 지나치게 나서지 않도록 말릴 수 있는 사람."

레오가 역겹다는 듯 그를 쏘아보았다.

"그 누군가가 당신이란 말인가요?"

"잘 생각해 보라구. 파트너로서, 난 그녀를 보살필 수 있는 가장 유리한 위치에 있어. 게다가 난 상황을 통제할 수 있는 매트릭스지. 내가 매트릭스가 아니라면 훨씬 더 많은 걱정을 해야 할걸."

레오가 그 말을 생각하는 동안 짧은 침묵이 흘렀다.

"빌어먹을."

그는 엉덩이에 두 손을 대며 멈추어 섰다. 그리고 무언가 걷어찰 만한 걸 찾는 듯 주위를 둘러보았다.

"빌어먹을."

닉은 다양한 가능성들을 분석해 보았다. 의심하며 성내는 레오를 굳이 포함시키지 않더라도 문제는 충분했다. 최선의 선택은 이 젊은이를 자신의 편으로 끌어들이는 것이었다.

"어떤 사람이 아버지의 일지를 위조한 자의 이름을 알려주었지."

닉이 조용히 말했다.

"자네가 나타났을 때 그에게 막 가려던 참이었는데 같이 가고 싶은가?"

레오가 빙글 몸을 돌렸다.

"진심인가요?"

"그럼. 경우에 따라 자네의 도움을 받을 수도 있겠지."

20분 후, 레오는 자동차의 앞문을 통해 별 특징도 없는 작은 집을 살피고 있었다.
"알프레드 윌크스가 위조범이라는 걸 어떻게 알아냈죠?"
"내 정보통은 대단히 믿을 만하지."
닉이 문을 열었다.
"따라올 텐가?"
"가겠어요."
레오는 신중하면서도 결연해 보였다. 그는 차 밖으로 나가서 닉이 옆에 서기를 기다렸다.
"우체통에 적힌 이름은 보이드예요, 윌크스가 아니라. 이 집이 확실해요?"
"확실해. 가지."
닉이 집 앞의 보도로 올라섰다.
"현관문을 두드릴 생각이에요?"
레오가 믿을 수 없다는 듯 물었다.
"더 좋은 생각이 있나?"
"아뇨. 하지만 윌크스가 당신을 알아볼 거예요. 문을 열어 주려 하겠어요?"
"어쩌면 그는 문도 안 열어 볼지 모르지."
닉이 두 번 노크를 하고 나서 기다렸다.
아무 대답이 없었다.
"봤죠? 내가 대답하지 않을 거라고 했잖아요."
레오가 뚱하니 만족스런 표정을 지었다.
"뒤로 돌아가지."
"네? 잠깐만요. 뭘 하려구요?"
닉은 귀찮게 대꾸하지 않았다. 재빨리 구석을 돌아 윌크스의 집과 이웃집과의 사이에 난 좁은 골목을 지나 작은 뒷마당에 도착했다. 레오는 지금까지보다 더 불안한 표정으로 뒤를 따랐다.
그가 뒷문을 살피는 닉을 쳐다보며 서 있었다.

"이봐요, 무단침입을 하려는 거라면, 난 빼달라구요."
"좋아. 차안에서 기다려."
닉이 주머니에서 얇은 운전용 장갑을 꺼내 끼고 자물쇠를 조사했다. 대부분의 집에서 쓰는 젤리 아이스 자물쇠보다 훨씬 더 복잡한 형태였다. 하지만 모든 종류의 패턴을 찾을 수 있는 매트릭스에게는 어린애 장난감에 불과했다. 프리즘의 도움이 없더라도, 자물쇠는 닉에게 별로 문제가 되지 않았다. 그는 작업을 시작했다.
레오는 차로 돌아가려 하지 않았다. 처음에는 불만과 걱정스러움으로, 그 다음에는 호기심과 매혹된 표정으로 닉이 자물쇠의 비밀을 풀어내는 모습을 지켜보았다.
"그런 건 어디서 배웠어요?"
닉이 뒷문을 따는 순간 그가 물었다.
"소위 나에게도 한동안 잘 나가던 방탕한 젊은 시절이 있었지."
"맞아요, 그래 보이네요."
닉이 부엌으로 들어섰다.
"뭐 특별한 게 있나?"
"전혀요."
레오가 원시적인 감각의 인테리어를 둘러보았다.
"뭐가 잘못됐나요?"
"아직은 모르겠어. 어떤 것도 건드리지 말게."
"날 믿으세요, 이 빌어먹을 것들을 전혀 건드리지 않을 테니."
"좋아."
닉은 웨스턴 섬의 정글 속을 걸었던 식으로 모든 감각을 최대한으로 끌어올려 집안을 돌아다녔다. 뭔가 잘못됐다는 느낌이 강했지만, 겉으로 보이는 흔적은 아무것도 없었다.
"윌크스는 완벽주의자였던 모양이에요."
레오가 작은 욕실을 들여다보며 은밀한 목소리로 말했다.
"모든 게 제 자리에 정확히 정리돼 있군요."

그건 사실이었다. 모든 방들이 짜증날 만큼 깔끔한 상태였다. 닉은 선반에 놓인 책들부터 가구의 정렬 상태까지 그 정돈의 패턴을 무심히 살폈다. 그 모든 것이 알프레드 윌크스가 매트릭스라는 점을 알려주었다.
사람의 흔적은 전혀 없었다. 이상하다는 느낌이 지속되었다.
"식료품을 사러 잠시 나갔나 봐요."
"그런 것 같지는 않아."
레오의 말에 닉은 짧게 능력을 쏘아보냈다.
프리즘 없이는 집중을 유지할 수 없었지만, 주위의 패턴을 알아볼 만큼은 짧게나마 사용할 수 있었다.
너무 깔끔해. 너무 정돈돼 있어. 그 집은 가장 강박적인 완벽주의자에게조차 지나치리 만큼 완벽했다. 이 집에는 아무도 살지 않는다. 진짜 집의 위장에 불과하다. 능력이 깜박깜박 사라지며 깨달아지는 게 있었다. 닉은 시선을 들었다.
"이 집에는 다락방이 없으니, 지하실이겠군. 문을 찾아보게."
레오가 눈살을 찌푸렸다.
"보이지 않는 걸요."
"어딘가 있어야만 해."
"모두가 당신처럼 비밀방을 만들어 놓지는 않아요, 채스턴 씨."
"이 집 주인이 누구이든 분명 다른 장소에서 생활하고 작업할 거야."
닉이 천천히 완벽하게 정리된 작은 방들을 걸어다녔다. 벽에도 다른 곳으로 통할 만한 문이 없고, 옷장 속에도 비밀문은 없었다. 레오와 같이 바닥의 양탄자까지 끌어올렸지만, 비밀문은 찾지 못했다.
"윌크스가 진짜 사는 방은 여기 어딘가 있을 거야. 스톤브레이커는 의뢰한 일에 절대 실수하지 않지."
닉이 부엌으로 들어가 다양한 물건들을 응시하였다.
"무언가 이상한 점을 찾아냈나?"
레오가 주위를 둘러보았다.
"아뇨. 보통 부엌 같은 걸요."

"아니, 한 가지만 빼고. 냉장고가 작동하지 않아."
레오는 구석의 커다랗고 하얀 기계를 쳐다보았다.
"그 말이 맞군요. 꺼놓은 모양이죠."
"아니면 신선한 음식을 넣어 놓는 외의 수단으로 이용하든지."
닉이 부엌을 가로질러 냉장고 문을 열었다. 그 안에는 음식을 놓을 선반이나 용기는 하나도 없었다. 내부 온도는 방안과 똑같았다. 그리고 넓은 기계장치 뒤쪽에 거의 눈에 띄지 않게 문의 형태가 나 있었다.
닉이 손을 넣어 뒤쪽을 힘껏 밀었다. 문이 아무 저항 없이 열리며 계단의 모습을 드러냈다. 레오가 소리 없이 휘파람 부는 시늉을 했다.
"와우, 어떻게 짐작해 냈어요?"
"숨겨진 입구를 찾았으니, 이제 진짜 집을 찾아낼 수 있을 거야. 준비됐나?"
"네. 인정하긴 싫지만, 점점 재미있어지는 걸요."
"점점 마음에 들 거야."
닉이 냉장고 안으로 들어섰고 레오도 재빨리 따라나섰다.
지하실 계단을 반쯤 내려갔을 때, 이미 이곳이 알프레드 윌크스가 생활하는 진짜 장소라는 걸 알았다.
부엌, 욕실과 침실이 있고 나머지 모든 공간이 작업실로 구성돼 있는 또다른 아파트 한 채였다. 그리고 아수라장이었다.
레오가 부드럽게 휘파람을 불었다.
"굉장하군요."
의자, 화학약품 선반, 연장들, 종이다발과 다양한 기구들이 방안에 흩어져 있었다. 전부 열려 있는 서랍의 내용물들이 뒤죽박죽으로 삐져 나와 있고, 램프 하나가 바닥에 깨어져 있었다.
닉은 그 모습을 유심히 살펴보았다. 겉으로는 모리스 펜위크 서점의 난장판과 놀랄 만큼 비슷했지만, 무언가 달랐다. 아무렇게나 뒤집어 놓았던 서점과 달리, 이곳은 광적이지만 교묘히 무언가를 찾은 듯한 흔적이 보였다.

"누군가 정말 엉망으로 만들어 놨군요."

레오의 목소리가 떨려 나왔다.

"그가 자신이 찾던 물건을 찾았느냐는 게 문제지."

닉이 무릎을 굽혀 바닥에 흩어진 종이들을 살펴보았다.

값비싼 사무실 장비에 지불한 다양한 영수증들. 위조된 영수증이군, 그는 자세히 살핀 뒤 결론 내렸다. 아마 윌크스의 고객 중 한 명이 회사 공금을 횡령할 계획에 사용한 것이겠지.

"윌크스가 전문적인 위조범이었다면, 적들도 많이 만들었을 거예요."

레오가 말했다.

"그래."

닉은 실마리를 찾기 위해 천천히 무질서하게 어질러진 실내를 걸어다녔다.

"윌크스에게 무슨 일이 생겼을까요?"

"싸운 흔적은 보다시피 없어. 바닥에 핏자국도 없고. 누군가 뒤지고 갔을 때 윌크스는 이곳에 없었던 모양이야."

작은 인쇄기를 살피던 레오가 고개를 들었다.

"혹시 채스턴 일지를 위조하고 나서 다른 도시로 긴 여행을 떠났는지도 모르죠. 내가 그 사람 입장이라면, 웨스턴 섬으로 갔을 거예요. 좀더 멀리 갈 수도 있고요. 조만간 당신이 찾아올 걸 예상한 게 틀림없어요."

"맞아."

닉이 책상 옆에 멈춰 서서 어수선한 책상 위를 살폈다.

"내가 올 줄 알았던 게 틀림없어. 그는 신중하고 조심스러운 매트릭스니까. 돈을 받자마자 이곳을 당장 떠났을 거야."

책상에서 시선을 돌리던 중 금빛 번득임이 그의 시선을 끌었다. 그것은 책상 밑에 놓여 있었다. 그는 작은 단추 하나를 집어 올렸다. 우아한 C자와 더 작은 글씨의 O자가 그 위에 새겨져 있었다.

"재미있는 거라도 찾아냈어요?"

레오가 방 저쪽에서 물어 왔다.

"아니."

닉은 아름답게 세공된 황금 단추를 서둘러 주머니에 넣었다. 왜 이 단추가 위조범의 비밀 방안에서 발견되었을까? 궁금증을 풀려면 삼촌을 또 한 번 찾아가야겠군.

"누가 무슨 이유로 이런 짓을 했을까요"

닉이 바닥에 놓인 종이들을 힐끗 보았다.

"이 방에 들어온 자가 누구이든 돈의 흔적을 없애려 했던 것 같아."

"무슨 뜻이에요?"

"서랍과 책상에서 빠져 나온 종이들에 하나의 패턴이 있어. 대부분이 일상적인 사업과 관련된 거지. 영수증, 계산서, 주문서, 그런 것들. 어떤 건 진짜고, 어떤 건 위조된 거지."

레오가 종이들을 쳐다보았다.

"그래서요?"

"이 자는 윌크스가 채스턴 일지 위조에 관해 적어 둔 기록들을 찾으려 했던 거지."

"가짜 일지를 주문했던 남자가 그 거래의 기록이 남아 있을지도 모르니까 돌아왔다는 말인가요?"

"몇 가지 추측해 볼 수 있는 가능성 중 하나지."

닉은 주머니 속의 단추에 대해 생각해 보았다.

"돈이란 건 피처럼 영원히 지워지지 않는 흔적을 남기거든. 완벽히 씻어내기란 대단히 힘들지."

레오가 곁눈질을 했다.

"무언가 단서를 잡았다는 소리처럼 들리는데요."

"큰 사업을 하는 사람이라면 돈의 흔적을 알고 있겠지. 그긴 때때로 사람을 위험하게 해."

닉은 갑자기 자신에게 짜증이 났다.

"난 이자가 매트릭스였다는 걸 좀더 고려했어야 했어. 다른 것에만 온통 신경을 썼으니."

"이 방을 뒤진 사람은 원하던 걸 찾아냈을까요?"
방안을 살피던 닉의 관심이 깨진 램프로 쏠렸다.
"모르지. 하지만 대단히 화가 났었나 보군."
"왜 그런 생각을 하죠?"
닉이 바닥에 떨어진 램프 쪽을 가리켰다.
"저건 실수로 떨어진 게 아니야. 벽에 대고 집어던진 거지."
"이렇게 만든 작자가 진짜 미칠 지경이었던 모양이죠?"
"그래."
"겁이 났을지도 몰라요. 위조범처럼, 그 남자도 당신이 찾아낼 거라 생각하면 아마 두려웠을 거예요."

윌리 숙모가 일장 연설을 해대는 동안 지니아는 한 손에 수화기를 들고 한 손으로는 최근 건축 잡지를 들척였다.
"우리 모두는 그 사진을 보고 기절할 뻔했다구."
숙모의 목소리는 찢어질 듯 높아졌다.
"정말 기절할 지경이야. 어떻게 우리에게 이런 창피를 줄 수 있니? 싸구려 잡지에 네가 등장한 그 끔찍한 사진을 보면 친절한 던컨 루트렐이 무슨 생각을 하겠어?"
"던컨이 한 시간 전에 전화했다는 걸 알면 기쁘시겠죠. 우린 기분좋게 얘기했다구요."
"정말 감사한 일이야. 친절하기도 해라. 그 역겨운 사진에 대해서는 어떻게 설명했니?"
"던컨은 친절하게 자신을 이해해 주었으며 많은 동정을 보였다. 하지만 닉 채스턴 같은 평판이 나쁜 남자와 얽히는 것은 어리석다는 점을 점잖게 경고했다. 자신의 일이나 신경쓰라는 말이 목구멍까지 나왔지만 간신히 참아냈다. 던컨은 좋은 의도로 한 말이니 받아들여야지.
"숙모에게 한 것처럼 똑같이 말했죠. 채스턴 씨가 새 집의 인테리어를 맡았다고요. 나에게 그 집을 보여주고 있었던 거라구요."

"거긴 그 사람 집이 아니야. 가렛 가의 오래된 저택이지."

지니아가 미소지었다.

"이제부터는 새로운 채스턴 저택이라고 부르는 게 맞을 거예요."

"말도 안 되는 소리."

숙모가 코웃음을 쳤다.

"그건 합법적인 채스턴 가의 자손에게만 해당되는 말이야. 닉 채스턴은 엄밀히 따지면 채스턴 가의 정통 혈통이 아니잖니."

"누가 숙모에게 속물이라고 하지 않던가요?"

"가족 중의 누군가는 기준을 지켜 줘야 하는 거야."

"알아요, 힘든 위치이지만 누군가는 해야 하죠. 숙모님, 이제 끊어야 해요. 약속이 있거든요. 안녕."

"내 말 아직 끝나지 않았다……."

지니아는 숙모의 꽥꽥거림을 듣지 못한 척 아주 조용하게 수화기를 내려놓았다. 그녀는 깊은 숨을 내쉬며 잡지를 한쪽으로 던지고는 의자에 등을 기댔다. 그리곤 스케치 더미 위에 놓인 무거운 유리 문진을 유감스레 쳐다보았다.

새로운 고객을 위해 그렸던 스케치들은 몇 분 전의 취소 전화로 쓸모없게 되어 버렸다. 사업을 맡긴 고객이 신세이션 잡지에 실린 지니아의 사진에 놀란 것이다. 사업이 빠른 속도로 몰락하는 중이다. 닉의 제안을 진짜로 받아들여야 하는 건지 생각해 보았다. 그녀는 돈이 필요했고 새로운 채스턴 저택의 고풍스런 내부를 자신의 실력으로 다시 장식한다는 건 흥분될 만큼 매력적인 일이기도 했다.

하지만 이미 닉을 사랑해 버린 그녀의 마음속 어딘가에서는, 일단 인테리어가 끝나고 나면 다른 여자가 그 집에 살게 될 거라는 사실을 받아들이고 싶지 않았다. 그 특별한 프로젝트에 정성을 쏟지 않는 게 좋을 것이다. 지금까지의 일로도 충분히 아슬아슬하니까.

그녀는 충동적으로 수화기를 들어 닉의 개인 전화번호를 눌렀다. 페더가 응답해 왔다.

"네?"

"좋은 전화 예의를 지니셨군요, 페더 씨. 너무나 따뜻한 환영이에요. 채스턴 씨는 아직 안 오셨나요?"

"방금 당신의 동생분과 같이 들어오셨습니다."

"레오요?"

지니아는 너무 놀라 수화기를 떨어뜨릴 뻔했다.

"그 애가 거기서 뭘 하는 거죠?"

"제가 어떻게 알겠습니까?"

"전화 좀 연결해 주세요. 부탁해요, 페더."

"채스턴 씨 말입니까 동생분 말입니까?"

"제 동생이요."

그녀가 대뜸 소리를 질렀다. 잠시 조용해지더니 레오의 목소리가 들려 왔다. 활기 넘치는 목소리였다.

"안녕, 진. 닉과 내가 어디 다녀왔는지 누나는 짐작도 못할 거야."

"어떻게 된 일이니, 레오?"

"우린 위조범 집에 갔다 왔어."

지니아의 입이 떡 벌어졌다.

"채스턴 일지를 위조한 사람?"

"맞아. 알프레드 윌크스. 닉이 스톤브레이커라는 사람한테 그 이름을 알아내서 거기 갔다왔어. 집이 완전히 난장판이더군. 윌크스는 없었지만 닉은 누군가 그 위조와 관련된 서류를 찾으러 그곳을 방문했다고 생각하던데."

지니아는 힘주어 수화기를 움켜쥐었다.

"잠깐, 잠깐. 두 사람이 그 위조범을 만나러 갔단 말이야?"

"그렇다니까."

"나한테는 아무 말도 없이?"

짧은 침묵이 있고 나서 레오가 설명을 쏟아냈다.

"일이 너무 빨리 진행됐다구. 닉이 시간이 없다고 했어. 정말 괴상했어, 진. 그 매트릭스 능력자는 냉장고 안에다 비밀문을 만들어 놓았더라구."

그가 잠시 말을 중단했다.

"기다려. 닉이 누나랑 통화하고 싶대."

지니아가 이를 악물었다.

"좋아. 나도 그와 얘기할 게 있거든."

"안녕, 지니아."

닉의 목소리는 언제나처럼 침착하고 평온해 보였다. 어젯밤에 아무 일도 없었던 것처럼.

"어떻게 나한테 한 마디 말도 없이 혼자서 위조범의 집에 갈 수 있죠?"

분노로 인해 가슴이 턱턱 막혔다.

"우린 파트너가 되기로 했잖아요. 그건 행동하기 전에 서로에게 상의한다는 뜻이죠. 앞으로 함께 작업하든지 아니면 우리의 약속을 없던 일로 하자구요."

"진정해요, 지니아."

"진정하지 못하겠어요. 화가 난다구요. 내 말 잘 들어요, 채스턴. 우린 동의했어요. 나와 모든 정보를 공유하기로 약속했다구요."

"빨리 움직여야 했소. 그래도 윌크스는 이미 사라지고 없더군. 저녁 먹으면서 다 얘기해 주겠소."

"저녁 따윈 당신 혼자서나 먹어요. 난 오늘밤 할 일이 많다구요."

자신의 분노와 고통의 깊이에 그녀도 놀랐다. 지금 상황에 지나치게 민감한 반응을 보인다는 건 알았지만, 감정을 추스릴 수가 없었다.

"지니아, 설명할 기회를 주시오."

"내가 알고 싶은 건 어째서 내 동생이 이 일에 개입되었냐는 것뿐이에요."

"윌크스의 집으로 막 출발하려는데 레오가 여기 왔소. 신세이션 사진에 대해 걱정하더군."

"오, 맙소사."

지니아는 한 손으로 머리를 움켜쥐며 눈을 감았다.

"그 일 때문에 당신을 만나러 간 거예요?"

"동생으로서 완전히 정상적인 반응이었소. 얘기를 나누고 나서 내가 윌크스의 집에 같이 가자고 제안했소. 난 몰래 행동하려던 게 아니었소. 단지 빨리 행동하고 싶었을 뿐이라오."

"레오가 거기 있지 않았더라도, 나에게 굳이 말해 주었을까요?"

상대편에서 아무 말도 흘러나오지 않았다.

"날 여전히 믿지 못하는 것 같군."

닉의 목소리가 위험스런 속삭임으로 낮아졌다.

"매트릭스에 대해서는 본인이 더 잘 알 거 아니에요."

지니아가 수화기를 콰당 내려놓았다.

갑자기 모든 게 너무나 힘들기만 했다. 지난 4년 간 견뎌내야 했던 압력들이 눈앞에 떠올랐다. 부모님의 죽음, 도산, 결코 끝나지 않는 돈 문제, 스캔들, 그리고 연결시킬 수 없는 등급이라던 결혼 상담소의 판정, 레오에 대한 걱정, 윌리 숙모의 지치지 않는 가문을 살릴 만한 남자와의 결혼 요구, 모리스 펜위크의 죽음.

그리고 지금은 이것. 사귀고 싶고 자신이 원하는 유일한 남자가 은밀하고 교묘한 매트릭스의 전형처럼 행동하고 있다.

너무 심하다. 이게 내가 견디어야 할 운명이라면.

그녀는 두 팔에 머리를 묻고 그 동안 참고 참았던 울음을 터트리고 말았다.

아만다 퀵
Zinnia

16

과잉반응이었어. 저녁에 회계사를 위해 집중을 해주며 그녀는 자신에게 중얼거렸다. 사실은 괜찮았다, 충분히 이해할 만했다. 감정 폭발과 눈물로 자신을 벌 줄 필요까지는 없었다. 그런 일은 얼마든지 있을 수 있다. 언제나 감정을 통제할 수는 없는 일이니. 아무리 자기 감정 조절에 자신 있는 사람이라 해도.

중요한 것은 앞으로 다시는 그런 일이 없을 거라는 점이다.

이제는 정리가 되었고, 닉 채스턴 때문에 두 번 다시 이토록 평정을 잃는 일은 없을 것이다. 그와 관계를 가진 게 엄청난 실수였지만, 실수로부터 교훈을 배울 자신이 있었다.

눈앞에 펼쳐지는 작업에 정신을 집중시키자고 자신을 다그쳤다. 하지만 그리 큰 노력도 필요하지 않았다. 마틴 퀸타나는 대략 3등급 정도의 매트릭스로, 중소 제조업체가 공금 횡령자의 증거를 찾아달라고 고용한 사람이었다. 그는 저녁 내내 다양한 장부 내용이 들어 있는 컴퓨터 용지를 뒤지며 패턴을 찾고 있었다.

그는 콧노래도 흥흥거리고 있었다. 보통의 매트릭스가 그렇듯이 그는 자신만이 식별할 수 있는 패턴에 푹 빠져 있는 것이다. 그와 집중을 맞추고 있기 때문에 지니아도 퀸타나가 알아낸 일종의 리듬을 알아차릴 수 있었다. 하지만 그 끝없는 숫자의 흐름들은 그녀에게는 호기심일 뿐, 몰입할 정도로 매력적인 퍼즐은 아니었다. 매트릭스만이 그것들을 매혹적으로 느낄 것이다.

시계를 힐끗 보았다. 시간이 연장되고 있다. 클레멘타인은 퀸타나가 세 시간 정도만 이용료를 주려 한다고 경고한 바 있었으나, 그들은 벌써 4시간째 작업하고 있었다. 너무 오랫동안 가만히 앉아 있었던 탓에 온몸이 뻣뻣해졌다. 배도 고팠다. 또다시 저녁을 걸렀다.

그녀가 예의바르게 목을 가다듬었다.

"퀸타나 씨?"

그녀의 말을 듣지 못한 듯, 그는 컴퓨터에 일련의 숫자들을 입력하느라 바빴다.

"죄송하지만, 퀸타나 씨, 시간이 끝났군요. 이제 중지해 달라고 부탁드려야겠어요."

"뭐라구요?"

그가 고개를 쳐들고 안경 테두리 너머로 그녀를 쳐다보았다.

"아, 네, 스프링 양. 제가 세 시간이라고 말했었죠."

"네. 시간을 더 쓰시고 싶으면, 저의 사장님이 조정해 주실 거예요."

"그럴 필요 없어요. 내 고객이 그 비용을 납득하지 못할 겁니다."

그는 긴 한숨을 쉬며 의자로 등을 기댔다.

"범인을 잡는 데 필요한 정보는 모두 확보했어요. 한 시간 전에. 단지 나 자신을 즐기고 있었어요."

"이해해요."

지니아가 미소를 지어 보였다. 클레멘타인은 그녀가 배당된 시간이 끝난 후에도 매트릭스 고객들에게 시간을 더 쓴다는 점에 화를 내곤 했다. 하지만 한참 즐거워하는 매트릭스에게 중지할 시간이라고 말하는 건 힘들었다.
"원하는 걸 얻으셨다니 다행이에요."
"오, 그럼요, 다 찾아냈지요. 때때로 이런 내 일이 아주 만족스럽답니다."
퀸타나가 서류더미를 이리저리 넘겼다.
"돈이란 건 언제나 흔적이 남거든요. 어딜 봐야 할지 아는 사람한테 흔적을 숨기기란 거의 불가능하죠."
"그렇군요. 음, 전 이제 가봐야겠어요."
지니아가 의자에서 일어나 백을 집어들었다.
"시너지 사가 일주일 내에 당신에게 청구서를 보낼 겁니다."
"물론이죠. 차까지 모셔다 드릴게요."
퀸타나가 일어서서 몸을 쭉 폈다.
"당신과 같이 일하는 건 언제나 즐겁답니다, 스프링 양. 매트릭스에게 적당한 집중을 해줄 수 있는 프리즘은 드물잖아요. 이렇게 오랜 시간 동안 프리즘을 제공할 사람은 더더욱 드물구요."
"고마워요. 그 말씀 우리 사장님에게도 말해 주세요."
"그럼요, 그럼요."
그는 그녀의 차가 주차된 곳까지 같이 걸었다. 거리에 남은 차라곤 자신의 차뿐이었다. 밖은 어두워져서 간신히 알아볼 수 있었다.
어두워진 창문과 현관들을 보며 무의식적으로 핸드백을 쥔 손에 힘이 들어갔다. 이곳은 작은 사업체와 시간이 되면 문을 닫아 버리는 가게들이 있는 조용한 동네였다.
"제가 열어 드리죠."
퀸타나가 싹싹하게 자문을 열었다.
"안개가 짙게 끼었네요. 조심해서 운전하세요. 알겠죠, 스프링 양?"
"그럴게요."
그녀가 운전석에 앉으며 미소를 보냈다.
"당신은 어떻게 하실 건가요?"

"전 안으로 돌아가서 최종 보고서를 작성할 겁니다. 그 다음에 집에 가야죠. 잘 가요, 스프링 양."

"안녕히 계세요, 퀸타나 씨."

그가 문을 닫아 주길 기다렸다가 모든 자물쇠가 잠겼는지 확인하고는 시동을 걸어 그곳에서 빠져 나왔다.

냉장고에 먹을 게 뭐가 남았는지 생각해 보았다. 긴 시간 집중을 하는 작업은 엄청난 기력을 소모시켰다. 물론 정신적 능력이었지만, 육체적 힘이 들긴 마찬가지였다. 배가 고파 기절할 지경이었다.

오후에 한 마디로 거절해 버렸던 닉의 저녁 초대가 새삼 기억났다.

퀸타나의 사무실에서 몇 블록쯤 빠져 나왔을 때, 차 엔진에서 푸푸거리는 이상한 소리가 났다. 그녀는 놀라서 계기판을 점검해 보았다. 연료는 충분했고 점화 장치에도 별 문제 없었다. 튼튼한 젤리 아이스 엔진들은 믿을 만했다.

푸푸 소리가 점점 더 커졌다. 마지막으로 차가 크게 한 번 흔들리더니 급기야 엔진이 꺼져 버렸다. 그녀는 급히 핸들을 돌려 한적한 도로가에 차를 댔다.

갑작스런 고요가 어떤 소음보다도 더 경각심을 불러일으켰다. 차 주위의 짙은 안개가 위기감을 고조시켰다.

엔진을 다시 걸어 봐도 꼼짝도 안 했다. 두려워졌다. 그녀는 도시의 재개발 지역에 있었다. 언젠가는 이곳도 변하겠지만 지금까지는 어떤 개발도 이루어지지 않았다. 안개 사이로 보이는 몇 개 안 되는 창문들은 판자로 막아졌고, 가로등도 거의 꺼져 있었다. 더 나쁜 건 공중전화 박스도 보이지 않았다.

선명한 빛이라곤 멀리 보이는 소름끼치는 파란 불빛뿐이었다. 그녀는 한참 동안 그 불빛을 노려보았다. 이상하게 그 파란 불빛이 어딘가 낯설지 않았다.

자신이 선택할 수 있는 방법은 두 가지뿐이었다. 순찰차가 지나갈 때까지 고장난 차 안에서 기다리는 것, 그 방법은 몇 시간이 걸릴 수도 있다. 아니면 밖으로 나가 전화기를 찾아 도움을 요청하는 것이다. 두 가지 다 선뜻 내키지가 않았다.

다시 한 번 멀리 보이는 파란 불빛을 쳐다보며 낯익은 느낌에 대해 곰곰이 생각해 보았다. 그제서야 그녀는 그 빛이 '지구의 아이들'교가 예배당에 밝혀 놓는 하늘빛과 같은 색이라는 것을 알아차렸다.

여기는 그 종교에 어울릴 만한 동네였다. '지구의 아이들'교가 요즘 낙후된 지역의 값싼 부동산을 매입하기 시작했다는 기사를 읽은 적이 있었다.

그녀는 머뭇거리다가 이윽고 마음을 정하고 차 밖으로 나섰다. 주위에 사람의 흔적은 전혀 없었다. 코트 단추를 잠그고 차문을 잠근 다음 지니아는 주머니에 열쇠를 챙겼다. 그리고는 파란 불빛을 향해 안개를 뚫고 씩씩하게 출발하였다.

그녀의 뒤에서 따라오는 발자국 소리를 알아차리지 못한 채 건널목에 멈춰 섰을 때였다. 다른 발자국이 다가오는 조용한 소리에 그녀는 얼어붙었다.

그 발자국 소리가 멈췄다.

용기를 내어 안개 낀 어둠 속을 둘러보았다. 그나마 흐릿하게 켜진 가로등의 어두운 불빛 속에서 누구의 흔적도 발견할 수 없었다.

핸드백을 힘껏 움켜쥐고 다시 걸음을 빨리 했다. 따라오던 발자국 소리도 이제 목적을 정한 듯 더욱 빨라졌다. 목까지 공포가 치솟아올랐다. 그녀는 파란 불빛을 향해 달리기 시작했다. 그것이 광고 게시판 불빛이라면 어떻게 할지에 대해서는 생각지 않으려 애썼다.

발자국 소리도 속력을 올렸다. 돌에 부딪히는 둔탁한 구두 밑창 소리는 그녀를 쫓는 사람이 남자라는 걸 알려줬다. 게다가 속력을 내고 있다. 이대로 길 위에서 멈춰 선다면 그는 공격해 올 것이다.

그녀는 미친 듯이 머리를 굴렸다. 그 남자도 그녀 정도밖에 안개 속을 보지 못할 것이다. 자신의 발자국 소리를 들으며 따라오고 있을 것이다.

그녀는 한때 누군가의 앞마당이었을 곳으로 방향을 틀었다. 최근 내린 비로 인해 축축해진 맨땅에서 더 이상 그녀의 발자국 소리는 나지 않았다. 그녀는 황폐한 건물 사이로 달려들어갔다.

발자국 소리가 멈췄다. 자신이 제발 그를 혼란스럽게 만들었기를.

잠시 후, 잡초가 무성한 뒤뜰로 들어섰을 때 다행스럽게도 그 파란 불빛이 더 가까워 보였다. 텅 빈 일 층짜리 집들 위로 둥근 지붕이 반짝거렸고, 뿔피리 소리도 들렸다. '지구의 아이들' 예배당이 분명하다. 그 목자들이 전화를 사용하게 해줄 것이다.

그녀는 조심스레 뜰을 가로질러갔다. 낡은 울타리에 걸리거나 웅덩이에 빠지지 않기만 바랄 뿐이었다. 귀를 기울여보았지만, 더 이상 발자국 소리는 들리지 않았다. 그 남자가 포기한 것인지 아니면 그녀처럼 젖은 땅 위로 조용히 움직이고 있는지 알 방법은 없었다.

또다른 뒤뜰을 가로지르려는 순간 어떤 선뜩한 느낌이 그녀의 목덜미에 전해졌다. 뒤돌아보니 안개 속에서 그림자 하나가 움직이고 있었다. 죽고 싶을 만큼 공포스러웠다. 그녀는 이제 어떤 장애물도 상관없이 전속력으로 달리기 시작했다.

숨을 헐떡이며, 집의 모퉁이를 돌았다. 바로 앞에 예배당의 파란 불빛이 번쩍거렸다. 형형색색의 모자가 달린 옷을 입은 사람들, 그 무리가 계단 위에서 빙빙 돌고 있었다.

이젠 안전하다. 그녀를 쫓아온 사람이 누구이든 이 많은 목격자들 앞에서 함부로 잡아채지는 못하리라.

그녀는 속도를 늦추고 숨을 골랐다. 초록빛 가운을 입은 종교인들이 그들 쪽으로 서둘러 다가오는 지니아를 바라보았다. 초록빛 가운을 입은 사람은 여자건 남자건 머리를 빡빡 깎았고, 검은색 가운을 입은 사람들은 길게 하나로 묶고 있었다. 노란색 차림의 사람들은 머리를 땋아서 올린 모습이었다. 구별이 있는 모양이라고 그녀는 생각했지만 누가 윗계급인지는 알 수 없었다.

초록빛 옷의 남자 하나가 계단을 내려와 그녀를 맞이했다.

"환영합니다, 친구여. 전 히람이라고 불리지요."

그가 두 손을 맞잡고 허리까지 공손히 고개를 숙였다.
"오늘밤 장막을 부르는 예식에 참여하시겠습니까?"
지니아가 발을 멈추고 머리를 쓸어넘겼다.
"아뇨, 그게 아니라 제 차가 저쪽 몇 블록 떨어진 곳에서 고장이 나서요. 전화를 쓸 수 있을까요?"
"물론입니다. '지구의 아이들'은 모든 친구들에게 도움을 주지요. 안으로 들어오십시오."
히람이 예배당의 넓은 문을 가리켰다.
"고맙습니다. 정말 감사합니다."
"장막의 방식은 너무나 오묘해 때때로 알 수 없답니다. 당신은 오늘밤 부름을 받은 것인지도 모르지요."
히람이 계단을 올라가 어둡게 불 켜진 홀로 안내했다.
"그런 것 같지는 않아요."
향 타는 냄새에 지니아는 코끝을 찡그렸다. 이런 예배당에는 와 본 적이 없었다. 신도가 아니라면 거의 그럴 것이다.
지적인 사람들은 가능한 한 이런 종교를 외면했고, 사람들에게 돈을 뜯어내려는 수작이라고 무시했다. '지구의 아이들'은 좋게 말하면 괴상하고, 나쁘게 말하면 사악한 것으로 간주되었다. 그래서 이 종교에 온통 정신을 뺏긴 사람들의 가족들은 공동의 행동으로 법적인 대책까지 강구하고 나설 정도였다.
기금을 모으기 위해 사용하는 공격적인 방법과 기이한 복장만으로도 보통 사람들이 못마땅하게 여기기에는 충분하였다. 예전 지구와 세인트 헬렌 사이의 에너지 장막이 통로를 제공한다는 그들의 웃기고도 전적으로 비과학적인 이론은 과학자들의 비웃음을 샀고 학계 사람들을 분노시켰다. 일반 교회에서도 그런 마술적인 이론은 전적으로 무시하였다.
지니아는 전화를 쓴 대가로 매우 힘든 밤을 강요받지는 않을까 걱정이 들었다.
고요한 강당 저쪽에 두 개의 거대한 하늘빛 커튼이 장막처럼 예배당

좌석까지 늘어져 있었다. 그 틈새로 몇 층의 파란 좌석들이 보였다. 그것은 솟아오른 강단의 주위로 반원형으로 배치되었다. 강단 뒤에는 하얀 벨벳 커튼이 있는데, 거대한 그림이 그려져 있었다. 예전 지구의 모습.

학교에 다닐 때 그 비슷한 그림들을 교과서에서 본 적이 있었다. 첫세대의 정보 은행이 재가 돼버렸을 때 모든 그림과 사진들이 사라졌기 때문에 지금 세대는 지구의 모습을 정확히 아는 사람이 하나도 없었다. 그러나 개척자들이 그림과 묘사로 남겨 놓았던 것을 예술가들이 다시 그려 놓았다. 장막이 닫히고 200년이 지나는 동안, 그것은 수없이 변화되었다.

자신이 본 그림과 묘사로 판단하건대, 지구는 꽤 아름다운 행성이었을 거라 짐작되었다. 하지만 세인트 헬렌의 무성한 초록빛처럼 아름다울지는 의심스러웠다. 대부분의 사람들이 그렇듯이, 그녀도 다시 지구로 돌아가고 싶은 욕구는 없었다. 지구는 이미 전설에 불과할 뿐, 세인트 헬렌이 그들의 고향이었다.

이 종교만이 언젠가 장막이 다시 열리리라는 가능성에 집착하고 있었다. 이곳의 신도들은 지구가 유토피아이며, 완벽한 사람들에게 어울리는 완벽한 세계라고 확신하였다.

"당신이 오늘밤 이리로 오도록 선택되었다는 가능성을 생각해야만 합니다. 장막의 부르심은 이따금 불가사의한 방식으로 진행되거든요."

두터운 양탄자 복도를 걷는 동안 히람의 가운이 부드럽게 흔들렸다.

"친구들은 각기 다른 방법으로 이 빛에 이끌려 온답니다."

"그렇겠지요. 하지만 전 단지 어두운 거리를 지나왔답니다. 장막의 부름이 아니구요."

히람은 끈기 있게 미소지었다.

"당신 차가 우리 동네에서 멈췄다는 사실이 장막의 운명적인 부르심을 받았다는 계시 아닐까요?"

"가능성은 있겠죠."

지니아는 그를 모욕하고 싶지 않았다.

"하지만 지금 당장은 날 집까지 태워다 줄 사람에게 전화하고 싶은 마음만 간절해요."

"지구만이 우리의 진실한 고향입니다, 스프링 양."

히람의 표정에 엄숙한 고요함이 스며들었다.

"장막이 다시 열리는 날, 순수한 마음과 정신을 가진 사람만이 지구로 돌아가게 될 겁니다."

"아……."

히람과 토론하고 싶은 생각이 전혀 없었다.

"전화는 어디 있나요?"

"여깁니다, 스프링 양."

그가 또다른 문으로 들어가자 평범한 사무실이 나타났다.

"마음대로 쓰세요. 전 예배를 준비하러 가야 한답니다."

"고맙습니다, 히람. 정말 친절하시군요."

히람이 두 손을 잡고 깊이 고개를 숙였다.

"장막이 다시 당신을 부를지도 몰라요, 스프링 양."

그녀가 예의바르게 고개를 끄덕이자 그가 문으로 돌아나갔다.

혼자 남자마자, 그녀는 얼른 수화기를 잡았다. 반사적으로 닉의 번호를 누르고 있는 자신의 행동을 깨달았다.

"이런."

그녀는 수화기를 쾅 내려놓았다. 닉에게 전화할 생각이 아니었는데. 경찰에 전화할 생각이었다.

안개 속에서 들렸던 발소리에 대해 생각해 보았다. 분명히 누군가 따라왔고, 그 사람이 그녀가 모리스 펜위크의 죽음과 관련된 정보를 찾는다는 것을 알고 있는 사람이라면. 그것은 오늘 저녁의 사건이 채스턴 일지와 연결되어 있음을 의미하였다.

일지에 관련된 거라면, 닉과도 관련이 되지.

"빌어먹을."

그녀는 신음하며, 다시 그 전화번호를 눌렀다.

첫번째 벨소리에 닉이 전화를 받았다.

차에서 나와 조명이 켜진 예배당 현관으로 향하면서 닉은 분노와 안도감을 동시에 느꼈다. 이 강한 감정들. 지니아를 보호하는 것이 그의 임무임에도 불구하고 그는 잘 해내지 못하고 있다. 그리고 그녀도 그를 편안히 내버려 두지 않고 있다.

예배당의 육중한 문으로 이어진 넓은 계단을 오르려는 순간, 귀에 거슬리는 음악 소리가 그를 맞이했다. 밖에 서 있는 사람이 아무도 없는 걸 보니 저녁 예배가 시작된 모양이다.

어두운 강당으로 발길을 옮기며 오늘 하루가 쉽지 않았다는 생각을 했다. 아침에는 수치스런 신세이션 일 면에 지니아와의 사진이 공개되었고, 위조범의 집에서는 삼촌이 연루되어 있다는 증거를 또 하나 발견하였으며, 그 다음에는 지니아가 화를 내며 수화기를 내려놓았지.

그리고 이제는…….

지니아가 나타나기 전에는 모든 게 평안했는데.

무겁게 드리워진 파란 커튼 뒤에서 낭랑한 목소리가 들려 왔다.

"환영합니다, 친구여. 개척자들이 살던 그 세계로 돌아가고 싶은 순수한 영혼들을 환영합니다. 장막의 부르심을 받고 이 방의 여러분은 오늘 밤 오신 겁니다. 이제 지구는 자신의 아이들을 기다리고 있습니다."

음악 소리가 더 커지자 닉이 주춤했다.

"채스턴 씨?"

초록빛 가운의 사내가 강당 옆의 어둠 속에서 빠져 나왔다.

"전 히람입니다. 스프링 양의 전화를 받고 오신 분인가요?"

"그녀는 어디 있습니까?"

"이쪽입니다."

그가 점잖게 복도로 몸을 돌렸다.

"오늘밤 우리 예배에 초대했는데 거절하시더군요."

"왜 그랬을까요."

"어떤 사람들은 장막의 부르심에 응답하는 시간이 오래 걸린답니다."
히람이 문을 열었다.
"채스턴 씨가 오셨습니다, 스프링 양."
"닉."
지니아는 그를 보자 의자에서 벌떡 일어났다.
한순간 그녀가 자신의 품에 안기리라 예상했지만, 그를 보는 순간 그녀 얼굴에 떠올랐던 안도의 표정은 금세 사라져 버리고 마냥 서 있기만 했다.
그는 한숨이 터지려는 걸 참았다. 무얼 기대했던 걸까. 오늘밤 곤란한 지경이라고 전화로 도움을 청했다고 그녀의 화가 풀린 건 아니었다.
"당신 괜찮소?"
그가 무뚝뚝하게 물었다.
"네, 물론이죠."
지니아의 대답은 침착하고 예의바랐다.
"히람은 아주 친절하게 대해 줬어요."
"좋아, 여기서 나갑시다."
"그래요."
그녀는 문으로 향하려다가 다시 멈췄다.
"아, 닉?"
"왜 그러오?"
입구에 서 있는 히람을 보며 닉이 눈살을 찌푸렸다. 그 수도승의 손에는 커다란 금속 모금 접시가 들려 있었다.
"예상 못 했던 일이군."
닉은 지갑을 찾았다.
"어머니 세계로 돌아가려는 우리는 자비로움을 추구하지요. 하지만 비용이 필요하답니다."
히람이 부드럽게 말했다.
닉은 50달러를 그리로 집어던졌다.

"싸게 내놓은 부동산을 사들이는 건 큰 돈이 되겠지요?"
히람은 전혀 당황하지 않고 지폐를 주머니에 넣었다.
"'지구의 아이들'은 미래를 위해 투자해야 합니다."
"지구로 돌아갈 생각이라면 왜 굳이 세인트 헬렌에 투자합니까?"
지니아는 닉을 책망하는 표정으로 쳐다보았다.
"닉, 히람은 아주 친절하셨어요."
"필요한 시간에 도움이 되어서 아주 행복하답니다, 스프링 양."
히람이 옆으로 비켜섰다.
"당신들이 우리와 같이 지구로 돌아가길 바랍니다. 필요한 건 진실을 향해 열린 마음과 순수한 정신뿐이지요."
"지구는 찾아가 볼 만한 곳일 거예요."
지니아가 정중하게 말했다.
"그럴 수도 있지. 하지만 누가 거기서 살고 싶겠소?"
그녀의 팔을 잡으며 닉이 말했다. 그는 지니아를 재빨리 복도로 이끌어내며 등뒤에 꽂히는 수도승의 시선을 느낄 수 있었다.
"내 차는 어떻게 했어요?"
"페더에게 가져오라고 하겠소."
예배당의 현관 계단으로 내려서며 그가 힐끗 쳐다보았다.
"이제 오늘밤 무슨 일이 있었는지 말해 보시오. 어디에 있었소? 그리고 차는 어떻게 된 거요?"
"차가 왜 멈춰 섰는지는 나도 몰라요."
그녀가 턱을 치켜들었다.
"그리고 난 오후에 집중해 줄 일이 있었어요."
"아까는 그런 말 없었잖소. 사장에게 전화해서 갑자기 저녁 시간이 비었다는 말이라도 한 거요?"
"네, 바로 맞췄어요. 우연히도, 매트릭스 고객 한 명이 프리즘을 원했구요."
"그랬겠지."

"정말이에요. 난 시간이 있었잖아요."
"우리 데이트를 취소해 버렸기 때문이겠지."
"우린 데이트하기로 하지 않았어요."
"내가 오늘 저녁 당신을 만날 거라는 거 알았잖소."
"제가요? 참 이상하군요. 제가 스케줄에 약속 적는 걸 잊었나 보군요. 당신이 위조범을 찾기 위해 몰래 빠져 나갔다는 걸 안 후에 지나가는 말로 저녁 식사 얘기가 나왔다는 것만 기억나는 걸요."
"난 몰래 가지 않았소. 당신 동생과 같이 갔었지. 휴, 당신과 싸울려고 여기 온 게 아니오."
"날 속이려 하다니, 어림도 없어요."
지니아가 계단 중간에서 딱 멈춰 섰다.
"그 사람이에요."
"누구?"
계단 밑에 낯익은 영상 하나가 눈에 들어왔다.
"제기랄."
카메라 플래시가 어둠 속에서 번쩍였다.
"멋진 사진입니다."
세드릭 덱서가 즐겁게 외친 다음, 몸을 돌려 어둠 속으로 달려갔다. 그의 발자국 소리가 커다랗게 울려 퍼졌다.
"내일 아침에 저 너저분한 놈을 처리해야겠어."
닉이 중얼거렸다.
"음, 저게 오늘밤 가장 궁금했던 질문에 답변이 되네요."
지니아가 분한 목소리로 말했다.
"무슨 소리요?"
"아까 안개 속에서 들었던 게 덱서의 발자국 소리였나 봐요. 예배당까지 날 따라왔던 사람. 덱서인 줄 알았더라면, 내가 그와 그 지저분한 사진을 어떻게 생각하는지 정확히 말해 주었을 텐데."
"별 소용이 없었을 거요. 신세이션에서 일하는 작자들은 돈에 관한 한 예민한 감각을 가졌거든."

닉이 그녀의 팔을 꽉 잡아 남은 계단을 내려가도록 이끌었다.

"사실은 덱서였다는 걸 알게 되어 안심이에요. 적어도 왜 날 뒤따라 왔는지 알았잖아요."

"맞소."

닉이 차문을 열어 지니아를 앉혔다.

"그리고 내일이면 그 작자는 새 직업을 찾아야 할 거요."

"닉, 그 사람은 돈 받고 일하는 것뿐이에요. 사람들을 위협하면 안 돼요."

그녀가 강의를 계속하기 전에 그가 문을 닫아 버렸다. 날이 밝으면 반드시 그 고약한 놈을 처리할 것이다. 오늘밤은 지니아와 다른 할 얘기가 있었다. 그가 운전석에 올라 시동을 걸고는 차를 빼내어 거리 한가운데에서 회전을 했다.

"이건 불법이에요, 닉."

"체포하라지."

그녀는 곁눈으로 그를 훑겨보았다.

어쩌다가 자신이 규칙과 법칙을 어기는 매트릭스가 된 것일까, 닉은 알 수가 없었다. 잠시 침묵이 흘렀다.

"와주셔서 고마워요."

지니아가 한참만에 말했다.

닉은 아무 말도 하지 않았다. 무슨 말을 하든 상황은 좋아지지 않고 더 악화될 것이다.

"오늘 저녁 일이 당신이 찾는 일지와 연결된 것 같아서 전화한 거예요. 날 그렇게 겁나게 한 사람이 덱서였다고는 생각도 못했어요."

"아직 일지와 무관하다고 확신할 수는 없소."

그녀가 그를 쳐다보았다.

"무슨 뜻이에요?"

"최근에 차에 문제가 생긴 적 있었소?"

"아뇨."

"그런데 오늘밤 갑자기 문제를 일으킨 거요?"

"그래요. 몇 번인가 푸푸 소리가 나더니 그대로 멈춰 버렸어요. 황폐한 동네 한가운데에서 말이에요."

"젤리 아이스 엔진은 그런 식으로 갑자기 멈추지 않소. 내일 점검해 봐야겠군."

"누군가 일부러 망가뜨렸다는 거예요?"

"살펴볼 필요가 있다는 거요. 기술자가 보면, 알게 되겠지."

"누군가 그런 짓을 저질렀다면, 덱서가 했을 수도 있잖아요."

"알고 있소. 만약 그 녀석 짓이라면, 그 자는 일자리를 잃는 것은 물론이고 수리비까지 지불해야 할 거요."

"닉, 우리가 할 수 있는 최선은 덱서와 신세이션을 잊어버리는 거예요. 내 말을 들어요. 난 스캔들에 유경험자라구요. 거기서 살아남는 방법은 무시하는 것뿐이죠. 제 풀에 그만둘 때까지요. 잡지의 사진 기자와 소송까지 붙는다면 사람들은 절대 당신을 존경하지 않을 거예요."

"덱서 문제는 나중에 내가 처리할 거요. 지금은 지니아, 당신과 할 얘기가 있소."

그녀가 창 밖을 물끄러미 내다보았다.

"당연히 있겠죠. 위조범 집에 가서 무얼 발견했나요?"

그가 인상을 찡그렸다.

"그걸 얘기하고 싶은 게 아니오."

"그럼 우리의 파트너 관계를 지속시키고 싶다는 말인가요?"

그녀가 조롱하듯이 물었다.

"세기랄, 그렇소. 닌 파트너 관계를 유지하고 싶소."

그는 치밀어오르는 화를 간신히 참고 말했다.

"이제 우린 연인이오. 오늘밤 그것에 대해 당신과 얘기하고 싶은 거요."

"난 싫어요."

그녀가 새초롬이 대꾸했다. 닉은 당혹감이 들었다.

"당신을 실망시킨 거요? 오랫동안 섹스를 기다려 왔을 텐데 기대에 못 미쳤던 건가? 그 점은 미안하오. 내가 너무 급하게 굴었소. 다음 번에는……."

"맙소사, 섹스에 대한 얘기를 빼면 우리 관계는 아무것도 아닌가요?"

그녀는 흥분해서 자리에서 반쯤 몸을 돌렸다. 그녀의 눈동자가 어둠 속에서 번쩍거렸다.

"섹스는 내가 화내는 일과 아무 상관 없어요."

닉은 지니아의 말을 되물었다.

"상관없다고?"

"섹스가 실망스러워 화내는 게 아니란 걸 그 우둔한 매트릭스 머리로 생각 못하나요? 날 화나게 하는 건 그 후의 일이라구요."

"그 후?"

닉은 다소 안심했다. 그 문제라면 해결할 수 있었다.

"그래, 오늘 아침 신문에 난 사진. 그 점은 정말 미안하오. 덱서의 카메라에서 필름을 빼냈다고 생각했는데, 그 필름은 위장용이었소. 내일 그자를 처리하겠소. 약속하지."

"굉장한 매트릭스인 당신도 어떤 면에서는 젤리 아이스 그릇보다 더 멍청하군요. 잘 들어요, 닉 채스턴. 난 그 사진 때문에 화내는 게 아니에요."

그가 한숨을 쉬었다. 그럼 무엇일까?

"내가 당신에게 말도 없이 레오와만 위조범을 만나러 갔기 때문이오?"

"드디어 깨달으셨다니 축하드려요."

"그 점은 이미 설명했잖소. 빨리 행동해야 했다고. 당신에게 전화해서 약속을 정할 시간이 없었소."

그녀는 청바지를 입은 다리 위에 신경질적으로 손가락을 두들겨댔다.

"중요한 거라도 찾아냈나요?"

"어쩌면."

그녀의 기분을 알 수 없어, 그가 조심스레 쳐다보았다.

"말해 보세요, 채스턴."

"우리가 도착하기 전에 윌크스가 사라진 건 말했을 거요."

"누군가 그의 작업실을 뒤졌다고 했죠?"

"맞소. 채스턴 일지에 관련해서 자신이 지불했던 금액의 영수증을 찾고 있었나 보오."

그녀가 그에게 고개를 돌렸다.

"어떻게 확신하죠?"

그가 잠시 머뭇거리다가 재킷 주머니로 손을 넣었다.

"레오와 난 도움이 될 만한 자료는 찾지 못했소. 하지만 내가 이걸 발견했소."

그녀의 손바닥에 단추를 전해 주었다. 황금빛 단추가 화려하게 반짝거렸다.

"이건 단추잖아요."

지니아가 작은 황금 단추를 살폈다.

"이게 윌크스나 아니면 작업실을 뒤진 남자의 것이라고 생각하세요?"

"이건 내 삼촌, 오린 채스턴의 것이오."

지니아가 숨을 들이켰다.

"채스턴 사의 사장?"

"맞소."

"이게 왜 위조범의 작업실에 있는 거죠?"

"좋은 질문이오. 아직 삼촌에게 직접 물어 보지는 못했고 내일 찾아갈 생각이오. 오린 삼촌이 이 소동에 연결된 건 이번만은 아니오."

그녀가 단추를 가만히 손에 쥐었다.

"나에게 모든 사실을 털어놓지 않았군요."

그는 왜 말하지 않았는지 설명하고 싶었다.

"왜냐하면 난…… 제기랄, 당신에게 왜 말하지 않았는지 모르겠소. 하지만 내가 편집증적인 매트릭스이기 때문은 아니었소. 그저 잠시 상황을 지켜보고 싶었던 거요, 그뿐이오."

그녀가 약간 어깨를 들어올렸다.

"아마 가족 일이기 때문에 말하지 않았던 거겠죠. 당신이 무슨 일인지 정확히 알 때까지는 삼촌을 의심하고 싶지 않았던 거예요. 충분히 이해해요. 내가 당신이었다 해도 똑같이 행동했을 거예요."

그는 놀란 듯 핸들을 움켜쥐었다.

"날 성인군자로 보지 마시오. 삼촌과 난 서로 보는 것조차 견딜 수 없어하오. 우리 사이에 애정이란 없소."

"하지만 가족이에요."

"그의 견해로는 난 채스턴 가의 가족이 아니지."

"신경쓰지 마세요. 당신은 할 일을 했을 뿐이에요. 난 그 점을 존중해요."

"존중한다고?"

예배당 사무실에서 나온 후 처음으로 그녀가 미소를 보였다.

"나한테 삼촌 일을 얘기하는 건 어려웠을 거예요. 하지만 이제 말했으니, 과거의 일은 과거로 돌리겠어요. 우리 파트너 관계를 회복해요."

그가 깊은 한숨을 내쉬었다.

"우리의 애정 관계는?"

"그 점에 대해서는 좀더 생각을 해봐야겠어요. 솔직히 말하면, 당신과 사귀는 게 잘 하는 건지 확신이 안 서요."

거대한 빙하와 충돌한 듯한 기분이었다. 그는 순간 숨이 막혔다.

"알겠소."

그가 간신히 대답했다.

"마음이 결정되면 알려주시오."

"그럴게요."

그리고 그녀는 여전히 알 수 없는 표정으로 말했다.

"난 어젯밤에 실망하지 않았어요."

아만다 퀵
Zinnia

17

다음날 아침 아파트 문을 열었을 때 제일 처음 본 것은 '지구의 아이들'의 예배당 앞에 서 있는 닉과 자신의 사진이었다. 그것이 신세이션의 일 면을 장식하고 있었다.
"멋진 사진이야."
그녀가 사진과 설명을 볼 수 있도록 레오가 들어올린 채 서 있었다.

카지노 사장 닉 채스턴이 파란 불빛을 보았을까? 아니면 주홍 아가씨에게 즐거운 시간을 보여 주는 그의 방식이었을까?

"세드릭 덱서가 또다시 히트를 쳤군."
지니아는 체념한 듯 말했다.
"오늘 자 신세이션은 날개 돋힌 듯이 팔릴 거야."
지니아가 동생의 손에서 신문을 낚아챘다.
"닉이 아주 화낼 텐데."

"아주 화낸다구?"
문으로 들어서며 레오가 낄낄거렸다.
"오늘이 지나기 전에 신세이션을 끝장낸다 해도 놀라지 않을 거야."
"그런 극단적인 행동은 누구도 할 수 없어."
"내기할까? 닉은 마음먹은 일이면 무엇이든 할 수 있을 것 같던데."
감탄하는 듯한 목소리에 지니아의 눈썹이 놀라움으로 올라갔다. 그녀는 문을 닫고 돌아섰다.
"레오, 왜 그래? 언제부터 닉 채스턴의 지지자가 되었지?"
"그 사람 괜찮더라구."
레오가 부엌의 냉장고를 열고 안을 뒤져댔다.
"어제 오랫동안 같이 얘길 했거든."
"즐겁게 윌크스의 집을 찾아간 후에, 전에?"
"가기 전에."
레오가 냉장고에서 과일 주스 한 통을 꺼냈다.
"나 오래 생각해 봤어."
"무엇을?"
"닉은 채스턴 카지노를 꽤나 잘 운영하는 것 같더라구. 인상적이었어. 많은 돈들이 흘러 들어와. 닉이 가족 사업을 물려받지 않은 게 채스턴 가에게는 안된 일이야."
"무슨 뜻이니?"
"스탠리 삼촌한테 들은 적이 있어. 채스턴 가가 금전적으로 어려운 지경이라는 소문이 있대. 많은 현금이 필요하지만 큰 투자자들은 별 흥미를 갖지 않나 봐."
"닉이 그것과 무슨 상관이 있어?"
"사실은 아무 상관도 없지."
레오가 컵에 주스를 따랐다.
"만약에 닉이 회사를 운영했다면 채스턴 사가 그 지경이 되었을까 생각해 봤을 뿐이야. 그 남자는 돈 버는 재주가 있거든."

"돈은 그 사람에게 수단에 불과해."

지니아가 신문을 쓰레기통 속으로 던졌다.

"진짜 자기 목적을 이루는 데 도움이 되기 때문에 버는 거래."

레오가 단번에 주스를 벌컥벌컥 들이켰다.

"목적이 뭔데?"

"존경."

"설마 존경이 돈을 버는 유일한 목적이겠어."

"그렇게 말했어."

지니아는 커피-티 주전자로 손을 뻗었다.

"그는 자기 자식들을 위해 그걸 갖고 싶어해. 존경받지 못하는 삶이 어떤 것인지 알기 때문에 사생아로서 겪어야 했던 경험들을 아이들은 겪지 않도록 하겠대."

레오가 나지막이 휘파람을 불었다.

"그 점에 대해서는 반박하기 힘들군."

그녀는 코끝을 찡그렸다.

"게다가 그 사람은 매트릭스야. 일단 마음먹으면, 결심을 바꾸는 거의 불가능해. 그들은 믿을 수 없을 만큼 완고하거든."

레오가 씨익 웃었다.

"뭐가 그렇게 재밌니?"

"어제 누나에 대해서 닉에게 내가 똑같은 말을 했거든."

"대단히 고맙구나."

레오가 웃음을 터트렸다.

"두 사람은 내가 보기에 잘 어울려."

지니아는 순간 얼어붙었다.

래오의 웃음도 사그라들고, 생각하는 표정이 진지해졌다.

"지니아? 두 사람이 영구적인 관계가 될 기회는 영영 없는 거야?"

그녀가 잔을 카운터에 쾅당 내려놓았다.

"그 사람은 무례하고 완고하고 자제력도 지나친 데다가, 비밀스럽고 자기 목적에만 집착해. 요즘에는 두 가지 목적뿐이지. 아버지의 일지를 손에 넣는 것하고 존경받는 것. 어떻게 생각하니?"
"그래 보이지는 않던걸."
"그리고 네가 잊었나 본데, 난 연결시킬 수 없는 등급이라구."
"누나는 그 동안 너무 그 판정에 집착하며 지냈어. 그건 누나한테 좋은 영향을 끼치지 못했지. 오히려 윌리 숙모와 다른 사람들에게 누나한테 어울리지 않는 결혼을 더 강요하게 만들 뿐이었다구."
"그래, 나도 알아."
"상황이란 시시각각으로 변하는 거야."
레오의 말투가 점점 더 강해졌다.
"매일 새로운 사람들이 결혼 상담소에 등록해. 지금은 어떤 사람들이 있는지 모르잖아. 누나한테 적당한 남자가 지금 서류를 작성하고 있을 수도 있어."
"환상을 버려, 레오. 절대 그렇지 않을 거야."

"당신 사장에게 닉 채스턴이 통화하고 싶어한다고 말하시오. 지금 당장."
닉은 어깨에 수화기를 끼우고 시너지스틱 결혼 상담소의 긴 설문지를 들춰 보았다.
"나하고 얘기하고 싶지 않다면, 직접 찾아갈 수도 있소."
다른 편의 접수 계원이 어렵게 침을 삼키는 소리가 들렸다.
"네, 선생님. 잠시 기다려 주세요."
닉은 신세이션의 편집자가 응답하길 기다리며 다음 질문을 보았다.
'취미를 기록해 주세요.'
이건 쉽군. 그는 취미가 없었다. 온 관심을 쏟을 만큼 중요한 일이 아닌 한, 그는 무시해 버렸다. 그는 공란에 없음이라고 적었다.
"닉 채스턴 씨? 전 빌 램지입니다."
램지의 목소리는 지독히도 쾌활했다.

"신세이션의 일 면 편집자지요. 어떤 일이시죠?"

"세드릭 덱서를 당장 해고하시오. 그자가 오늘 안으로 당신네 잡지에서 사라지길 바라오."

"그렇게 할 수 없어서 죄송하군요."

램지가 킥킥거렸다.

"덱서는 한달 간만 프리랜서로 일하기로 했답니다. 그는 이 분야에서 최고의 사진 작가임을 증명했지요."

닉이 펜을 내려놓았다.

"잘 들으시오, 램지. 덱서는 교활한 수작을 부렸소. 어젯밤에는 도가 지나쳤다구. 사진을 찍으려고 스프링 양을 안개 속에서 공포스럽게 만들었소. 그건 그녀에게 대단히 끔찍한 경험이었소. 그 자를 내보내지 않으면 한달 안에 그 쓰레기 같은 신문사는 망하게 될 거요."

"진정하십시오, 채스턴 씨. 우린 둘 다 사업가입니다. 난 당신에게 카지노를 어떻게 운영하라는 등 충고하지 않지요. 당신도 내 운영 방식에 대해 간섭하지 마십시오."

닉이 대단히 부드럽게 말했다.

"틀렸소. 난 당신 신문사의 운영 방식에 간섭할 작정이오. 한 번만 더 그 쓰레기 같은 잡지에 스프링 양의 사진이 실리면, 신세이션은 사라지게 될 거요. 내가 그렇게 할 수 있소, 램지. 내 말을 믿으시오."

"이봐요, 남자 대 남자로서 얘기하는 게 어떨까요? 거래를 합시다. 나에게 정보를 주는 겁니다. 당신 결혼과 카지노를 팔 계획들에 대한 소문을 확실히 해주면, 사진 기자를 당장 해고하지요."

"그따위 잡지에 내 개인적인 일을 털어놓지는 않소. 사업을 계속하고 싶다면, 십 분 내로 덱서를 쫓아내시오."

"이성을 찾으세요. 그저 우리는……."

램지의 애원을 듣지도 않고 닉은 전화를 끊어버렸다. 설문지가 거의 끝나 가는 걸 다행이라 여겼다. 멍청한 질문들이 이렇게 많다니? 그리고 이게 중매 과정의 첫 단계일 뿐이라니.

'위에 적은 취미를 위해 몇 시간이나 쓰십니까?'

닉은 다시 펜을 들어 성실하게 '전혀 쓰지 않음'이라고 썼다.

문에서 노크 소리가 났다.

"무슨 일이지, 페더?"

페더가 문을 열었다.

"바트 씨가 오셨습니다, 사장님."

"빨리 도착했군. 정오나 돼야 이 빌어먹을 설문지를 다 작성할 것 같다고 했는데."

페더가 대답하기 전에, 회색빛 정장에 어울리는 넥타이를 차려입은 호바트 바트가 뛰어 들었다. 그는 신세이션 잡지를 흔들어대며 격분하여 소리쳤다.

"이건 너무 심하다구요, 채스턴 씨. 전 전문 상담가입니다. 하지만 이런 상황에서는 도저히 작업할 수 없습니다."

"진정하시오, 그 상황은 내가 이미 처리했소."

"처리하셨다구요?"

호바트의 목소리가 높아졌다.

"이런 건 처리할 수가 없어요. 너무 늦었다구요. 신세이션 잡지가 도시 한가득이에요. 채스턴 씨, 당신은 결혼 상담소에 가입할 때보다 수천 배 더 내 일을 힘들게 만들고 있습니다. 그리고 당신의 조건은 이런 기사들 말고도 충분히 지독하다구요."

"신세이션에 다시는 사진이 나지 않을 거요."

"제 말을 이해 못하시겠습니까?"

호바트는 거의 팔짝팔짝 뛸 지경이었다.

"당신과 스프링 양은 요즘 세 번이나 이 쓰레기에 실렸다구요. 그 하나하나의 사진마다 당신이 원하는 조건의 배우자들이 당신을 더 혐오하게 만든다구요."

"당신이 이런 사소한 장애쯤은 극복하리라 믿소."

"이것들은 결코 사소한 장애가 아닙니다."

호바트가 신문을 그의 책상에 내던졌다.
"재앙이지요."
닉은 자신과 지니아가 예배당 계단에 서 있는 사진을 쳐다보았다. 구도는 잘 잡았군. 당당한 현관과 파란 불빛 지붕까지 잡혔으니 장소도 명확했다.
"그 점은 걱정 마시오, 바트."
호바트가 노골적인 분노를 드러내었다.
"채스턴 씨, 부인의 조건에 대해 정확히 말씀하셨지요. 저명한 가문들의 세계에 들어가고 싶다고 하셨어요. 뉴 시애틀에서 가장 엘리트 집안의 배우자를 원한다고 하셨어요."
"이봐요, 바트……."
"또 당신에게 적절히 어울리는 사람이어야 한다고도 하셨지요. 당신의 직업, 정신 능력과 개인적인 성향만으로도 대단히 어려운 데, 게다가 당신은 존경받는 명예도 없는 조건입니다."
"나도 쉬울 거라고 생각하지는 않았소. 그래서 당신에게 부탁한 거요, 바트."
"전 이 예외적으로 어려운 상황 속에서도 최선을 다하고 있습니다." 호바트가 사진을 손가락질했다.
"하지만 신세이션 일 면에 스프링 양과 찍힌 이 불명예스러운 사진이 나온 마당에 존경받을 만한 아내를 찾을 수 있다고 어떻게 기대하십니까?"
"사진이 불명예스러울 건 없소."
호바트가 믿을 수 없다는 표정을 지었다.
"없다구요?! 노시에서 가장 평판이 나쁜 종교의 예배당 계단 앞에 두 사람이 서 있는데도요? 농담 마십시오. 자신이 입은 손상에 대해 아무것도 모르시는군요. 대부분의 사람들이 당신을 거리의 강도보다 나을 게 없다고 생각합니다. 이제 그들은 당신이 이런 종파와 모종의 거래가 있거나 그들과 합류한 거라고 생각할 겁니다. 그리고 스프링 양의 존재는 당신 명예에 전혀 긍정적인 요소가 되지 못합니다."
"스프링 양은 이 문제에서 제외요."
닉이 두 손을 책상 위에 대고 일어섰다.
"그녀는 이 일과 아무 관계도 없소."
호바트가 용기를 끌어모았다.
"최근의 신세이션 사진들이 그녀가 일년 반 전에 개입되었던 세상을 경악케 한 스캔들을 다시 기억시키고 있다고 말씀드려야겠군요."
"그런 스캔들 따위에는 신경쓰지 않소."
"신경쓰셔야 합니다. 대단히 저명한 이튼 가문과 연결되어 있으니까요. 당신이 결혼하고 싶어하는 바로 그 사회란 말입니다, 채스턴 씨. 그 배타적인 사회의 사람들은 레드폭스 이튼과의 수치스런 연애 사건에 대해 알고 있습니다. 당신도 잘 알고 계시겠지만, 이튼 씨는 결혼한 남자입니다."
"스프링 양은 레드폭스 이튼과 연애한 게 아니었소."
닉이 침착하게 말했다.
"그 사실은 내가 개인적으로 증명할 수 있소. 다른 사람들 말은 모두 거짓이오."
호바트는 흔들리지 않았다.
"그게 중요한 게 아니라 사람들이 어떻게 생각하느냐가 문제입니다. 그 특별한 계층에 있는 사람들에게는 그녀가 이튼과 놀아난 것이라구요."
"스프링 양에 대해 한 마디만 더 하면 당신 목이 날아갈 줄 아시오."
"제가 방해가 됐나요?"
문 앞에서 지니아가 예의바르게 물었다.
닉이 고개를 돌려 그녀를 보았다. 그녀와 같이 있을 때마다 감지되는 또렷한 느낌이 밀려들었다. 그녀는 길게 늘어진 경쾌한 랩 스커트를 입고 있었다. 립스틱과 같은 붉은 색이었다. 그녀의 눈동자가 이해와 또다른 감정, 그가 알 수 없는 어떤 것으로 인해 빛이 났다. 하지만 그녀가 자신이 원하는 것보다 훨씬 더 많이 호바트와의 대화를 듣고 있었다는 걸 알았다.
"스프링 양."
닉은 분노를 가라앉혔다. 오랜 연습으로 얻어진 결과였다.
"문 여는 소리를 듣지 못했소. 이쪽은 시너지스틱 사의 상담자 호바트 바트요."
"안녕하세요, 바트 씨?"
그녀가 차갑게 미소짓자 호바트는 얼굴을 붉혔다. 그가 회색 넥타이의 매듭을 고쳐 맸다.
"스프링 양, 만나게 되어 반갑습니다."
"고마워요."
지니아가 앞으로 걸어 들어왔다.
"레인 부인은 아직 일하시나요? 그분이 사 년 전 제가 등록했을 때 날 연결시킬 수 없는 등급으로 판정했던 상담자였지요."
호바트의 얼굴색이 더 벌개져 그의 양복과 어울리지 않았다.
"네, 레인 부인은 아직 계십니다. 당신이 그녀에게 얼마나 힘든 경우였는지 상상도 못하실 겁니다. 그 경험을 절대 잊지 못하고 있지요."
지니아가 닉의 책상 끝에 기대어 앉았다.
"저도 그래요."
"네, 네, 물론 잊지 못하실 테지요."
호바트는 대단히 당황한 얼굴이었다.
"시너지스틱 결혼 상담소는 중매하기 어려운 고객들을 맺어 주는 데 성공률이 높아 대단히 자부심을 갖고 있습니다. 당신 경우는 전설 같은 것이 되있답니다."
"재미있군요."
"레인 부인은 당신의 특이한 상황에 대해 가끔 직원들에게 강의하셨지요."
호바트가 그 주제에 열을 올리기 시작하였다.

"제가 듣기로 당신의 MPPI 결과는 잘 되지 않았다고 하더군요."

닉이 쳐다보았다.

"MPPI?"

"다중 정신 초과학 개성 목록이에요. 난 실패했죠."

지니아가 설명했다.

"저, 스프링 양, 그런 테스트에 정답이나 오답이란 없습니다. 그러니까 실패했다고 말할 수도 없지요. 문제는 당신의 정신 능력이 너무 독특해서 시너지스틱 결혼 상담소의 등록자 중에서 적당한 사람을 찾을 수 없다는 거였습니다. 레인 부인이 다른 도시의 목록까지 전부 뒤졌는데도, 운이 따르지 않았죠."

지니아가 닉을 향해 피식 웃어 보였다.

"내가 뉴 벤쿠버와 뉴 포틀랜드까지 폭격을 가했군요."

"저희에게 다시 한 번 맡겨 보시지요."

호바트가 전문적인 중매자로서 보다 희망적인 톤으로 말했다.

"혹시 압니까? 등록자 명단은 계속 변하잖아요. 이번에는 운이 따를 수도 있을지."

"고마워요, 바트 씨."

지니아가 연극하듯 비극적인 미소를 보냈다.

"하지만 전 연결할 수 없는 여자로서의 상황에 완전히 적응했답니다. 두 번이나 그런 판정을 견뎌낼 수 있을지는 모르겠군요."

그런 자기 운명을 순순히 받아들이는 지니아의 말에 닉은 화가 났다.

"적응보다 훨씬 더 넘어선 것 같소. 내가 보기엔 현실을 즐기는 것 같으니 말이오."

지니아는 그의 말을 무시했고, 호바트가 활발하게 대꾸하였다.

"말도 안 되죠. 어울리는 결혼보다 좋은 건 없습니다. 이건 누구나 알고 있는 사실이에요. 우리의 개척자들은 결혼만이 성공적인 사회에 필요한 안정을 제공할 수 있다는 걸 알았죠. 역사는 그들의 생각이 맞았다는 걸 증명했어요. 결혼은 우리 문명 세계의 기본입니다, 스프링 양."

"역시 당신은 프로군요."

호바트의 얼굴이 밝아졌다.

"당신의 사 년 전 기록이 아직 남아 있습니다. 요청만 하시면 언제든 재가입시키겠습니다."

"엄청난 가격도 물론 다시 지불해야 하구요."

지니아는 호바트의 말에 미소를 보냈다.

"바트 씨 수고하실 필요 없어요. 그리고 제가 말씀드리는데요, 채스턴 씨에게 너무 겁먹지 마세요. 그의 본심은 평판만큼 고약하지 않으니까요."

호바트가 눈을 깜박거리며, 장막이 다시 열렸다는 말을 듣기라도 한 듯 그녀를 신기하게 쳐다보았다. 그런 다음 작게 한 번 기침을 했다.

"네, 음, 전 가봐야겠군요. 약속이 꽉 차 있어서요."

그는 닉을 노려보았다.

"아직 설문지는 다 못 쓰셨겠지요?"

"다 썼소. 이 빌어먹을 걸 가져가시오."

닉이 그 두꺼운 설문지를 집어 책상 너머로 던지자, 호바트가 어색하게 받아들었다.

"다음 등록 과정이 준비되면 연락드리겠습니다."

질문서를 움켜쥔 채, 그가 방에서 성큼성큼 걸어나갔다.

지니아는 문이 완전히 닫힐 때까지 기다렸다. 그런 다음 생각에 잠긴 표정으로 닉을 보았다.

"정신 능력 테스트를 받지 않았다고 했잖아요."

"맞소."

"공식적인 등급도 없이 시너지스틱 같은 일류 결혼 상담소의 서비스를 어떻게 받을 수 있죠? 상담소는 등급이 있어야 가입이 가능한데요. 그들은 테스트를 받지 않은 능력자나 프리즘을 중매하지 않아요."

"난 바트와 개인적인 계약을 맺었소. 십 등급의 매트릭스 정도로 생각해 달라고 했소."

"그보다 더 높은 등급일 텐데요."

그녀의 눈이 생각에 잠겼다.

"아, 잠깐. 알았다. 당신은 공식적으로 등록하지 않은 거군요, 그렇죠? 일반적인 가입 기준을 벗어나서 짝을 찾으려는 거군요."

닉은 지니아의 질문이 대답을 요구하는 게 아니라고 결론 내렸다. 그가 책상 뒤의 의자로 돌아가 앉았다.

"내 연락을 받은 모양이군."

"그래요."

그녀는 그 주제에 관해 더 물어 보고 싶었지만, 이내 마음을 바꿨다. "한 시간 전에 페더가 전화해서 폴리 펜위크와 오마 부커를 뉴 벤쿠버에서 찾아냈다고 전해 주더군요."

"점심을 먹으면서 다 말해 주겠소."

"점심?"

"어때서? 지금은 점심 시간이오."

사실 폴리와 오마에 대해서는 오늘 아침 일찍 알아냈지만, 닉은 일부러 지니아와 점심을 같이 하려고 이 시간에 부른 것이었다. 알아낸 시간에 대해서까지 세세하게 설명할 필요는 없겠지. 만약 이 사실을 지니아가 안다면 또다시 미친 듯 화를 낼 테니까.

그가 그녀의 팔을 붙잡았다.

"수영장 옆에서 먹읍시다."

"지금 밖에는 비가 오는데요."

"내 수영장에는 비가 오지 않소."

아만다 퀵
Zinnia

18

잠시 후 채스턴 건물의 지붕으로 올라가 보니 닉의 말이 맞았다. 그녀는 우아한 수영장과 무성한 정원을 덮은 유리 지붕 위로 내리는 빗소리에 귀를 기울였다.

"놀랍군요. 카지노 위에 이런 곳이 있을 줄은 몰랐어요."

"내가 개인적으로 쓰는 곳이오."

그는 집이란 단어를 쓰지 않았다. 그에게 있어 집이란, 신중하게 모든 걸 계획하고 사는 매트릭스에게 아직 현실화되지 않은 개념이리라.

웨이터가 물러날 때까지 기다렸다가 닉은 작은 테이블 너머로 그녀를 쳐다보았다.

"당신이 바트와의 대화를 듣게 되어 유감이오."

"그 사회에 들어가려는 결정이 존경받는 사람이 되는 계획의 일부가 아닌가요?"

지니아는 그 억지 미소 뒤에 고통을 숨기며, 샐러드와 치즈를 집는 척했다.

호바트 바트가 내뱉었던 말에서 느낀 쓰라린 충격도 받아들이려고 했다. 자신에겐 선택권이 없지 않은가.

'신세이션 일 면에 스프링 양과 찍힌 이 불명예스러운 사진이 나온 마당에 존경받을 만한 아내를 찾을 수 있다고 어떻게 기대하십니까?'

과민반응을 보이면 안 된다. 감정을 개입시키면 안 된다. 닉이 결혼할 생각이라는 건 벌써부터 알고 있지 않았던가. 그가 매우 특별한 조건을 내걸고 있다는 점도 놀랄 이유가 없었다. 그는 매트릭스가 아닌가. 배우자로 선택된 여자가 누구이든 그의 거창한 미래의 계획에 어울려야만 할 것이다.

"내 결혼 얘기는 입에 올리지 맙시다."

닉은 대단히 무관심한 어조로 말했다.

"아직 준비 단계일 뿐이오."

"좋아요."

그녀도 그런 얘기는 하고 싶지 않았다. 작은 크래커 하나에 토마토-올리브 잼을 바르며 그녀가 다시 한 번 억지 미소로 답했다.

"본래 얘기로 돌아가죠. 폴리와 오마에 대해 말해 보세요."

"잠깐, 그 전에 당신이 바트에게 한 말은 무슨 뜻이었소?"

"무슨 말이요?"

"시너지스틱 결혼 상담소에 재등록하고 싶지 않다는 거 말이오."

"저한테는 그것 말고도 처리할 문제가 많아요. 게다가 비용도 엄청나구요. 그곳은 뉴 시애틀에서 가장 비싼 상담소잖아요. 그리고 아까 말했듯이, 저라고 두 번씩이나 그런 판정을 받고 싶겠어요. 전문 기관이 연결시킬 수 없는 등급이라고 말할 것은 철저하게 분석한 후 안 된다는 뜻이잖아요."

"상황을 돌파하기보다 우아하게 견디는 타입이군."

"사람은 어떤 상황에도 적응할 수 있답니다."

듣고 싶지 않은 말이었는지 그의 턱에 힘이 들어갔다.

"호바트가 나한테도 연결시킬 수 없는 등급이라는 판정을 내릴 구실을 찾는 게 아닌가 하는 생각이 드오."
"그도 매우 어려워하는 것 같더군요."
지니아가 크래커를 베어 물었다.
"더구나 당신은 엄격한 조건을 내걸었잖아요. 그 불쌍한 호바트가 어떻게 당신 일에 끼어든 거죠?"
닉의 눈동자가 결백을 주장하듯 반짝거렸다.
"내가 무슨 음모라도 꾸몄다고 생각하는 거요?"
지니아가 치즈를 집었다.
"난 당신을 알아요, 채스턴. 원하는 일을 이루기 위해서라면 위협이라도 사용하는 게 당신의 특징이잖아요. 바트 씨를 어떻게 포섭한 거죠?"
닉이 샐러드를 집어들며 어깨를 으쓱했다.
"바트는 내게 만 달러를 빚졌소."
지니아는 치즈가 목에 걸릴 뻔했다.
"만 달러? 믿어지지 않아요. 호바트는 도박꾼처럼 보이지 않던데요. 그가 카지노에서 그 많은 돈을 잃었다는 걸 도저히 상상할 수가 없어요. 당신이 무슨 짓을 한 거죠? 그 사람을 이용하려고?"
"아니."
닉은 재미있다는 표정이었다.
"당신은 사람들의 도박 심리에 대해 잘 모르오, 그렇지?"
"당신은 전문가인 것 같군요."
"그렇소, 난 전문가요. 호바트는 하룻밤 열기에 너무 빠져드는 실수를 저질렀소. 중급과 낮은 등급의 게임자들은 너무 깊이 게임에 빠지기 전에 알아서 중단시키는 것이 카지노의 법률이오."
"중하 계층이 채스턴 카지노에서 생활비까지 몽땅 털렸다는 소문이 나면 사업상 이미지가 나쁘기 때문이겠죠?"
"아주 나쁘지."
"하지만 불쌍한 호바트가 깊이 빠져들 때, 당신은 말리지 않았군요, 그렇죠?"

"바트 문제는 걱정 마시오."

지니아가 격분하며 포크를 내려놓았다.

"이봐요, 닉. 당신이 사회적으로 존경받는 인사가 되고 싶다면, 목적을 이루기 위해 그런 야비한 수법을 쓰는 걸 중단해야 해요."

"당신은 소녀 같은 순진함이 매력적이라는 말을 혹시 주위에서 들은 적 없소?"

"내 순진함에 대해 한 마디만 더하면 당신을 수영장에 밀어넣겠어요. 좋아요, 내 충고를 무시하는군요. 그럼 일 얘기로 돌아가자구요. 폴리와 오마에 대해 말해 보세요."

닉이 방금 구운 빵을 약간 뜯어냈다.

"할 말은 별로 없소. 그들은 뉴 벤쿠버의 일급 호텔에 가명으로 숙박했더군. 내 오만 달러로 즐거운 생활을 하는 모양이요. 하여튼 내 친구들은 그들을 계속 주시할 거요."

"무슨 계획이 있나요?"

"당장은 아무것도 없소. 그들이 사기와 관련되지 않았다는 내 생각은 여전하오. 내가 궁금한 건 그들을 이용해 나에게 가짜 일지를 넘겼던 사람이오. 그가 누구이든, 윌크스 같은 유능한 위조범과 연줄이 닿을 만큼 대단한 부자일 거요."

"그럼 왜 폴리와 오마를 감시하는 거죠?"

"간단한 예방책이지. 난 어떤 사소한 흔적이라도 소홀히 하지 않거든."

"그렇군요."

지니아가 곰곰이 생각에 잠겼다.

"닉, 당신이 한 말에 대해 생각해 봤어요."

"어떤 말?"

"당신은 윌크스의 집을 뒤진 사람이 그 일지 위조에 대한 대금 지불 영수증을 찾는 것 같다고 했잖아요."

"그래서?"

"어젯밤 매트릭스 회계사에게 집중을 했거든요. 사실, 차가 멈췄을 때 그 일을 막 마치고 돌아오던 중이었어요."

닉은 잊고 있었던 분노가 되살아났다.

"차는 우연히 멈춘 게 아니었소. 전문가가 누군가 일부러 조작한 거라고 했소. 젤리 아이스 주입기를 풀어 놓았다더군."

지니아는 한숨을 쉬었다.

"덱서 씨는 정말 사람의 인내력을 시험하는군요. 하여튼 제 고객도 돈이란 반드시 흔적을 남긴다는 말을 했어요."

"그 말은 맞소, 그렇지."

"오늘 아침 당신과 제 고객 퀸타나 씨가 한 말에 대해 생각했죠. 세 번째 탐험에 연결된 재정적 흔적도 있을 거라는 생각이 스치더군요."

"삼 년 전 그걸 찾기 시작했을 때 제일 먼저 점검해 봤소. 재정적 기록은 개인적인 서류와 마찬가지로 사라졌더군."

"모두 다요?"

"그 탐험은 뉴 포틀랜드 대학이 후원했소. 그 당시의 재정 기록들은 삼십오 년 전 일어난 화재로 불타 버렸소."

그녀가 천천히 포크를 내려놓았다.

"또 하나의 놀라운 우연이군요."

닉의 눈썹이 올라갔다.

"매트릭스에 관한 전문가라면, 나 같은 사람에게는 우연이라는 말이 별 의미가 없다는 걸 알 텐데."

"누군가 일부러 대학의 기록들을 없앴다고 생각하세요?"

"물론이오. 어머니를 정글 한복판에서 죽게 만들고 게다가 집까지 일부러 불대운 것과 마찬가지지."

지니아는 몸서리를 쳤다.

"이렇게 말하긴 싫지만, 여기에 어떤 패턴이 있어 보여요."

"매트릭스 분석의 멋진 세계로 들어온 걸 환영하오. 당신 말이 맞소. 패턴이 있지. 무슨 일이든 언제나 패턴이 있는 법이오."

그녀는 자신이 내린 결론이지만 얼떨떨했다.

"세 번째 탐험에 대한 흔적을 고의적으로 없애려는 사람이 있다고 생각하세요?"

"그래서 그런 일이 일어난 거요. 거기에 실패하자, 세 번째 탐험을 전설로 돌리려고 애썼지."

그녀가 냅킨을 움켜쥐었다.

"하지만 왜 그렇게까지 했을까요?"

"예상되는 이유는 탐험대가 아주 중요한 존재였거나 아니면 아주 귀중한 것을 발견했다는 거요. 살인자는 모든 어려움을 감수할 만큼 그걸 숨기고 싶었던 거지."

"살인자가 누구이든, 매트릭스임이 분명해요."

닉이 입으로 가져가던 스푼을 멈추고 조심스레 내려놓았다. 그리고 그녀의 눈을 뚫어져라 마주 보았다.

"매트릭스 전문가로서의 진지한 관찰이오, 아니면 순간적인 생각이오?"

"진지한 관찰이죠. 이토록 철저하게 일을 처리한 것을 보면 이 뒤에 반드시 매트릭스가 있다는 생각이 드네요."

"체계적인 패턴이 있다는 점에는 동의하오."

닉이 잡고 있던 커피-티 잔을 천천히 쓰다듬었다.

"그리고 결국에는 탐험에 관한 역사가 다시 쓰여지는 거겠지."

그 외의 말은 없었지만 지니아는 프리즘을 찾는 정신적 능력의 요구를 느꼈다. 한순간 머뭇거리다가 그녀도 이내 응답을 보였다.

닉을 위해 집중을 할 때마다 느껴지는 깊은 만족감이 전해졌다. 두 사람은 서로에게 집중했다.

만약 닉이 이 연결로 일어나는 지니아의 감정을 알고 있다면, 본인도 아닌 척하기는 쉽지 않으리라. 그가 분석을 시작했다.

복잡한 매트릭스가 크리스털 프리즘의 형이상학적 평면 위에 형태를 나타냈다.

"너무나 많은 증거 서류가 사라졌소. 하지만 사라진 방식에 역시 패턴이 있군. 제일 먼저 재정적인 기록이 없어져야 했지."

프리즘 속에서 연결점들이 반짝였다.

"그런 기록들이 가장 위험하다고 생각했겠죠."

지니아가 말했다.

"그의 생각이 옳았소. 그는 사업가처럼 이성적이군, 대단히."

닉이 창조한 매트릭스가 점점 더 날카로워졌고 훨씬 더 복잡해졌다. 수많은 점들이 우주를 통해 번져 나갔다. 그 하나하나가 닉의 생각이나 이론, 사실이나 인상을 대표하는 것이었다. 그의 능력이 전체적으로 그들을 살피며, 연결점과 연결 고리를 찾아헤맸다. 그녀는 복잡한 정신 분석을 행하는 극히 드문 강력한 매트릭스를 보는 순간이라는 걸 알았다.

"누군가 세 번째 탐험이 역사 속에서 사라지도록 만들었소. 그리고 결과는 대단히 성공적이었소. 삼십오 년이 지났을 뿐인데, 벌써 전설이 되어 버렸으니까. 공식적으로 그건 존재하지도 않소. 몇 년만 더 지나면 완전히 잊혀질 거요."

"당신과 드포리스트 교수 같은 몇몇 사람들만이 기억할 뿐이겠죠."

"우리에겐 탐험이 실재했다는 증거가 없소."

닉이 부드럽게 말했다.

그가 창조한 패턴이 복잡하게 나타났다.

"무얼 보는 건가요?"

그녀는 그의 능력에 매혹되어 어지러웠고 패턴을 해석할 수가 없었다. 닉만이 완벽하게 이해할 수 있었다. 그는 대단한 능력의 매트릭스였다. 몇 차원을 넘나들며 작업하며, 눈에 보이지 않는 가능성과 부적절한 연결점까지 능숙하게 찾는 마술사였다.

닉이 더욱 현란하게 패턴을 분석했다.

"돈의 흔적."

"어떤데요?"

"레오에게 그런 건 완벽히 씻어낼 수 없다고 말했었지. 하지만 이 경우엔 누군가 완벽하게 증거를 말소하기 위해 대단히 노력하고 있소. 그건 그 사람이 돈줄의 성격을 잘 파악한다는 뜻이오."
 "그래서요?"
 "돈의 흐름을 진정으로 아는 사람만이 흔적도 제대로 숨기지."
 경고도 없이, 닉이 능력의 흐름을 중단시켰다. 매트릭스가 형이상학적 평면에서 깜빡깜빡 사라져 갔다.
 "그래서요?"
 지니아가 재촉을 해댔다.
 "뉴 포틀랜드 대학이 그 탐험을 후원했었소."
 "그 점은 알고 있어요. 하지만 기록들은 세렌디피티를 출발하기 전에 계획이 취소되었다고 남겨졌잖아요. 그게 어떻다는 거죠?"
 "대학들은 그런 대탐험에 자기 돈을 투자하지 않소. 비용이 너무 많이 들거든. 그들은 보조금을 댈 부유한 회사들을 찾았을 거요."
 "무슨 말인지 이해가 돼요."
 지니아가 천천히 말했다.
 "재정 기록을 파괴한 사람은 그것들이 자신을 노출시키리라는 걸 알았소. 우린 세 번째 탐험을 지원한 대학에 돈을 대준 사람을 찾아야 하오. 그를 알아낸다면, 아버지를 죽인 자도 찾아내는 거지."
 "아버지가 살해되었다고 확신하나요?"
 "그렇소."
 닉의 손이 잔을 난폭하게 움켜쥐었다.
 "어머니와 같이. 모든 면에 매트릭스 패턴이 있소. 이제 가설은 완벽하오. 아버지는 자살한 게 아니었소. 당신이 찾아낸 어떤 비밀 때문에 살해당한 거요. 그 비밀은 일지 안에 있소. 어머니는 아버지의 실종에 의문을 품고 있었기 때문에 위험 인물이었지. 살인이 들통날 수 있는 편지나 메모가 있는 경우를 대비해서 어머니의 집도 불태웠던 거요."
 "하지만 아버지의 마지막 편지는 남았잖아요. 당신을 맡기면서 앤디 아오키의 창고에 숨겨놓은 편지요. 어머니는 왜 그 점을 아오키 씨에게 말하지 않았을까요?"

"너무 많이 알고 있으면, 그가 위험에 처할까 봐 두려웠겠지. 자신이 좀더 알아낼 때까지 비밀로 부친 걸 거요."

"어머니는 매우 용감한 분이네요."

지니아가 말했다.

"당신 아버지가 어머니를 사랑하게 된 것도 너무 당연해요."

"그렇소."

닉이 묘한 표정으로 그녀를 쳐다보았다.

"난 두 분 다 알지 못하지만, 최근에 처음으로 그분들과 나와의 강력한 끈을 느끼기 시작했소. 언젠가 이렇게 될 거라고 앤디가 항상 말했었지."

지니아가 살며시 그의 손을 잡았다.

"닉, 당신 말이 맞다면, 탐험 과정 중에 살해당한 건 당신 아버지뿐이 아니었어요. 다섯 명의 남자가 정글에서 사라졌다고 드포리스트 교수에게 들었어요. 그게 무슨 뜻인지 알겠어요? 누군가 탐험대 전원을 살해하고 모든 기록을 바꿔 놓았던 거예요."

"여섯 명이오."

닉이 중얼거렸다.

"뭐라구요?"

"아버지의 편지에는 분명히 아침에 여섯 명이 출발할 거라고 쓰여 있소, 기억나오?"

지니아가 깊은 숨을 들이마셨다.

"그래요. 하지만 드포리스트는 다섯 명이라고 했어요."

"드포리스트가 숫자를 잘못 생각한 모양이지. 그는 단지 짐작했을 거요. 아버지의 이전의 두 탐험 때 팀은 아버지를 포함해서 다섯 명으로 구성되었으니까. 하지만 늙은 미치광이가 일생에 단 한 번 옳은 말을 한 거라면? 다섯 명으로 계획되었다가 마지막 순간에 여섯 번째 남자가 추가된 거라면 그렇게 알고 있는 게 당연하지 않소?"

"바돌로뮤 채스턴과 나머지 네 명을 죽인 사람이 탐험대의 일원이었다는 뜻이겠죠."

"그렇소. 그리고 그 살인자는 돌아와서 역사를 바꾸려고 시도했소. 그렇게 철저하게 기록을 파괴할 수 있는 사람이라면 몇 가지 거짓말을 만드는 건 쉬웠겠지."

"왜 당신 아버지는 마지막 순간에 그 사람을 받아들였을까요? 그분은 언제나 정글을 잘 아는 사람만을 고집하셨다면서요. 다섯 명을 계획했고 다섯 명이 채워졌다면, 어째서 새 사람을 받아들였을까요?"

닉의 희미한 미소는 극히 차가웠다.

"나도 모르오. 하지만 짐작할 수는 있지. 그 자가 탐험 비용을 부담한 사람이라면 받아들일 수밖에 없었을 거요."

"하지만 대학 관계자들은 그 여섯 번째 남자에 대해 알았을 거예요. 그가 탐험에 간다는 걸 모를 리 없잖아요."

지니아가 흥분해서 두 손을 휘저었다.

"맙소사, 그랬다면 대학 기록에 탐험이 있었다고 나왔겠지. 하지만 그들은 탐험이 취소된 줄 알고 있소."

닉은 머리를 저었다.

"여섯 번째 남자가 편집증적 매트릭스였다면 탐험대에 합류한다는 사실을 대학에 알리지 않았을 거요. 그게 이치에 맞아."

지니아가 깊이 숨을 내쉬었다.

"편집증적인 매트릭스?"

"그렇소, 모든 곳에 매트릭스의 흔적이 너무나도 선명하오. 내 아버지도 그 사람이 매트릭스라는 걸 분명히 알았거나 의심했었을 거요."

"그리고 그 신입 대원을 경계했겠죠?"

"맞소."

지니아도 신중하게 생각했다.

"음모 이론이군요. 당신 추측이 정확하다면, 세 번째 탐험에 돈을 댄 사람이 탐험에 끼어든 게 분명해요."

"그는 아버지가 무언가를 발견했을 때 거기 있었고 그 중요성을 알았겠지. 아버지와 탐험대 전원을 죽인 후, 일지를 손에 넣고는 돌아온 후에 자신의 탐험 흔적이 발견되지 않도록 관련 서류를 없앴을 거요. 그리고 그 다음에 탐험과 관련된 모든 서류들을 체계적으로 지웠을 테고."

"닉, 기다려요. 나한테는 당신의 논리 전개가 너무 빠르다구요. 살인자가 그 일지를 삼십오 년 간 안전하게 숨겨 두었다면, 어째서 갑자기 몇 달 사이에 채스턴 일지 소동이 일어난 거죠?"

"고서의 거래에 관해 생각해 보면, 그 일지는 최근에 잃어버렸거나 도둑맞았을 거요. 그런 다음 뉴 포틀랜드에서 죽은 그 수집가에게 팔렸던 거겠지."

"그리고 불쌍한 모리스 펜위크가 우연히도 그걸 찾아낸 거구요."

"모리스의 가게를 뒤진 사람이 사실은 아무것도 찾지 않았다고 말한 적 있었을 거요. 그 장소가 어지럽혀진 방식에는 어떤 패턴도 없었소."

"그건 살인자가 이미 그 일지가 거기 없다는 걸 알았다는 뜻이군요. 그 자는 모리스가 돈 때문에 살해된 거라고 사람들이 생각하길 바란 거예요."

닉이 천천히 고개를 끄덕였다.

"살인자는 이미 알프레드 윌크스에게 가짜 일지를 맡겼던 거요. 그는 폴리와 오마가 찾아내서 나에게 팔도록 수를 써 놓았지. 내가 그 일지를 받고 떨어져 주길 원했던 거요."

지니아가 커피-티 잔을 감아쥐었다.

"누군지 모르지만, 당신이 높은 등급의 매트릭스라는 걸 몰랐던 게 분명해요."

"내가 매드릭스라 해도 속일 수 있다고 생각했겠지."

"대단히 오만하군요. 하지만 사실 이 계획 전체가 무척이나 대담하군요."

"그렇소."

"닉, 이 모든 결론을 확신하세요? 이건 정말 대단히 엄청난 음모 이론이에요."

"이 상황에서 내릴 수 있는 가장 적절한 결론이오. 아버지의 마지막 탐험을 후원한 자를 찾아야만 해."

"삼십오 년이란 시간이 흘렀어요."

지니아가 부드럽게 말했다.

"기록들도 전부 사라졌구요."

닉의 눈이 난폭하게 불타올랐다.

"아무리 매트릭스라 해도 점원, 회계사, 삼십오 년 전 커다란 대학의 예산 부서에서 일한 모든 사람을 전부 제거하기는 힘들 거요."

지니아가 인상을 찡그렸다.

"당신 말이 맞아요. 세 번째 탐험에 대한 자금줄을 기억할 만한 사람이 몇 명은 남았겠죠. 지금쯤은 은퇴했겠지만요."

"연금을 통해 추적할 수 있소. 페더에게 몇 군데 전화하라고 해야겠군."

지니아가 미소지었다.

"당신은 정말이지 믿겨지지 않아요."

"칭찬이오, 비난이오?"

"신경쓰지 마세요. 이 새로운 계획에 내가 당신을 도울 수 있는 것은 뭔가요?"

"당신은 이미 많이 돕고 있소."

닉은 그녀의 손을 잡아 손바닥에 얼굴을 부볐다.

"당신이 내 영감을 불러일으켰소. 당신이 아니었다면, 모든 걸 이렇게 빨리 정리할 수는 없었을 거요."

처음에는 놀리는 거라고 생각했지만, 그의 눈을 보았을 때 거짓 없는 진심이라는 걸 깨달았다.

"고마워요."

그녀는 쑥스러운 목소리로 낮게 중얼거렸다.

"하지만 더 당신을 돕고 싶은 걸요. 당신에게 영감이 되는 것만으로는 나같이 성취욕이 강한 사람에게는 부족하거든요."
 "그럼 더 이상 무얼 하고 싶소?"
 지니아가 의자 등에 몸을 기댔다.
 "드포리스트 교수와 다시 얘기해 보면 어떨까요? 그가 좀더 흥미로운 사실을 알고 있을지 몰라요."
 "시간 낭비요. 그 사람은 미친 얼간이에 지나지 않소."
 닉은 작은 탁자 위의 전화기로 손을 뻗었다.
 "무얼 하려구요?"
 "페더에게 뉴 포틀랜드 대학의 예산부에서 은퇴한 자들을 찾으라고 해야겠소."
 "그리고 우리는 뭘 하죠?"
 그녀를 쳐다보는 그의 시선에는 새로운 생각이 담겨 있었다.
 "우리 수영합시다."
 "전 수영복도 없는 걸요."
 "탈의실에 하나 있을 거요. 빨간 색, 내가 페더에게 전화하는 동안 갈아입으라구."

아만다 퀵
Zinnia

19

불타는 듯한 빨간 수영복이 완벽하게 어울렸다.
당연하지.
매트릭스에게 버릴 수 없는 귀찮은 것 한 가지가 있다면 모든 사물에 대해서 저절로 평가를 한다는 점이었다. 그것들은 복잡한 다차원의 형이상학적인 도표로 그려져, 한정된 공간의 분량과 모든 교차선의 각도를 가늠했다. 여자를 보면 그녀의 속옷 치수까지 짐작할 수 있었다.
지니아는 닉이 그 특별한 매트릭스 능력으로 그녀의 치수를 짐작했을 거라 생각했다. 한밤중에 혼자 있을 때에도 가끔 자기 생각을 할지 궁금했다. 매트릭스의 자위 행위는 분명 보통 사람들보다 흥미로울 것이다.
매트릭스들이 공간에 대한 감각만큼 사람과의 관계를 잘 익히지 못한다는 것은 슬픈 일이었다.
그녀는 수영장 끝으로 걸어가 내려앉아 잠시 닉이 수영하는 모습을 지켜보았다. 물살을 가르면서 물방울 하나 튀지 않고 수영하는 것이 놀라웠다. 그가 발산하는 힘은 보기 좋았다.

매끈한 어깨 근육이 물기로 반짝거렸다. 그는 질주하는 상어와 같이 우아하면서도 강력한 몸놀림으로 전진해 나갔다. 웨스턴 섬에서 자랐다고 했었지. 그는 집 안의 안전한 뒤뜰 수영장이 아니라, 한시도 방심할 수 없는 바다에서 수영을 배웠을 것이다.

중간쯤에서 방향을 돌려 닉은 그녀 쪽으로 헤엄쳐 와서는 한 손으로 그녀의 다리 가까운 곳의 벽을 짚어 깊은 물 속에서 자신을 지탱시키며, 다른 한 손으로는 이마 뒤로 젖은 머리카락을 쓸어넘겼다.

"수영복이 잘 맞을 줄 알았소."

만족감과 소유욕이 섞인 시선으로 그가 살펴보았다.

"완벽하게."

그가 미소지었다.

"당신의 트레이드 색이고."

그녀는 그를 내려다보았다. 그의 눈은 여전히 뜨거웠다.

"수영 말고 다른 취미는 뭔가요?"

그 질문에 놀란 듯 그가 약간 당황스런 표정을 지었다.

"수영은 취미가 아니오. 효과적인 운동 방법이기 때문에 하는 거지. 난 취미가 없소."

"그렇군요."

전형적으로 강박적인 매트릭스야. 그들에게 중간이란 없었다. 모든 관심과 힘을 쏟을 만큼 아주 흥미롭거나 아니면 전혀 가치가 없는 두 가지에서 선택을 한다.

그가 뚫어지게 그녀를 쳐다보았다.

"당신은?"

"취미가 있냐구요?"

그녀가 아쉽다는 듯 머리를 내저었다.

"저도 없네요. 지난 몇 년 간 다른 일들 때문에 너무 정신없이 바빴거든요. 하지만 나중에 때가 되면 정원 가꾸는 취미를 갖고 싶어요."

"그렇다면 지금 살고 있는 아파트에서 이사해야 할 거요."

"물론이죠."

"집과 땅도 필요할 거요."

"그래요."

그는 잠시 말이 없다가, 일부러 그녀의 허벅지에 손을 놓았다. 천천히 아래쪽으로 움직여 잠시 무릎을 감아쥐었다. 그녀는 차가운 손의 감촉에 움찔했지만 이내 그의 손바닥 열기로 따뜻해졌다.

그가 다시 시선을 들었을 때 여전히 그 눈은 불타고 있었다.

"마음을 정했소?"

그가 물었고, 그녀는 그 말뜻을 알아들었다.

"그래요."

"마음을 정했다는 뜻이오, 아니면 나와 사귀기로 결정했다는 뜻이오?"

"둘다예요."

"지니아, 내 능력도 날 미치게 못하는데 당신은 확실히 날 미치게 해."

그의 눈동자엔 웃음과 환희가 가득했다. 그의 손이 그녀의 허리를 감싸안았다.

"이런, 잠깐만요."

그녀가 소리를 질렀지만, 이미 때는 늦었다.

그가 그녀를 잡아당겨 물 속에서 안아 버렸던 것이다.

"숨쉬라구."

차가운 물의 충격에 숨이 막힐 지경이었다.

환하게 웃는 그의 얼굴에서 하얀 이가 반짝거렸다. 그가 그녀를 끌고 물 속 깊이 잠수해 들어갔다. 그 갑작스런 행동에 어지럽고 정신이 없었다.

그는 그녀를 단단히 붙잡고 고요한 푸른 물의 세계를 헤엄쳐 수영장의 가장 밑바닥으로 끌었다. 바닥에 이르자 다시 빛을 향해 올라가기 시작했다. 더 이상 숨을 참지 못할 것 같은 순간, 그들은 다시 물 위로 떠올랐다.

"야만인."

그의 어깨를 움켜쥔 채 그녀가 시원한 웃음을 터트렸다.

"꼭 복수할 거예요. 언제가 될지는 모르지만."

"기대하겠소."

그 눈 속의 웃음기가 그녀의 심장까지 떨게 만드는 흥분으로 변했다. 그의 입술이 얼굴로 내려와 그녀를 찾고 재촉하며 자극시켰다.

한참만에 그가 고개를 들었을 때, 그녀의 손은 떨리고 있었다. 그가 안전하게 잡아 주지 않았더라면 물 속에 빠져 버렸을 것이다.

"우리가 진짜 연인이 되었으면 좋겠소."

그가 말했다.

"이보다 더한 진짜 연인이 있을까요?"

닉의 입이 팽팽해졌다.

"더 이상 당신과 게임하기 싫다는 뜻이오."

"게임?"

"난 당신을 인테리어 디자이너로 고용한 척하지 않을 거요."

그녀는 인상을 찡그렸다.

"그 인테리어 디자이너 얘기를 믿을 사람은 없을 걸요. 신세이션에 그런 사진이 났으니까요. 하지만 닉, 당신에게 경고하는데요, 나와 데이트하는 건 존경을 얻으려는 당신의 계획에 별 도움이 안 될 거예요."

"존경 따위는 걱정 마시오. 난 얻을 수 있으니까."

그의 눈동자가 빛을 발했다.

"당신만 빼고. 그 무엇으로도 당신만은 살 수가 없소, 지니아."

그녀가 그의 목을 어루만졌다.

"당신도요."

"우리 둘다 상품이 아니지."

그는 만족감을 드러내었다.

"내일 밤 공식적으로 우리 사이를 밝힙시다."

"내일 밤 무슨 일이 있나요?"
"당신을 개척자 클럽 무도회에 데려갈 거요."
그녀가 눈썹을 치켜 떴다.
"닉 채스턴과 주홍 아가씨가 자선 무도회에? 오, 이런. 소위 상류 계층 사람들이 정신없이 입방아를 찧어댈 걸요."
"빨간 옷을 준비하라구."
그가 머리를 숙여 다시 한 번 입을 맞췄다.
닉의 의도를 알고 그녀가 간신히 입술을 뿌리쳤다.
"닉, 맙소사, 여기선 안 돼요. 웨이터가 돌아올 거예요."
"부를 때까지는 오지 않을 거요."
그가 한 손으로 그녀를 잡고 단 한 번의 동작으로 수영복을 허리까지 밀어내렸다. 평생에 다른 여자는 한 번도 본 적이 없는 사람처럼 경외감 어린 눈초리로 그녀를 쳐다보았다.
"너무나 아름다워."
객관적인 눈으로 보면 그녀는 그다지 아름다운 수준이 아니었다. 하지만 그것은 객관적인 시각일 뿐, 그는 매트릭스다. 그에게 있어 아름다움이란 다른 사람들보다 훨씬 더 복합적이고 다차원적이었다. 그녀가 두 손으로 그의 얼굴을 감쌌다.
"당신도 그래요."
그가 물 밖으로 그녀를 들어올려 잇사이로 젖꼭지 하나를 깨물었다.
그녀의 몸이 흥분으로 부들거렸다. 머리에서 흐르는 물방울이 등까지 미끄러져 갔다. 닉의 몸에 손톱을 묻고 그의 몸에서 느껴지는 전율에 야성의 기쁨을 느꼈다. 현란하고 황홀한 자유로움이 혈관 속으로 넘쳐흘렀다. 그녀는 자신의 여성적인 힘에 모든 걸 맡겼다.
닉이 빨간 수영복을 엉덩이 밑으로 끌어내리자, 잠시 후 그것은 물 위를 둥둥 떠다녔다. 그녀가 그의 수영복 허리 밑으로 손을 내리자 그의 눈빛이 윤기가 났다.
그의 허벅지에 손바닥을 펴 그 단단한 근육을 느껴 보다가, 수영복 안으로 손을 넣었다. 그녀의 손에 단단한 그의 남성이 들어왔다.
그가 숨을 들이켰다.
"당신이 내 영감이라고 말했지."
그녀는 그의 느낌에 매혹된 채 부드럽게 손을 놀렸다.
"아까 말한 건 취소해야겠어요. 당신의 영감이 된다는 것은 나같이 성취욕이 강한 여자에게도 충분히 만족스러워요."
"더 가까이 오시오."
그가 허리로 그녀의 두 다리를 끌어당겼다. 그의 감촉에 관능적인 전율이 관통하며 지나갔다.
그녀의 허벅지 사이로 몸을 밀어붙이며 그는 천천히 압박을 가했다. 황홀한 감각이 온통 그녀를 휘감았다.
"당신을 원해요."
"진짜 원한다는 말뜻이 무언지 모를걸."
그가 말했다.
"당신은요?"
"알고 있소."
그가 손가락 하나를 그녀의 안으로 집어넣었다.
"후, 그래. 난 죄다 알고 있소. 당신을 볼 때마다 당신을 생각할 때마다 느끼는 거지."
그는 그녀의 안에 압력을 유지시키며 엄지손가락으로 그 작은 감각의 핵심을 부벼댔다.
"아니면 당신과 연결될 때마다."
지니아의 눈이 화들짝 커졌다.
"당신도 집중할 때 충동을 느끼는군요."
그가 살짝 미소지었다.
"이걸 말하는 거요?"
형이상학적인 평면에 힘이 쏟아지며 강렬하게 프리즘을 요구해 왔다. 지니아는 제일 처음 만났을 때처럼, 언제나 그렇듯이 본능적으로 정열적인 반응을 보였다. 강한 충동, 아니 그보다 더한 느낌이 집중 연결에서 반짝거렸다.
"그래요, 이거."
그녀가 속삭였다.
"처음 이걸 느꼈을 때 난 벼랑 끝에서 떨어지는 것 같았소."
닉은 천천히 묵직하게 그녀의 속으로 밀어붙였다.
"난 드디어 미쳐 버리게 된 건지 알았소."
"난 진짜 정신적 흡혈귀와 만난 줄 알았어요."
그를 맞기 위해 몸을 펼치며 그녀가 숨을 모았다.
"절대 당신을 아프게 하지 않을 거요."
'하지만 언젠가는 그렇게 될 걸요,' 그녀는 생각했다. '호바트 바트가 당신의 계획에 어울리는 완벽한 신부감을 찾아내면, 그녀와 결혼할 거잖아요. 그러면 당신은 정신적 능력으로 하는 것보다 훨씬 더 날 아프게 할 거예요.'
닉이 그녀 안으로 완전히 들어왔다. 그 순간 지금 그가 언젠가 결혼할 그 이름도 얼굴도 모르는 신부감에 대해서는 전혀 생각지 않는다는 걸 그녀도 알았다. 전형적인 매트릭스가 그렇듯이, 그는 눈앞의 과제에 완벽히 몰입해 있었다.
그 과제는 그녀와 사랑을 나누는 것이다.
미래의 일은 그때가 오면 걱정하자. 그녀는 자신에게 일렀다.
형이상학적인 평면에서, 강렬한 힘이 크리스털같이 맑은 프리즘 속으로 흘러들었다. 지니아는 한순간 그가 자신의 마음을 알든 모르든 최선을 다해 자신을 사랑해 주고 있음을 깨달으며 황홀했다.

닉은 유리 지붕을 때리는 빗줄기의 패턴을 무심코 분석하고 있었다. 여전히 붕붕 떠다니는 것 같았지만, 그것은 착각이었다. 지금은 수영장 안에 있는 것이 아니었다. 그와 지니아는 두꺼운 수건을 몸에 감고 나란히 놓인 긴 의자에 누워 있었다.

이제는 모든 것이 통제될 것 같았다. 그는 목적을 이루어냈다. 그녀가 애인이 되기로 동의한 것이다. 그런데 이 차갑고 불안한 냉기가 어째서 가시지 않는 걸까.

어떤 한 가지 요소가 여전히 올바르지 않다는 느낌이었다. 무엇이 빠져 있는 것인지 알아낼 수가 없었다. 아직은 올바르지 않다는 것만 알 뿐이었다.

"닉?"

지니아가 고개를 돌려 미소를 보냈다. 그녀의 따뜻하고 나른한 눈동자 깊숙이에서 여성적인 만족감이 빛나고 있었다.

"뭐가 잘못됐어요?"

"그냥 생각하고 있었소."

"매트릭스에게는 언제나 나쁜 징조뿐이죠."

그는 그 말을 무시했다.

"왜 사귀기로 동의한 거요?"

"벌써 불평이에요?"

"진지하게 묻는 거요."

"당신은 언제나 진지하죠. 아니, 거의 언제나."

"당신이 왜 이 일을 발전시키기로 했는지 알고 싶소."

"닉, 당신은 매트릭스이고 그래서 패턴에 맞는 것 같지 않은 사소한 일에 집착한다는 것도 알아요. 하지만 어떤 것들은 그냥 받아들여야 하는 거라구요."

그는 확고한 시선으로 그녀에게서 시선을 떼지 않았다.

"우리가 연결될 때 느끼는 것 때문이오?"

"아뇨."

그녀가 미소지었다.

"그게 흥미롭다는 점은 인정하지만요."

"섹스가 훌륭해서인가?"

"아뇨, 그 점도 대단히 흥미롭지만요."

"적당한 남자를 기다리는데 지쳐서 그 대신 나와 사귀어 보기로 한 거요?"

"아뇨."

"평소에 매트릭스를 불쌍하게 여기다가 내가 당신이 만난 사람 중에 가장 높은 등급의 매트릭스이기 때문에 더 동정하기 때문이오?"

"편집증적으로 흐르고 있어요, 닉."

그가 몸을 일으켜 그녀를 내려다보았다.

"왜 나와 사귀려고 마음먹었소."

"맙소사, 뻔하지 않나요?"

그녀가 벌떡 일어나 수건을 움켜쥔 채 탈의실로 향하며 말했다.

"당신을 사랑하기 때문이에요."

닉은 숨이 멎을 것만 같았다. 간신히 폐 속으로 공기를 넣었을 때는, 그녀는 이미 탈의실로 사라진 후였다.

그리고 그의 매트릭스의 패턴들이 뒤죽박죽 엉망으로 뒤섞여 버렸다.

개척자 클럽의 호화로운 바로 들어섰을 때도, 그는 세 시간 전 지니아가 던진 말의 충격에서 헤어나지 못했다.

'그녀는 나를 사랑한다.'

그녀는 그의 전세계를 뒤흔들어 놓았다. 그녀가 무심코 던진 그 간단한 말을 매트릭스와 조화시켜 보려고 얼마나 안간힘을 쓰고 있는가.

그녀는 말 그대로 받아들이라는 뜻은 아니었을 것이다. 이런 말을 세 시간 동안 벌써 76번째 되뇌이고 있었다. 어쩌면 섹스를 좋아한다는 의미일지도 모른다. 어차피 그녀는 비교할 대상도 없지 않은가.

그녀가 말한 사랑이란 혼란스런 정열을 뜻하는 것이겠지. 다른 연인을 만나 보지 못한 여자가 쉽게 빠질 수 있는 함정 같은 것.

하지만 그게 사실이라 해도, 그는 지니아의 사랑이란 말을 절대 잊지 못할 것이다. 너무나 오랫동안 닫고 살았던 그의 마음속에 어떤 따뜻함이 싹텄다. 그 반가운 불길을 꺼버린다면 앞으로 자신은 어떻게 될까.

다시 예전의 차가움으로 되돌아가는 생각은 결코 유쾌하지 않았다.
 의자에 혼자 앉아 있는 오린 채스턴이 보이자, 새로운 문제들로 머리가 복잡해졌다. 그 남자의 어깨는 처져 있었고, 앞의 테이블에는 스카치가 놓여 있었다.
 닉은 묵직한 양탄자가 깔린 방을 가로질렀다. 해가 저물면서 클럽 바는 고급스런 차림의 회원들로 가득 차기 시작했다. 개척자 클럽은 뉴 시애틀의 정치 엘리트와 사업가들이 만나는 장소였다. 묵직하고 어두운 후기 탐험 시대의 장식들이 도시 정책과 경제에 영향을 미치는 중대한 결정을 하기에 안성맞춤이었다.
 닉은 방을 가로지르며 중얼거리는 대화들을 들었다. 다양한 주제였지만, 그 핵심은 언제나 돈문제였다.
 "안녕하세요, 오린 삼촌."
 오린이 시선을 들다가, 테이블 옆에 선 닉을 보자 놀라며 뒤늦게 어깨를 쭉 폈다.
 "여기서 대체 뭐하는 거냐?"
 "얘기 좀 하고 싶어요."
 닉이 오린의 맞은편에 앉았다.
 "물어 볼 게 있거든요."
 "클럽에는 어떻게 들어왔지?"
 오린이 불만스러운 시선으로 입구 쪽을 힐끗 보았다.
 "여긴 회원들만 들어올 수 있어."
 닉은 냉혹하게 미소지었다.
 "다른 사람들하고 똑같이 들어왔지요. 회원권을 샀거든요."
 오린의 턱이 굳어졌다.
 "믿을 수 없어."
 "제 회원 카드를 보여 드릴까요?"
 "제기랄, 난 여기서 사업상 만날 사람이 있어."
 "새로운 투자자와의 상담인가 보죠?"

"채스턴 사의 미래에 대해 너와 논의할 생각은 추호도 없다."

닉은 어깨를 으쓱했다.

"마음대로 하시죠."

그가 주머니에 손을 넣어 윌크스의 작업실에서 찾아낸 황금 단추를 꺼냈다.

"이렇게 중요한 걸 어디서 잃어버렸는지 말해 주실래요?"

오린의 눈썹은 놀라움으로 치켜 떠졌다.

"그건 내 거야. 찾고 있던 중이었지. 그걸 대체 어디서 찾아낸 거냐?"

"그냥 굴러다니더군요."

"이리 내."

오린이 거만한 태도로 손을 내밀었다.

"그건 내 단추야. 복사본을 만들어야겠다고 생각하던 참이었다."

닉이 단추를 손 안에 쥐었다.

"내 아버지 단추는 어떻게 됐죠?"

오린의 얼굴이 불쾌한 자줏빛으로 변했다.

"그건 네가 신경쓸 일이 아니야. 가문의 단추는 합법적인 후손에게만 물려주는 거다. 내 단추를 내놔. 그건 내 거야. 그걸 주지 않으면, 넌 도둑이야."

"어디서 잃어버렸는지 알고 싶어요."

"몰라. 그냥 며칠 전에 잃어버렸다는 걸 알았을 뿐이다. 네가 어떻게 찾아냈는지 오히려 내가 물어 봐야지."

"난 알프레드 윌크스의 집에서 찾았지요."

오린의 얼굴을 주의 깊게 살펴보았지만 놀라는 기색은 전혀 없었다.

"윌크스라는 사람이 누구냐? 당장 이리 내놔라."

닉은 천천히 손을 펴 오린의 손바닥에 단추를 떨어뜨리고는 일어섰다.

"고마워요, 삼촌. 언제나처럼 아주 많은 도움이 됐어요. 내일 저녁 만나길 기대할게요."

오린이 분노로 눈을 부릅 떴다.
"무슨 뜻이냐?"
"내일이 올해의 개척자 클럽 무도회란 사실을 잊으셨나 보죠?"
"너도 무도회에 참석할 거냐?"
오린은 충격을 받은 표정이었다.
"하지만 그건…… 권위 있는 클럽 일이야."
"아까 말했다시피, 저도 이제 회원이랍니다. 기운 내라구요, 삼촌. 나의 채스턴 가 핏줄도 정당화될 겁니다. 몇 년 안에 내가 사생아라는 사실조차 기억하는 사람이 없을 겁니다. 역사를 다시 쓰는 게 얼마나 쉬운지 놀랍죠? 돈만 있으면, 만사형통이거든요."
"돈으로 역사를 살 수는 없다."
이제 오린은 거의 분노를 뿜어낼 지경이었다.
"두고 보시지요."
"너…… 너……."
닉은 뒤도 돌아보지 않고 문을 향해 걸었다. 두 걸음인가 나아갔을 때 들어서는 던컨 루트렐을 보았다. 잠시 주위를 살피는 루트렐에게 무언가 매트릭스적인 기미가 보였다.
그는 잠시 서서 생각하다가 다시 오린이 앉은 자리로 돌아갔다.
"떠난 줄 알았는데."
"충고 한 마디 하죠, 삼촌."
"네 충고 따위는 듣고 싶지 않아."
닉이 테이블 위에 놓인 스카치 잔을 가리켰다.
"만약 루트렐과 거래할 생각이라면, 협상 전에 알코올은 멀리하세요."
"이젠 또 무슨 뚱딴지 같은 말을 하는 거냐!"
"루트렐은 운이 좋아 컴퓨터 사업을 확장시킨 것처럼 보일지 모르지만, 절대 우연이 아니에요. 다 계산된 행동이죠. 그는 영리해요, 대단히 영리하죠. 누구에게도 속지 않아요."
"루트렐은 좋은 사업가다. 그 점을 말해 주고 싶구나."

오린의 시선이 비아냥으로 가늘어졌다.
"그리고 어떤 사람과는 달리 신사야. 그런 말 집어치우고 어서 내 눈 앞에서 사라져라."
"그렇게 말하신다면야."
닉은 몸을 돌려 문으로 되돌아갔다. 왜 굳이 경고를 해주고 타박을 들었는지 이유를 알 수 없었다. 지니아는 그 가족이라는 우습지도 않은 개념으로 설명을 하려 들겠지.
닉을 지나치며 던컨이 예의바르게 미소를 지었다.
"당신이 닉 채스턴이죠?"
"그렇소."
"개인적으로 만난 적은 없지만, 당신의 카지노에 한두 번쯤 간 적이 있지요. 흥미로운 사업을 하시더군요."
"고맙소. 그 사업이 날 부자로 만들었지."
던컨은 잠시 그 교양 없는 대답에 오히려 흥미를 보였다.
"요즘엔 잡지에 많이 나오더군요. 사생활이 공개되는 걸 싫어하는 줄 알았는데."
"그렇소. 하지만 때론 원하는 걸 얻기 위해 희생할 필요는 있소."
"맞는 말이죠. 이곳의 회원이 되셨다죠?"
"그렇소."
던컨이 클럽의 까다로운 요건들에 대해 헛소리를 늘어놓으려는 걸까 생각했지만, 그는 의외의 말을 했다.
"당신은 내 친구, 지니아 스프링을 만나고 있더군요."
닉은 거세게 자신에게 일어나는 보호 본능과 소유욕에 어이가 없었다. 던컨을 벽에 밀어붙이고 지니아와 자신이 어떤 사이인지 알려주고 싶은 무모한 충동에 휩싸였다.
'난 그녀와 그냥 만나는 게 아니야, 연애를 하는 거지, 이 거미 같은 자식아. 그녀에게서 떨어져. 그녀를 건드리면 가만 있지 않겠어.'
하지만 간신히 침착한 표정을 유지하며 자제력을 동원해 대답했다.

"맞소. 지니아와 난 아주 친하지."

"이봐요, 당신에게 말하는데 그녀는 아주 좋은 여자이고 많은 일을 겪었소. 난 그녀가 다치는 걸 보고 싶지 않소."

"지니아와 난 서로를 이해하고 있으니 당신은 쓸데없는 걱정이나 접어 두시오."

던컨이 나머지 강의를 늘어놓기 전에 닉은 걸음을 옮겼다. 지금 눈앞에 닥친 문제만으로도 충분하다. 더 혼란스럽고 싶지 않다.

"재정적인 지원? 무슨 말인지 모르겠군요, 스프링 양. 뉴 포틀랜드 대학이 세 번째 탐험을 후원했다고 말했잖소."

뉴턴 드포리스트의 목소리는 대단히 명랑했다. 그녀는 전화로 얘기하면서 그가 흉측한 식물의 촉수를 손질하는 모습이 연상되었다.

"네, 알아요."

그녀가 말했다.

"하지만 그 대학의 재정 보조금이 궁금해서요. 커다란 탐험은 돈이 많이 들잖아요. 세 번째 탐험이 부유한 기부자나 회사의 후원을 받지는 않았나요?"

"무슨 말인지 알겠소."

드포리스트가 생각에 잠긴 목소리로 말했다.

"회사의 돈이 관련되었을 가능성은 충분히 있지요. 사업체들은 성공적인 탐험에서 이득을 볼 게 많으니까. 회사에서 탐험을 보조하는 경우도 종종 있소. 하지만 삼십오 년 전 기록실이 불타 버렸을 때 그런 자료들도 모두 사라졌을 거요. 우주인들은 아주 영리하지요, 아시겠지만. 흔적을 없애는 일에는 대단히 철저하다구요."

"교수님의 개인 자료에 무슨 내용이 없을까요? 지하실에 넣어 놓았다는 자료들 중에서요?"

"아마 없을 거요."

드포리스트가 말했다.

"난 재정적인 면에 그리 신경쓰지 않았거든. 언제나 돈 문제에는 관심이 없었소. 우주인들은 돈을 사용하지 않아요. 그들은 현금이 필요하지 않을 정도로 진화되었다오."

"그들은 정말 편하겠군요. 교수님, 귀찮게 해드리고 싶지는 않지만 예전 자료를 좀 살펴봐 주실 수 있으세요? 세 번째 탐험의 기금에 관련된 내용이 궁금해서요."

"알겠소. 하지만 기대하지는 마시오, 스프링 양. 내가 그 계획에 돈을 낸 회사 이름을 알아낸다 해도, 그 정보가 무슨 이득이 되겠소?"

"사실은 저도 잘 모르겠어요."

지니아는 수화기를 내려놓고 잠시 생각에 잠겼다.

미스터리가 복잡해질수록, 더 혼란스럽기만 할 뿐이었다. 닉의 식대로 말하면, 매트릭스의 요소들이 변화하면서 의미 없는 패턴으로 정렬되는 것 같았다.

그리고 지금 그녀에게 가장 혼란스러운 요소는 그 매트릭스와의 관계였다.

아만다 퀵
Zinnia

20

 북적이는 댄스홀로 그녀를 끌어당기며 던컨이 미소지었다.
 "오늘밤 당신 모습은 대단히 사랑스럽군요. 당신의 파트너가 채스턴이라는 게 유감입니다. 그래도 한 곡쯤은 출 수 있게 양보해 주는군요."
 지니아가 킥킥 웃었다. 사실 그들 둘다 닉이 허락하지 않았다는 걸 알고 있었다. 던컨이 그녀 옆에 나타나 춤추자고 했을 때, 닉은 사업상 아는 사람과 대화하던 중이었다. 던컨과 같이 춤추는 걸 보면 닉은 인상을 쓰겠지만, 그녀는 주저없이 그 제의를 받아들였다.
 내 식대로 시작하는 거야. 높은 등급의 완고한 매트릭스와 연애할 생각이라면, 처음부터 기강을 바로잡아야 한다. 그리고 그 첫번째 규칙은 닉이 독선적으로 모든 규칙을 만들 수 없게 한다는 점이다. 그가 모든 사람, 모든 것을 지배할 수는 없다. 그렇게 하려 든다면, 우리 두 사람 다 미치고 말 거야.
 지니아는 무도회를 유쾌하게 즐기는 자신이 다소 놀라웠다. 춤을 추는 건 정말 오래간만이었다. 게다가 개척자 클럽 무도회장은 무척 아름다웠다. 젤리 아이스 샹들리에가 잘 차려입은 사람들 위로 따뜻하고 로맨틱한 빛을 뿌려내었고, 창문 너머로는 짙은 어둠 속에서 반짝이는 도시의 불빛들이 한가득 보였다.

파티에 입을 만한 적당한 드레스를 준비 못 했을 때 잠시 당황스러웠지만, 클레멘타인의 동반자 그라시에 프라우드가 해결해 주었다. 그라시에는 사업만큼이나 패션에 대해 전문가였다.

그녀가 추천한 가게에서 찾아낸 단순하고 우아한 드레스는 극히 드문 파이어 크리스털의 색채였다. 그 옷을 입은 그녀를 처음 보았을 때 닉의 눈에 나타났던 찬탄의 눈빛은 가슴 깊이 새겨 두었다. 앞으로 오랫동안 그 눈빛을 소중히 간직할 것이다.

"최근의 사세 확장으로 다음 단계로 진입할 소프트 웨어의 기반을 잡으셨다구요, 신문에서 읽었어요. 축하드려요, 던컨. 잘 해내셨군요."

"광고는 다음 달부터 시작할 계획입니다."

던컨의 입술이 살짝 뒤틀렸다.

"당신이 우리 회사 소식을 알다니 놀라운 걸요. 요즘엔 채스턴과 당신이 거의 잡지 일 면을 장식하던데."

그녀가 인상을 쓰자 코에 주름이 잡혔다.

"잡지에서뿐이에요. 세드릭 덱서가 저속한 사진 작가로서 이름을 날리기 위해 닉을 이용한 거랍니다."

"효과는 만점이더군요. 신세이션의 판매 부수가 하늘 높이 치솟고 있으니까요."

"어떻게 알죠?"

던컨이 씨익 웃었다.

"당연히 잘 알죠. 매일 아침 내가 그 잡지를 사기 위해 첫번째로 줄 서는 사람이니까요."

지니아가 얼굴을 붉혔다.

"덱서의 목을 졸라 버리고 싶군요."

던컨의 미소가 사그라들었다.

"진지하게 사귀는 건가요, 채스턴과?"
"그래요."
"이제 와서 내가 경고한다 해도 소용이 없겠군요?"
"맞아요."
"신중해야 해요, 지니아."
"그러기엔 너무 늦은 것 같네요."
그녀가 미소지었다.
"하지만 제 걱정은 마세요, 던컨. 난 내가 지금 무얼 하고 있는지 항상 잘 알고 있으니까요."
그가 살짝 머리를 내저었다.
"그래요. 그와의 가십에 대해서도 전혀 신경쓰지 않구요. 당신을 우리 회사 싱 아이스의 중역으로 앉힐 걸 그랬어요. 내 직원들 모두를 합친 것보다 더 용기가 있으니까요."

닉은 커다란 화분 옆의 그늘에 서서 샴페인을 홀짝이며 던컨과 지니아의 춤이 끝나기만을 기다렸다. 또다시 온몸의 신경이 곤두섰다. 무언가 불길한 느낌이 오늘밤 내내 그의 모든 감각에 끔찍한 반응을 보이고 있었다.
지니아에게서 느끼는 육체적인 본능을 합리적으로 설명할 수 없다는 것도 혼란스러움에서 한몫했다.
그녀를 루트렐의 품에서 빼내고 싶었지만, 이성은 걱정할 이유가 없다고 자신을 자제시키고 있다. 어차피 그와 만나기 전, 그녀는 루트렐과 한달 반 가량 만나 온 사이가 아닌가. 그녀가 싱 아이스 사의 사장에게 관심이 있었다면, 더 일찍 적극적인 행동을 취했을 것이다. 지니아의 장점 중 한 가지가 바로 목적을 이루기 위한 노력 아닌가.
그런데 왜 루트렐의 팔에 안긴 그녀의 모습이 이토록 걱정스러워 그의 근육을 뭉치게 만드는 걸까? 그는 자신의 매트릭스를 이해할 수가 없었다. 감정이란 것이 생각을 방해하고 있다니.

"안녕하세요, 니콜라스."

그를 니콜라스라고 부르는 사람은 세상에 한 명뿐이다. 닉은 등뒤에 서 있는 오린의 아내, 엘라를 쳐다보았다.

"안녕하세요, 엘라 숙모."

이런 호칭이 그녀의 화를 돋군다는 걸 알고 있었다. 남편과 마찬가지로, 그녀도 그가 채스턴 가문의 피가 섞인 사실을 부정했다. 작고 비쩍 마른 여자, 한때는 귀여웠을 외모는 세월이 지나면서 흉하게 일그러졌다. 닉은 그녀가 보여 주는 옹색한 표정은 끊임없이 그녀의 내부를 갉아 먹은 생활의 불만족을 대변해 주는 거라고 확신했다.

채스턴 가의 역사를 조사하면서, 35년 전 엘라 숙모가 자신의 아버지와 결혼하고 싶어 안달했음을 알아냈다. 하지만 아버지가 결혼이나 가문의 사업에 관심을 보이지 않고 웨스턴 섬으로 떠나자, 그녀는 오린 삼촌을 표적으로 삼았다. 아버지가 실종된 후 오린 삼촌을 채스턴 사의 사장으로 앉힌 게 이 여자의 교묘한 수작이 아니었을까?

엘라는 원하던 것을 얻었다. 하지만 닉이 아는 한, 그녀는 별로 행복해 하지 않았다.

"당신이 여기 회원이라는 말을 듣고 놀랐어요."

엘라가 입을 열었다.

"개척자 클럽이 당신을 받아들일 줄 몰랐거든요."

"얼마나 충격이 심했을지 이해합니다."

닉이 잔 속의 샴페인을 휘휘 흔들었다.

"요즘 클럽의 가입 조건이 낮아진 것에 화를 내셨겠죠?"

"농담으로 듣겠어요."

"농담이 아니란 걸 우리 둘다 알고 있죠."

엘라는 닉의 말을 못 들은 척하고 댄스 홀에서 던컨과 춤추고 있는 지니아를 못마땅한 듯 쳐다보았다.

"상류 사회에 진출할 계획이라면, 동반자 선택에 좀더 신중해야겠네요. 스프링 양은 평판이 좋지 않아요."

갑자기 닉의 재빠른 접근에 엘라는 숨을 들이키며 한 걸음 급히 물러났다. 그가 가장 낮은 목소리로 속삭였다.
 "나도 평판이 안 좋기는 똑같죠. 그리고 나와 동행해 준 여자를 모욕하는 건 나를 모욕하는 겁니다. 난 모욕을 못 참는 성격이라는 걸 경고하죠."
 엘라가 눈을 깜박이다가 이내 정신을 차렸다.
 "감히 날 위협할 생각 말아요, 니콜라스."
 "무언가 나한테 원하는 게 있겠지요? 그렇지 않다면 당신의 교양 있는 친구들 앞에서 나와 얘기 나누는 모습을 보이고 싶지 않을 테니까요."
 "비꼴 필요는 없어요. 집안 문제에 대해 얘길 좀 하고 싶어요."
 "당신은 날 가족의 일원으로 생각하지 않는 줄 알았는데요."
 엘라의 얼굴이 좀더 일그러졌다.
 "당신이 바돌로뮤의 아들이라는 건 부인하지 않아요. 누구나 알 수 있지요. 아버지의 얼굴을 빼다 박았으니까. 이젠 당신이 가문을 위해 의무를 수행할 시간이라고 생각해요."
 "채스턴 가에서 오직 당신만이 나에게 가문에 대한 의무 이행을 제안할 만큼 용기가 있군요."
 "채스턴 사가 경제적으로 어렵다는 건 당신도 잘 알고 있겠죠?"
 "네, 알고 있죠."
 엘라의 시선이 우울하게 딱딱해졌다.
 "빙빙 돌리지 않고 요점만 말하겠어요. 오린과 루트렐의 협상은 잘되지 않았어요."
 "루트렐이 채스틴 사에 투자하기를 거부했다는 뜻인가요?"
 "매우 나쁜 현실이지만, 그렇게 됐어요. 오늘밤 오린은 모든 가능성을 잃어버렸어요. 채스턴 사는 완전히 파산에 직면해 있고요. 그걸 막는 건 당신의 책임이에요. 회사를 구할 정도로 충분한 자본을 가진 사람은 당신밖에 없어요."

닉은 샴페인이 목에 걸릴 뻔하였다.
"내 책임이라고요?"
"바돌로뮤 채스턴의 아들로서, 가문의 사업에 투자하는 건 당신의 의무예요. 오린은 하루 빨리 현금이 들어오지 않으면 파산할 게 분명해요. 정확히 얼마나 필요한지 알아서 며칠 내로 전화해 주겠어요."

"장막이 다시 열리기라도 했나요?"
닉의 손에 이끌려 댄스홀로 나서며 지니아가 이상하다는 듯 물었다.
"뭐가 잘못됐어요?"
"방금 전 내 숙모한테 충격적인 말을 들었소."
닉이 그녀를 품에 안고 느리게 방향을 돌았다.
"나한테 채스턴 사에 투자할 의무가 있다는군."
"당신 가족의 회사?"
"그 회사가 어떻게 되든 난 전혀 흥미 없소."
"그렇군요."
그의 단호하게 선언하는 태도가 재미있었다.
"왜 웃는 거지?"
"아무것도 아녜요."
"말할 필요도 없소."
닉이 노려보았다.
"숙모가 채스턴 가의 회사에 나보고 돈을 내놓으라고 하는 게 재미있는 거지?"
"아뇨. 그건 채스턴 가 사람들이 절망적이라는 신호예요. 그런 느낌은 나도 잘 알거든요."
"대체 무슨 뜻이오?"
"내가 당신 숙모의 입장이었더라도, 똑같이 행동했을 거예요. 불행하게도 스프링 사가 어려운 상황이었을 때 가문을 구할 만큼 돈 있는 친척이 하나도 없었지만요."

"채스턴 사람들은 날 가족으로 생각지 않소."

그녀의 허리를 잡은 닉의 손에 힘이 들어갔다.

"그리고 당신도 누군가에게 무릎을 꿇을 것 같지는 않소. 아무리 스프링 사가 어렵다 해도."

지니아가 눈썹을 들어올렸다.

"당신 숙모가 애원을 하던가요?"

"아니, 그러지는 않았소."

닉이 한숨을 내뱉었다.

"딱 잘라서 요구했다고 말해야겠지."

"당신에게 그런 말을 하는 것만으로도 큰 용기가 필요했을 거예요. 당신이 면전에서 비웃으리라 예상했을 수도 있으니까요."

"엘라 숙모를 당신이 몰라서 그러는 거요."

닉이 우아하게 춤추는 사람들 사이로 통과해갔다.

"채스턴 가 사람들은 아무 때나 내 수표책을 뽑아 쓸 권한이 있다고 생각한 거요."

"당신은 어떻게 대답했나요?"

"아주 정중하게 미소짓고 당신을 루트렐의 품속에서 빼내기 위해 왔지."

"아주 정중하게 미소지었다구요?"

그녀가 인상을 찡그렸다.

"그 점은 못 믿겠어요. 당신은 절대 정중하게 미소짓지 않는 걸요. 닉, 성급한 결정을 내리기 전에 신중하게 생각해 봐요."

그가 점잖게 경고했다.

"채스턴 시를 다루는 방법에 대해선 내게 아무 말 마시오."

"그런 생각은 꿈도 꾸지 않는 걸요."

그는 유감스런 표정을 지었다.

"제기랄, 당신을 몰아세우려는 건 아니었는데."

"우리 둘다 조용히 춤이나 즐기는 게 좋겠어요."

"좋은 생각이오."

지니아는 음악에 몸을 맡기고 매트릭스와 춤추는 즐거움을 만끽하였다. 닉의 본능적인 타이밍과 거리 감각으로 그들은 다른 쌍들과 부딪히거나 어색하게 방향을 바꿀 필요가 없었다. 위에서 쳐다볼 때는 커다란 무도회장의 움직임이 아무렇게나 이루어지는 것 같지만, 닉은 패턴에 대한 감각으로 모든 것을 읽을 것이다. 그 결과 무도회장을 이렇게 부드럽고 우아하게 돌 수 있는 것이리라.

음악이 끝났는데도, 그는 그녀를 놓아 주지 않았다. 닉은 구석에 멈춰서 강렬한 눈으로 그녀를 쳐다보았다.

"오늘밤 우리 관계를 사람들에게 공식화시킨 것 같소. 이제 모두 우리가 커플이라는 걸 알았을 테니, 집으로 돌아갑시다."

그가 뿜어내는 노골적인 성적 욕망에 그녀의 몸도 즉각 뜨겁게 반응했다.

"당신이 아주 교묘한 타입이란 거 혹시 아세요?"

"그런 생각을 하게 되다니."

그가 그녀의 팔을 잡아 가장 가까운 문으로 이끌었다.

몇 명이 그들의 움직임을 보고 있었다. 닉은 그녀랑 무도회장에 들어왔을 때부터 은밀한 시선들이 쏟아졌다는 것을 일찌감치 알고 있었다. 하지만 그들이 듣는 면전에서 불쾌한 말을 하는 사람은 없었다.

로비에서 대화를 나누는 사람들이 눈에 띄었다. 한때 지니아 부모의 친구였던 한두 명이 그녀를 보고 정중하게 아는 체를 했다. 그러나 닉을 보는 그들의 눈이 복잡했다.

닉은 자신들에게 쏟아지는 관심에 전혀 아랑곳하지 않았다. 오만한 자세로 그녀를 외투 보관소로 안내했다.

"잠시 있으시오. 당신 코트를 갖고 오겠소."

그가 지니아의 팔을 풀고 코트 보관원에게 다가갔다.

엘리베이터 근처에서 한 사람이 그녀를 응시하고 있었다. 레드폭스 이튼. 사진 기자가 침실에서 나오는 두 사람을 찍은 날 이후로 그와 마주친 건 처음이었다. 레드폭스는 대단히 당황했다. 아내인 베다니와 삼각 관계의 세 번째 인물인 다리아 가드너도 같이 서 있었다.

이런 일은 상상도 못했는데. 이튼 부부도 개척자 클럽의 회원이었다. 그리고 가드너의 정치적 역량은 이 세계에서 움직이는 사람들이 낸 기부금에 큰 도움을 받았다.

스캔들이 있은 지 18개월이 지났건만, 분노와 역겨움이 바로 어제 일처럼 끓어올랐다. 빌어먹을 인간들, 그들은 상처 하나 없이 빠져 나왔지만, 그녀는 이 세 명의 애인들이 일으킨 거짓 모략에서 회복하기 위해 지금까지 애쓰고 있었다.

이 순간 유일하게 위로가 되는 건 세 명 모두 그녀만큼이나 놀랐다는 사실이었다. 레드폭스의 눈에 드러난 명백한 불안감을 보니 기분이 아주 좋아졌다.

지니아는 레드폭스, 베다니, 다리아 가드너에게 차가운 미소를 보내고 등을 돌렸다.

닉이 팔에 그녀의 코트가 들고 바로 뒤에 서 있었다.

"진정해요."

조용히 말하며, 그의 시선이 세 사람에게 꽂혔다.

"오랜 친구라도 만난 거요?"

"대수로운 사람들은 아니에요."

"그런 것 같군."

그가 그녀의 어깨에 코트를 둘러주며 팔을 잡고 빈 엘리베이터 쪽으로 향했다.

불길한 예감이 들었다. 닉이 선택한 방향은 레드폭스, 베다니, 다리아 가드너와 아주 가까워지는 쪽이라는 건 누가 봐도 알 수 있었다.

"아, 닉……."

그녀의 말은 무시되었다.

그 우아한 세 사람도 닉이 그들 쪽으로 향한다는 것을 알아챈 모양이었다. 불안에 떠는 양떼처럼, 그들은 살짝 비켜서려 했지만 벽과 와인바

사이에 갇혀 버렸다. 그들은 완벽하게 궁지에 몰렸고 닉과 지니아는 이미 그들에게 다가가 있었다.

닉이 의도적으로 그쪽 엘리베이터를 선택한 걸 몰랐다면, 그들의 눈에 담긴 불안한 경계심을 즐겼겠지만 그는 무언가 목적이 있어 보였고, 그 점이 걱정스러웠다.

"당신이 원하는 존경을 생각하세요."

그녀가 나지막이 경고하였다.

"그건 내가 제일 중요하게 생각하는 거지."

덫에 걸린 먹이를 보는 사자처럼 느긋하게 세 사람을 쳐다보며, 그가 더 가까이 다가갔다. 세 사람은 옆으로 비켜서려 했지만 닉이 공간을 허락지 않았다. 그들은 레드폭스의 어깨에 숨결이 닿을 만큼 가까워졌다. 닉은 언제 터질지 모르는 폭탄 같았다.

"이런, 이런."

와인 바 옆에 바짝 붙어선 그들에게만 들릴 정도로 닉이 부드럽게 말했다.

"이것 좀 봐, 지니아. 두 사람뿐이라도 세 사람의 섹스 관계를 보라는 옛말이 있지."

지니아는 소리 없이 신음했다. 개척자 클럽에 악마가 풀려났다. 이제 지옥이 펼쳐질 것이다.

레드폭스가 몇 번인가 눈을 깜박거렸다. 그의 입이 열렸다 닫히며 얼굴빛이 달아올랐다.

"그 저속한 말이 무슨 뜻이지?"

베다니가 경고의 눈짓을 보냈다.

"맙소사, 렉스. 상대하지 말아요."

"그에게 자극받지 말아요, 렉스."

다리아 가드너도 위엄 있게 말했다.

닉이 레드폭스에게 씨익 웃어 보였다.

"어느 쪽이 지배자지, 렉스? 아니면 서로 돌아가면서 채찍과 사슬을 휘두르냐?"

"개자식."

레드폭스가 거칠고 빠른 속삭임으로 내뱉었다.

"여기서 갑시다."

다리아 가드너가 주도권을 잡고, 얼음장 같은 경멸을 담아 닉을 쳐다보았다.

"개척자 클럽이 저질 회원도 받는 모양이로군."

그 말이 지니아를 흥분시켰다. 그녀는 다리아 가드너에게 달콤한 미소로 답했다.

"그런가 보네요. 그렇지 않다면 어떻게 당신과 이튼 부부같이 타락한 인물들이 여기 올 수 있었겠어요?"

베다니가 두 눈을 부릅 떴다.

"입조심해야겠군요, 스프링 양. 요즘 잡지에 충분히 이름을 날리고 있잖아요."

"십팔 개월 전 내가 받은 관심을 당신들이 받지 못한 게 언제나 유감스러웠답니다."

레드폭스가 주먹을 움켜쥔 채 그녀 쪽으로 한 걸음 다가섰다.

"한 마디만 더 하면, 내 변호사를 만나게 될 거요. 법정 소송에 휘말리면, 당신 이름은 땅바닥으로 떨어질걸."

"실천하지 못할 위협은 그만 두시지, 이튼."

닉이 점잖게 말했다.

"당신은 변호사에게 연락할 수 없을 거요."

레드폭스가 턱을 내밀며 닉 쪽으로 돌아섰다.

"꼭 그렇게 해주겠소, 날 더 모욕한다면. 이젠 떠나 주시지. 이 클럽은 점잖은 문명인들을 위한 곳이야, 섬에서 온 사생아 나부랭이가 아니라."

지니아의 눈에 불꽃이 튀었다.

"감히 그런 식으로 말하지 말아요. 닉 채스턴은 신사예요. 그에 비하면 당신은 위선적인 거미에 지나지 않아, 이튼. 당신들 관계를 감추려고 날 이용한 것에 양심의 가책도 전혀 느끼지 못하잖아."
 다리아 가드너의 얼굴이 굳어졌다.
 "관계라니까 하는 말인데, 스프링 양. 악명 높은 닉 채스턴의 애인이 되신 기분이 어떠신가? 뭔가 흥미로운 경제적 이득이라도 얻은 거요?"
 "당신이 이튼 부부와의 잠자리로 얻은 정치적 이득에 비길 바는 못 되겠죠."
 지니아가 되받아쳤다.
 베다니가 신경질적인 소리를 질렀다.
 "이런 버르장머리 없는 것, 이 클럽이 너나 채스턴 따위를 왜 받아들였는지 모르겠어."
 그녀에게 손이 날라가기 전에 닉이 지니아의 팔을 잡아 자신의 옆으로 끌어당겼다.
 "존경에 대해 당신도 생각하시오."
 말은 그렇게 했지만, 그의 눈도 노여움으로 빛나고 있었다.
 "널 고소하고 말 거야."
 레드폭스가 이를 악문 채 움켜쥐었던 주먹을 풀었다.
 "내일 아침, 변호사를 부르겠어."
 닉은 그를 쳐다보았다.
 "전화하기 전에 당신 조카, 워렌과 얘기를 해보시지. 그는 나에게 육만 달러를 빚졌거든. 아직은 개인적인 문제지만, 그 빚을 공식적으로 발표할 수 있지. 흥미로운 기사가 될 거요."
 레드폭스의 얼굴이 불쾌한 자줏빛으로 변했다.
 "왜, 너…… 너 이 자식."
 그가 위협적으로 한 걸음 나섰다.
 "렉스, 안 돼."
 다리아 가드너가 외쳤다.
 닉은 씨익 웃어 보였다.
 "그 말 들었지. 물러서, 렉스. 그나저나 어디까지 참을성을 보이나?"

레드폭스가 이를 악물며 닉에게 주먹을 크게 날렸다.
"닉, 조심해요."
지니아의 외침과 함께 와인바에서도 누군가가 비명을 질렀다. 휴게실로 연결된 복도 쪽에서 낯익은 인물이 뛰어나왔다.
"특종들의 모임이군."
세드릭 덱서가 행복하게 말하며 카메라를 들어 한 방 찍었다.
닉이 드라마틱하게 바닥에 나가떨어지는 순간 플래시 불빛이 번쩍였다.

지니아는 20층 아래 지하 주차장으로 이동하는 엘리베이터의 닫힌 문을 뚫어져라 노려보았다.
"믿을 수가 없어요. 개척자 클럽의 신성한 무도회장에서 소란을 피우다니."
"최고의 장소에서도 이런 일은 일어날 수 있소."
닉은 까만 넥타이를 바로 고쳐 맸다.
"다치지는 않았소."
"다치지 않은 것만 다행이라고 생각하나요?"
그녀는 거의 할 말을 잊었다.
"전에도 신문에는 나온 적이 있잖소."
닉은 이상하리 만치 즐거워 보였다.
그녀가 코트 주머니에 두 손을 찔러넣었다.
"존경을 얻는다는 당신의 계획은 어떻게 되나요?"
엘리베이터가 정지하는 순간 닉이 미소지었다.
"계속 말하지만, 존경이란 히니의 상품일 뿐이오. 난 그걸 살 자신이 있소."
문이 스르르 열리자 지하 3층의 어두운 주차장이 드러났다.
"이번에는 확실히 해두자구요. 이건 내 잘못이 아니라 당신이 시작한 일이었어요."

"내가 당신을 도운 거지."
닉의 눈동자가 재미있어했다.
"우리가 함께 해낸 거라고 생각했는데, 파트너."
엘리베이터를 나서며 그녀가 뒤돌아보았다.
"당신은 일부러 넘어졌어요. 이튼의 주먹은 맞지도 않았잖아요."
"때리려고는 했잖소."
그녀가 그를 유심히 쳐다보았다.
"레드폭스 이튼의 조카가 진짜로 당신 카지노에 빚을 졌나요?"
"그렇소."
"당신이 계획적으로 만들었군요."
그녀가 비난했다.
"게다가 이튼과 그의 부인, 다리아 가드너와의 대면 문제도 모두 당신이 계획했어요."
"지니아, 오늘밤 그들과 마주치리라는 걸 아무리 내가 매트릭스라 할지라도 어떻게 알았겠소?"
닉도 그녀의 뒤를 따라 밖으로 나섰다.
"오늘밤 일이 벌어질지는 몰랐다 해도, 우리가 이런 행사에 계속 참석하면 조만간 만나리라 예상했겠죠. 더구나 레드폭스가 고소하겠다고 위협할 줄도 예상한 거예요."
"물론 가능성은 생각해 봤소."
"그래서 당신은 오늘밤 그들과 만나기 전에 그의 조카를 빌미삼아 덫을 논 거예요."
"당신도 점점 음모 이론의 대가가 되어 가는걸."
그가 감탄했다는 듯 말했다.
"당신 덕분이죠."
"저 불빛."
닉의 눈에서 순식간에 웃음기가 사라졌다.
"뭐요?"

"지니아, 이리 와요. 어서."

닉이 그녀에게 손을 뻗었다.

"왜 그래요?"

갑자기 차고 안의 모든 불빛이 꺼져 버렸다.

이미 엘리베이터 안으로 도망가기에는 너무 늦었다. 뒤에서 들리는 긴박한 발자국 소리. 뒤돌아보니 차들 사이로 두 명의 남자가 튀어나오는 것이 보였다. 닫힌 엘리베이터의 틈새로 새어나오는 희미한 불빛만으로도 얼굴에 쓴 수건과 손에 들린 칼이 보였다.

"움직이지 마."

그들 중 하나가 소리쳤다.

"오, 하나님. 닉, 조심해요."

닉이 부드럽고 조용히 그녀를 뒤로 보호하고 오히려 공격 태세를 취하자 강도들이 당황하여 멈칫했다.

"저 자식 미쳤군."

"앞으로 확실히 미친 맛을 보게 될걸."

한 남자가 사납게 칼을 휘둘렀다.

그 순간 닉이 그자를 덮쳤다. 콘크리트 바닥에 쨍그랑하고 떨어지는 쇳소리가 들렸다.

"이놈을 단단히 잡아."

두 번째 남자가 뒤로 비틀거리며 차 앞머리에 부딪혔다.

"정신차려, 상대는 만만한 놈이 아냐."

다른 남자가 소리를 질렀다.

치고 받는 세 명의 그림자를 공포스레 쳐다보다가, 지니아는 필사적으로 무기를 찾아 두리번거렸다. 엘리베이터 옆에서 금속 쓰레기통이 보였다.

그녀는 그 뚜껑을 집어들고 남자들 쪽으로 돌진하였다. 차고 끝의 어두운 불빛으로 두 명의 공격자와 닉을 구별해 낼 수 있었다.

공격자 중 하나가 바닥에 쓰러져 신음하고 있었다. 다른 남자는 그녀의 발치에서 버둥거리다가 비틀비틀 일어나 엘리베이터 쪽으로 달려갔다.

닉도 벌떡 일어나 그 뒤를 쫓았다.

어둠 속에서 도망가는 남자의 손에 무언가 반짝였다.

"닉, 조심해요. 아직 칼을 들고 있어요."

바닥에 누워 신음하던 남자가 일어나려고 용을 쓰며 바닥에 떨어져 있는 칼을 향해 움직였다.

"어림없다."

지니아가 그의 머리와 어깨를 뚜껑으로 힘껏 내리쳤다. 그는 다시 바닥에 나자빠져 신음하며 완전히 누워 버렸다. 그녀는 차 밑으로 칼을 걷어차고 빙글 몸을 돌렸다. 닉은 도망간 녀석을 벽에 쿵 밀어붙였다. 그 남자의 손에서 칼이 떨어졌다.

닉이 강도의 복부에 주먹을 한 방 갈겼다.

그러자 유리 깨지는 소리와 함께 약하게 쉬쉬거리는 소리가 들려 왔다.

"잘 가라구, 풋내기. 병원에서 환영할 거다."

바닥에 쓰러지며 내뱉는 그 남자의 목소리는, 고통으로 발음은 부정확했지만 분명 승리에 차 있었다. 닉이 쓰러진 남자를 내려다보며 생각에 잠겨 아무 말도 하지 않았다.

"닉?"

갑자기 엄청난 공포가 지니아를 휩쓸었다. 무언가 대단히, 대단히 잘못되었다.

"닉."

그녀는 쓰레기통 뚜껑을 내려놓고 그에게 달려갔다.

"괜찮아요? 칼에 찔렸어요?"

"아니."

그의 대답 소리가 들릴락 말락했다.

"찔리지 않았소."

그 순간 엘리베이터 문이 열리며 두 쌍의 커플이 걸어나왔다.
"왜 이렇게 깜깜해?"
남자 하나가 외쳤다.
"오, 맙소사."
한 여자도 신음을 내뱉었다.
네 사람은 차고 바닥에 쓰러진 두 명의 남자를 놀라 쳐다보았다.
"무슨 일이죠? 조지, 얼른 경찰을 불러요."
다른 여자 하나가 소리쳤다.
지니아는 그들을 무시한 채, 닉의 경직된 얼굴만을 쳐다보았다. 엘리베이터에서 쏟아지는 불빛으로 방금 전 그를 감쌌던 하얀 안개의 마지막 흔적이 보였다. 그것은 재빨리 사라졌지만 그의 눈에 담긴 공포는 엄청났다.
"닉, 왜 그래요?"
그녀가 그의 어깨를 붙잡고 흔들어댔다.
"왜 그런지 말하라구요."
"미친 안개."
그의 얼굴이 멍한 상태에서 깨어났다.
"순수한 엑기스였어. 그걸 흠뻑 들이마셨어."
"닉, 괜찮아요. 미친 안개를 마셨다고 모두 죽지 않아요. 어서 병원에 가요."
"그래, 죽지는 않겠지."
그의 눈빛이 두려움으로 가득 찼다.
"하지만 그보다 훨씬, 훨씬 더 심해."
그녀가 그를 힘껏 껴안았다.
"왜요? 그게 어떤 영향을 미치는데요? 닉, 말해 봐요. 나에게 말하라구요."
"혼돈 상태가 보여."
그가 나지막이 말했다.

지니아의 사랑 299

"조금 있으면 그 한가운데로 들어갈 거요. 그리고 나올 방법은 없소. 결국 난 미치고 마는 거요, 지니아. 페더에게 연락해 주시오. 그가 수습을 할 거요. 말해 둔 게 있으니까."

지니아는 분노와 공포로 숨이 막힐 지경이었다.

"무슨 말이요?"

그가 그녀의 손을 꼭 잡아 움켜쥐었다.

"빨리 그에게 연락하겠다고 약속해 주시오."

"네, 연락할게요."

"당신에게 하고 싶은 말이 있어."

"나중에요."

그녀가 그를 엘리베이터 쪽으로 황급히 밀었다.

"빨리 응급실로 가야 해요."

"아니. 지금 말해야 하오. 아직 할 수 있을 때."

"뭔데요?"

"당신을 사랑해, 지니아."

아만다 퀵
Zinnia

21

그의 매트릭스를 완전히 타버릴 어둠의 물결로, 혼돈 상태가 다가왔다. 그녀가 한 번 웃어 주었으면. 거센 폭풍우에 휩싸이면서도 그 웃음을 간직하고 싶었다.
하지만 그녀는 걱정스런 눈길로 뚫어져라 쳐다만 볼 뿐이었다.
"닉, 닉, 내 말 들려요?"
손을 내밀어 그녀의 얼굴을 만지고 싶었지만 손이 말을 듣지 않았다. 그 대신 힘껏 주먹이 쥐어졌다. 그 주먹으로 눈앞의 불빛들을 막아 보려 애썼지만 너무나 힘겨웠다.
지니아의 얼굴이 암흑으로 사라져갔다. 그를 사로잡은 공포가 온 정신에 활개를 쳤다. 방금 그녀가 옆에 있었는데, 사라졌다.
"지니아."
그의 비명이 혼돈 상태의 바람 속에서 메아리쳤다. 큰 소리로 내뱉은 것인지 그의 머리에서만 들리는 소리인지 분간할 수도 없었다.
미친 거야. 나는 미쳐 가고 있다. 휘몰아치는 검은 물결을 응시하며 그것이 자제력을 상실한 자신의 정신적 능력이라는 걸 알았다.
"닉, 내 말 들려요? 나한테서 이런 식으로 떠나가지 말아요. 알겠어요?"
지니아가 고래고래 소리 지르고 있었다. 그녀의 목소리가 천둥치는 소음을 뚫고 그에게 들렸다. 이 여자는 지니아다.
"빌어먹을, 닉, 정신 차려요. 내 말 들리면 내 손을 꼭 잡아 봐요."
자신의 손가락에 과연 힘이 들어갈까?
"닉, 잠깐만 기다려요. 지금 구급차가 왔어요."
폭풍우 속에 더 많은 불빛들이 나타났다. 아무 의미도 없는. 의사라도 이 혼돈 상태에서 그를 구할 순 없다. 그는 자신을 지키려고 노력했지만, 매트릭스가 수백만 개의 조각으로 갈라지며 떨어져 나갔다. 아무 연결점도 연결 고리도 없다. 패턴도 없다.
진짜 두려운 것은 조금만 더 지나면 그가 논리적이고 조리 있는 생각조차 할 수 없다는 점이다. 자신이 미쳤는지도 모를 것이다.
조금만 있으면 그는 영원한 혼돈 상태에 갇혀 버릴 것이다.
"닉, 정신을 차려요. 나와 집중 연결을 해봐요."
지니아의 목소리라는 걸 알았지만, 무슨 말인지 이제 귀에 들어오지도 않는다.
"연결하라구요, 빌어먹을. 당장 해보라구요."
빙글빙글 도는 어둠 속에 무언가가 나타났다. 견고하게 빛나는 크리스털. 그는 굶주린 열망으로 그것을 노려보았다. 그의 내부에서 거대한 욕구가 솟아올랐다.
"내 프리즘에 당신 능력을 맞춰요, 닉. 다른 건 생각하지 말아요. 날 믿고 그냥 당신 힘을 프리즘에 통과시켜요. 내가 단단히 잡고 있을게요."
프리즘은 주위의 폭풍우에도 흔들림 없이 반짝거렸다. 닉의 능력이 그 크리스털을 향해 나아갔다. 저걸 만질 수만 있다면, 안전할 것이다.
평생에 가장 긴 여행이었다. 왜 통제되지 않는 에너지의 미친 파도를 통과하려고 싸우는지도 잊어버렸다. 오직 프리즘에 닿아야 한다는 것, 그것이 혼돈 상태를 견뎌내는 유일한 위안이었다.

"나에게 와요, 닉. 나에게 힘을 집중시켜요. 프리즘으로 당신의 능력을 통과시키라구요."

다시 한 번 어렵게 시도해서 마침내 그 크리스털을 손에 넣었다. 정신의 어지러운 어둠 속에서 붙잡을 만한 것이 생겼다.

광기의 힘이 크리스털과 그를 떼어내려 했다. 분노가 생겼다.

"안 돼, 내가 매트릭스의 주인이야."

어둠 속 어딘가에서 희미한 반응이 들렸다.

"그래요, 닉. 당신이 주인이에요. 힘을 통제해 봐요. 당신이 허락하지 않으면 광기는 절대 당신을 잡지 못해요. 내가 프리즘을 줄게요. 그걸 이용해요, 제발요."

그는 온통 그 프리즘에 모든 기대를 걸고 붙잡고 늘어졌다. 가장 가까이 있는 힘을 골라 반짝이는 크리스털에 투과하였다. 놀라웁게도, 힘이 프리즘을 통해 부딪히더니 통제된 능력으로 빠져 나왔다. 그는 놀라면서 다른 혼돈의 조각도 프리즘에 넣었다. 그러자 그것도 통제 가능한 힘으로 변형되었다.

그가 다른 정신 조각을 붙잡았다. 또 다른 것. 갑자기 새로운 두려움이 생겨났다. 프리즘이 이토록이나 많은 광기의 힘을 처리하지 못하면 어쩌지. 하지만 그가 힘을 주는 동안에 크리스털은 흔들리지도 약해지지도 않았다.

천천히 혼돈 상태가 약해졌다. 크리스털에 부딪혀 굉음을 울려대는 정신 에너지는 여전히 강력했지만, 프리즘 덕분에 통제할 수 있는 힘이 되었다.

통제할 수 있는 한, 그는 혼돈 상태로 빠지지 않을 것이다. 프리즘이 있는 한 그는 미치지 않을 것이다.

"한 시간 전보다 훨씬 상태가 좋네요."

의사가 말했다. 재킷 명찰에 밀드레드 퍼거슨이라고 쓰여 있다.

머리 위 램프들은 환자를 안정시킬 목적으로 꺼놓았다. 미친 안개를 흡입한 환자의 경우 안정이 절대적으로 필요하다고 의사가 설명했다. 닉은 아마도 지금 형이상학적인 평면 위에서 미치지 않기 위해 싸우는 것 외의 어떤 것도 모를 것이다.

퍼거슨 박사가 지니아를 쳐다보았다.

"환자가 혼돈 상태를 이겨낼 수 있을지도 모릅니다."

"확신은 없으신가요?"

"미친 안개는 예측하기 어려워서요."

퍼거슨의 갈색 눈동자는 친절했지만 난처한 듯했다.

"몇 달 전 갑자기 도시에 나타난 거라 아직 많은 걸 알지 못하죠. 환자의 정신 능력에 따라 여러 방법으로 영향을 미칩니다."

"닉은 매트릭스예요."

"네, 알고 있습니다. 솔직히, 우린 미친 안개를 들이마신 매트릭스 환자는 본 적이 없답니다. 무슨 일이 있을지 전혀 예상도 못하고 있습니다."

"이해해요."

형이상학적인 평면에 집중을 연결시키며 퍼거슨 박사와 대화하는 건 쉽지 않았다. 이제 너무 많은 힘이 프리즘으로 쏟아져 들어와 거의 다른 것에는 정신을 팔 겨를이 없었다.

"스프링 양, 잘 아시겠지만 매트릭스 능력에 대해선 아직 전문가가 없습니다."

"알아요."

"정보 부족도 문제지만 그들 자신의 잘못도 있습니다. 매트릭스는 은둔적이고 배타적인 성향이 있으니까요. 자신들이 연구되고 평가되는 걸 좋아하지 않습니다."

퍼거슨 박사가 한숨을 쉬었다.

"결과는 불행히도, 이런 일에 우리가 가진 의학 자료가 거의 없다는 것을 뜻합니다."

"미친 안개가 그의 몸 속에 얼마나 오랫동안 영향을 끼칠까요?"

"다행히도 비교적 빨리 없어지고 있습니다. 몇 시간 안에 거의 사라질 겁니다."

퍼거슨이 머뭇거렸다.

"그러나 이번 경우, 문제는 환자가 흡입한 미친 안개는 대단히 양이 많고 그 자체가 순수한 덩어리라는 것이 문제입니다. 그 점이 걱정됩니다."

"그는 서서히 통제력을 되찾고 있어요. 많이 힘들어하긴 하지만 어쨌든 견뎌내고 있어요."

퍼거슨의 눈썹이 놀라움으로 가운데로 모아졌다.

"아직도 집중을 하고 있는 겁니까?"

"그래요."

"매트릭스와 그렇게 장시간 집중할 수 있는 프리즘은 많지 않은데. 정상적이지 않은 프리즘이라면 몰라도."

지니아가 힘없이 미소지었다.

"제가 바로 정상적이지 않은 프리즘이랍니다."

"그렇다 해도, 당신도 많이 지쳤을 텐데요. 얼마나 오래 더 견딜 수 있겠습니까?"

지니아가 닉의 손을 힘껏 쥐었다.

"그가 필요로 할 때까지요."

그는 싸우는 목소리를 어렴풋이 들었다. 낯익은 목소리, 남자와 그의 정신을 버텨 주는 여자.

"여기서 나가요, 페더."

여자의 어조에는 노골적인 화가 배어 있었다.

"이 방에 아무도 들이지 말라고 병원에 부탁했는데요."

"명령하지 마십시오, 스프링 양. 난 당신 부하가 아니라 닉의 부하입니다. 왜 진작에 날 안 부른 거죠?"

"병원으로 옮기느라 너무 바빴어요."

"빌어먹을, 다른 사람에게 전화하라고 할 수도 있었잖아요. 뉴스를 보고서야 알았단 말입니다."

"닉의 침대에서 물러나요."

여자가 이제 거칠게 소리쳤다.

"물러나지 않으면, 사람을 부르겠어요."

"이런, 팔을 놓으세요. 왜 이러시는 겁니까? 난 사장을 병문안할 권리가 있습니다."

"천만에, 당신은 병문안을 온 게 아니에요. 그를 죽이러 온 거죠?"

"하? 내가 닉을 죽인다구요? 빌어먹을, 당신 미쳤어요?"

"닉은 정신을 잃기 전 당신에게 지시를 해두었다고 했어요."

여자가 우울하게 말했다.

"이런 상황에서 어떻게 해야 할지 알 거라고 그가 말했어요."

"네, 맞습니다. 지시받은 게 있지요."

"닉은 자신이 미치는 걸 가장 무서워했어요. 이런 일이 생기면, 미치기 전에 죽여 달라고 말했겠죠, 그렇죠? 하지만 그는 안 미쳐요, 페더. 내가 집중하고 있으니 곧 괜찮아질 거예요."

"닉이 다른 사람에게 자기 목숨을 내맡기리라고 생각하나요? 어리석군요, 스프링 양. 그는 다른 사람에게 그런 부탁을 하지 않아요. 자살하고 싶으면, 자신이 직접 할 겁니다."

"그를 죽이러 온 게 아닌가요?"

"당연하지요. 난 그의 친구이자 그의 대리인입니다. 그에게 무슨 일이 생기면, 내가 카지노를 관리하기로 되어 있습니다."

"무슨 뜻인가요?"

"스프링 양, 카지노에는 이백 명의 직원이 있습니다. 그 많은 사람들이 사장에게 의지하고 있어요. 그는 그 사람들을 책임져야 합니다."

"그가 할 수 없는 경우 그 책임을 질 사람이 당신이란 말인가요?"

"이제야 알아들으셨군요. 지금이 바로 그 때입니다."
"음, 하여튼 그는 걱정 마세요."
여자의 목소리에는 절대적인 확신이 들어 있었다.
"몇 시간만 있으면 괜찮아질 거예요. 마지막 미친 안개가 오늘 아침 그의 몸 속에서 빠져 나갔다고 의사가 그랬어요."
"그 말을 들으니 안심이 되는군요."
"그런데 왜 아직도 안 가는 거예요? 닉이 정신을 차리면 전화해 줄게요."
"그거 아십니까? 당신도 닉만큼이나 의심이 많다는 거."
"나가요, 어서."
"좋습니다, 좋아요. 당신도 보통이 아니군요. 사장님도 당신이 이렇게 의심이 많다는 거 아십니까?"
지니아는 페더의 질문에는 대답하지 않고 말했다.
"페더, 부탁할 일이 있어요."
"네?"
"거리에 정보망을 갖고 있다면서요."
"그런데요?"
"쓸모있게 굴고 싶다면, 닉에게 이런 짓을 한 범인을 찾아보세요. 그들은 둘다 경찰이 도착하기 전 도망쳤어요."
짧은 침묵이 흘렀다.
"나와 똑같은 생각을 하고 있군요, 스프링 양?"
"이건 평범한 강도 사건이 아니에요. 그 두 사람은 엘리베이터에서 내리는 우릴 일부러 기다리고 있었어요. 의사는 닉이 마신 마약이 대단히 강하고 순수한 덩어리라고 해요. 그 놈들이 갖고 싶은 걸 이미 손에 넣었다면, 왜 굳이 강도짓을 하겠어요?"
"좋은 지적입니다. 이미 미친 안개를 갖고 있었다면, 그걸 팔아치울 생각밖에 없었겠지요. 멍청이들은 미래를 걱정하지 않거든요. 그들이 걱정하는 건 그 다음 마약을 어떻게 구하나 뿐이죠."

"게다가 우릴 공격한 자들은 전혀 마약 먹은 사람처럼 보이지 않았어요. 그 중 한 명은 닉이 곧 미쳐 버릴 거라고 협박까지 했고요."
"당신 생각이 맞을 것 같군요."
그가 골몰히 생각하며 말했다.
"쓸모있는 사람이 되기 위해 전 이만 가봐야겠습니다."
"그러세요."
닉은 여자의 짤막하고 권위적인 목소리가 재미있게 들렸지만 형이상학적인 평면 위에서는 웃을 수 없었다. 반짝이는 크리스털로 광기의 힘을 몰아내느라 너무 바빴기에.

온기가 느껴졌다. 그녀의 손이 그의 손을 잡고 있었다. 차가운 손가락에 전해지는 따뜻함이 기분좋았다. 손만이 아니라 왼쪽 몸 전체가 따뜻했다.
눈을 뜨자 커튼 사이로 가느다란 아침 햇살이 보였다. 그의 옆에 지니아가 조용히 잠들어 있었다.
언제 정신적인 악마들과의 싸움을 끝냈는지도 모르겠다. 다만 어젯밤 싸우고 싸우다 마침내 안정됐다는 걸 알았다. 지니아 덕분이다. 광기의 폭풍우가 완전히 지나갈 때까지 그녀가 집중을 해줬다.
완전 분광 프리즘이라도 어젯밤과 같은 야성적이고 강한 매트릭스의 끝없는 에너지를 받으면 소진돼 버린다. 그것은 프리즘이 자신보다 높은 등급의 정신 능력에 지배되거나 힘이 과열되는 걸 방지하는 자연적인 보호 방식이었다. 유쾌한 경험은 아니지만 소진 상태가 영원히 지속되는 건 아니다.
그런데 지니아는 소진되지 않았다. 자신만큼이나 강했던 것이다. 닉은 그 생각에 미소를 지었다.
그녀의 속눈썹이 퍼득거렸다. 잠시 정신이 없는 듯하다가 눈동자가 또렷해졌다.
"깨어났군요."

"그뿐 아니라 대단히 정상적이오, 당신 덕분에."
그녀가 벌떡 일어나 앉았다.
"맙소사, 당신 때문에 너무나 두려웠어요."
"내가 가졌던 두려움의 반도 안 될 거요."
그가 그녀의 헝클어진 머리를 한 손으로 쓰다듬었다.
"지금 당신을 보는 게 이렇게 기쁠 수 없소."
"기분은 괜찮아요?"
"이보다 더 좋을 순 없지."
닉이 미소지었다.
"진짜 흡혈귀와 함께 밤을 보낸 사람치고, 회복이 놀라울 정도야."
침대에서 일어나던 그녀의 눈이 휘둥그래졌다.
"날 흡혈귀라고 부른 거예요?"
"당신은 내 거라고 말하는 거요, 지니아 스프링."
그가 그녀를 안아내려 깊숙이 키스하였다. 지니아는 그의 품에서 벗어나며 미소지었다. 하지만 왠지 눈동자에 슬픔이 가득했다.
"지니아?"
"움직이지 말아요. 퍼거슨 박사를 불러야 해요."
호출 버튼을 누르자마자 문이 열렸다. 심하게 구겨진 가운을 입은 의사가 방으로 들어왔다. 그녀의 지친 표정이 앉아 있는 닉을 보는 순간 안도감으로 밝아졌다.
"육체적인 세상으로 돌아오신 걸 환영합니다, 채스턴 씨. 전 담당 의사 퍼거슨입니다."
그녀는 침대로 걸어왔다.
"걱정했습니다만, 스프링 양이 당신은 지금 바쁘게 자신을 지키는 중이라고 안심을 시켜 주셨답니다."
"대단히 바빴지요."
닉이 턱을 문질렀다.
"오늘이 며칠입니까?"

"무도회 다음날 아침입니다."
퍼거슨이 잠시 웃어댔다.
"신문을 보시면 두 분 다 소름이 끼치실걸요."
"주차장 사건 말인가요?"
지니아가 물었다.
"그렇지는 않아요."
퍼거슨이 신세이션 한 부를 들어올리는 순간, 지니아가 신음을 했다.
"오, 맙소사, 또."
닉은 개척자 클럽 로비 바닥에 나가떨어진 자신의 사진을 쳐다보았다. 사진 속에서 지니아는 걱정스러운 얼굴로 그의 옆에 앉아 있었고, 레드폭스 이튼은 주먹을 불끈 쥔 채 쓰러진 그의 위에 서 있었다. 다리아와 베다니는 화난 표정이었다. 잘 차려입은 구경꾼들이 충격을 받은 얼굴로 빙 둘러서 있었다.
"두 분 말씀 나누세요. 전 다른 환자를 보러 가야 합니다."
방을 나서는 퍼거슨 박사는 대단히 재미있어했다.
닉이 기사의 첫줄을 읽었다.

상류 계층의 생활. 어젯밤 닉 채스턴은 불운의 연속이었다. 주홍 아가씨의 예전 애인을 만나 얻어터진데 이어, 개척자 클럽 주차장에서 강도를 만나 병원에 실려 갔다. 피해 정도는 밝혀지지 않았으나, 소문에 의하면 공격자가 미친 안개 덩어리를 그에게 던졌다고 한다. 웨스턴 섬에서라면 이런 일이 생겼을까?

"흥분하지 말아요, 닉."
지니아가 그의 어깨를 잡았다.
"아직 당신은 환자예요. 안정이 필요해요."
의외로 닉은 기분이 좋았다.
"내가 왜 흥분하겠소? 덱서가 이번에는 한 건 제대로 해냈는걸."

"무슨 말이에요?"

그가 손가락으로 신문을 톡톡 두들겼다.

"이 사진으로 레드폭스 이튼을 몇 달 간 법정에 세울 수 있겠소."

지니아가 두 눈을 가늘게 떴다.

"어젯밤 일부러 그를 자극한 거군요, 그렇죠? 세드릭 덱서가 로비 근처에서 얼쩡거리는 걸 미리 본 거죠?"

"당신 코트를 가지러 갔을 때 봤지."

닉이 다음 기사 내용을 훑었다.

"덱서가 두 강도의 모습을 봤길 바란 건 너무 큰 기대였군."

"페더가 그들을 찾고 있어요."

지니아의 눈썹이 치켜 올라갔다.

"닉, 고소 말인데요. 그건 좋은 생각이 아니에요. 이튼과 그 일당들에게 나 대신 복수해 주는 건 감사해요. 하지만 긴 법정 싸움에는 큰 돈이 들어요."

"그 정도 여유는 있소."

"언제나 그 말이군요. 하지만 그만한 가치가 없으니 그냥 내버려 둬요, 닉. 그 사진만으로도 그 세 사람은 이미 벌을 받고 있어요. 그걸 가라앉히려면 몇 주나 걸릴걸요."

그녀의 말이 맞을지도 몰라. 그렇다고 지니아의 복수를 포기해야 하다니. 하지만 한편으로 생각하면, 이 순간 가장 하고 싶지 않은 게 바로 지니아와 언쟁하는 것이었다. 아까 그녀의 눈에 깃들었던 슬픈 표정이 이유가 뭘까 걱정스러웠다.

"생각해 보겠소."

그가 말했다.

몇 시간 후 병실문이 활짝 열렸을 때도 그는 지니아의 슬픈 표정을 생각하던 중이었다. 그 때 까만 가죽과 징, 사슬을 단 사람이 침대로 걸어왔다. 짧은 새하얀 색 머리는 곤두서 있었고 바닥에 닿는 부츠 소리와 함께, 검은 눈동자도 반감으로 번쩍거렸다.
 닉은 페더에게 내릴 지시 사항을 적던 메모장을 내려놓았다.
 "클레멘타인 말론이시죠?"
 "바로 맞췄군요."
 클레멘타인은 가까운 의자에 한 발을 올리고 가죽으로 싸인 허벅지 위에 팔을 놓았다.
 "얘기 좀 해야겠어요."
 "지니아에 대해서?"
 "그래요, 지니아 양에 대해서. 그녀는 내 밑에서 일하고 난 직원들을 보살펴요. 이 일을 모른 척하려 했지만, 이젠 일이 너무 커졌군요. 무슨 속셈이 있는 거요, 채스턴 씨?"
 "난 그녀와 같이 있는 게 즐겁죠. 그보다 더한 속셈은 없어요."
 "웃기는 소리 말아요. 당신은 매트릭스라구요."
 클레멘타인이 호통을 쳤다.
 "매트릭스는 겉보기는 다르죠. 능력이 강할수록, 더 은밀하고 사악하고 교묘해요. 그리고 무척이나 음흉하고."
 "내 평판이 지독히 나쁜 모양이군요."
 "당연하죠. 아마 평판을 회복하려면 당신이 카지노에서 뺏은 돈을 모조리 고객들에게 돌려줘야 할 거요."
 "난 그런 멍청이는 아닌 걸요."
 "당신이 멍청하다고 할 사람은 아무도 없어요. 지니아에게 접근하는 진짜 의도가 뭐죠?"
 "의도?"
 "당신은 몰래 결혼 상담소에 등록까지 했잖아요. 그리고 지니아의 기록은 연결시킬 수 없는 등급이라고 판정이 나서 효력이 없는 상태고. 그건 당신이 그녀와 결혼할 생각이 없다는 분명한 뜻이잖아요."
 "언제나 그렇게 성급하게 결론을 내립니까?"
 "집어치워요, 채스턴. 지니아는 당신이 부유한 상류 계층의 아내를 원한다고 하더군요. 한때 지니아의 집안이 그런 때도 있었지만 지금은 아니에요. 파산으로 몰락해 버린 지 오래됐으니까. 게다가 다른 모든 부분이 맞는다 해도, 두 사람은 짝이 될 수 없을 거예요. 상담소에서 높은 등급의 능력자와 완전 분광 프리즘을 중매하지 않는다는 건 어린아이도 알고 있으니까요."

"가끔은 특이한 중매도 있다고 하던데요."

"거의 없어요."

클레멘타인의 입이 경멸로 뒤틀렸다.

"당신은 존경을 살 계획이라면서요."

"맞소, 지금 진행되는 중이오."

클레멘타인이 코웃음을 쳤다.

"신세이션에 매일 사진이 실리는 것도 그 계획의 일부인가요?"

"사소한 장애일 뿐이죠. 그것들이 내 미래를 가로막지 못할 겁니다."

"당신을 가로막을 게 무엇이 있을까요?"

그녀가 의자에서 다리를 내리고 두 손을 엉덩이에 갖다 댔다.

"원래 질문으로 돌아가죠. 지니아를 어쩔 셈이에요?"

"난 그녀와 결혼할 겁니다."

클레멘타인이 잠시 입을 떡 벌렸다가 이내 이를 악물었다.

"당신 미쳤어요?"

"한동안은 그럴 뻔했죠. 하지만 이제는 아닙니다."

"결혼할 거라고 지니아에게 말했나요?"

"아니요, 그리고 내가 일들을 정리할 때까지 당신도 입 다물어 준다면 고맙겠습니다."

"왜 그녀와 결혼하려는 거죠?"

"그녀는 날 사랑한다고 했죠."

"그럴까 봐 걱정스러웠어요. 하지만 달라질 건 없어요. 그녀는 상담소에서 소개해 주는 잘 어울리는 사람이 아니면 절대 결혼하지 않을 거예요. 연결시킬 수 없는 등급이거든요."

"나도 그녀를 사랑합니다."

"사랑이 아니라 욕망이겠죠. 그녀가 당신 능력을 도와줄 수 있다는 사실도 마음에 들고. 매트릭스가 사랑에 실수하는 건 주위를 봐도 쉽게 알 수 있어요."

"난 이제 사랑과 욕망의 차이를 알고 있습니다."

닉이 확실하게 말했다.

"혼돈 상태에 빠질 때 분명히 깨달았죠."

"그렇게 생각하나요?"

클레멘타인이 회의적으로 대꾸했다.

"그래도 아직 문제가 남아 있어요. 당신과 그녀는 잘 연결될 수 없을 거예요. 특히나 지니아의 기록은 상담소에서 이미 가동도 되지 않는 정지 상태라구요."

"그 점은 걱정 마세요. 나에게 계획이 있으니까."

전화벨 소리가 그녀를 잠에서 깨웠다. 눈을 뜨고 옆의 시계를 쳐다보니 오후 네 시가 다 되었다. 아침에 병원에서 돌아온 후 거의 하루 종일 잠만 내리잤다. 기나긴 밤이 그녀의 육체와 정신 능력을 모두 소모시켰다. 하지만 빠르게 회복되고 있었다.

지니아는 응답기가 작동하길 기다렸다.

"지니아? 나 윌리 숙모다. 하루 종일 너와 연락하려고 애쓰는 중이야. 왜 채스턴 씨가 개척자 클럽의 회원이라는 말을 안 했니? 자선 무도회에 참석한다는 말도 없었잖니. 그나저나, 채스턴 씨가 그 끔찍한 잡지와 레드폭스 이튼을 둘다 고소할지 알고 싶구나. 들어오는 즉시 내게 전화해 주렴."

숙모의 목소리에 새롭게 존경의 어투가 깃든 걸 알 수 있었다. 이젠 채스턴 씨라고? 닉의 말이 맞나 보다. 존경을 살 수 있을지도 몰라. 개척자 클럽 안에서 찍힌 사진 한 장이, 비록 로비 바닥에 드러누운 모습이라 해도, 숙모에게는 가능성이 있다고 생각되는 모양이었다.

지니아는 침대에서 나와 샤워실로 향했다. 욕실로 막 발을 들여놓으려는 찰나 다시 전화벨이 울렸다. 그녀는 문지방에서 멈춰 섰다.

"진? 나야, 레오. 병원에서 돌아오는 길이야. 닉은 식사를 하고 있었어. 의사 말로는 하루 이틀 더 두고 봐야 한다는데, 그는 바로 퇴원하길 원해. 누나가 지금 뭐하고 있는지 궁금해서 걸었어. 아직 자고 있는 모양이지?"

지니아가 급히 수화기를 집어들었다.
"안녕, 레오. 이제 일어났어. 샤워하려던 참이야."
"기분 괜찮아? 어젯밤에는 걱정 많이 했어. 집중하는 일이 끝났을 때 마치 웨스턴 섬의 정글에서 구사일생으로 살아남은 사람의 표정이던걸."
"너만큼 날 빨리 파악하는 사람도 없을걸. 난 빠르게 회복중이야. 거의 정상으로 돌아왔어. 닉은 어때?"
"아까 말한 대로, 의사의 명령에도 불구하고 퇴원 준비를 하고 있던데. 그런데 내가 갔을 때 클레멘타인이 와 있었어."
"휴우."
"내가 도착하기 전에 두 사람 사이에 누나에 대한 열띤 토론이 있었던 모양이야. 하지만 내가 들어갔을 때는 휴전 상태던데."
"휴전?"
"닉힌데 무슨 계획이 있다고 하던데."
지니아가 움찔했다.
"그한테 계획이 있는 건 좋은 징조가 아니야."
"진? 나한테는 솔직히 말해 봐. 둘 사이에 무슨 일이 있었지?"
"나도 몰라."

"누난 그를 사랑하잖아, 그렇지?"
"그래."
레오는 잠시 말이 없었다.
"닉도 누나를 사랑하는 것 같아?"
지니아가 가운을 움켜쥔 채 의자에 앉았다.
"미친 안개로 정신을 잃기 전에 마지막으로 한 말이 사랑한다는 거였어. 하지만 미쳐 가고 있다는 생각 때문에 한 말일 거야. 엄청난 두려움에 떨었거든. 혼돈 상태에 빠지기 전 그가 본 마지막 사람이 나였거든."
"다시 말하면, 사랑한다고 말한 게 상황 때문이라는 거로군. 큰 전쟁 전에 마지막 작별 인사, 뭐 그런 거 말이지?"
"그렇게 생각해야 할 거야."
지니아는 갑작스럽게 흘러내린 눈물을 휴지로 닦아냈다.
"그런 상황 이해할 수 있어."
"닉이 누나를 진짜 사랑한다는 것도 이해할 수 있지."
"나는 그가 결혼하려는 여자의 조건에 맞지 않아. 그 사람 또한 나에게 이상적인 배우자가 아니고. 매트릭스와 연애 정도는 할 수 있지만, 어느 여자가 결혼까지 하려 들겠니?"
상대편에서 짧은 침묵이 흘렀다.
"연애라고?"
"그게 다야."
"자신을 학대하지 마, 진. 너무 빨리 결정 내리지 말라구, 알겠어? 지난 이십사 시간 동안 너무 많은 일이 있었잖아. 진정하고 빨리 안정해."
그녀가 휴지에 코를 흥 풀었다.
"알았어."
"잘 있어. 나중에 다시 전화할게."
"고마워, 레오."
지니아는 수화기를 내려놓고, 한참 동안 벽에 걸린 초기 탐험 시대의 바다 그림을 물끄러미 쳐다봤다.

그러고 나서 휴지를 뭉쳐 옆으로 던지고는 샤워하기 위해 일어섰다. 떨어지는 물소리와 닫힌 문 때문에 세 번째 전화벨 소리는 듣지 못했다. 하지만 30분 후 욕실에서 나왔을 때 응답기는 다른 전화 내용을 녹음하는 중이었다.

"스프링 양? 뉴턴 드포리스트요. 내가 예전 자료를 점검해 봤다오. 지하실에 넣어 두었던 것 말이요. 세 번째 탐험의 재정적 부분에 대한 자료가 있었다니 놀라운 일이라니까. 많지는 않지만, 당신이 만약 보고 싶다면……."

지니아가 수화기를 낚아챘다.
"여보세요? 교수님? 잠시만요."
미친 듯이 버튼을 눌러 응답기의 작동을 끄고 직접 통화를 했다.
"죄송해요. 무슨 말씀이셨죠?"
"뉴 포틀랜드 대학 직원과 얘기한 내용 중에 짤막한 메모가 있더라구요. 무슨 이유인지 파이어와 아이스 제약회사가 채스턴 탐험에 지원하겠다는 메모가 있더군요. 하지만 그 회사는 몇 년 전에 없어졌소. 이게 당신이 찾고 있던 정보인가요?"
"오, 그래요. 그렇답니다."
"여기 몇 가지 더 적혀 있소. 많지 않지만, 당신이 찾던 자료일 거요."
지니아는 시계를 쳐다보았다. 5시 15분.
"오늘 저녁에 찾아가도 될까요?"
"기다리고 있겠소, 스프링 양. 현관에서 대답이 없으면, 뒤로 돌아와요. 정원에 있을 거니. 이렇게 긴 여름날에는 가지치기가 적당하지. 내 사랑스러운 피덩굴들은 너무 빨리 자라나거든."

아만다 퀵
Zinnia

22

병실에 사람이 들어온 걸 알고 닉은 메모장에서 고개를 들었다.
"어서 오게, 페더. 이젠 괜찮아. 지니아는 눈 좀 붙이러 집에 갔네."
"아쉬운 일이군요."
페더가 성큼 병실 안으로 들어왔다.
"그녀에게 보고할 게 있었는데요."
"무슨 보고?"
"그녀는 어젯밤 내가 당신과 같은 방안에 있는 걸 싫어하더군요. 그리고 저한테 쓸모있게 행동하라고 명령을 내렸답니다."
천장의 불빛으로 페더의 빡빡 깎은 머리가 반짝거렸다. 그가 침대 옆에 와 섰다.
"주차장에서 덤벼든 두 쥐새끼를 찾으라고 하더군요."
닉은 밤사이 언젠가 벌어졌던 그 언쟁을 희미하게 기억해 냈다.
"찾았나?"
"네. 흥미롭게도, 한 사람은 시체 안치소에서 발견되었습니다."

"날 보지 말게. 내가 한 짓이 아니야. 마지막으로 기억나는 게, 바닥에 쓰러져 있는 모습이었지만 숨은 쉬고 있었다구."

"경찰이 도착하기 전에 사라져 버렸을 때도 여전히 숨을 쉬고 있었죠. 하지만 그 후에 불행한 사건이 일어난 모양입니다. 그는 오늘 새벽 다섯 시에 개척자 광장의 골목에서 시체로 발견되었습니다."

"무슨 일이 있었지?"

"누군가 그놈 자신의 칼로 그의 가슴에 꽂았더군요. 공식 발표로는 미친 안개를 사려던 녀석과 싸움을 벌인 중개상이라고 하더군요."

"거리 중개상이나 얼간이로 보기엔 미친 안개를 너무 많이 갖고 있었어."

"네, 스프링 양도 그렇게 말했지요. 아시다시피, 그녀는 선인장처럼 가시가 돋혔지만 머리가 좋거든요."

페더의 눈에 잠시 감탄의 빛이 스쳤다.

"누군가 당신에게 그 물건을 던지도록 거리패들을 고용한 것으로 짐작됩니다."

"그리고 나중에 입을 열지 못하도록 죽인 거로군. 다른 놈은 어떻게 되었나?"

페더가 머리를 저었다.

"아직까지는 흔적이 없습니다. 그자에 대한 정보를 주는 사람에게 큰 돈을 내겠다고 말해 놓았습니다. 하지만 그놈 역시 똑같은 상황으로 발견될 듯 합니다."

닉은 작성하고 있던 메모지를 내려다보았다.

"또 하나의 연결점이 생기는군. 그놈들을 보낸 사람은 내가 매트릭스라는 걸 알고 있었고, 그 미친 안개 덩이리기 어떤 영향을 미치는지도 알고 있었던 게 분명해."

"젠장할, 누군가가 당신이 미치길 바랬다는 뜻입니까?"

"그래."

닉이 잠시 생각에 잠겼다.

"하지만 왜 그런 식으로 어렵게 일을 했을까? 그냥 죽여 버리는 게 쉬웠을 텐데?"

페더의 입술이 뒤틀렸다.

"당신은 죽이기 힘든 분입니다. 미친 안개로 공격하는 게 더 쉽죠, 더 안전하기도 하고요. 당신 같은 사람이 죽으면 경찰이 살인자를 찾는 데 온 힘을 쏟을 겁니다. 깡패들과 그 물건에 대해 우둔한 머리를 굴려대겠지요. 며칠 동안 신문도 온통 떠들어댈 테구요."

"하지만 보통의 강도 행위에서 우연히 발생한 살인 사건으로 위장하면 일이 더 쉽지. 경찰은 살인 음모까지 생각해 낼 머리가 없어."

"맞습니다."

"좋아, 논리가 맞아 가는군. 하지만 내가 놓치고 있는 무언가가 있을 것 같아."

"실례지만, 사장님, 당신은 항상 눈에 보이는 것보다 더한 게 있다고 생각하죠. 어떤 것은 보이는 그대로가 전부랍니다."

"이번에는 아니야."

닉이 부인했다.

"사장님, 저까지 편집증으로 만들지 마십시오."

"여기서 중요한 점은 채스턴 일지를 손에 넣으려 하기 전까지는 이런 문제가 없었다는 거야."

"저에게 물으신다면, 스프링 양을 만나기 전까지는 이런 문제가 없었다고 말씀드리겠습니다."

닉이 그를 쳐다보았다.

"그녀는 어젯밤 날 구했어, 페더."

"그 점에 대해 반박하지 않습니다. 요점은, 그녀가 사장님 인생으로 들어오지 않았더라면 이런 일이 생겼을까 하는 것이죠."

"이젠 자네가 음모광 같은 소리를 하는군. 다른 녀석을 찾는 데나 신경쓰게."

"걱정 마십시오, 꼭 찾아낼 겁니다. 아, 잊을 뻔했군요."

페더가 주머니에 손을 넣어 작은 수첩을 꺼냈다.

"드디어 삼십오 년 전 뉴 포틀랜드 대학 예산부에서 일하던 직원 한 명을 찾아냈습니다. 버클리 부인이라고, 은퇴한 후 로어 벨뷰의 작은 농장에서 지내고 있었습니다."

침대 옆으로 다리를 내리자 잠시 현기증이 났다. 온 신경이 곤두섰지만 금세 그 느낌은 사라졌다. 닉은 안도의 한숨을 내쉬며 차가운 바닥에 섰다.

"버클리 부인이 세 번째 탐험에 대한 기금 문제를 기억하던가?"

닉은 환자복 가운의 허리띠를 풀며 물었다.

"그녀는 그 일을 담당하지 않았답니다. 그 서류를 담당했던 직원은 오래 전에 죽었다는군요. 심장마비나 그런 걸로요."

"또 하나의 놀라운 우연의 일치로군."

닉은 침대로 환자복을 던졌다. 여전히 아픈 상태였지만 비교적 정상적인 것 같았다.

"괜찮습니까, 사장님?"

"그래."

작은 옷장을 열어 보니, 무도회장에서 입었던 까만 셔츠와 재킷, 바지가 걸려 있었다. 지독히도 구겨지고 주차장 바닥의 먼지로 엉망이었지만, 이 순간만큼은 누군가에게 존경받는 모습에 관심이 없었다. 그가 셔츠로 손을 뻗었다.

"버클리 부인이 쓸모있는 정보라도 말해 주던가?"

페더가 낄낄 웃었다.

"세 번째 탐험을 담당했던 직원과 연애 중이었답니다. 그가 탐험이 취소되고 나서 그녀에게 몇 마디 했던 모양입니다. 화학이나 제약회사 같은 데서 그 탐험의 경비를 대겠다고 했대요. 그 회사는 대중의 시선을 피하기 위해 익명으로 남고 싶어했다더군요."

"화학이나 제약회사."

순간, 신경이 솟구쳤다. 그의 매트릭스가 서서히 완벽한 패턴을 형성하기 시작했다. 그를 셔츠 잠그던 동작을 멈추고 물어 봤다.

"그래, 그게 맞아. 회사 이름을 말했나?"

"정확히 기억하지는 못하지만, 파이어라는 단어가 들어 있었던 것 같다고 했습니다."

매트릭스에 더 많은 점들이 연결되기 시작하였다.

"확인해 보게······."

페더가 손을 들어올렸다.

"잠깐만요, 사장님. 제가 미리 말씀드리지요. 뉴 벤쿠버, 뉴 시애틀, 뉴 포틀랜드 세 곳에 등록된 회사 전화번호부와 사업체 목록을 확인했습니다만 그 중에 파이어라는 단어가 들어간 화학이나 제약회사는 없었습니다."

"그 회사는 다른 모든 기록들과 같이 사라졌을 거야."

닉이 벨트를 맸다.

"삼십오 년 전의 전화번호부와 사업 등록부를 확인해야 해."

페더의 얼굴이 일그러졌다.

"그걸 어디서 찾습니까?"

"공공 도서관이지 어디겠나?"

닉에게 차가운 흥미가 흘러넘쳤다.

"아무리 강박적인 매트릭스라 해도 세 도시에 있는 도서관의 마이크로 필름을 모조리 없앨 수는 없었을 거야."

"그런 생각은 못했는 걸요."

"이 배후에 있는 인물도 아직 거기까지는 생각이 못 미쳤겠지."

닉은 더 자세히 이모저모를 고려했다.

"특히나 그자가 사업 세계에 들어온다면, 사업과 재정적인 면의 흔적만을 없애는 데 초점을 맞추었을 거야. 매트릭스라 해도 실수는 있는 법이지."

"배후 인물이 매트릭스라고 생각하십니까?"

"지니아 말이 옳았어. 분명히 매트릭스 특유의 음모적인 냄새가 나."

닉이 옷걸이에서 재킷을 빼냈다.
"뉴 시애틀 공공 도서관의 조사부터 시작해야겠어."
페더가 구겨진 까만 턱시도를 살폈다.
"먼저 카지노로 가서 옷을 갈아입으시지요."
"시간이 없네."
"저는 무엇을 할까요?"
"두 번째 강도를 찾아내게. 지금쯤 자기 친구가 죽었다는 걸 알 테니, 도망가려 할 거야. 뉴 포틀랜드, 뉴 벤쿠버와 웨스턴 섬으로 출발하는 비행기를 모조리 확인하게. 탑승자들도 점검하고."
"이미 사람을 풀어놓았습니다."
닉은 옷을 다 입고 문으로 향했다.
"자네가 없었다면 난 어땠을지 모르겠군, 페더."
페더가 주머니에서 물건 하나를 꺼냈다.
"이건 더 이상 필요치 않으니 없애도 될까요?"
닉은 페더의 손바닥에 놓인 아주 작은 칼날을 바라다보았다. 그것은 병원에 몰래 들여올 수 있을 정도로 작으면서, 죽고 싶은 사람이 잘라내고 싶은 어떤 것이라도 자를 만큼 날카로웠다. 예를 들어 자신의 손목 같은 것.
"그래."
영혼 깊은 곳에서 몸서리가 쳐졌다.
"그건 필요 없게 되었네. 그리고 그에 관련된 모든 지시 사항들도 취소하겠네."
"그 말을 듣게 되어 기쁩니다. 이런 종류의 일을 한다는 것은 정말 내키지 않있거든요."

세 번이나 노크를 해도 대답이 없다.
"드포리스트 교수님?"
그녀가 큰 소리로 외쳤다.

여전히 응답이 없다.

"역시나, 정원에 있다는 얘기군."

그 미로를 다시 들어가는 일이 없길 바랬는데.

그녀는 마지못해 낡은 집 뒤로 돌아가 돌 테라스를 가로질렀다.

계단 밑으로 단순해 보이는 바둑판 무늬의 정원 입구가 어렴풋이 보였다. 그녀는 드포리스트가 나타나길 기대하며 주위를 둘러보았다.

통통한 뺨의 원예가는 흔적조차 없었다.

지니아는 조심스레 어두운 미로 입구로, 입구에 줄기를 엮은 깃털 같은 잎사귀 옆을 걸었다.

"드포리스트 교수님?"

"지금은 바쁘실걸. 하지만 내가 도와줄 수 있다고 장담하지."

"네?"

지니아가 빙그르르 몸을 돌려 테라스에서 그녀 쪽으로 걸어오는 남자를 노려보았다. 그의 목소리가 낯익었다, 움직이는 동작도.

"여기까지 오는데 생각보다 오래 걸렸군."

그 사내가 말했다.

그가 재빨리 다가오는 게 불안했다. 그녀는 급히 상황을 판단하며 순간적으로 깨달았다. 집으로 도망가려면 그를 지나치지 않을 방법이 없다. 그녀의 생각을 아는 듯 그자가 잔인한 미소를 지어 보였다.

"어젯밤과는 다르지, 응? 이번에는 그 빌어먹을 매트릭스가 너를 도와줄 수 없어. 그나저나 그 녀석은 어떻게 됐나? 여전히 미쳐 가고 있나? 아니면 죽으려고 차들 사이로 뛰어들었을까? 그 안개가 어떤 영향을 미치는지 도무지 모르겠어. 일종의 실험적인 약이거든."

"주차장에 있었던 사람이군요."

그녀가 쓰레기통 뚜껑으로 내리쳤던 그 사내라는 걸 깨달았다.

하지만 이번에는 복면을 두르지 않았다. 저물어 가는 햇빛 속에서 여위고 각진 얼굴이 또렷이 보였다. 범죄자가 자신의 얼굴을 보게 한다는 것은 분명 그녀를 살려두지 않겠다는 생각이리라.

"내 이름은 스티치야. 만나서 반갑다구."

스티치의 연한 눈동자가 사악하게 번들거렸다.

"그자가 오기 전에 우리 함께 멋진 시간을 보내자구."

"누구?"

본능적으로 한 걸음 물러서며 미로의 입구로 이어진 잎사귀들을 지나쳤다. 이 순간 육식성 식물로 가득 찬 끔찍한 정원이 이 사내의 손에 잡히는 것보다 더 나을 것 같았다.

"신경쓸 거 없어. 금방 알게 될 테니까. 자, 이리 오라구. 우린 해결해야 할 빚이 있잖아. 그 빌어먹을 쓰레기통 뚜껑 때문에 밤새 머리가 아팠단 말이야. 당신도 좀 아파 봐야지."

"가까이 오지 말아요."

그녀가 한 걸음 더 물러섰다.

"정원에서 놀고 싶지는 않겠지. 거긴 미로라던데, 너무 깊이 들어가면 길을 잃어버릴 거야. 몇 시간만 있으면 어두워져. 어두워진 후에 거기서 맴돌고 싶지는 않겠지. 그 안에 들어간다고 뾰족한 수가 나는 것도 아니잖아."

지니아는 스티치의 악마 같은 눈을 한 번 더 쳐다본 후에 결정을 내렸다. 미로 안의 어떤 것도 이 벌레 같은 놈보다 역겹지는 않을 것이다. 드포리스트와 한 번 와 본 덕분에, 정원에서 그녀를 기다리는 것쯤은 알고 있었다. 조심만 한다면, 괜찮을 거야. 스티치가 무슨 짓을 하려는지 생각하고 싶지도 않았다, 그리고 조금 후에 올 신비의 남자가 가진 계획도 물론 전혀 알고 싶지 않았다.

그녀는 지갑을 움켜쥐고 가장 가까운 초록빛 정원의 골목으로 달려들어갔다.

"빌어먹을 년, 이리 돌아와."

입구를 몇 발짝 들어서자마자 하늘을 덮은 잎사귀들로 둘러싸여 버렸다. 첫번째 교차로에 도달했을 무렵엔 희미한 햇빛마저 거의 가려졌다. 그녀 주위의 잎사귀들이 한숨을 쉬며 바스락거렸다. 그 작은 소음 속에 굶주린 기대감은 팽배했다. 이 식물원에 먹이를 줄 시간인가보다.

두 손을 옆구리에 바싹 붙인 채, 발치를 내려다보았다. 어떤 것도 건드리지 않는 게 중요해, 그녀가 자신에게 중얼거렸다. 초록 괴물들을 자극하지 말아야 한다.

"이리 오라고 했지. 아아, 이게 뭐야? 빌어먹을, 피가 나잖아."

스티치가 어떤 식물에 부딪힌 모양이다. 하지만 그것이 그를 막지는 못할 것이다.

"빌어먹을 창녀 같으니. 꼭 갚아 줄 테다."

스티치의 발자국 소리가 다시 시작되었다. 이제는 더 빨리, 더 무모하게 움직이고 있었다. 그의 분노가 느껴질 정도로.

"제기랄."

스티치의 목소리가 높아졌다.

"이 빌어먹을 식물들이 왜 이래?"

그녀는 불쾌한 미로 속으로 더 깊이 들어갔다. 밑을 쳐다보니, 두텁게 깔린 소름끼치는 이끼들 위로 발자국이 생기지는 않았지만 소리는 들렸다. 아마도 스티치는 그녀의 발자국 소리를 이용해 쫓아올 것이 틀림없다.

그녀는 좀더 조용히 걸어 보려 노력했지만, 이내 빠르면서도 은밀하게 움직이는 게 불가능하다는 걸 깨달았다. 적어도 그녀에게는 불가능했다. 닉이라면 할 수 있을 텐데.

가시 달린 잎들을 지나다가 초록색 혀일 수도 있는 물체가 눈에 들어왔다.

머리 위에서 들리는 주르륵 미끄러지는 소리에 움찔했다. 어둠 속에서 들여다보니 두꺼운 육식성 덩굴이 잎사귀를 통해 밑으로 기어내렸다. 그것은 약한 바람에 반응이라도 하듯 천천히 움직이고 있었다.

하지만 바람 한점 불지 않는다. 미풍조차도.

덩굴이 더 가까이로 흔들거렸다. 좁은 골목으로 부드럽게 흔들리는 방식이 최면을 거는 듯했다. 땅에서 일 미터쯤 떨어진 곳까지 풀려 내려

왔다.

흔들흔들, 흔들흔들. 계속 지켜볼수록, 아무 해도 끼치지 않을 것처럼 보인다. 평범한 덩굴의 모습으로 보였다.

안 돼. 어떤 것도 건드리면 안 된다고, 그녀는 자신에게 상기시켰다. 그 자리에 얼어붙은 듯 서서 스티치의 다가오는 발소리를 들었다.

"어디 있는 거야, 멍청한 여자야? 더 깊이 들어가면 나오는 길을 찾지 못할 거야. 그러면 어쩔 셈이야?"

지니아는 천천히 몸을 숙여 덩굴 밑으로 기었다. 끈적끈적한 덩굴이 그녀의 존재를 느낀 듯 약간 더 아래로 내려왔다. 하지만 간신히 건드리지 않고서 빠져 나올 수 있었다.

"좋아, 이 암캐야. 네가 이겼어. 더 이상은 따라가지 않겠어. 빌어먹을, 이건 또 뭐야."

지니아는 빙글 몸을 돌렸다. 그가 너무 가까이 있었다.

스티치가 피나는 팔을 감싸쥔 채 모퉁이를 돌아왔다. 그리고 흔들리는 덩굴 맞은편에서 그녀를 보더니 멈춰 섰다.

"그래, 좋아."

그의 작은 눈이 흥분으로 빛을 발했다. 그가 더 빨리 앞으로 움직였다.

"여기 있었군. 이리 와, 길 잃기 전에 어서 나가자구."

"이미 우리가 길을 잃었다는 걸 아직도 모르나요? 가까이 오지 말아요."

지니아가 뒤로 물러났다.

"경고하는데, 이 식물들은 대단히 위험해."

"이런 가시쯤 겁나지 않아."

그가 바지에 한 손을 문지르자 바지 위에 핏자국이 남았다.

"그리고 이걸로 빌어먹을 미로를 잘라 버릴 거야."

그가 긴 칼을 들어올렸다.

"칼을 너무 믿지는 마세요."

지니아는 몸을 돌려 신중하게 다른 골목으로 걸어갔다.

"이젠 못 참겠다."

스티치가 그녀 쪽으로 덤벼들었고, 끔찍하게 부드러운 쉭쉭 소리가 들려 왔다.

귀가 찢어질 듯한 비명 소리에 피가 얼어붙었다. 그녀의 뒤 덤불 속에서 엄청난 소란이 일더니 어느 순간 갑자기 비명 소리마저 멎었다.

방금 지나왔던 골목을 찾으려고 몸을 돌렸지만, 보이는 것은 초록빛 벽뿐이었다. 스티치에게서 몇 발짝 떨어졌을 뿐인데, 완전히 방향을 잃고 말았다.

"스티치?"

대답이 없었다.

더 기다려 보았지만 더 이상은 아무 소리도 나지 않았다.

잠시 후 그녀는 다른 골목으로 천천히 걷기 시작했다. 드포리스트는 이 미로가 곧장 수초 동굴로 향하도록 설계되었다고 했다. 식물의 방해를 안 받고 나아간다면, 돌벤치에 앉아 닉을 기다릴 수 있을 것이다.

그가 찾아오리라는 건 한순간도 의심이 없었다.

그로부터 몇 분 후, 그녀는 아무 피해도 입지 않고 동굴을 둘러싼 공간으로 들어섰다. 돌 벤치가 거기 있었다. 밤에 앉기엔 차갑겠지만, 적어도 구출되길 기다리며 시간을 보내기에 안전한 장소였다.

갑자기 그녀의 목에서 비명이 터져나왔다.

교수가 동굴 웅덩이 안에 떠 있었다, 섬유성 수초들에 얽힌 채.

지니아가 공포에 질린 표정으로 쳐다보는 순간에도, 몇 가닥의 덩굴 손들이 바위에 매달린 관목에서 기어나와 물 표면을 둥실둥실 가로질렀다. 그리고 시체에 도달하자 그의 다리에 자신들을 감기 시작했다.

미친 드포리스트가 마지막으로 스스로를 자기 식물에 먹이로 주고 있는 것이다.

닉은 뉴 포틀랜드 회사 기록을 들여다보며 마지막 연결 고리를 찾았다. 뉴 포틀랜드 대학을 통해 세 번째 탐험에 자금을 지원했던 회사, 파이어 아이스 제약회사는 탐험이 취소된 후 몇 달 만에 도산하였다. 하지만 그건 관심거리가 아니었다.

그의 관심은 파이어 아이스 사의 사장 이름이었다.

필요한 걸 찾아내는데 시간이 걸렸지만 그의 예감은 정확했다. 아무리 매트릭스라도 불과 35년 전에 존재했던 거대한 사업의 기록을 모두 없애지는 못할 테니.

세인트 헬렌의 공공 도서관들은 자신들의 임무를 충실히 수행하였다. 강박적인 매트릭스에게 강의도 할 수 있겠군, 닉은 생각했다. 그들은 정보의 저장과 보존에 있어 정열적이었다. 모든 종류의 정보에 대해.

사서들은 강요가 아니라 자신들의 일을 신성한 임무로 받아들였다.

일 세대 개척자들은 정보 저장의 귀중한 가치를 알고 있었고 정보 파손은 회복하기 힘들다는 것도 알았다. 에너지 통로가 닫히고 낙담한 그들에게 있어 유일한 희망은 컴퓨터 데이터, 그것들은 지구에서 온 다른 모든 것들과 같이 붕괴될 위험에 처했고, 개척자들은 고향 땅의 진보된 기술이 아니라 살아남으려면 더 원시적인 시대의 기술들이 필요하다는 것을 알았다. 그 오래 전 기술들의 비밀은 컴퓨터화된 도서관에 저장되어 있었다.

기록실은 컴퓨터가 붕괴되기 전 가능한 한 많은 의학, 농업, 사회학과 과학적인 데이터의 기본부터 적기 시작하였다. 손으로 만든 거친 종이와 갈대펜으로, 그들은 기록이 사라지기 전 가장 필수적인 정보를 수록하기 위해 필사적으로 시간을 다투며 몇 주 동안 작업했다. 더 많은 것을 잃어버릴수록, 살아남을 기회가 적다는 것을 모두가 알기에.

기술적으로 세인트 헬렌은 지구의 18세기 후반과 같은 상태에 놓여 있었다.

개척자들이 살아남을 만큼 강한 사회의 모습을 만들었을 때, 가장 깊이 박아 놓은 것이 바로 결혼과 가족의 가치와 책의 소중함이었다.

사서들은 개척자들의 믿음을 존중했다. 닉은 진심으로 그들에게 감사하는 마음이었다. 오래된 전화번호부와 회사 기록들을 포함하여 모든 정보를 저장해 놓은 덕분에, 지금 자신의 부모를 죽인 범인을 명확하게 알아낼 수 있었던 것이다.

도서관에 온 사람들은 문을 향해 책더미를 통과하는 꼬깃꼬깃한 이브닝 정장 차림의 남자에게 다행스럽게도 별 관심을 두지 않았다.

30분 후 지니아의 방 자물쇠를 열고 들어갔을 때, 닉은 도서관에서 느꼈던 그 만족감이 다 깨지고 오히려 밀려드는 공포감과 싸워야 했다.

지니아는 집에 있어야 마땅했다. 그런데 아무 대답도 없다.

그는 방안 여기저기를 걸어다녔다. 침대는 헝클어졌고, 욕실의 수건들은 아직도 축축하였다. 아까까지는 그녀가 여기 있었는데 지금은 사라지고 없는 것이다.

그는 책상 옆에 멈춰 서서 레오에게 전화하기 위해 수화기를 집어들었다. 그때 응답기의 메시지를 알리는 불빛이 반짝이는 걸 알아챘다. 그가 버튼을 눌렀다.

윙윙거림에 이어 찰칵 소리가 났다.

"지니아? 나 윌리 숙모다······."

닉이 진행 버튼을 눌렀다.

또다른 윙윙거림과 찰칵 소리.

"진? 나야, 레오······."

그가 다시 진행 버튼을 눌렀다.

윙. 찰칵.

"스프링 양? 뉴턴 드포리스트요. 내가 당신이 말한 예전 자료를 점검해 봤다오······."

"빌어먹을."

닉이 문으로 급하게 뛰어나갔다.

매트릭스의 연결점들이 이제 또렷해졌다. 지니아는 채스턴 일지를 둘러싼 거미줄 같은 사건들의 우연한 희생자가 아니었다.

살인자의 목표물은 쭉 지니아였던 것이다.

그녀는 여기 있어야 했다. 그런데 그의 정신적 능력에 반응이 없었다. 닉은 어두운 미로 입구에 서 있었다. 매트릭스의 모든 감각이 기괴한 잎사귀들로 뒤틀린 골목으로 그를 이끌어댔다.

부드럽게 바스락거리는 식물들의 굶주림을 감지했다. 지니아가 이 안 어딘가에 있다. 첫번째 모퉁이 근처에 그녀의 지갑이 떨어져 있었다. 카키색 옷 한 조각도 길고 날카로운 줄기에 매달려 있다. 남자의 셔츠 조각.

미로 속에서 누군가 지니아를 쫓고 있었음이 분명하다.

그는 재킷 주머니에서 플래시를 꺼내고는 사악한 초록 미로 속으로 조심스레 걸어 들어갔다. 무겁게 드리워진 덩굴과 잎사귀들로 인해, 즉시 깊은 어스름빛 속에 갇혔다. 순진해 보이는 노란 꽃이 그의 관심을 끌었다. 꽃봉오리 가운데를 들여다보고 나서야 그 안에 숨겨진 이빨 같은 가시들을 알아챘다. 커다란 벌레가 반쯤 녹은 채 그 끈적끈적한 웅덩이 속에 떠 있었다.

그는 가장 사소한 잎사귀라도 스치지 않으려고 신중하게 나아갔다. 앤디 아오키가 가르쳐 주었던 웨스턴 섬 정글을 통과하는 식으로 어두운 골목을 빠져 나갔다.

모든 감각을 최대한 열어놓았다. 매트릭스의 공간 감각을 이용해 항상 통로 한가운데로 다녔다. 또 하나의 다른 골목으로 돌아갔다. 무언가 발치로 스르르 다가왔다. 시선을 내리니 그의 발끝을 향해 작은 덩굴이 기어오고 있었다. 그것을 넘어 다음 교차로로 계속해서 나아갔다.

어떤 길을 선택할까는 문제되지 않았다. 누구든 들어오는 사람은 곧장 중앙으로 들어오게 설계되었다는 말을 지니아가 한 적이 있었다.

비비 꼬인 골목을 돌아설 때마다, 무언가를 발견할 가능성에 가슴이 죄어드는 것 같았다. 이 미로는 조심하는 사람에게는 그리 두려운 게 아니다. 드포리스트가 지니아를 데리고 들어가면서, 식물을 자극하지만 않으면 안전하다고 설명하지 않았던가.

하지만 지니아는 지금 누군가에게 쫓기고 있었다. 두려움에 젖어 도망가려는 생각뿐, 자신을 보호할 생각까지 못했을지 모른다.

또다른 모퉁이를 돌아섰을 때 시체가 눈에 들어왔다. 목을 감아쥔 덩굴에 대롱대롱 매달려 있었다. 작은 스펀지 같은 꽃들이 천장에서 내려와 시체에 달라붙었다. 한껏 부풀어오른 꽃들의 짙은 색채, 자신들의 만찬을 즐기려고 흥분해 있나 보다.

한순간 심장이 멎는 느낌이었다. 하지만 금방 그것이 여자가 아닌 남자의 시체라는 걸 알아챘다. 미로 속으로 지니아를 쫓아 들어왔던 사내일 것이다. 찢어진 카키색 옷조각이 입구에서 보았던 천조각과 맞아떨어졌다.

그 카키색이 어딘가 낯설지 않다고 생각하는 순간, 그는 지하 주차장을 생각해 냈고 자신이 두 번째 강도를 보고 있다는 걸 알았다.

닉은 무릎을 꿇어 조금씩 흔들리는 시체 밑으로 기었다. 그의 손이 이끼 위에 놓인 물체를 스쳤다. 칼집에서 빠져 나온 칼, 그것을 집어 칼집을 닫고 자신의 까만 바지 주머니에 넣었다.

시체를 지나 계속해서 앞으로 향했다. 다시 한 번 정신적 능력을 쏘아 보내도 지니아에게는 여전히 응답이 없다. 그녀는 분명히 살아 있다고 스스로에게 중얼거렸다. 이 빌어먹을 정원 어딘가에 있었다. 그런데 왜 응답하지 않는 거지?

그는 이제 더 빨리 움직였다. 그녀가 이곳 어딘가에 의식불명이나 다친 채로 누워 있을 것을 생각하니 자신의 습관적인 신중함이나 타이밍 감각을 놓쳐 버렸다. 까만 재킷 소매가 잎사귀 하나를 스치며 바스락거리는 소리가 그의 실수를 알려주었다.

본능적으로 앞으로 껑충 뛰었다. 두 개의 긴 칼날 같은 잎사귀를 간신히 피할 수 있었다. 그 잎사귀들은 가위 소리처럼 찰칵 마주쳤.

근처에서 바위 위로 부글거리는 물거품 소리가 들려 왔다. 수초 동굴, 미로의 심장에 거의 도달한 모양이다.

그리고 잠시 후 마지막 모퉁이를 돌자 지니아가 보였다.

그녀는 혼자가 아니었다.

던컨 루트렐이 총을 든 채 멀지 않은 곳에 서 있었다. 닉의 구겨진 턱시도를 보더니 그의 입술이 재미있다는 듯 뒤틀렸다.

"기다리고 있었어, 채스턴."

그가 말했다.

"여기 오는데 너무 차려입었군. 하지만 그 악명 높은 당신의 저질적인 취향을 생각하면, 당연한 일인지도 모르지."

아만다 퀵
Zinnia

23

"닉."

그가 그 공간으로 들어서는 순간 지니아가 벌떡 일어나 닉에게 달려오려 했다.

"움직이지 마."

던컨이 위압적으로 명령했다.

그녀의 동작이 멈췄다. 닉이 반갑기도 하고 이 상황이 공포스럽기도 했다. 닉은 여기까지 왔지만, 결국에는 둘다 함정에 빠져 버리다니.

"당신이 날 찾아낼 줄 알았어요. 그러지 않길 바랬는데. 던컨은 완전히 미쳤어요."

"앉아, 지니아."

던컨의 목소리가 갑작스런 분노로 떨렸다.

"당장! 그렇지 않으면 채스턴을 죽여 버릴 거야."

그녀가 주먹을 불끈 쥔 채 돌아섰다.

"그러면 절대 당신이 원하는 것을 얻지 못할 거예요."

"아니, 얻게 될 거요."

던컨이 싸늘하게 미소지었다.

"그러지 않으면 채스턴이 천천히 죽어 갈 테니까. 교수의 시체를 삼켜 버린 저 식물들이 아마 디저트도 환영할 거요."

닉은 커다란 자줏빛 초록 식물 옆에 멈춰 섰다. 그러나 그는 그런 식물 따위는 무시했고 던컨에게도 스치는 시선만 던졌을 뿐이다. 그의 관심은 오로지 지니아에게만 집중되었다.

"지니아, 그의 말대로 하고 앉아요. 우린 아직 시간이 좀 남았잖소."

그녀는 닉의 얼굴을 살폈다. 미로의 희미한 빛 사이로, 그의 표정을 읽기는 불가능했다. 아니, 태양이 쨍쨍하다 해도 닉의 생각은 읽을 수 없을 것이다. 그는 바다만큼이나 읽어내기 힘들었다. 그녀가 차가운 돌벤치로 천천히 내려앉았다.

"이 사람이 당신 아버지의 일지를 갖고 있어요."

그녀는 옆에 놓인 포장된 꾸러미로 시선을 던졌다.

"이자가 불쌍한 모리스 펜위크에게서 이걸 훔쳐낸 다음 죽인 거예요. 그때 이미 폴리와 오마가 발견한 그 가짜 메모와 일지의 복사본을 만들라고 윌크스를 고용했겠죠. 당신이 가짜를 보면, 원본을 찾지 않을 거라고 생각한 거예요."

"알고 있소."

닉은 던컨을 쳐다보았다.

"그리고 당신은 펜위크와 위조범의 살인자를 내 삼촌으로 위장하려 했지."

던컨은 어쩌겠냐는 듯 한 손을 휘둘렀다.

"윌크스의 집에 당신 삼촌의 단추를 남겨 놓아 당신을 혼동되도록, 아니 최소한 정신이 분산되도록 한 거지."

"삼촌의 단추는 어떻게 얻었지?"

"오, 그건 간단했어. 나는 그자와 사업상의 회담을 가졌거든. 스카치를 너무 많이 마셔서 나중에야 단추를 잃어버렸다는 걸 알았겠지. 당신을 죽일 필요까지는 없길 바랬어, 채스턴. 당신의 죽음은 관심을 너무 많이 모을 테니까, 경찰은 물론이고, 당신의 저속한 부하까지 말이야."

"닉의 부하들은 당신만큼 저속하지 않아요. 하지만 닉이 죽으면 분명히 관심을 가지겠죠."

지니아가 난폭하게 말했다.

"당신은 끝내 혐의를 벗지 못할 거예요."

"그 사소한 문제를 해결할 방법이 있지."

던컨이 중얼거렸다.

"누군가 이 매력적인 정원에서 그를 발견했을 때는 거의 남아 있는 게 없을 거야. 그와 미친 드포리스트가 세 번째 탐험에 대한 논쟁을 벌이다가 이 육식성 식물들을 자극해 둘다 죽은 걸로 짐작하겠지."

"절대 그렇게 되지 않을 거예요."

지니아의 목은 쉬어 있었다. 닉을 기다리면서 몇 시간을 계속해서 자신에게 말하고 있었던 것이다.

던컨도 닉이 올 것임을 그녀만큼이나 확신하였다. 그녀는 그가 미로에 들어오지 않도록 그가 강한 정신적 능력을 보내도 반응하지 않았다. 하지만 그는 끝내 그녀를 찾아냈다. 전형적인 매트릭스.

닉이 던컨을 쳐다보았다.

"당신 아버지는 역사를 고치기 위해 많은 수고를 했더군. 사람들을 죽이고 자기 흔적을 없애려고 회사까지 파산시켰지. 하지만 아무리 편집증적인 매트릭스라도 세 번째 탐험에 관련된 세상의 모든 증거를 지울 수는 없었어."

던컨의 눈 속에 분노가 스치더니 순식간에 아무렇지도 않은 듯 사라졌다. 그는 평소의 따뜻하고 매력적이며 순진한 표정으로 돌아갔다.

"아버지는 확실히 힘들게 노력했어. 평생 관심을 가진 건 그 빌어먹을 일지뿐이었지. 그것과 씨름하느라 바빠서 어머니의 장례식에도 참석하지 않았으니까."

"드포리스트는 왜 그 전에 안 죽인 거죠?"

지니아의 질문에 던컨이 낄낄거렸다.
"우주인이 탐험대를 납치했다는 웃기는 이론 덕분에, 학자들은 그 문제에 전혀 관심을 갖지 않았어. 믿거나 말거나 잡지에나 나오는 이야기가 된 거지."
"당신 아버지 마스든 루트렐이 바로 그걸 노렸던 거겠죠."
닉의 말에 던컨은 고개를 끄덕였다.
"세 번째 탐험은 전설의 안개같이 사라졌지. 하지만 불행히도, 아버지가 일년 전 창문에서 뛰어내린 후 일이 복잡해졌어. 불과 몇 시간 사이에 일지가 없어진 거야. 아버지의 애인이 훔쳐낸 거였지. 그게 대단히 가치 있는 줄 알고 한몫 챙길 셈으로 뉴 포틀랜드 서적 수집가에게 팔아넘겼지."
지니아가 턱을 들어올렸다.
"당신이 그녀도 죽였겠군요?"
던컨은 기분좋게 낄낄 웃었다.
"내가 그 사실을 알아채기 전에 현명하게 사라져 줬지. 그 일지를 찾기 위해 몇 달을 소비하며 많은 돈을 들였어. 하지만 뉴 포틀랜드 수집가가 뇌졸중으로 죽을 때까지도 찾아내지 못했어. 모리스 펜위크가 그의 수집품을 감정하기 위해 불려 갔지. 펜위크는 채스턴 일지를 발견하고 대단히 중요한 것임을 알았던 거야."
"하지만 이렇게까지나 중요한지는 몰랐었겠지?"
닉이 말했다.
"물론이지."
던컨이 코웃음을 쳤다.
"그는 암호를 해독할 수 없었어. 암호화된 것조차 깨닫지 못했어. 하지만 가족의 역사가 나오니만큼 채스턴 가가 대단히 흥미를 가질 것쯤은 알았던 거지."
"그래서 나와 연락이 됐소."
닉이 약간 움직이자 옆의 관목 잎사귀가 소름끼치는 기대감으로 사각거렸다.
"또한 삼촌인 오린 채스턴에게도 일지 소식을 알렸지. 그 소문은 즉시 채스턴 가에 들어갔을 게 틀림없고."
"그렇지."
던컨이 다소 못마땅한 듯 입술을 오므렸다.
"내가 그 소식을 들었을 때, 펜위크는 이미 당신에게 팔기로 약속해 놓았다구 나에게 건네주길 거절했어."
지니아가 두 눈을 가늘게 떴다.
"그래서 그를 위협했군요. 일지를 억지로 뺏어낸 다음 죽여 버린 거예요."
"살려 둘 수 없었지. 너무 많이 알고 있었잖아."
"당신 아버지가 탐험의 여섯 번째 멤버였다는 걸 알 만큼 일지를 읽어 버렸다는 뜻이군."
닉이 무표정한 눈으로 던컨을 쳐다보며 말을 이었다.
"그리고 탐험이 취소되지 않았다는 것도 알았어. 탐험은 예정대로 출발했던 거야."
"당신은 어떻게 그 사실을 알아냈지?"
던컨이 감탄의 표정을 지었다.
"아주 영리해. 아버지가 그 팀의 탐험대에 대한 모든 흔적을 없앴다고 생각했는데."
"난 알려고 노력했을 뿐이지."
닉의 눈동자가 동굴의 식물들처럼 짙은 초록색으로 변했다.
"마스든 루트렐은 내 아버지와 다른 멤버들을 죽였어. 무슨 독을 사용했던 거지?"
"이런, 내가 질문받을 줄은 몰랐는걸. 분명 그의 창조물들 중 하나였겠지. 천천히 퍼지면서 지극히 치명적인 것, 아버지는 언제나 연구실에서 꼼지락거렸거든."
"독이라구요?"

지니아의 입이 충격으로 벌어졌다.
"그가 탐험대에게 독을 쓴 거예요?"
"마스든 루트렐은 파이어와 아이스 제약회사의 사장이었소. 대단한 화학자였지. 그가 뉴 포틀랜드 대학을 통해 세 번째 탐험에 자금을 댔소. 익명으로."
"오, 맙소사."
"법적인 계약으로 탐험대가 발견하는 모든 식물 종자를 상품으로 제일 먼저 자신의 회사가 개발한다는 계약이었지."
던컨이 말했다.
"그 계약에는 이상할 게 없어. 흔히 있는 거래지."
"그렇지는 않아. 당신 아버지는 매트릭스였거든."
닉의 말을 듣고 지니아가 움찔했다.
"흔히 있는 거래일 리가 없죠. 매트릭스는 절대 보통 방식으로 행동하지 않아요."
"마스든 루트렐이 바로 그랬소."
닉은 던컨에게서 시선을 떼지 않았다.
"그는 아마 수년 동안 점점 미쳐 갔을 거요. 세 번째 탐험에 자금을 댔을 무렵이 가장 폭발하기 직전이었겠지. 대학 관계자들이 그런 정신상태를 못 알아본 게 놀라워."
"아버지가 약간 이상하다는 걸 짐작했다 해도, 관심이나 있었을까? 어차피 돈이 중요한 거였고, 그 대학은 탐험을 위해 지독히도 현금이 필요했지."
닉이 생각에 잠겼다.
"마스든은 사기가 투자한 걸 지키기 위해 자신이 직접 탐험에 참여해야 한다고 확신할 만큼 강박적이었어. 그는 누구도 믿지 않았어."
"그 중에서도 당신 아버지를."
던컨이 응수했다.
"아버지는 바돌로뮤 채스턴이 강한 매트릭스일 거라고 짐작했어. 채

지니아의 사랑 339

스턴이 가치 있는 발견물을 훔치거나 숨길 계획이라고 생각했지."

지니아가 눈살을 찌푸렸다.

"마스든 루트렐이 마지막 순간 세렌디피티에 나타났을 때, 바돌로뮤 채스턴은 받아들이는 것 외의 선택이 없었겠군요."

"전혀 선택의 여지가 없었지. 어차피 아버지가 돈을 댔으니까. 그가 명령한 거야."

지니아는 깊이 숨을 들이마셨다. 답답하고 무거운 느낌이 이 정원의 공기 탓인지 자신의 기분 탓인지 알 수 없었다. 이곳에서 식물들만이 위험한 존재가 아니라는 생각이 들었다. 그녀는 가장 위험한 육식성 동물 사이 벤치에 앉아 있었다. 둘 중 겉보기에 가장 멀쩡해 보이는 한 명이 완전히 미쳐 있었다.

그녀가 할 수 있는 일이라고는 시간을 버는 것이다. 다행히도 던컨은 얘기하는 게 꽤나 재미있는 모양이다.

"일지의 큰 비밀이란 뭐죠?"

그녀가 물었다.

"그렇게 많은 생명을 죽이고 자기 사업을 없앨 만큼 가치 있는 발견물이 뭐였죠? 식물이었나요?"

"사실, 아버지는 흥미로운 식물종 하나를 갖고 돌아왔지. 돌아온 후 그걸 연구하느라 많은 시간을 들였어. 그리고 그걸 덩어리로 합성시켰어. 그는 그 물건이 프리즘의 도움 없이 자기의 매트릭스 능력을 사용할 수 있게 해줄 거라 믿었지."

"하지만 결과는 그를 점점 더 미치게 만들었겠지."

닉이 말했다. 지니아가 양쪽을 번갈아 쳐다보았다.

"무슨 말인가요? 그 덩어리가 뭔지 알아요, 닉?"

"미친 안개. 마스든 루트렐은 그게 자신을 죽음으로 몰아붙일 때까지 놓지 못했던 거요. 일년 전 어느 날 오후 너무 많은 양을 들이키고 이십이 층의 창문에서 뛰어내리고 말았지."

"아버지 애인의 침실 창문이었어."

던컨이 말했다.

"그날도 일지를 연구하면서 안개를 들이키며 그녀와 같이 있었던 거야. 여자가 그 빌어먹을 책을 쥐고 내가 깨닫기도 전에 도망칠 수 있었던 원인이지."

"하지만 마스든 루트렐은 일년 전에 자살했어요. 경찰과 신문에서는 미친 안개가 최근 거리에 나타났다고 하구요. 미친 안개는 지난 삼십오 년 간 어디에 있었던 거죠?"

던컨이 윙크를 했다.

"아버지는 미친 안개의 진짜 잠재력을 알지 못했어. 얼간이같이 혼자만 갖고 있었지. 프리즘의 도움 없이 채스턴 일지의 암호를 푸는 일만 일생 생각했어. 그 무렵 그는 너무나 편집증적이어서 프리즘과 집중하는 것조차 두려워했어."

"하지만 당신은 미친 안개가 가진 경제적인 의미를 알았겠지?"

닉이 말했다.

"당신 아버지가 죽은 후, 많은 양을 생산해서 마약 중개상들한테 팔기 시작했잖아."

지니아가 던컨을 노려보았다.

"그걸로 싱 아이스의 사세 확장과 새로운 소프트웨어 개발에 돈을 댄 거로군요, 그렇죠?"

"사실이오."

던컨은 은혜를 베풀 듯 미소를 보냈다.

"사업에 있어서, 돈이 바로 생명이지. 어떻게 해서라도 얻어내야 해."

"당신이 어젯밤 미친 안개로 닉을 공격하게 시켰군요."

"난 그 커다란 덩어리가 아버지에게 미친 영향을 길 알고 있었어. 채스턴도 별 수 없이 당하리라 확신했지. 하지만 무언가 잘못된 게 분명해, 이렇게 멀쩡하니. 하지만 상관없지, 오늘밤 모든 일을 마무리지을 거니까."

지니아가 허벅지 위에 놓인 두 손을 불끈 감아쥐었다.

"아직도 이해가 안 되는군요. 당신 아버지는 미친 안개를 이용해서 채스턴 일지를 해독하려 했다면서요. 그렇다면 세 번째 탐험의 발견물은 그 마약이 아니잖아요?"

"그럼, 물론 아니지."

그녀를 쳐다보는 던컨의 눈에 천천히 화가 번지고 있었다.

"그 안개는 목적을 위한 수단에 불과했어. 그가 원했던 건 바돌로뮤 채스턴이 일지에 숨겨 놓은 진짜 비밀이었어. 그리고 내가 원하는 것도 그거지. 난 반드시 알아낼 거야."

"그 비밀이란 게 뭐지?"

닉이 최대한 부드러운 목소리로 물었다.

"우주인 무덤의 위치."

던컨의 대답에 닉은 아무 말도 하지 않았다.

하지만 지니아는 화들짝 놀랐다.

"우주인 무덤? 세 번째 탐험대가 우주인 무덤을 찾아냈다는 말이에요?"

"그래."

그녀가 두 손을 벌렸다.

"믿어지지 않아요. 당신도 미친 드포리스트처럼 말하는군요."

"왜 믿지 못하겠다는 거요, 지니아?"

닉이 진지하게 말했다.

"루카스 트렌트가 발견한 우주인 유물이 지금 박물관에 소장되어 있잖소. 다른 유물들도 세상에 흩어져 있다는 게 지극히 논리적이오. 무덤이라고 없겠소?"

"당신 아버지는 그 무덤이 우주인과 그들의 장비를 잠시 저장한 곳이라고 생각했지. 그의 이론은 지난 세월 동안 에너지 통로의 장막이 한 번 이상 열렸다가 닫혔다는 거였어."

지니아는 벤치에 아주 조용히 앉아 있었다.

"그 우주인들이 그 열린 사이에 찾아왔다구요? 장막이 그들 세계와 세인트 헬렌 사이에 입구를 만들었을 때?"

"정확해. 우주인들은 첫세대 개척자들이 이 별에 오기 천년 전부터 와 있던 거지."

던컨이 말했다.

닉이 약간 움직이자 옆의 잎들이 또다시 바스락거렸다.

"세인트 헬렌에 적응해서 살아남는 방법을 배우는 대신, 그 우주인들은 구출될 때까지 동면하기로 결정한 거군."

"하지만 생각처럼 되지는 않았어."

던컨이 결론을 내렸다.

"우주인을 동면시키는 장비들이 제대로 작동을 안 했으니까. 채스턴은 그 이유가 연료가 바닥났기 때문이라고 짐작했지. 어떤 경우든, 우주인 무덤은 세상에 선 보이기를 기다리고 있어."

"그 안에 과연 무엇이 있을까요?"

지니아는 우주인의 기계들로 가득 찬 무덤을 상상해 보았다.

던컨이 나지막이 웃었다.

"이제야 완전한 의미를 파악하기 시작하는군. 무기, 믿을 수 없을 만큼 진보된 기술, 의학과 과학적인 자료. 모두 그걸 소유하는 회사에 막대한 돈을 벌어다 줄 수 있는 것들이지. 가능성은 무궁무진해."

"몇 구의 바싹 마른 시체와 트렌트가 발견한 기괴한 유물들뿐일 수도 있지."

닉이 건성으로 말했다.

"흥미롭지만 특별히 이득이 없는 것들 말이야. 이렇게 많은 생명을 앗아갈 가치가 없는 것들로 가득 찼을 수도 있지."

던컨의 기분좋던 표정이 분노로 바뀌어셨나.

"아버지는 우주인 무덤이 수백만 달러 이상의 가치가 있다고 믿었어. 난 그보다 더 강하게 믿고 있지. 난 그가 해낼 수 없었던 일을 해낼 계획이야. 무덤의 위치를 찾아낼 거라구."

지니아가 그를 쳐다보았다.

"이해할 수 없군요. 당신 아버지는 왜 채스턴 일지를 해독하는 데 삼십오 년이나 보냈을까요? 마스든 루트렐도 탐험대의 일원이었는데 무덤이 발견될 때 거기 있었을 테니 위치도 알 거 아니에요."

"아, 문제의 핵심이 거기 있지."

던컨이 머리를 흔들었다.

"불행히도, 무덤을 발견한 건 바돌로뮤 채스턴 혼자였지. 이른 아침 탐험대를 캠프에 남겨 두고 몇 가지 조사를 하러 나갔다가, 저녁 때쯤 돌아올 예정이었는데 다음 날 늦게까지 돌아오지 않았어."

"무슨 일이 있었던 거죠?"

지니아는 이제 던컨에게 계속 말을 유도하느라 필사적이었다.

"탐험대가 그를 찾으려 나가려 했을 때 채스턴은 돌아와서 무덤 얘기를 했지."

던컨의 턱이 굳어졌다.

"하지만 다른 사람들에게 위치를 알려주지 않았어. 대학 관계자들 말고 어느 누구에게도 정보를 줄 수 없다고 했지. 누구 한 사람의 손에 들어가기엔 너무 중요한 정보라고 생각했던 거지."

닉의 눈썹이 올라갔다.

"아버지는 아마 그때 마스든 루트렐에 대해 의심을 하고 있었군."

"분명히. 우리 아버지는 채스턴이 그들을 안내하지도 않고 위치도 안 가르쳐 줘서 화가 났지. 아버지는 성질을 자제하는 데 문제가 좀 있었거든. 그날 밤에는 엄청난 폭풍우가 불었고 한동안 모든 것들이 혼란스러웠어. 아버지는 그 혼란을 틈타 음식에 약간의 독을 섞었고 다음 날 아침이 밝기 전 탐험대는 모두 죽었지."

닉은 흔들림 없는 시선으로 그를 쳐다보았다.

"흔적을 없애는 과정에서, 당신 아버지가 내 어머니도 죽였어."

"그리고 수년 간 다른 많은 사람들도."

던컨은 아무렇지도 않게 말했다.

"솜씨 좋은 화학자가 사람을 죽이는 일은 정말 쉽지."

"그러나 그 모든 게 쓸데없는 짓이었지. 내 아버지가 일지에 무덤의 위치를 암호로 적어 놓았으니까."

던컨의 눈이 다시 갑작스런 격분으로 짙어졌다.

"무덤의 위치뿐 아니라, 그 빌어먹을 일지 전체가 암호로 되어 있어."

"전형적인 매트릭스로군요."

지니아가 중얼거렸다.

"내 아버지도 강력한 매트릭스였어."

던컨이 으르렁거렸다.

"그런데 삼십오 년 동안 채스턴의 암호를 풀지 못했어, 편집증이 지나쳐서 집중을 해줄 훈련된 프리즘과 일할 수 없었기 때문이지. 하지만 난 똑같은 실수를 하지 않아."

"무슨 뜻이죠?"

지니아의 물음에 던컨의 눈이 흥분에 들떠 번들거렸다.

"나한테는 프리즘이 있거든. 강력한 매트릭스와 오랜 시간 작업할 수 있는 아주 특별한 프리즘."

"난 당신을 돕지 않을 거예요."

"오, 돕게 될걸, 아가씨. 그러지 않으면 내가 채스턴을 구멍내기 시작할 거니까. 움직일 수 없도록 다리부터 시작할까? 그 피가 금세 식물들을 흥분시킬 거야. 그를 깨물어 먹으려고 기어나오는 장면이 아주 재미있을걸."

닉은 그런 대화에도 시큰둥한 표정을 지었다.

"이 악마, 안 돼. 그럴 수 없어."

지니아가 벌떡 일어섰다.

"걱정 마, 당신이 나에게 집중하는 한 채스턴은 살 수 있어."

던컨이 말했다.

그녀는 그 순진한 얼굴을 들여다보며 그 눈 속의 광기를 알아챘다. 그녀가 집중을 해 준다 해도 결국에는 닉을 살려두지는 않을 게 뻔했다. 한 가지 희망이 있다면, 던컨 같은 강력한 매트릭스라도 동시에 세 가지 일을 할 수 없을 거라는 점이었다. 장시간 정신적 연결을 유지하면서, 복잡한 암호를 풀고, 또 동시에 대단히 영리한 또 한 명의 매트릭스를 감시할 수는 없을 것이다.

던컨의 진짜 계획이 보였다. 그는 정신적 흡혈귀가 되려는 것이다. 그녀가 프리즘을 제공하자마자 그것에 덤벼들어 잡아 버리려는 것이다.

친구인 아마릴리스가 이렌 던리라는 진짜 흡혈귀와 대결했던 경험으로 미루어 볼 때, 던컨이 충분한 힘만 있다면 바로 그 짓을 하려는 거다.

그녀는 카지노에서 자신의 프리즘을 닉이 충동적으로 휘감으려 했던 기억을 떠올렸다. 그의 정신적 능력이 대단히 높아서 당혹스러웠지만 공격적인 능력자와 마주쳤을 때 대부분의 프리즘처럼 자신은 소진되지 않았다.

그녀가 몸부림을 쳤고 닉은 심각한 정신적 힘 대결이 되기 전에 그녀를 놓아 주었다. 그리고 다시는 억지로 묶어 두려 하지 않았다. 하지만 닉만큼이나 강할 것 같은 던컨이 그 비슷한 시도를 한다면 무슨 일이 생길지 몸서리가 쳐졌다. 결과적으로 그녀는 견딜 수 없는 정신적인 강간을 당하는 것이다.

"지난 한달 반 동안 당신이 왜 그렇게 내게 친절하고 사려 깊었는지 이유를 이제야 알겠군요. 나에 대해서 어떻게 알아냈지요?"

"간단했지. 은밀한 조사 몇 가지 정도."

던컨이 짧게 미소지었다.

"시너지 사가 매트릭스를 위해 대단히 특별한 프리즘을 제공한다고 하더군. 당연히 회사를 통해 연결하는 건 이런 비밀스런 일에는 금물이지. 하지만 일단 프리즘이 누구인지 알아낸 이상 친해지는 건 시간 문제지. 당신도 알겠지만 지니아, 난 우리가 친구 이상이 되길 원했어."

"당신과 연애를 하게 되면 더 쉽게 날 조종할 수 있을 거라고 생각했겠죠."

"당신이 따라 줬다면 훨씬 일이 쉬웠을 거야."

던컨이 순순히 인정했다.

"하지만 당신은 내가 상담소 없이 결혼할 수 있다는 힌트를 주었을 때조차 거리를 유지하더군. 그때 채스턴이 나타나서 당신을 곧장 침대로 끌어가 버렸어."

"그렇게 말처럼 쉬운 일만은 아니었소."

닉의 말에 지니아가 신음을 흘렸다.

"고맙군요."

"당신이 저렇게 건방진 자식의 어떤 점을 좋아했는지 상상할 수가 없어, 지니아. 믿을 만한 가족도 없고, 사회적으로 존경받는 계층도 아니고, 취향마저 엉망이야. 그리고 저자는 자신이 존경을 살 수 있다고 생각하지. 어젯밤 난 당신이 이 자식한테 완전히 빠졌다는 걸 깨달았어. 그것은 그가 당신을 전적으로 지배한다는 뜻이지."

"그 말은 틀렸어."

닉은 재미있다는 듯한 표정이었다.

"누구라도 지니아를 지배하지 못 할거야."

던컨은 험상궂게 그를 노려보았다.

"넌 강력한 내 매트릭스를 도울 유일한 프리즘을 가져갔을 뿐만 아니라, 일지 찾는 걸 포기하지도 않았어. 그 볼품 없는 졸부 같은 외모에도 불구하고, 넌 매트릭스야. 그건 논리적인 생각을 한다는 뜻이지. 너나 나 같은 강한 매트릭스 능력을 도울 프리즘은 지니아뿐인 걸 너도 잘 알 거야."

"그렇지, 지니아뿐이지."

"그만해요."

지니아가 성나 외쳤다.

"난 어떤 상황이라도 당신을 놓지 않아요, 던컨."

던컨은 아무 말 없이 그저 미소를 지으며 닉의 허리 아래를 겨누어 방아쇠를 당기려 했다.

"안 돼."

그녀가 달려나가 두 남자 사이에 끼어 들었다.

던컨이 총에 들어간 손가락의 힘을 풀었다.
"마음이 바뀌었나?"
지니아는 분노와 공포로 비명이라도 질러대고 싶었다.
"나쁜 자식."
"그건 당신 애인한테나 어울리는 말이야. 난 이래 봬도 존경받는 사업가라고."
던컨의 얼굴이 팽팽해졌다.
"나한테 프리즘을 제공해. 집중을 하는 즉시 끝날 거야."
"거짓말."
"어서, 이 고집 센 암캐야."
던컨이 소리치는 순간, 그녀는 정신적인 힘이 자신을 스치는 걸 느꼈다. 본능적으로 움찔할 만큼 뒤틀린 에너지였다. 그 뒤틀림을 규명할 수는 없지만, 너무나 강력해서 형이상학적 평면부터 육체적 부분까지 철저하게 스며들었다. 던컨은 이제껏 자기 능력을 숨기고 있었음이 분명했다.
"괜찮아, 지니아."
닉이 부드럽게 말했다.
"집중을 해줘. 당신 아파트에서 그날 밤 나에게 주었던 식으로."
"하지만, 닉, 그는 나를 지배하려 들 거예요. 그가 성공하면 어떡해요?"
던컨이 웃어젖혔다.
"그냥 해 봐, 지니아."
닉이 아주 조용하게 말했다.
"나에게 해준 것과 똑같이."
그녀는 그의 숨겨진 말뜻을 알아내려 애쓰며 온 신경을 쥐어짜냈다. 그날 밤 자신의 아파트에서 그녀는 강하고 또렷한 프리즘을 제공하였다. 그는 나중에 이렇게 완벽한 프리즘을 만난 건 처음이라고 했었지. 그리고 자신의 힘에 빠져 술 취한 것 같은 기분이었다고 했다. 다시 균형을 찾으려 하며 약간 비틀거리기까지 했었다.

이제야 알 것 같았다. 그는 집중 연결로 던컨의 정신을 분산시키려는 것이다. 그녀가 자신의 화려한 프리즘으로 그의 정신을 어지럽힐 수 있다면, 그때 닉은 그를 처리할 계산이구나.

던컨이 의심하기 전에 재빨리 행동을 개시해야 한다. 그의 눈이 이미 의심으로 가늘어지고 있었다. 그녀는 낙담한 것처럼 보이도록 고개를 숙이고 맥없는 목소리로 대답했다.

"좋아요."

"탁월한 선택이오, 지니아."

던컨이 다시 불건전한 정신 능력을 형이상학적인 평면으로 쏘아보냈다. 지니아는 처음 시너지 사에서 일하기 시작했을 무렵, 집중을 해줬던 진짜 미치광이 매트릭스를 기억했다. 그 대단히 불쾌한 성질이 절대 잊혀지지 않았다. 하지만 던컨이 만들어 내는 뒤틀린 힘은 그보다 천 배는 더 구역질났다.

그녀는 주먹을 꽉 쥔 채 프리즘을 없애고 싶은 충동을 억눌렀다. 가장 매력적이고 유혹적이며 황홀한 프리즘을 만드는데 혼신의 힘을 기울였다. 어젯밤에는 그러한 프리즘으로 닉을 혼돈의 벼랑에서 빼내었다. 오늘 저녁에는 던컨을 그 벼랑으로 밀어 버릴 수 있을지 모른다.

던컨은 야생의 힘으로 짓뭉갤 듯이 프리즘에 거칠게 달려들었다.

집중 연결이 지속되면서 지니아는 비명을 질러댔다. 깜깜한 어둠의 손톱이 프리즘을 움켜잡고 그녀를 가두려 하고 있었다.

"우리가 처음 만났을 때, 카지노에서 내게 한 것처럼 해봐, 지니아."

닉의 목소리가 어둠 속에서 들려 왔다.

완선히 역부족이다. 투쟁은커녕 움직일 수도 없었다. 하지만 지금 자신이 하소연한다고 해서 상황이 달라지지는 않으리라.

"제기랄, 지니아. 나한테 한 것처럼 해보라구."

닉은 집중을 비틀어 버리라는 것이다. 던컨이 연결을 지배하는 지금 그와 싸울 수가 없었다. 하지만 집중을 이동할 수는 있을 것이다, 그를 혼란시키고 어쩌면 약간의 피해를 입힐 정도까지.

"젠장, 너무나 멋지군, 지니아."

완전히 짜릿함에 젖어 있는 던컨의 목소리. 약간 술 취한 기분일지도 모른다.

"절묘해. 이런 상황에서 섹스하면 얼마나 좋을지 상상이 가. 채스턴이 당신을 유혹한 게 이해가 돼. 일지 일이 끝나면 이 기분을 직접 시험해 봐야겠어."

"꿈도 꾸지 말아요."

지니아가 간신히 소리쳤다.

닉도 부드럽게 말했다.

"그래, 헛된 꿈은 버리라구, 루트렐."

던컨은 두 사람 모두 무시한 채 프리즘 속으로 계속 야만적인 힘을 몰아댔다.

"믿을 수가 없어. 정말 믿을 수 없어. 기대한 거 이상이야. 하지만 이젠 채스턴을 없애야 할 것 같군. 당신을 가졌으니 더 이상 채스턴은 필요 없잖아?"

지금이 집중을 비틀 때다. 던컨이 닉을 쏘려 하고 있다. 그녀는 무엇이든 해야 했고 지금 당장 해야만 했다.

그녀는 모든 정신 능력을 모아 집중을 비틀었다. 한순간 아무 일도 일어나지 않는 것 같아 두려웠다. 하지만 그 순간 던컨의 능력 패턴이 약간 꼬이는 걸 보았다.

"이게 뭐야?"

던컨이 격분하여 소리쳤다.

"뭘 하는 거야? 그만 둬."

지니아는 더 힘껏 비틀었다.

"안 돼."

던컨이 소리를 마구 질러댔다.

지니아는 그제서야 눈을 떴다. 던컨이 총을 들고 자신에게 달려들고 있었다. 그의 눈 속에 분노와 광기가 섞여 있었다. 권총이 곧장 자신에게 향해 있었다. 프리즘을 변화시키는 데 너무 많은 힘을 쏟아, 비명을 지를 힘조차 남지 않았다.

닉의 목소리가 어둠을 뚫고 전해졌다.

"루트렐, 그녀를 죽이면 다시는 네 능력에 맞는 프리즘을 찾지 못할 걸. 일지를 해독할 수도 없어."

던컨의 입이 열렸다 닫히고, 한순간 격분과 좌절, 고통스런 힘의 충격으로 마비된 채 멈추어 섰다.

지니아는 소리 없이 움직이는 어두운 그림자를 보았다. 닉이다. 그에게 약간의 시간만 주어진다면······.

던컨이 정신을 차리려는 듯 머리를 좌우로 흔들며 닉 쪽으로 돌아섰을 때는 이미 늦었다. 닉의 공격이 시작되고, 두 사람 모두 초록 이끼로 나가떨어졌다. 권총이 던컨의 손에서 빠져 나와 작은 물방울을 튕기며 연못 속으로 들어갔다.

이 순간이 프리즘을 없앨 때다. 지니아는 프리즘을 없앴다. 던컨의 능력은 갈 곳을 잃고 미친 듯이 흘렀다.

치고 받는 주먹 소리에 그녀가 움찔했다. 어느 순간 던컨이 닉 위에 올라타 있었고 그의 손에서 날카로운 것이 번득였다.

"칼을 가졌어요."

그녀가 소리쳤다.

"빌어먹을 사생아 자식."

던컨이 닉의 목을 향해 칼을 휘둘렀다.

닉이 팔로 칼을 든 손을 막아내자, 던컨은 고래고래 고함을 지르며 다시 한 번 칼을 올렸다. 닉은 옆으로 몸을 굴렸고 그와 동시에 균형을 잃은 던컨이 비틀거렸다.

그 순간 닉의 주먹을 얻어맞은 던컨은 검은 웅덩이를 둘러싸고 있는 바위에 쾅 하고 부딪혔다. 닉이 달려들어 성난 주먹을 쉬지 않고 올려붙였다. 던컨은 신음하며 바위에 주르륵 미끄러졌다. 머리 위에서 무언가 어렴풋이 보였다.

묵직한 관목들이 바르르 떨더니, 두꺼운 초록 잎사귀가 또아리를 풀며 닉의 다리를 향해 부드럽게 뻗어 왔다. 지니아가 있는 곳에서 잎사귀의 숨은 가시가 보였다.

"닉, 얼른 연못에서 떨어져요."

그 잎사귀가 뱀처럼 덮치는 순간 그는 껑충 뛰어 물러났다. 그 가시들은 던컨의 다리로 파고 들었다.

비명 소리. 더 많은 잎사귀들이 뻗어 나와 줄기로 던컨을 단단히 감았다. 갑자기 한순간에 비명 소리가 멎었다. 그의 몸이 부르르 경련을 일으키더니 머리가 뒤로 넘어갔다. 거대한 식물도 부르르 흔들렸다. 잎사귀들이 다시 한 번 진동하며 던컨을 연못 속으로 끌고 들어갔다.

그가 드포리스트의 시체 옆에서 한 번 몸을 떨더니 이내 미동조차 없어졌다. 굶주린 초록빛 촉수를 가진 식물들이 새로운 진수성찬에 만족하는 듯했다.

"오, 맙소사."

닉은 그녀를 품안에 끌어안아, 던컨의 시체를 보지 못하게 막았다.

"당신 괜찮소?"

"네."

그녀는 그의 셔츠에 얼굴을 묻었다.

"네, 괜찮아요. 당신은요?"

"괜찮지만 옷이 엉망이 됐군. 자, 여기서 나갑시다."

지니아가 고개를 들었다.

"어떻게요? 우린 미로의 한가운데 있어요. 누군가 우리가 있는 곳을 알아낼 때까지 기다리는 게 낫지 않아요?"

닉은 아버지의 일지 꾸러미를 집어들며 씨익 웃었다.

"잠깐만요, 아가씨. 난 매트릭스요. 두 눈을 감고 가도 이 미로에서 무사히 빠져 나갈 수 있소."

아만다 퀵
Zinnia

24

"당신이 지금 얼마나 위험한 짓을 하는지 알기나 해요?"
지니아는 어둠 속에 숨어 있는 피덩굴 하나를 쳐다보았다.
"신념을 가지시오."
닉은 어두운 초록빛 골목을 자신 있게 나아갔다.
"그리고 아무것도 건드리지 마시오."
"절대 그러지 않을 거예요."
지니아는 머리에 장난을 치고 싶어하는 듯한 초록 잎사귀를 급히 지나쳤다.
"미로의 비밀을 어떻게 알았어요?"
"들어올 때 패딘을 눈여겨보았지."
닉은 모퉁이를 돌아 지도를 가진 사람처럼 거침없이 새로운 길을 선택했다.
"커다란 함정은 없었소. 드포리스트처럼 매트릭스가 아닌 일반인도 드나들 수 있을 정도면 쉬운 게 당연하지."

"그 말은 맞는 것 같군요."

그들은 빨간 줄기에 매달린 커다란 꽃송이들을 지나쳤다.

"기본 디자인은 식물에 맞춰져 있소. 독이 없어 보이는 것이 입구 쪽에 있지. 가장 맹독성 식물이 중앙에 있고. 난 대부분을 알아볼 수 있소."

"어떻게요?"

"대부분 웨스턴 섬 정글에서 온 것들이오. 내가 섬에서 자랐다는 거 잊었소? 가장 일찍 배우는 것이 식물을 구별하는 법이지."

"아."

그녀가 늘어져 내린 덩굴을 건드리지 않으려고 몸을 움츠렸다.

"이 모든 일 뒤에 있었던 사람이 던컨이란 게 믿어지지 않아요."

"그렇겠지. 그는 정말 상냥한 사람처럼 보이니까."

닉이 거미줄 같은 잎들 밑으로 몸을 굽혔다.

"우습군요. 그가 상냥한 사람처럼 보였다니. 하지만 그는 매트릭스라는 걸 저한테 감췄어요. 하기야 그 능력을 슬쩍 보기만 해도 내가 눈치챘을 테니까요. 그는 자기 아버지보다 더 악마예요."

닉이 어깨 너머로 그녀를 돌아보았다.

"악마?"

"병들었거나 미친 거라고 말할 수도 있겠지만, 방금 전에 형이상학적인 평면에서 본 것으로 장담하건대, 던컨은 천성적으로 사악했어요. 악마성이 모든 것에 영향을 미친 거예요, 그의 능력까지도."

"재미있군."

"우주인 무덤에 대한 말이 사실일까요?"

"일지를 해독해 보면 알 수 있을 거요."

닉이 잠시 멈췄다.

"약간의 도움이 필요할 수도 있소. 시간이 걸릴 수도 있고."

"프리즘의 협조가 필요할지 의심스러운 걸요. 당신의 매트릭스 속성은 아마 당신 아버지와 매우 흡사할 거예요. 아버지와 똑같은 방식으로 생각하겠죠. 그분의 암호는 당신에게는 꽤나 분명히 보일 거예요."
닉이 깊은 시선을 던졌다.
"교묘하군."
그의 턱이 굳어 있는 걸 보고 그녀는 놀랐다.
"무슨 말이에요?"
"좀더 직접적으로 말하지. 나와 결혼해 주겠소, 지니아?"
그녀가 초록 통로 한가운데서 그대로 멈춰 버렸다.
"네?"
닉도 멈춰 서서 그녀와 마주 섰다. 여전히 그의 불가사의한 얼굴 속에서 눈동자만이 단호한 결단으로 불타고 있었다.
"날 위험한 사람으로 생각한다는 거 아오."
"위험?"
"난 가족도 없고, 존경받는 계층도 아니고, 취향도 형편없소. 하지만 그 모든 걸 바꿀 만한 계획은 있소."
"네, 알아요. 하지만……."
"당신과 결혼 상담소를 통해 만날 수는 없지만, 난 매트릭스오. 그 말은 일단 목표가 생기면 이루고 만다는 뜻이오."
그녀가 침을 삼켰다.
"당신 목표가 뭔데요?"
"내 남은 평생 당신만을 사랑하는 거요."
지니아는 감격의 눈물을 흘리지 않으려고 애써 참았다.
"오, 닉. 진심이세요? 어젯밤 미친 안개의 공격을 막게 도와줬다고 해서 감사하는 거 아닌가요?"
"천민에, 내 정신을 구해 주기 전부터 당신을 사랑하고 있었소."
그가 거칠게 말했다.
"당신을 만난 그날부터 사랑하고 있었소. 빌어먹을, 한평생 당신을 기다려 왔단 말이오."
현기증이 일었다. 그녀는 자신이 허공 중에 떠 있는 것이 아닐까 생각했다.

"오, 닉."

그녀가 그의 품안으로 달려들었다.

"나도 당신을 사랑해요."

그는 그녀를 꼭 껴안고 온 정성과 애정을 다해 키스하였다.

무언가가 초록색 더미 속에서 스르르 미끄러져 나오자, 닉이 키스를 멈췄다.

"제기랄."

지니아가 한 걸음 물러섰다.

"왜 그래요?"

"잡초 하나가 내 재킷을 물었소."

닉은 축 늘어진 잎사귀를 쳐다보다가 구겨진 소매를 살폈다.

"이 구멍을 보시오."

"걱정 마세요, 새로 살 여유가 충분히 있잖아요."

그는 웃음을 터트리며 그녀의 손을 잡았다.

"당신 말이 맞소. 살 수 있지. 갑시다. 당신을 지독히도 원하지만, 여기서 사랑하다간 아마 우린 이 잡초들에게 쉴새없이 공격을 받을 거요."

지니아는 미소를 보이며 그를 따라 마지막 통로를 지났다. 다른 모퉁이를 지나자 미로의 입구가 보였다. 잔디 위에 몇 사람들이 모여 있었다.

"마중 나온 사람들이 있는 것 같소."

닉이 바둑판 무늬의 입구로 나서는 순간, 네 명의 남자들이 돌아보았다. 페더와 안셈 형사는 닉과 지니아를 즉시 알아보았다. 세 번째 남자는 소방수들 작업복 같은 것을 입느라 바빴고 그의 옆에 커다란 가지치기 가위가 놓여 있었다.

"사장님."

앞으로 달려오는 페더의 눈에 염려했던 빛이 역력했다.

"괜찮으십니까?"

"괜찮네."

"사장님과 연락이 닿지 않아, 스프링 양의 집으로 갔었죠. 드포리스트의 메시지를 들었습니다. 사장님이 여기 왔으리라 짐작했죠."

"훌륭해, 페더. 고맙네."

안셈 형사가 인상을 찡그렸다.

"이게 다 무슨 일입니까? 십오 분 전에 페더가 전화해서 당장 행동개시하지 않으면 두 명의 시체를 더 찾게 될 거라고 협박하더군요."

닉이 대답하기도 전에, 네 번째 남자가 커다란 나무 그늘에서 앞으로 나왔다. 그는 카메라를 들어올렸다.

"멋지군요."

세드릭 덱서가 사진을 한 장 찍었다.

"멋진 사진이야."

닉이 대단히 조용한 어조로 말했다.

"덱서 씨, 당신과 할 말이 있소."

깜짝 놀란 지니아가 그의 소맷자락을 붙잡았다.

"닉, 진정하세요."

닉은 행복한 미소를 지어 보였다.

"걱정 마시오. 덱서 씨와 난 서로를 완벽하게 이해하고 있소. 그렇지 않나요, 덱서 씨?"

"아……."

덱서가 영문을 몰라 재빨리 뒤로 한 걸음 물러났다.

"제 일을 할 뿐입니다, 채스턴 씨."

"물론이지. 그리고 당신은 개척자 클럽 무도회 밤에 당신이 할 일을 전문적으로 잘 해냈으니, 특종을 하나 줄 생각이오."

덱서는 여전히 경계하는 표정이었다.

"특종이요?"

"녹음기도 갖고 왔겠지?"

덱서의 얼굴이 밝아지며 주머니에서 작은 물건을 꺼냈다.

"맞습니다. 이것 없이 기자는 절대 집을 나서지 않죠."

이틀 후 닉은 빨간 방의 까만 책상에 앉아 두터운 법률 서류에 사인을 하고 있었다. 문이 열렸을 때도 여전히 고개를 묻고 있었다.
"무슨 일인가, 페더?"
"손님이 와 계십니다, 사장님. 돌아가시라고 할까요?"
"그럴 필요 없네, 나중에 다시 올 테니. 내 인생이 편해지려면 지금 처리하는 게 나을 거야."
닉은 사인을 마치고 펜을 내려놓았다.
오린이 뉴 시애틀 타임스 한 부를 흔들며 방안으로 들어왔다. 그의 부인, 엘라도 동행했다. 그리고 닉이 만나 본 적이 없는 두 사람이 그 뒤에 있었다.
페더가 그의 시선을 따르며 말했다.
"스탠리 스프링 씨와 그의 부인 윌리입니다. 중요한 일이라고 하셨습니다."
"신문에 난 이게 다 무슨 내용이냐?"
오린이 급하게 질문하며 책상 앞으로 와 섰다. 그리고 닉을 향해 신문을 펼쳤다.
"네가 채스턴 사에 대대적인 투자를 할 계획이라고 쓰여 있다구."
닉은 경제면의 머릿기사를 읽었다.

카지노 사장이 채스턴 사에 자금을 지원하기로.

"벌써 지난 뉴스로군요. 어제 신세이션 일 면에 났었는데."
"신세이션은 싸구려 스캔들이나 다루는 잡지예요. 아무도 관심을 갖지 않아요."
엘라가 머릿기사를 손가락으로 찔러댔다.
"하지만 이건 타임스라구요."

닉이 의자 뒤로 몸을 기댔다.

"그럼 사실이겠죠. 내 도움을 받는 게 채스턴 사를 위해서는 좋을 거예요, 물론."

오린의 얼굴은 험상궂게 일그러졌지만 그 눈 속의 어렴풋한 희망은 숨기지 못했다.

"진심이란 말이냐?"

"그래요."

엘라는 만족스러운 듯 고개를 끄덕였다.

"그가 가문에 대한 의무를 버리지 않을 거라고 말했잖아요, 오린."

"우린 일단 얘기를 해야해."

오린이 중얼거렸다.

"해결할 일이 많아. 네 자금 지원이 모든 걸 바꿔 놓을 거야."

"내일 개척자 클럽에서 점심 식사하는 걸로 스케줄을 잡아 놓지요."

닉의 말에 오린이 눈을 깜박거렸다.

"나와 개척자 클럽에서 점심을 먹고 싶다는 거냐?"

"내 회원권이 아직 유효하다고 하더군요. 클럽 매니저가 무도회 날 밤의 작은 소동은 없었던 걸로 결정한 모양입니다. 이튼 부부와 가드너도 더 큰 소동을 원치 않았던 거죠."

"대단히 자비로운 처사로군."

닉은 엘라의 말이 재미있는 모양이었다.

"대단히 영리하다는 뜻이겠지요. 난 이튼을 고소하지 않기로 자비롭게 결심했답니다. 다른 일이 없으신가요, 오린 삼촌? 엘라 숙모? 제가 좀 바빠서요."

엘라가 책상 위의 신문을 쳐다보았다.

"이 기사는 카지노를 팔 계획이라고 쓰여 있던데."

"맞습니다. 새로운 일을 시작할 계획이죠."

"어떤 종류죠?"

스탠리가 다급하게 물었다.

"사업 상담자가 될 생각입니다. 내 약혼녀 말로는 나한테는 돈 버는 재주가 있다고 하니, 다른 사람에게 그걸 알려주려구요."

월리가 생각하는 듯한 표정을 지었다.

"뉴 시애틀 대학과 뉴 시애틀 미술 박물관에 많은 기부를 한 이유는 뭐죠?"

닉은 그녀를 쳐다보았다.

"네 번째 채스턴 탐험이 삼 개월 안에 출발합니다. 목적은 아버지가 삼십오 년 전 발견했던 우주인의 거대한 유물을 찾는 거죠."

스탠리의 눈썹이 여러 번 놀라움으로 들썩거렸다.

"내 조카 레오의 말로는 자기도 참가할 거라더군요."

"그의 역사 분석학적 학업과 강한 분석능력이 유물의 시대를 아는데 대단한 가치를 발휘할 겁니다."

닉은 의미있게 잠시 말을 멈췄다.

"그리고 탐험대가 돌아온 후에 쓸 연구 논문과 책들은 안정적인 대학 교수 자리를 얻는 데 지대한 공헌을 하겠죠."

오린이 등뒤로 두 손을 맞잡고 책상 앞을 걸어다니기 시작했다.

"넌 여기저기에 너무 많은 돈을 뿌리고 있어, 닉. 채스턴 사에 투자하고, 탐험 기금을 대고, 이제는 새 사업을 시작한다고 하니."

닉이 정중하게 미소지었다.

"나한테는 뿌릴 만한 돈이 많지요, 오린 삼촌. 걱정 마세요, 이런 일로 파산하지는 않습니다. 카지노만 팔아도 수백만 달러는 되니까요."

월리가 깊이 숨을 들이켰다.

"맞아요. 맞아."

그녀는 오린과 엘라에게 날카로운 시선을 던졌다.

"우린 닉과 지니아를 위해 성대한 결혼식을 계획하고 있어요. 올해의 커다란 사건이 될 겁니다. 거기서 두 분을 만나길 기대하죠."

오린은 허를 찔린 표정이었다.

"음, 그게……"

그가 말을 끊고 도움을 청하듯 아내를 쳐다보았다.
"우리가 그런 축복된 자리에 빠질 수는 없지요."
엘라가 확고하게 말하며 윌리와 시선을 교환했다.
"상담소의 적절한 중개가 있었나요?"
"난 언제나 일류 상담소의 적절한 중개가 있어야만 결혼할 거라고 주장해 왔지요."
윌리가 대답하기 전에 닉이 부드럽게 끼어들었다.
"그렇군요."
엘라가 중얼거렸다.
닉은 사람들의 얼굴을 차례로 돌아보았다. 채스턴 가의 합법적인 가족들이 닉의 결혼식에 참석하는 건 사생아인 닉을 정식으로 인정한다는 뜻임을 모두가 알고 있었다. 그가 마침내 말했다.
"아무도 그 문제에 반론을 제기하지 않다니 기쁘군요. 더 이상 질문이 없으면, 전 처리할 일이 있어서요."
"우린 이제 갈 거요."
스탠리가 재빨리 말하며 아내의 팔을 잡아 문으로 이끌었다.
"사업 상담소라, 응? 아주 흥미롭게 들리지, 여보?"
윌리도 동의했다.
"아주 전망이 좋을 거예요. 영향력 있는 사람들을 다루게 될 거예요."
오린이 코웃음을 쳤다.
"사업 상담소라고? 네가 지금 무슨 짓을 하는지 알 바란다, 닉."
"난 언제나 내 행동을 잘 알고 있답니다, 오린 삼촌. 계획 없이는 절대 시작하지 않거든요. 그나저나, 자금을 지원하기 전에 채스턴 사의 미래에 대한 계획을 알고 싶군요."
오린이 얼굴을 붉혔다.
"벌써 내게 명령을 내리려는 거냐. 네가 회사에 얼마나 많은 돈을 내든 신경쓰지 않아. 채스턴 사의 사장은 나라는 걸 잊지 말라구."
"걱정 마세요. 그 회사는 당신 겁니다, 오린 삼촌. 내가 원하는 건 내 결혼식 날 모든 친척들과 삼촌의 웃는 얼굴을 보는 것뿐이죠."
"그런 요구는 내게 할 수 없어."
오린이 발끈하며 호통을 쳤다.
엘라가 그의 팔을 잡고 문으로 향했다.
"우리 모두 결혼식에 참석할 거니 그리 알아요."
닉은 떠나는 그들을 지켜보았다. 그들이 사라졌을 때 비밀문이 작동하는 소리가 들렸다. 입구에서 지니아가 팔짱을 낀 채 걸어나왔다. 닉은 이제는 익숙해진 행복이란 감정이 밀려들었다.
"들었소?"
그의 물음에 그녀는 머리를 흔들며 미소지었다.
"모두 다요. 정말 대단해요. 당신 계획이 성공할 거라는 믿음이 생기기 시작해요. 오 년만 지나면 카지노를 경영했던 과거나 채스턴 가의 합법적인 자손이 아니라는 걸 기억할 사람은 없을 거예요. 모두 당신이 네 번째 채스턴 탐험을 후원한 부유한 사업 상담자라는 것만 기억하겠죠."
그가 씨익 웃었다.
"존경을 살 수 없다고 누가 그랬던가?"

아만다 퀵
Zinnia

에필로그

    어두운 침실 속에 뜨겁고 취할 듯한 정열의 향기가 떠다녔다. 닉은 지니아의 편안한 열기에서 빠져 나오며 깊이 숨을 들이켰다. 그녀가 그의 목에 팔을 감더니 다리를 움직여 그의 허벅지에 밀착시켰다.
    "닉."
    지니아는 그의 목에 키스를 하며 어깨를 살짝 깨물었다.
    "당신을 사랑해요. 너무나 사랑한다구요."
    한때는 논리적인 매트릭스로서는 전혀 이해가 안 되던 그 단어가 이제는 가장 중요한 말이 되었다.
    하고 싶은 말이 더 있었지만, 기다려야 했다. 언제나 그렇듯이 그들 사이에 강렬한 감정이 생기면, 그는 조리 있게 말하는 것은 고사하고 더 이상 논리적인 생각조차 할 수 없었다. 가능한 건 오직 느끼는 것뿐이었다.
    그리고 그 느낌은 표현할 수 없을 만큼 만족스러웠다. 그의 매트릭스가 평생에 처음으로 완벽하였다. 지니아는 진정한 그의 짝이었으며, 그의 반쪽이었다.

그가 요구하는 능력을 지니아가 쏘아보냈다. 완벽한 크리스털 같은 프리즘이 형이상학적인 평면에 형성되었다.

그 속으로 힘을 몰아넣는 순간 지니아의 몸이 탄력 있게 죄어드는 걸 느꼈다.

정신적 에너지가 육체적 에너지와 융합되었다. 그 순간 닉은 혼돈 상태를 들여다보았고 거기에 패턴이 있음을 알았다. 엄청나게 황홀하고 신비하도록 아름다운 패턴. 완전히 이해되지 않았지만, 그건 더 이상 문제가 되지 않았다. 그와 지니아가 그 안에 위치한다는 걸 아는 것만으로 충분하였다.

다음 순간 그 영상이 사라졌다. 하지만 그걸 회복하려고 애쓰지 않았다. 잠깐 본 것만으로도 절대 잊혀지지 않을 테니까. 지니아도 그와 같이 보았음이 틀림없었다.

그녀의 정열적인 반응이 달콤한 복수를 하듯 그를 육체적인 즐거움으로 잡아당겼다. 달빛이 비치는 방안이 온통 자신의 환희에 찬 외침 소리로 가득했다. 그는 반짝이는 행복의 매트릭스 속에 완전히 빠져버렸다.

30분 후 닉이 잠에서 깨어나려는 순간 전화벨이 울렸다.

"당신 동생이 또 탐험 계획에 대해 말하려는 거라면, 목에다 전화선을 감아 버리겠다고 협박할 거요."

지니아가 낄낄거리며 그의 옆에 바짝 달라붙었다.

"그 점은 걱정 마세요. 응답기가 받을 테니까요."

닉이 그녀의 머리를 쓰다듬었다.

"사실 나도 조를 생각은 없었소."

찰칵 소리와 함께 응답기 속으로 친근한 목소리가 흘러들었다.

"채스턴 씨? 호바트 바트입니다. 당신이 지니아 양의 전화로 연락이 되는 걸 이해합니다. 우리는 당신의 완벽한 배우자와 연결해 냈다는 걸 알려 드리고 싶어서 전화드렸습니다."

지니아가 침대에서 벌떡 일어나 앉았다.

"이 사람이 무슨 얘길 하는 거죠? 당신을 다른 여자와 중개하려는 거라면, 당장 바다 속으로 밀어 넣을 거예요."

닉이 미소지었다.

"진정하라구."

"지니아 스프링이 당신의 완벽한 짝이라는 생각은 정확했습니다, 채스턴 씨. 당신 요구대로 그분의 예전 기록을 가동시켰는데 의심의 여지가 없습니다. 두 분은 완벽한 조화를 이루는 짝입니다."

"뭐예요?"

지니아가 무릎을 일으켜 닉의 위로 몸을 웅크렸다. 어둠 속에서 그녀의 눈동자가 반짝거렸다.

"언제 당신이 내 기록을 재가동시키도록 한 거죠?"

"미리 말 안 해 미안하오. 어쩔 수 없었소."

닉이 말했다.

"물론 매트릭스를 다룰 때에는 항상 조심스런 부분이 있습니다. 우린 십 등급 이상이라는 당신 스스로의 평가를 인정했습니다. 극히 드문 일이죠. 하지만 우리 기록으로 보아 스프링 양의 능력도 대단히 독특합니다. 그렇기 때문에 사 년 전 짝을 찾을 수 없었던 거죠. 제가 말씀드릴 수 있는 건, 스프링 양의 능력이 당신의 강한 매트릭스에 어떤 특별한 형식으로든 도움이 될 거라는 점입니다."

"특별하다."

지니아가 인상을 찡그렸다.

"음, 마음에 드는군요."

"난 우연히도 특별한 걸 좋아하오. 특히나 빨간색을."

"당신에게 이올리는 짝을 찾아낸 건 저만큼이나 기뻐하신다면 좋겠습니다, 채스턴 씨. 행운을 빕니다."

잠시 신중한 침묵이 흐르더니 호바트가 목을 가다듬었다.

"당신이 만족하셨다고 제가 확신해도 되겠습니까?"

닉은 손을 뻗어 수화기를 집어들었다. 그의 손가락이 테이블 옆에 놓아 두었던 황금 단추 한 쌍에 스쳤다. 그 단추는 엘라의 선물이었다. 우아한 C자와 B자가 새겨진 단추. '아버지의 것'이라고 그녀가 설명했었다.

"나 채스턴이오, 바트 씨. 당신 빚은 모두 청산되었소."

"고맙습니다, 채스턴 씨."

호바트의 목소리가 감사와 안도감으로 떨렸다.

"높은 능력자와 완벽한 프리즘을 연결시킨 건 최근에 들어 벌써 두 번째랍니다. 대부분의 상담자는 평생에 한 번도 못할 일이죠."

"그건 사실이오."

닉이 지니아의 허벅지를 쓰다듬었다.

호바트가 수다스럽게 말을 이었다.

"우리는 강한 능력자와 강력한 프리즘 간의 어떤 공동 관계에 대해 그 동안 잘못된 가설 하에서 작업했다는 의심이 들기 시작하는군요. 인간의 정신 에너지는 아주 **빠르게** 변하지요. 우리가 알고 있는 것보다 배울 게 더 많은 것 같습니다."

"당신은 잘못된 가설 하에 일했을 수 있지만, 호바트, 난 내가 하는 일을 언제나 정확히 알고 있다오."

닉은 전화를 끊고 지니아를 품에 끌어안았다.

그녀가 그의 가슴에 손을 펼쳤다.

"기다려요, 닉. 만약 내가 당신의 좋은 짝이 아니라고 판정나면 어쩔 셈이었나요?"

웃음기 띤 사랑스런 눈으로 그가 미소를 보냈다.

"완벽한 짝이라고 할 때까지 컴퓨터 기록을 바꾸려 했겠지. 내가 매트릭스라는 거 기억하오? 언제나 계획이 준비되어 있거든."

< 끝 >

아만다 퀵의 팬터지 로맨스 시리즈

지구로부터 멀리 떨어진 아름다운 별, 세인트 헬렌. 우주 공간이 막혀 지구로 돌아가지 못하게 되어 그곳에 정착하게 된 지구인들은 고도의 정신 능력을 개발한다. 그러나 사랑은 어디에나 존재한다. 아만다 퀵이 야심있게 발표하는 새로운 모험 이야기.

출간 | 아마릴리스의 선택
아마릴리스-수선화

완고한 원칙주의자 프리즘 아마릴리스 라크와 거칠고 냉혹한 초능력자 루카스 트렌트. 그 둘은 누가 봐도 가장 어울리지 않는 한 쌍이다. 그러나 사랑은 예측할 수 없는 것.
어느 날 밤의 외출로 그 둘은 살인 사건과 폭풍처럼 밀어닥치는 열정에 휘말리게 되는데…….
이제 하늘, 지구, 세인트 헬렌의 그 어떤 힘으로도 그 둘을 갈라놓을 순 없다!

출간 | 지니아의 사랑
지니아-백일홍

오키드의 운명
오키드-난초

뛰어난 정신 능력자 오키드, 그녀는 기이한 살인 사건에 연루되어 있었다. 그때 그녀의 새로운 고객 레이프가 그녀에게 다가온다. 그에게는 아내가 필요했다.
가문의 적들과 맞서기 위해서…….
오키드는 자신이 생각했던 아내의 조건들과는 전혀 어울리지 않지만 자신의 꿈에는 꼭 들어맞는다.
그들의 몸과 영혼이 과연 조화를 이룰 수 있을까?

*1월말 출간 예정작

아만다 퀵

그 이름만으로도 작품성이 보장되는 아만다 퀵이 미래의 도시를 배경으로 하는 팬터지 로맨스 시리즈를 펴냈다. 그녀의 또다른 세계를 경험할 수 있다.

아이리스 요한슨의 윈드 시리즈

윈드 댄서라는 전설의 페가수스 상을 둘러싸고 펼쳐지는 사랑과 음모, 우정과 배신의 장대한 이야기. 전설에 의하면 윈드 댄서는 백색 광선의 뜨거운 열기 속에서 잉태되었으며 악을 징벌하고 국가와 사랑의 운명을 바꾸는 강력한 힘을 행사한다.
거부할 수 없는 매력으로 보는 이들의 영혼을 사로잡아 인생을 바꾸게 하는 윈드 댄서의 마법을 경험해 보기를…….

PEGASUS LOVE STORY

출간

아름다운 전설   THE WIND DANCER

보기 드문 독특한 아름다움을 지닌 노예 소녀 상치아와 윈드 댄서에 대한 가문의 의무를 지키려는 이탈리아의 귀족 리온의 만남은 그대로 하나의 아름다운 전설이 된다. 그들의 운명은 함께 페가수스 상에 묶여 있다.
아이리스 요한슨의 마법에 걸려 화려한 이탈리아 르네상스 시대로 함께 가 보길…….

STORM WINDS   ※ 제목 미정

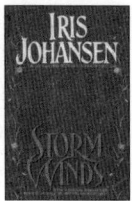

18세기의 프랑스, 교활한 지성과 화려한 드레스가 배반의 가슴을 감추고 있는 곳. 윈드 댄서는 마리 앙트와네트의 궁정에 놓여 있었다. 무자비한 사업가 장 마크 안드레는 윈드 댄서를 소유하기를 열망한다. 그것은 탐욕이 아니라 수세대에 걸친 가문의 꿈이기 때문이었다. 반항적인 줄리엣의 도움으로 그는 윈드 댄서를 되찾으려 노력하고, 그들의 만남은 정열적인 사랑으로 이끌리는데…….

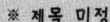

* 1월말 출간 예정작

REAP THE WIND   ※ 제목 미정

케이틀린은 모든 사람을 매혹시킬 향수를 개발했다. 하지만 알렉스를 향한 열정이 그녀의 모든 인생과 꿈을 앗아가 버릴지도 모를 위험에 처해 있다. 이제 모든 것을 걸고 모험을 시도해 볼 때이다. 실패하면 목숨까지 위태로워질 수 있는 그런 모험을…….
수세기에 걸쳐 엄청난 힘과 측량할 수 없는 아름다움의 표상이었던 윈드 댄서, 하지만 바람이 밤 하늘의 별들을 휩쓸어 버리고 나면, 과연 누가 바람의 춤을 차지할 것인가?